《小王子》誕生80周年創作紀錄珍藏集

遇見小王子

À la rencontre du petit prince

編輯群誠摯感謝奧利維耶・亞蓋（Olivier d'Agay）先生與聖修伯里・亞蓋遺產管理委員會[1]（la Succession Saint-Exupéry-d'Agay）以及瑪婷妮・瑪提涅茲・傅綠珂圖歐佐（Martine Martinez Fructuoso）與康蘇艾蘿・聖修伯里遺產管理委員會[2]（la Succession Consuelo Saint-Exupéry）。

[1] 譯註：聖修伯里本人與兩位姐姐和弟弟都沒有子嗣，只有最小的妹妹加百列生了四名子女，因此聖修伯里的作品、圖像與姓名等遺產是由其四名外甥、外甥女共同繼承與管理，亞蓋是聖修伯里妹夫和外甥、外甥女的姓。該遺產管理委員會目前由聖修伯里的甥孫奧利維耶・亞蓋擔任負責人。

[2] 譯註：康蘇艾蘿過世之後將繼承權轉移給其祕書瑪提涅茲夫婦，曾與聖修伯里・亞蓋遺產管理協會就遺產權益進行訴訟，雙方於 2020 年和解並開始共同管理聖修伯里的所有遺產權益。

《小王子》誕生80周年創作紀錄珍藏集

遇見小王子

À la rencontre du petit prince

阿勒班·瑟理吉耶
Alban Cerisier

安娜·莫尼葉·梵理布
Anne Monier Vanryb

主編

除了另外提及來源的作品與參考資料以外，
本紀念刊中呈現的作品與文件皆出自安東尼・聖修伯里之手。

後續頁面手稿圖說：

安東尼・聖修伯里為美國好友希薇亞・漢彌爾頓（Silvia Hamilton）創作了這系列十一幅作品的原稿，兩人於 1942 年於紐約結識。這些與撰寫《小王子》同時期所創作的作品，帶有懷念、憂愁與傷感的筆調，透過故事中的人物和主題，展露生命的各個階段，更加印證故事的自傳性質、存在主義與寓言性質的維度，此即對於世界的覺知之旅。

墨水畫，紐約，1942-1943，
私人收藏。

「0、在生命之前。」

「I、人生中剛踏出的足跡。」
畫面背景的拉莫勒城堡（Château de La Môle），位於法國瓦爾省（Var），是作者童年的住處之一。

「II-bis、起初的甜美幻夢。」
道路的一邊是五千朵花，另一邊則是唯一的一朵……兩邊是否皆為幻夢？

「III、生命中最初遇到的困難。／我大概是迷路了，我找不到我的床了！」
畫面中為撒哈拉沙漠高原與神祕的隕石。

「III-bis、未來計畫的最初模樣。」
《小王子》第十九章的不同版本，介於希望與淒涼之間。

「IV、生命中的失望。／我錯了，不該離開的！」
小王子老了；對他來說，這片沙漠就是他所經歷的世界。

「V、這就是生命（非常簡略版）。／這就是我」
不切實際的生活意象：一條探向峭壁的蜿蜒道路和一隻蛇形怪物。

「V-bis、也是生命。」

「VI、這就是智慧。」
這角色是在反諷嗎？是說反話，還是真心且能撫慰人心的簡單圖像？

「沒有人……我大概是搞錯見面時間了！」

從一座山峰到另一座山峰，人們彼此看不見……小王子在遠處揮手。

「這是個生悶氣的人。」

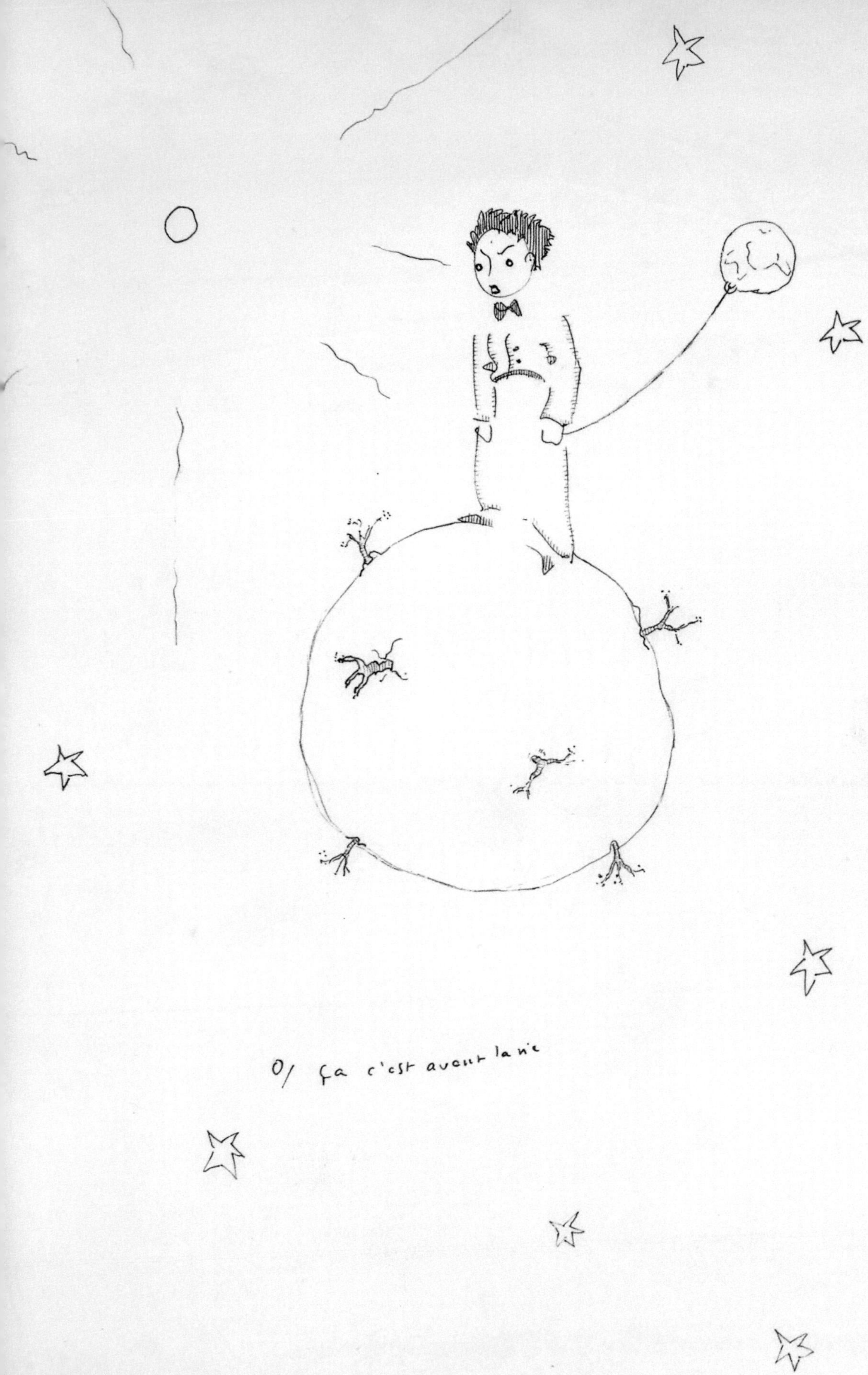
0/ ça c'est avant la vie

I Ca c'est les premiers pas dans la vie.

I

II bis   Ca c'est la douceur des premieres illusions.

III Ca c'est les premières difficultés dans la vie.

J'ai du me perdre ! Je ne retrouve plus mon lit !

III bis

Ca c'est les premiers projets d'avenir

"...j'ai eu tort de me deranger !..."

IV ca c'est les deceptions dans la vie.

Ca c'est moi.
V IV ça c'est la vie (très résumée)

Voi la vie aussi.

VI Ça c'est la sagesse.

Personne... j'ai dû me tromper de rendez vous !

Ca c'est quelqu'un qui boude.

目錄

◎ 阿勒班・瑟理吉耶

讓最重要的事物
被看見

「願能使什麼永世長存嗎？那麼，雕琢、編織、美化吧。千錘百鍊能鍛造出令人讚嘆之美，人類透過創造神話，自塵埃中逃離，透過轉化現實，使事物永存。」

瑞吉・德布雷（Régis Debray），2022 年。

「真正重要的東西，眼睛是看不見的。」在 1943 年 4 月於紐約出版的《小王子》故事裡，安東尼・聖修伯里寫出了如此令人悲傷的觀察結論。這句話往深處想，可能會導向痛苦和絕望，彷彿他不甚在意我們是何種受造物：有情眾生（des êtres sensibles）會不斷受到俗世事物的影響，會以各種模式參與受造——生存、觀察、知識、行動、工作、思考、慾望和享樂、愛情和友誼……當然還有冒險，投向未知的世界！親身的經歷會被視為相對不重要，而給扔到一邊去嗎？真令人悲傷。

但若是真正重要的東西並不在此處，或者根本無法觸及，那麼行遍全世界、踏過新土地、獲得並累積更大量的財富、改變了與生俱來的特性，又有什麼意義呢？而我們，有血有肉有感情的存在，應該為了相對不重要的事物而躲進哪個——儘管那不會是有情眾生的——國度嗎？躲進夢之國、諸神之領域？安東尼・聖修伯里在其短暫生命中最黑暗的時刻，也曾多次冒出一切皆為無用之功（aquoibonisme）的想法。

然而，儘管他喜歡孤獨，比如遁逃到沙漠中或是乘著飛機行至高空，儘管他喜愛獨自安居一隅勝過軍旅團體生活，身兼作家與飛行員的他卻並不是個獨善其身的隱士。至少，在這個看得見的世界裡，他過得多采多姿，既帶著民事與軍事飛行員的犧牲意識和勇氣，也一直懷抱著對於美好生活以及對於美食的追求。他看重同袍情誼，曾前往沙丘營救其他飛行員；他曾觸摸機油、他曾面對各種大自然中的危險；他曾與人調情，將自己的身和心託付給女人；他曾保護自己的家人；他曾將小動物捧在手中、他曾凝視日落。他喜歡變魔術逗他朋友的孩子和他的教子教女們笑，他還喜歡透過唱歌、說謎語、各種發明以及調皮搗蛋，來取悅他的家人。天生帶著工程師靈魂，受過科學訓練的他，懷著同等熱情在研究物理現象的奧祕，並試圖將其化約為公式。當然了，他還頌讚人性的美好、和解以及自由、儘管脆弱易傷卻偉大，甚至能在大我中犧牲小我；他如此斷言，使自己面臨被誤解和名譽受損的風險。

那麼，為什麼這第一道觀察結論令人遺憾呢？其意義與影響為何？可以肯定的是，它對應到一種深層的被遺棄感（délaissement），以及對於人類社會的諸多困惑（尤其因為《小王子》是一本寫於戰爭期間與作者流亡美國時的書）。安東尼・聖修伯里一直都懷有這種感覺——這種感覺在紐約或阿爾及爾的街道上，比起在撒哈拉沙漠或安地斯山脈的雪地裡，也許又更深了一些。《小王子》正是在這種不適感之下誕生的：在一座長滿青草的山丘上，有一個小人物，他的面貌和形象尚不明確，他也還不是故事的主角，他凝視著遠方，想要知道會發生什麼，或者這一切的意義是什麼。然而卻徒勞無功。無論他往哪兒看、如何呼喚，似乎都得面對自己聲音的絕望迴聲，以及感官世界的晦暗不明。就像是剛抵達地球時，站在山頂上的小王子。

安東尼・聖修伯里在好友希薇亞・漢彌爾頓家中，紐約，1942-1943。

因此，真正重要的東西，眼睛是看不見的……但是，我們知道作者不會僅僅止步於這番沉重的觀察。他努力提煉小王子這個角色（也應該加上他自己這個飛行員的角色，作為一個孩子，他很早便放棄讓大人了解自己），很快地，他的讀者，從這個幾乎是與世界相分離的行動中，再次「讓重要的事物被看見」（rendre visible l'essentiel）。因為他的寫作計畫正是如此，從書的開頭到令人震驚的結尾，整本書的語氣、調性、對話和象徵都巧妙連貫。一切都有意義，一切都在一致的詩意中承載著一個象徵性的縮影：每一章、每個角色、每個場景中的細節。一切都是隱喻。讀者彷彿置身於夢幻般的氛圍中，這既要歸功於對話的風格，也要歸功於故事的敘事安排，當然還要歸功於書中不可或缺的作者手繪水彩畫，使讀者被帶入逐漸疊升的情感之中，傑哈爾．菲利普（Gérard Philipe）於 1950 年代錄製與拍攝的著名故事清楚地呈現了這一點。於是，聖修伯里的詩性創作賦予了這部文學作品令人安慰的魔力，如此獨特，傳播無遠弗屆，敲開所有人的心門。

因此，讓我們嘗試著接近這祕密的起源，即使表面上似乎只是重現作者之物，他的內在感受……本書所匯集的文件中，許多是之前從未公開或出版過的，對於我們認識作者的內心世界會有所幫助。

比例尺的改變

有一天，小王子覺得他的星球太狹小了。厭倦了星球上的日常工作，還被一朵脾氣很差的玫瑰之反覆無常給惹惱，於是他決定離開他的小星球，走向外面的世界。這是種對於他方的嚮往！聖修伯里意有所指。成群結隊的候鳥帶著小王子飛，遠離了家鄉，而聖修伯里自己也乘著一隻大飛鳥遠離家鄉：1926 年，他開始為法國郵政航空公司（Aéropostale）工作，或許也有軍隊的緣故，他在 1943 年 4 月 2 日離開紐約，遠離了一些論戰，但這也使得他與妻子康蘇艾蘿再度分隔兩地。

離開了「他的世界」，小王子才會意識到對自己具有重要意義的是什麼。有幾張草圖，都畫出了小王子手裡抓著一條看起來非常脆弱的線，並透過這條線連接到一個行星形狀的氣球。任他探索的廣闊宏偉新宇宙，永遠無法比得上他所熟悉的這一方小世界，所帶起的情感也遠遠不如這方小世界所能帶給他的濃烈。在聖修伯里看來，遠方使得近處有了意義，就像無限大不斷地映照出無限小，且不是以化約的形式映照出來（因此他的草圖中也出現了星星花，花兒脆弱但誇張的長莖連接了根與枝葉、天空與大地：簡化地說，便是化成一種生命之樹）。此外，這也是冒險的真正意義，作家兼飛行員多次提到：探索未知的地域以及與家人分離的重要價值，唯在於使我們對於親近之人事物產生深刻的體悟，並且免於遺忘。不必因為分離而過度怪罪男人與女人，有時候，分離是至關重要、不可或缺的。

〈立於花地上的人物〉，
約繪於 1940 年，墨水
與鉛筆畫，巴黎，
雅克．杜塞文學圖書館。

〈小王子在他的星球上，上空有隻鳥兒飛過〉，一根細線將他與地球相連，上頭插著一面紅十字會的旗子，紐約／阿沙羅肯(長島)，1942-1943，墨水、鉛筆與水彩畫，私人收藏。

〈小王子在沙漠，
正在修飛機的
飛行員視角〉，
為《小王子》
而繪的習作，
第二章，紐約／
阿沙羅肯（長島），
1942，鉛筆與
水彩畫，私人收藏。

〈小王子在地球上，
一根細線將他與他的
星球相連〉，紐約／
阿沙羅肯（長島），
1942-1943，鉛筆畫，
摩根圖書館與博物館。

於是，小王子面對廣袤無垠、使人頭暈目眩的宇宙，失衡的比例描繪了他所觀看的對象以及被觀看的對象之間的關係。小王子抬起雙眸，望向天空中數不清的星星，或是低下頭看著長著相似臉孔的萬千玫瑰，一切都成了偶然，不確定，使人挫折洩氣。這位小君主並不是個拜金者，奪取新領土與挖掘祕寶皆非他的作風。但面對孤獨的全新體驗，透過這把比例尺的改變，使得他從前的小世界膨脹變大，直到過去所有不可或缺的事物都變得不再重要。這個經驗不怎麼舒服。一開始的經歷只讓他更感悲傷，所遇見的人們（在各自島國星球上的這些「孤島上的人」）以不同的方式表現瘋狂，卻都展現了相同的荒謬錯亂，每個人在面對各自的世界時，都想要追求虛空的憧憬：榮耀、財富、饜足，卻忘了最重要的事物。

什麼是最重要的事物呢？最重要的事物，可以是人或事物的本質和天性。安東尼．聖修伯里對這個問題似乎也不是太感興趣，或者說，他會談及這個問題，只是基於一個特殊的道德或是實踐的角度：只從對於事物的掌握這個角度，來看待我們與世界的關係——從觀察（千朵玫瑰的庭園）到占有（商人、酒鬼）的知識範疇——人類注定要挫折洩氣。因為沒有一朵玫瑰，而是有千千萬萬朵（幾乎吧）相似的玫瑰，使那朵「唯一的玫瑰」隱沒在毫無差異的一片玫瑰之中；多了一分錢，並不會使滿盈的財富變得更富裕；再多一杯水也止不了渴，也填補不了匱乏的感受；點燈人每一次再點燃或是熄滅路燈，都無法使他對於世界再多了解一點點。把自己的臉緊貼著世界望著它看，就是使自己受制於物質世界的法則、受其禁錮。而這個法則，由於某種對於看得見的世界的薄情（至少基於最初步的分析）和甚至是無窮無盡、只能步入匱乏與無聊的可怕迴圈，最後，掉入悲傷與被拋棄的情緒之中。這就是人類的孤獨。

我們曾經，也許現在也還是如此，希望聖修伯里，這個待過朱比角（cap Juby）與旁塔阿雷納斯（Punta Arenas）的男人、法國郵政航空公司的英雄，能夠告訴我們說：創造是一體的，難以分割、親切和藹、友善溫馨、殷勤熱情，許諾提供給每一個人省思與滿足，帶給我們日落的感動，以及從樹上採摘下來的飽甜果實的獎勵。但這沒什麼。縈繞在聖修伯里心中的世界意象彷若溝壑、圍牆或是沙漠；《小王子》書中的草圖，以及早些年所作的畫，在在顯示了這一點。事實上是宇宙本身對我們什麼也沒說。更糟的是，它還會欺騙我們，若我們基於自身經驗，卻在經驗有限的情況下，太早對於什麼是最重要的事物下定論。

因此，聖修伯里一開始想透過小王子的旅程來表現分離和否定。小王子突然掉入一個悲慘的世界，在這個世界裡，人類緊抓物質、緊貼地面，由於難以說出這些人有何不同，小王子感到生氣。人們不願聽他說的話，他咒罵著。

讓重要的事物被看見（rendre visible l'essentiel），首先意味著遠離物質世界的法則，也就是說遠離物質世界對我們的冷漠，我們自以為能夠掌控物質世界以及決定物質世界的機制，然而實際上，我們顯然都逃不出物質世界的掌控。這不是退一步海闊天空，而是倒退著越走越回去。我們應將改變比例尺這種小小與現實不符的做法，視為打開自己的心門來迎接最重要的事物的方式。

而沙漠中的一隻狐狸，牠的手中握有打開心門的那把鑰匙。

學習觀看

「唯有用心，才能看得清」：小王子在地球上逗留期間與狐狸的萍水相逢所展現的啟示意義，寄託了這則啟蒙童話的精髓。這隻沙漠小獸觀察到我們對自己和世界之間的關係不夠敏銳感性，於是邀請人類轉換一下對事物以及生命的視角，讓他們一觀他們再也無法目睹的東西——渴望來自於他們機械式的工作與他們這時代的陰森不祥的野蠻行為，將一切統一規格化，碾碎他們的尊嚴。這與皈依改宗無關，因為聖修伯里從未打算使人成為其自由之身以外的東西。毋寧說這是透過他的人文主義觀點（我們都知道，當然還有許多其他可能的觀點，但問題並不在此）來估量人類處境的起源，藉此同意與自身、與世界建立真正可靠的人際關係。這是一個困難重重的學習過程，小王子希望，當他學成出師，終有一天能在自己的星球上快樂地生活——即便從來沒有什麼是理所當然的——也具備充分的理由歸返該地、堅持自立。

不久前剛去世的義大利偉大散文家羅伯托・卡拉索（Roberto Calasso）曾經表示，希區考克的《後窗》（Rear Window）這部電影「完完全全是一個透過視覺手法來驅動的心理過程」。同樣的評語當然也適用於聖修伯里的詩意寓言。《小王子》可說是一部向意識自身（對意識的意識）敞開的小說——離起源之地最為遙遠。此外，在聖修伯里所編織的敘事世界中，還有一處反思的空間，它完全倚賴一系列填滿對話的相遇，我們試圖在其中觀察意識化身為各類人物，與自身的疑慮及幻想搏鬥著。這個故事正是藉由小王子（我們可以看到具體形象）與飛行員（從未實際現身，聖修伯里拒絕把他畫出來）之間的對話所傳達，整則寓言就是在重現那些對話，重現那些所語之言、所歷之事、所述之景……到了相遇的尾聲，小王子回到他的星球，故事也在「敘事者－飛行員」為自己與那些聽他講述之人所提取的教訓當中結束。於是，小王子的故事以及他的消逝，對飛行員而言就是一道啟示，如同狐狸的教誨以及他所通過的考驗（各星球的歷險、五千朵玫瑰）對小王子來說也一樣……就像聖修伯里（作者本人也化身在書中，透過將此書獻給他真實存在的朋友雷昂・魏爾特來彰顯）熱切希

〈小王子與狐狸〉，
《小王子》設計圖，第二十一章，
紐約／阿沙羅肯（長島），
1942-1943，炭筆畫，私人收藏。

望他的故事對讀者來說也是如此、並能延續下去。的確，這一連串的對話是一種內心獨白的形式，而本書深刻的一致性正脫胎自這種獨白：那是一種知覺意識的一致性，它考驗自我、擔驚受怕、隻身犯險、迷途失路，卻又尋返歸程。

也因此，《小王子》並非一部抽象的作品，也非只是為了看起來更華麗有料、更具賣相的一連串巧妙安排與妝點的概念集合。作家深深相信童話故事的力量，相信童話會以自己的方式替自身、替我們讀者「承載偉大的真理」。雖然《小王子》的道德勸喻成分顯而易見，但就此書可作為「對幸福生活的可能性的沉思」來閱讀而言，其立意卻非一本福音傳道書，也非一本針對年輕人的感化手冊。聖修伯里深知人類的脆弱，首先便是他自身的脆弱；他知道人們有多快就會感到絕望、失去生存的導引，被事物的流變或語言的「虛偽難解」所捕捉困陷。

他非常清楚，人類亟需仰賴神話、圖像與音樂，才能持續不斷在自己身上重現一個個天啟降臨、情感豐沛的時刻；我們都記得，保羅．瓦萊里（Paul Valéry）曾說過，詩歌的作用主要在於「把發生過的事（ce qui se passe）變成持續存在的事（ce qui subsiste）」。因此，在故事中粉墨登場的不是概念，而是活躍於沙漠及草地景色中的人物，他們以特定的方式存在、說話、展現激動；是風中翻飛的圍巾、高禮帽、小麥色的髮絲；是果樹與鮮花、纖細如金戒指的蛇（蛇是典型完美的神話形象，是一切無形恐怖的象徵）、撒哈拉沙漠的懸崖、南美洲的山峰、道路盡頭的一口井。作家手持鋼筆、調色盤與鉛筆，直面讀者的目光與心靈。他的意圖絕非逼迫讀者將目光從他們自己的世界移開，而是以詩意及美學情感為媒，好好讓讀者重新學習在自己的世界中觀看他們再也無力分辨的事物——那些目不可見的感受、回憶與內在生命。

我們因而理解了繪畫的重要功能。如同我們將在本書中所見，作者繪製的水彩畫是長期積累、戮力以赴的工作成果。這些水彩作品看似簡單質樸、童趣叢生（那些難搞的人或懷疑論者可能會說這根本是「退化」的風格），卻是大量實踐的成果，趨於對情感的探索追尋。背景風格簡練低調，毫無任何華麗藻飾與透視效果；線條帶有微妙細緻的裝飾風味，並透過柔和的色彩與低調的陰影加以烘托——是個優雅的奇蹟！——在記憶中深深烙印，卻又不失輕盈。聖修伯里將現實的效果縮減為最單純的表達，沖淡其色彩，讓社會儀節的無盡滲透與人性的笑鬧喜劇暫時中斷，使象徵力量壓倒世界的物質層面。在他創作《小王子》的過程中，物質面的元素沉甸甸壓在他的肩頭，過於沉重。

〈人物遊行〉，
《小王子》設計圖，紐約／
阿沙羅肯（長島），1942 年，
墨水與水彩畫，私人收藏。

因此，我們不應該將這些圖畫視為文字作品的額外延伸。真要說的話，它們可說是「作品本人」：一方面是因為它們全然屬於作品，是敘事中不可分割的元素（專家稱之為「圖像文本」）；另一方面則是因為它們在讀者內心所形成的感受當中扮演關鍵角色，讀者深陷於飛行員的故事裡，並親自投入破譯小王子的半信半疑的遊戲，以掌握他的命運謎團。這一切其來有自；聖修伯里再一次明確地理解到，若是依循外在的慣例來展現世界，便無法說服他的讀者承認心靈的統治優於事物的統治。若說童年的故事如此重要，那是因為它們在想像中投射出意識的真相，而這個失去魔力、過度超載的現實世界，已然無法再映照出這種真相了。詩意滿盈的圖畫，正如想像連篇的故事一樣，重建了一個更忠於意識而形成的形象：也就是一個熱情洋溢的形象，使我們理解世界之於吾人為何物，它縈繞著回憶、感受與夢想。聖修伯里的畫作引領我們歸返內心、回歸我們自身的非凡本領，那就是：在密封不透光的盒子裡看見一隻綿羊，在蟒蛇體內看見一頭被吞下肚的大象，在麥田裡看見一頭金髮，在星星上看見一朵花或一個朋友，在微風中看見一種存在。

對人類而言，世界的真實存有並不在於石頭的寂冷沉默、沙漠的悶炙無情，或星羅棋布的暗啞穹蒼；而在於這些石頭、沙漠與星辰對於觀察它們的意識所帶來的意義——它們共同承擔那些意識的真實處境，卻同時與之區辨分明。對聖修伯里以及小王子來說，這道啟示是歷險生活的一份禮贈——是黑夜、風暴、廣袤寰宇、流浪漂泊的禮物，也是使命承諾與團結一心的禮物（只要讀一讀《戰地飛行員》就會相信這是真的）。《小王子》這部訴諸良知的小說，同時也是一趟關於「注目凝視」的教育之旅。整個故事走到尾聲，只餘一張圖畫，還是最單純的那種畫面，沒有人物；小王子不在那裡，但他的存在感從未這般強烈。因為這張畫就是凝視本身。於是，它在被凝視的事物中（並且藉這個被凝視的對象）顯露自身。

因此，對聖修伯里來說，想像並非一種脫身之道，正如同冒險也不是一種逃避；想像是一種方式——當然，這相當矛盾——讓人更能感受到自己在世界上的存在感，也讓人更明顯感受到內心的跳動。正是在這點上，作者打動了讀者，感動經久不息。他並未將讀者閉鎖在他的著作或他的想像當中；但他鼓舞讀者，一旦闔上了書，就該稍稍以不同的眼光看待周遭影響他們的一切，看待那些讓身邊事物顯得如此親切與熟悉的無形部分。回到真實的世界裡！建立一片對人友善的土地！甚至，如果再深入一點，就會是泥土大地與心靈的和解（採用聖修伯里在《風沙星辰》裡的說法）。於是，世界變得博愛友好，朝氣蓬勃；人類在其中感受到作為精神與肉體的存在，不拋棄身為人的一切、不拋棄觸動自身的一切，也不拋棄記憶所繫的一切。這類經驗人人可得。世界並非以人類的形象所打造；但人類的心靈卻在其中尋得歸途，蔽身潛藏。這便足以成就他們的幸福。

聖修伯里這部傑作的寫作雄心是「讓重要的事物被看見」，在它出版八十年之後，仍不停打動新一代的讀者。若說此書依然散發魔力——每逢此書出版周年紀念，我們都不免自問《小王子》為何如此成功？——並非出於多多少少忠於小王子的形象在全世界的廣泛流通；而是因為這部作品承載著自身的真理，無須任何人將它表達出來，除了該書讀者（無論年齡大小）。每回展讀此書，如同每次想起曾經讀過的段落，都會產生同樣的感受：感謝那些特別謹慎發揮想像力，並懂得簡單說出這些極其普遍又極其私密的事情的人。

還有兩件事。偉大的神話學家喬治・杜梅吉爾（Georges Dumézil）曾說，我們應該「不帶疑問地」閱讀《伊利亞特》，不可參照註解與評論，幾乎輕鬆隨興地閱讀，讓自己被捲入其中的故事、描述與形象。關於《小王子》，我們依然可以毫無風險地不吝提出這樣的建議，儘管人們對它有各種各樣的詮釋——詮釋還挺多的！因為飽含意義的作品無須乞靈於評說和辭典：這是對文學熱情的考驗、對一切藝術的考驗，更是其「神意裁判」（ordalie）的結果。這就是為何《小王子》不僅是寫給孩子、也是寫給成人的作品；神話及謎語的美妙之處在於，它們無須概念化、甚至無須被破譯，就能對生命產生效果。

杜梅吉爾對《伊利亞特》的看法也可適用於對生命的評判，卻不會背叛聖修伯里的思想與記憶。因為這種意識層面的自我歸返，這種精神生活（及其自由）對社會與自然現實沉重而矛盾的因果關係的重新肯認，絕不會導致作家倒退回自我封閉的矜持狀態、退回一處隱密而乏人聞問的內在腹地。這處祕密腹地確實存在（聖修伯里在 1927 年給朋友荷內・德・索辛［Renée de Saussine］的信中精妙地寫道：「我說的每句話都結束在夢境，而您只看得到這場夢的表面。」）但它全然不是作家避身其中的布爾喬亞小巧內在領地，或八風吹不動的旅人的幽居之所。恰好相反：生活經驗是作家生存與創作的核心。正是在駕駛飛機的過程中，作家完成了自我；也正是在駕駛飛機的過程中——而非透過長島觀測站的望遠鏡！——這位流亡海外的法國人才感受到與身陷德軍囹圄的同胞心連心。《小王子》這則寓言的價值不僅在於表達出聖修伯里埋藏內心深處的微妙情感，也在於它呈現了作者在滿天繁星下、在別墅露臺上或在營房門檻邊的夜間遐思，他在那些角落裡想起了家人與童年的城堡。這也傳達了一種道德概念，它適用於天氣暴烈之日、戰鬥任務以及飛行員與機械技工。此乃一種關乎責任的道德寓意——而正是它將《風沙星辰》及《戰地飛行員》的作者聖修伯里與尚－保羅・沙特（Jean-Paul Sartre）的存在主義思潮連結在一起（聖修伯里自己幾乎沒有察覺到！）。說著「唯有用心，才能看得清」這句話，就是將他自己（及他人）的自由置放於人性的核心，作為行動的終極條件與目標。這就是為何小王子有時顯得相當不自在而且不願妥協。他從來不願落入窠臼，而時代的各種妥協讓步，令他深感惱火。但他反對因襲舊規卻不代表他獨來獨往或孤僻退隱。對話與溝通依然可能。否則，飛行員永遠不會遇上小王子（反之亦然），也永遠不會針對此事說出隻字片語。但是飛行員仰賴聖修伯里永遠不可能棄置的、不可讓渡的精神與心靈領域——他將在與事物、生命和自然的熾熱接觸中感之受之，就像在文學活動之中體驗一樣。任何省略這種清楚區分的行為，都將注定只是無所作為：就像點燈人例行公事的戲碼，以及生意人或國王的所有悲哀。總而言之，《小王子》是一個真實的故事！安德烈・紀德（André Gide）一直很欣賞他年輕的飛行員朋友、同時也是小說家的聖修伯里的作品及人格特質，正如紀德的慧眼獨具，聖修伯里總是能在「個人主義的極端邊緣」（《日記》，1932 年 2 月 8 日）尋得自身的真理，包括那些蘊含集體價值的真理（例如責任感）。這是他的拿手絕活，也是他的註冊商標。

學習愛

關於下列這一點，我們倒是已經說了很多、也寫了很多：聖修伯里創作的這則故事，就是作者自身的故事，它是一則幾乎無須費力破譯的寓言，作家的完整人生盡納其中。聖修伯里本人也曾提示這樣的解讀方法，他將某一幅小王子的畫像定調為自己的「攝影自畫像」，或者在寫給或多或少過從甚密的朋友或妻子康蘇艾蘿的一些信件或紙條中，讓小王子代替他本人發聲。《小王子》的故事雖然小心翼翼地剪除了過於精確的傳記細節（我們只須仔細檢視保存在紐約摩根圖書館與博物館的手稿，便能發現這一點；該手稿於 2022 年在巴黎裝飾藝術博物館展出，是歐洲首展），但其中不時穿插一些場景，直接喚起作家－飛行員的生平真實事蹟，特別是他駕駛的西蒙（Simoun）單翼機 1935 年 12 月墜於利比亞沙漠的這起事故——這是《風沙星辰》中著名的一章。《小王子》完成於曼哈頓與長島之間的來去往復，我們皆知此書的寫作歸功於作家流亡美國時體會到的孤絕感，他遠離軍事行動前線、遠離他法國朋友的生命現場，蒙受戴高樂派流亡人士對他的羞辱，竭力抵受徒具外表的消費與富裕社會景觀。

此外，還有童年的回憶，在某些方面陽光燦爛（安省的聖－莫里斯－德－雷芒［Saint-Maurice-de-Rémens dans l'Ain］宅邸花園裡的玫瑰；來自里昂與芒省的青春洋溢的聖修伯里一家兄弟姊妹，在慈祥深情的藝術家母親瑪麗的照管之下，於此地度過了他們的漫漫夏日），在其他方面則陰鬱無歡，尤其是弟弟馮斯華的離世：他十多歲時就被一場殘酷的疾病奪走了生命，失去了他在塵世的「皮囊」。這場對家人的哀悼、大姊瑪麗－瑪德蓮與一些摯友的相繼離世，以及他所閱讀的經典作品，遂成為早歲失怙的作家不斷思索死亡（以及生命意義）的根源推力。聖修伯里已然在《戰地飛行員》第二十一章描述他年輕弟弟臨終苦痛的動人場面中寫道：「當肉身解離，本質就會顯露。」他的弟弟將自行車這筆遺產「託付給他繼承」。《小王子》第二十六章延續了這份情感，將克制與心碎交織合一：「我會看起來很難受⋯⋯我會看起來有點像快要死了。就是這樣。別來看了，真的不必。[⋯⋯] 我會看起來像是已經死去，但這不是真的。」當我們說聖修伯里的道德觀要求太高，甚至堪稱激進，請相信我們沒有亂講！我們如何能就這點去否認死亡的痛苦、否認消逝與匱乏的冷酷評判？必須仰賴一則寫給孩子的故事引領我們探索這處詭雷遍布的地帶；寫下這則故事的人體驗歷歷、感懷多多，也曾近距離直面死亡——不論是家人與好友的逝去，或是他本人親涉的危險處境。

但他對人類滿懷信心，他知道人類有能力容納那些逃離時間、留存於現有世界的物質當中不再具備可見形式的東西。此刻，他不是以唯物主義者或基督徒的角度在思考，而是化為一名有形的唯心主義者，缺乏可以讓他掌握發話權的真實理論依託，純粹只是拒絕接受「遺言」對精神生活有任何意義。小王子在沙地上暈倒後倖免於難（「他輕輕地倒下，就像一棵樹倒下一樣。因為沙子的緣故，他倒地時沒發出一點聲響。」），全拜星辰響鈴的歡樂恩典所賜，善聆之人，方能聽聞：「你呢，你將擁有別人沒有的星星⋯⋯ [⋯⋯] 你所擁有的星星，它們都會笑！」

別忘了，這本書是聖修伯里出發前往北非前的幾個月寫就的，當時他確信自己很快就會加入附屬航空隊、完成軍事任務。他心裡知道，他此次離去將為國犧牲（戴高樂將軍本人也在其《回憶錄》[Mémoires] 中如此回憶道），因為他必須執行的偵察任務異常危險，會遭到敵機炮火襲擊。象徵意義在此達至巔峰：本書直到他出發幾天後才出版，於是他只能為親朋好友少量的幾冊簽名（流通世間的樣書數量稀少，證明了這件事），並依循出版慣例、所謂的「正當理由」，因應首刷需求，親筆預簽了數百本新書。這本書的出版，就像在客廳的圓桌上留下最後一封告別遺書。為了安慰親朋好友，他寫下了這句話：「我會看起來像是已經死去，但這不是真的。」

若將《小王子》看成一部自傳，那麼與其說它是一篇證詞或一份陳言，不如說某種程度上它在作者本人的生活中占有一席之地，在艱難嚴峻而威脅重重的日子裡提筆寫下，提早預告了他與身邊親友將要面臨的突發狀況。對他的妻子康蘇艾蘿尤其如此：1943 年 4 月 2 日，聖修伯里將她獨自留在紐約，這一天是駛往阿爾及爾的船隊出發的日子。就很多方面來說，這份書本形式的「遺書」正是獻給她的。康蘇艾蘿心知肚明，在 1941 年就給她的作家丈夫寫過這樣的信：「一個真正的奇蹟。我很快就會變成潘普奈洛（Pimprenelle）。但美美的——儘管世事殘酷，綿羊蠢傻，愚笨且壞壞。潘普奈洛輸了——她死了。而那個漂亮姑娘，我們會帶她去青綠草地上散步，我們將用鮮花與歌聲打扮她，從此以後，再也沒人傷得了她。她將成為帕布（Papou）的一首詩，以他的汩汩鮮血寫成！」

〈小王子坐在草地上，
在一棵蘋果樹下〉，
《小王子》設計圖，
第二十一章，紐約／
阿沙羅肯（長島），
1942 年，墨水畫，
曾屬於約瑟夫．康乃爾
（Joseph Cornell）所有，
紐約，摩根圖書館與博物館。

「他輕輕地倒下，
就像一棵樹倒下一樣」，
《小王子》設計圖，第十七章，
紐約／阿沙羅肯（長島），
1942 年，鉛筆畫，私人收藏。

當然，也別忘了玫瑰花。在近期剛出版的作家與妻子康蘇艾蘿的通信集（伽利瑪，2021年）中可以看到，聖修伯里的書有多大程度借鑑了他們的婚姻故事。一者是他們混亂不堪的現實生活，一者是寓言中提到小王子與他的玫瑰花之間的關係，兩者之間相互共鳴激盪。這對夫婦少說共同生活了七年之後分居，然後在紐約重逢。1941 年，康蘇艾蘿來到紐約與丈夫共度耶誕——那是聖修伯里於紐約定居一年後的事。他們的破鏡重圓並不全然平靜無波。危機接踵而至，兩人對彼此的狀況都引以為懼，兩人都譴責對方錯誤百出、夜裡搞失蹤、冷漠無情、反覆無常、斤斤計較……

然而，康蘇艾蘿與安東尼卻夢想他們能共同擁有一個寧靜溫馨、遠離塵世的家——一座花園：「康蘇艾蘿，我的愛人，做我的花園吧。我必須強烈地感受我的內心渴求，這種渴求與日俱增，我必須保護您，讓您人面桃花，漫步在您美妙宜人的詩篇園地裡。」安東尼在 1944 年 6 月航機消失於馬賽外海前幾天寫給康蘇艾蘿的信中還如此寫道。他們配偶生活的某些時刻很可能還是帶給他們這種滿足感。就好比，1930 年他們在阿根廷一起度過的最初幾個月，或甚至是他們在貝文公寓（Bevin House）共同經歷的那段閃閃發亮的時光——貝文公寓是康蘇艾蘿 1942 年夏末秋初在長島諾斯波特（Northport）租下的一棟美麗寬敞的別墅，在那裡，作家得以全心投入《小王子》水彩插畫的最後完稿工作：「您耐心十足，而且毫無疑問，正是您這份耐心，拯救了我。《小王子》是仰賴您在貝文公寓的熱情張羅才能誕生的。」（卡薩布蘭卡，1943 年夏）。

在 1942 年秋天回到曼哈頓之後，這對夫婦決定一起搬回東河（East River）畔畢克曼廣場（Beekman Place）一棟豪華的小房子裡，兩人可以各自享有一層樓的空間。但是，這對夫妻再一次分崩離析：他再也無法忍受她無法時時陪在身旁，撫慰承受外界敵意的他，或是在一旁見證支持他的作家生活（他曾經對她寫道：「您是我的夏日、我的花園、我的避風港」，甚至稱她為「康蘇艾蘿－康舒愛樂」［Consuelo-Consolation］）；她拒絕被賦予這樣的任務，持續與她感到親近的人、尤其是她的超現實主義與藝術家朋友頻繁來往。雙方的決裂點很快就到了。聖修伯里再也無法容忍這一切帶給他的心理壓力，這種壓力並非來自康蘇艾蘿，而是來自他對她的期待總是落空或難得實現。（聖修伯里畢竟是那個時代的男人；在他的作品中——包括《小王子》在內——女性的地位並不受尊重：玫瑰花以她的情緒波動勉強掩飾了她的被動，飛行員的妻子們良善可人、弱不禁風，少有機會在自己的生活中扮演要角；冒險與職業僅限男人。）因此，他再次啟程的條件已然齊備，完完全全就像他在《小王子》（已寫完但尚未出版）中預知的那樣。他當然不太歡喜，甚至深受影響；但是生活、他的生活、他們的生活，就是如此，已成定局。「難道我還要為了不必自殺而逃離您嗎？」

「這不是插畫，而是一幅顯示尺度的比例草圖」，〈小王子與玫瑰花〉，贈予譯者好友路易斯·加隆提埃，《小王子》插圖變化版，第七章，美國，1943 年 1 月，鉛筆與水彩畫，親筆手稿，德州大學奧斯汀分校，哈利·瑞森（Harry Ransom）人文研究中心。

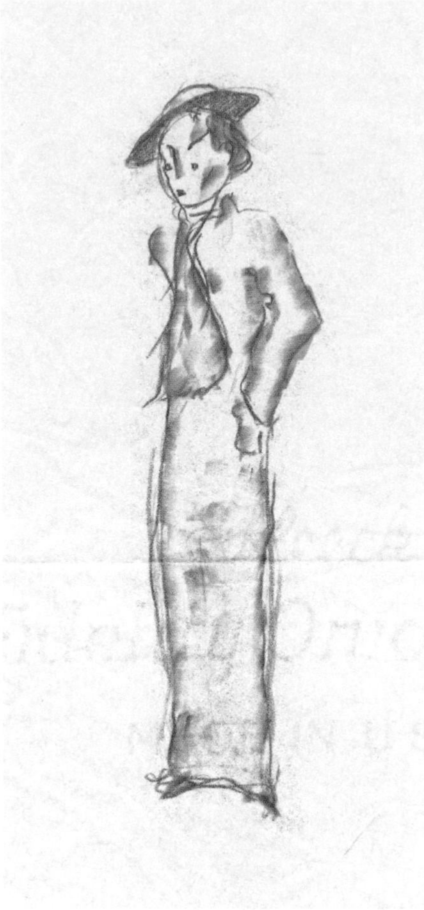

就在出發前往北非的前幾天，筋疲力竭的作家還如此自問。「我覺得，沒了我，您會過得更幸福，我想，我終究會在死亡中尋得平靜。除了平靜安寧，我別無所求、別無所願。我絲毫不怪您。與等待我的未來相比，什麼都不重要。您讓我失去了我少得可憐的自信。我的小寶貝。[……] 我在家裡連呼吸都覺得困難，我很樂意被弄死。我不想被殺。但我非常樂意就這麼入睡。」（紐約，1943 年 3 月 29 日或 30 日）

聖修伯里因而堅持在想像中捕捉世上似乎不可能實現的愛情，以期他們兩人能夠繼續這麼過下去。「重要的事物用眼睛是看不見的」，至理名言再次登場。他去世前一年從阿爾及利亞、摩洛哥與薩丁尼亞島寄給康蘇艾蘿的令人心碎的信件，明白地透露了將他們緊密相連的強烈情感（從康蘇艾蘿寫給丈夫的信中也看得出來）：「因為妳與我一體共存，不可分割，世上沒有任何東西可以打破這道連結——而且還因為，儘管妳的巨大缺點陷我於如此悲慘的境地，但妳是一個滿懷美妙詩意的小女孩，我如此理解妳的語言。[……] 康蘇艾蘿我的祖國，康蘇艾蘿我的妻子。」（1944 年）兩人都不希望再也見不到對方，而只能讓天上星辰或虛構人物來代替他們體驗愛情，恰恰相反；他們在通信中無數次表達了對重逢的熱切渴望，他們想像著一棟多功能的房舍、一座靜謐的星球、一個溫暖的家、一座可以手牽手漫步其中的花園。但這種極盡真切的盼望從此卻模模糊糊地與兩人共同想像中的歡悅盛景融合一氣。1943 年 11 月，聖修伯里在阿爾及爾寫道：「哦，康蘇艾蘿，我很快就會回去妳身邊，到處畫滿小王子……」這是一個無法兌現的承諾。

然而，小王子與他的玫瑰花的形象不能被視為聯繫這兩人的特殊愛戀的唯一寓言。我們必將其源頭——確實獨一無二——與其「下游」的後期階段區分開來。支配這兩名傳奇人物之間關係的元素，其牽涉的範圍相當廣泛，不限於故事中可供辨識的傳記層面清單範疇（例如康蘇艾蘿的哮喘病）。在小王子與玫瑰之間的聯繫這一隱喻中成為賭注的，是作為「關係紐帶」（這是聖修伯里使用的說法，尤可見於《戰地飛行員》）的整體人類問題。當狐狸教導小王子「為了玫瑰花所花費的時間」的價值或「馴服」一詞的重要性時，他指的當然是愛情，但也同時論及友誼（友情對聖修伯里來說是最主要的價值，他在為雷昂．魏爾特而寫的《給人質的一封信》裡，藉美妙的篇章大談友誼。他也將《小王子》獻給他這位猶太朋友）或子女對父母的孝心連結，甚至更廣泛地說，他是在探討決定我們和人與事物之間關係的所有情感。正如我們所言，《小王子》在這方面是一本全盤關照的書，在本身的單純形式中飽含深意。

〈康蘇艾蘿的肖像畫〉，
紐約，1942-1943，
鉛筆畫，私人收藏。

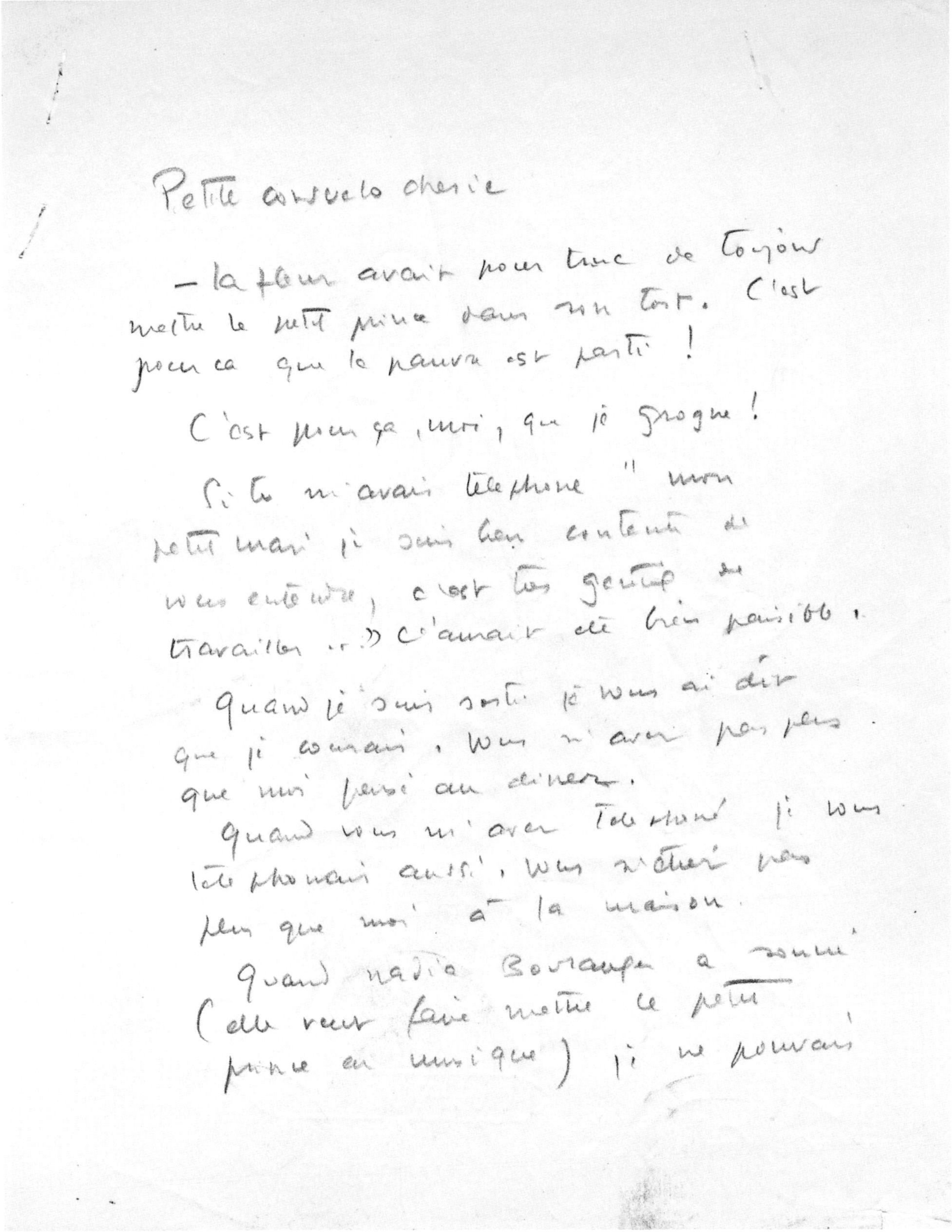

Petite consuelo chérie

— la fleur avait pour truc de toujours mettre le petit prince dans son tort. C'est pour ça que le pauvre est parti !

C'est pour ça, moi, que je grogne !

Si tu m'avais téléphoné "mon petit mari je suis bien contente de vous entendre, c'est très gentil de travailler..." ç'aurait été bien paisible.

Quand je suis sorti je vous ai dit que je courrais. Vous n'avez pas plus que moi pensé au dîner.

Quand vous m'avez téléphoné je vous téléphonais aussi. Vous n'étiez pas plus que moi à la maison.

Quand Nadia Boulanger a sonné (elle veut faire mettre le petit prince en musique) je ne pouvais

「花兒的巧計總是會害到小王子。所以那個可憐的小傢伙跑掉了！／這就是為何我會低聲抱怨。」

聖修伯里寫給妻子康蘇艾蘿的信，1943 年春，鉛筆紙稿，私人收藏。

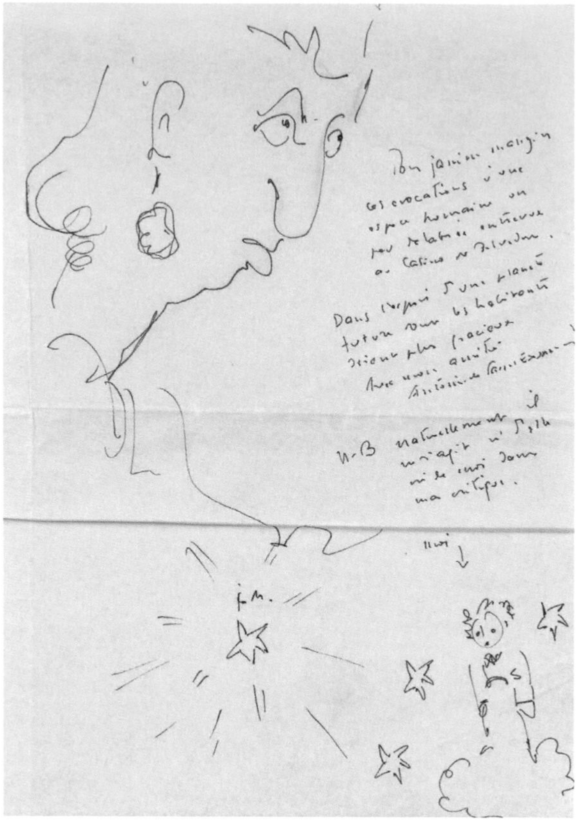

「這不是小王子……」，
〈吸菸者的肖像畫〉，
親筆手稿，突尼斯，
1943 年［8 月］，墨水畫，
尚—馬克．普羅布斯特
（Jean-Marc Probst）收藏。

「獻給珍妮．曼金
（Janine Mangin），
對於在貝勒維德爾
（Belvédère）賭場瞥見的
這略顯破敗的人類物種的
回憶再度浮現。
希望未來地球上的居民
都更加和藹可親。
致上我誠摯的友誼。
安東尼．德．聖修伯里。
當然了，我的評論
與她跟我都無關。
我［小王子的圖］珍［妮］
曼［金］［星星的圖］。」

〈一名女子與小王子在雲間〉，
給珍妮．曼金的題簽，
突尼斯，1943 年［8 月］，
親筆手稿，墨水畫，
尚—馬克．普羅布斯特收藏。

也因此，在聖修伯里離開紐約到他辭世之間十五個月左右的時間裡，看到他為康蘇艾蘿以外的人畫下小王子與玫瑰花，其實不必過於驚訝。這不盡然意味聖修伯里對康蘇艾蘿的記憶不夠忠實——儘管他並不總是忠實於她——而是反過來證實了這部作品散發強烈的自傳色彩，由此觀之，作者在其中找到了吐露自身靈魂的主要泉源。三〇年代誕生於作者筆下的小人兒，拜紐約客居所賜，搖身一變，成了文學人物。他獲致了更強大的表現力與魅惑力，也增添了命運的傳奇色彩。但他依然是作者的日常夥伴……更是聖修伯里告訴世人「他愛他們」、也希望「被他們所愛」的特殊媒介。

布萊恩・威爾遜（Brian Wilson）在〈只有神知道〉（God Only Knows）這首歌中問道：「這世界對我可能毫無意義，那活著對我還有什麼助益？」聖修伯里試圖回答這個普世的疑問。於是，他獲得了前所未見的廣泛關注，《小王子》直至今日依然是二十世紀全世界最多語言譯本的文學作品。尤其在一千零一種詮釋、改編與重讀的接力賽之後，此書這般龐大的讀者群令人有些目不暇接。康蘇艾蘿本人曾計畫撰寫這則寓言的續篇，並配上自己的插畫。

面對如此繁花盛開的作品衍生現象，最明智的建議做法是追本溯源，回到最貼近寫作本身的起始點，也就是回頭閱讀作者完成於《小王子》之前的作品，從《南方郵航》到《戰地飛行員》。本書的目的、也是本展覽的目的（展覽催生了這本書），就是盡可能重現作品的原始樣貌，移除任何妨礙我們觸及它本來面目的東西，猶如一顆純淨的鑽石：領略作者在作品中所投注的一切心力、透過作品所闡述的一切概念，以及他如何奮力打磨、精煉這本書，使其燦爛光芒明日依舊照拂我們、直抵人心。

◎ 安娜・莫尼葉・梵理布

安東尼・聖修伯里
與他的小王子

如同許多其他受人喜愛的作品一樣，儘管在歷史長河之中已有眾人的諸多研究，《小王子》依然蘊含了許多看似矛盾的謎團，再加上作者本人在這本書出版後沒多久便過世，並沒有太多機會談論它。現在，就讓我們一起出發去遇見小王子吧。

若是不知曉安東尼・聖修伯里本人與他不尋常的經歷，便很難真正地理解《小王子》。如今，除了在熱衷飛行的人眼中，聖修伯里本人以及其作者身分，都隱於小王子的鋒芒之後，他儼然成了聖修伯里死後的分身。這個身分的混淆是源於書中的兩個主角以及他們和作者本人的連結：在這則故事中，為了了解生命最純粹的意義，聖修伯里同時化身為飛行員以及小王子，前者為不折不扣字面意義上的飛行員，後者則是個帶著好奇與新鮮的眼光看待生命的小孩子。這本書的神話地位與賣座程度，可能會影響讀者的閱讀以及對於作品的理解，尤其是在法國，聖修伯里為了祖國而在此光榮犧牲。雖然在學時人人必讀，還出現在五十法郎的鈔票上，身為作者的聖修伯里卻比不上他的角色小王子那般知名，乃至於他的其他文學作品，以及他在飛行先鋒之中的地位，抑或是他的政治與哲學參與。

然而，安東尼・聖修伯里將親身經歷都寫入了《小王子》。人物的相遇發生在沙漠中，這並非偶然，也不是為了敘事方便而將行動給獨立出來，而是由於作者真的有過撒哈拉的經歷，而且他一生中都在強調這些年沙漠對他個人以及職涯發展的影響。1927 年，有一次聖修伯里的飛機故障，是一名與世隔絕了好幾個月的士官在沙漠中的一個小堡壘裡接待了他，而他的第一本小說《南方郵航》的主角貝尼斯，不只有相同的經歷，也受到了同樣的接待。從天而降的訪客預告了小王子與他穿梭於不同星球之間的旅程：小王子將如同聖修伯里一樣啟程與他人相遇，是受到內在熱情的人性主義催動的探險家。只要能遇見人，聖修伯里便不畏懼任何有危險的任務——不論是作為郵政航空公司的使者去到摩爾人身邊，或者是接觸西班牙的分離主義者。

在空中旅行的人，比如小王子、聖修伯里和他其他作品中所書寫的飛航英雄，從高空看地球的感覺，就像是看著一間小孩的玩具屋或玩具房，裡頭的玩具排列得很整齊，像是一顆小星球上的風景錯落有致，與小王子出發旅行之前打掃整理的星球家園沒有多大差別。為了了解這顆地球，實務的做法是得先了解地理，國中的地理理論課轉化成了經驗豐富的飛行員同事對於地圖和飛行路線的詳細解說：亨利・紀堯梅（Henri Guillaumet）之於聖修伯里，如同《南方郵航》裡的敘事者之於貝尼斯。在《小王子》書中，地理的重要性表現在一名關鍵人物建議小王子去拜訪地球，以及主角的工作被賦予「真正的職業」這樣的稱謂，都可看出地理知識在聖修伯里日常生活中的重要地位。

儘管擁有了地理以及星星的知識，飛行先鋒們，無論是真實人物或想像人物，還是經常發生在沙漠裡或在山上飛機故障迫降的事件。若飛行員當時是獨自一人，那麼其他人就會前往救援，協尋必不在話下，更重要的還有給予他支撐下去以及活著回來的信念。聖修伯里在 1931 年《夜間飛行》得到費米娜文學獎之後發表的演說中提到：在某處等待著你歸來的人，能勝過危險。就像他的好友紀堯梅，在安地斯山上遇難後奇蹟般地脫險，而無人等待歸返之人，卻沒能活下來。至於小王子，旅途中的他一直都期盼著自己的玫瑰可以在他的星球上等著他歸家，並在故事結尾與她團聚。

《小王子》書中這些主題，也在聖修伯里的其他書籍作品、文章、書信，甚至是草稿中出現過，在在預告了這部集大成的作品。

閱讀《小王子》

《小王子》被大眾視為一本寫給小孩子的書，至少在法國是如此，但人們一生中經常會閱讀這本書許多次，而聖修伯里的文字在每一次的閱讀中，都能帶給讀者不一樣的啟發。人們對於在哪個年齡最適合第一次閱讀《小王子》有不同的意見：許多大人認為他們自己在小學的時候讀這本書時，年紀太小了，而有些家長則會朗讀給他們還不會閱讀的小小孩聽。這種長輩朗讀隔代分享的傳承方式，是童書的特質，對於閱讀《小王子》這本書來說也至關重要，因為每一本《小王子》都歷經多人之手。《小王子》是一本非常特別的童書，永不過時且放諸四海。但它真的是一本童書嗎？安東尼・聖修伯里開始寫作這本書的時候，在藝文界和政治界已有一定地位。1929 年至 1939 年間，因其飛行冒險經驗受到高度讚譽的他，出版了三本極受歡迎的作品：《南方郵航》、《夜間飛行》和《風沙星辰》。最後一本書的法文書名是《人類的大地》(Terre des hommes)，英文書名為《風沙星辰》(Wind, Sand and Stars)，在美國大獲成功，又得益於紀堯梅的水上飛機打破了紐約至比斯卡羅斯（Biscarosse）飛行紀錄。為了開啟一條聖修伯里擁有極大信心的商業航道，紀堯梅不間斷地飛了二十八個小時又二十七分鐘，並未中途停靠休息。累積了名望，過去主動上戰場的聖修伯里，在 1940 年離開法國前往紐約，希望能夠說服美國政府加入戰場，協助戰敗的法國。他拒絕了人們提議給他的各種職位，因為這些職位可能會使他遠離前線，使他無法運用他的名聲為戰事貢獻一份心力。聖修伯里選擇成為飛行員，在第二次世界大戰爆發的第一個月便投入戰場，加入了一支知名的空軍小隊。他將自己觀察到人們出走參戰的悲痛寫入《戰地飛行員》(Pilote de guerre)，英文譯名為《航向阿拉斯》(Flight to Arras)，是他在美國出版的第一本書，以法文和英文同步出版。1943 年 4 月，在《小王子》出版後幾日，他便離開了紐約。

人們可能會想知道，在這樣的時刻，是什麼原因促使聖修伯里這般重要的

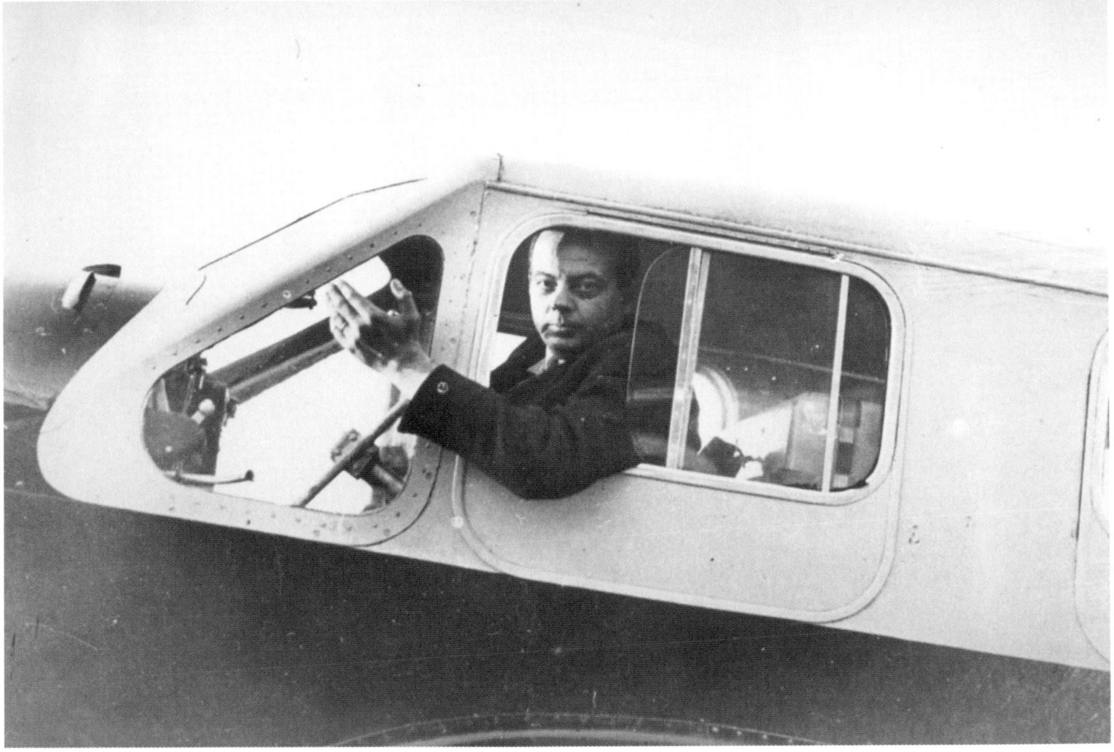

安東尼．聖修伯里，
1935 年。

沃爾特．利莫特，《南方郵航》
電影拍攝，1936 或 1937 年。

〈有翅膀的人物
騰雲飛越地球〉，
[1940 年]，墨水畫，
私人收藏。

貝納德．拉莫特
為《戰地飛行員》
所繪之插圖，
紐約，1941 年，
聖修伯里．亞蓋遺產
管理委員會收藏。

大人物開始寫一本給小孩的書。1920 年代間，兒童文學的地位逐漸有所提升，這是由於一些相關研究成果的緣故，尤其是華特・班雅明於 1926 年寫了〈童書觀點〉(Vue perspective sur le livre pour enfants)，他本人也很愛收藏童書，然而在當時，這個文類的影響力依舊相對不高。從啟蒙時代便開始有童書了（有些早期的作品可能是出於謹小慎微的緣故，而被歸類為童書，比如康米紐斯 Comenius 於 1658 年的《世界圖解》(Orbis sensualium pictus)，或是費內倫 Fénelon 於 1699 年為他學生，也就是路易十五的孫子，所寫的《特勒馬科斯的歷險》Les Aventures de Télémaque)，但一直要等到二十世紀，童書的地位才有比較長足的進步，也逐漸擔負起重要的責任：透過這個第一次接觸，使人愛上閱讀。也是於此年代，童書這個文類逐漸改頭換面。

十九世紀的童書揉雜了虛構故事與道德教育，這是從約翰・洛克（John Locke）1693 年的《教育漫話》(Pensées sur l'éducation) 以來的盎格魯・薩克森傳統。而在法國，兒童文學於 1833 至 1882 年之間，隨著法規要求小學實施義務教育以來，跟著一起逐漸發展。教科書的編輯委員為了使課本內容多樣化，挑選了一些具有啟發性的故事，以得獎書籍的名目編選入教科書。1856 年時，其中一位編輯路易・阿榭特（Louis Hachette）跳脫教科書的框架，創建了「粉紅圖畫書」書系（Bibliothèque rose illustrée)，使賽古兒伯爵夫人（comtesse de Ségur）的作品大受歡迎。他的競爭對手尚－皮耶・黑澤勒（Jean-Pierre Hetzel）則是透過與儒勒・凡爾納（Jules Verne）談妥獨家出版、專攻豪華版市場，乃至於愛書人士爭相傳頌的書封設計，而逐漸建立起知名度。一個是週日特售的珍藏書殼版，一個是能讓人毫不心疼隨意翻讀的平價版，兩位編輯南轅北轍的出版觀點，分別著重於藝術追求和普及推廣，可以說恰恰總結了法國十九世紀的兒童文學發展歷史，以及在十九世紀後半葉一邊追求提升文字創作品質的同時，也同樣追求書中插畫品質的精進。

1930 年間是個關鍵的轉折期，尤其與保羅・佛雪（Paul Faucher）創立的「河狸爸爸圖書」(Albums du Père Castor) 書系有關。這系列童書都是小開本，價格極好入手，卻邀請到知名藝術家來繪製插畫，尤其是出走到巴黎的著名前衛俄國藝術家亞歷珊德拉・艾克斯特（Alexandra Exter)、費奧多・羅揚科夫斯基（Feodor Rojankovsky)、娜塔莉・帕蘭（Nathalie Parain）和伊萬・必里賓（Ivan Bilibine)。「河狸爸爸圖書」系列將其教育雄心拓展到藝術領域以外，聖修伯里的友人保羅－愛彌兒・維克多（Paul-Émile Victor）以自身在北極的探險經歷寫成故事，於 1948 年出版了《小雪花阿布奇亞卡》(Apoutsiak, le petit flocon de neige)。一些其他原本並非專門為童書創作的藝術家與作者也開始關注這群特別的小讀者：詩人崔斯坦・德黑姆（Tristan Derème）和他創造出來的一個小男孩角色帕特舒（Patachou)，書中提到他幻想著蟒蛇與大象，這很可能對於日後的《小王子》產生些許影響。安德烈・莫華（André Maurois）撰寫的《三萬六千個願望的國度》（Pays des trente-six mille volontés）書中「代理仙女」的角色設定與小王子有些類似；前衛的知識分子葛楚・斯坦（Gertrude Stein）在 1938 年《世界是圓的》（The World is Round）（見第 48 頁圖）的故事中，寫到一朵小玫瑰花和她的圓形世界，有大象在她的圓形世界上行走。流傳久遠且筆鋒獨特的《小王子》，便是這般刻畫了時代的特性。

兒童文學的復興對於聖修伯里有著極為特殊的意義，因為他不斷強調童年在他個人生命故事中的重要性。在 1941 年《哈潑時尚》（Harper's Bazaar）雜誌對他的訪談中，他提到童年時期的閱讀，以及童年閱讀在他日後作品中所扮演的角色。他記得對自己產生深遠影響的第一本書是安徒生童話故事，而第一份讀過的印刷品則是關於釀酒的小冊子，對於當時不過是個四歲小孩子的他來說，雖然看不懂，卻很迷人。儒勒・凡爾納與他的冒險故事中，充滿了各種科技發明，年輕時的他也深受吸引。

聖修伯里經常寫到「生命與其童年」，好像童年是一個地點，一個國度，更是一個幸福的國度，我們來自這個國度，它定義了我們的身分認同。童年時期描繪了生命未來的輪廓，小聖修伯里的童年便是如此，當時的他會寫詩給朋友、向母親學習繪畫、對於發明和實驗有著莫大的熱情，這份熱情甚至推動他於 1912 年進行了飛行初體驗。1930 年，陷入低潮與孤獨的聖修伯里從南美洲寫了一封信給母親，信中甚至提到「自童年流亡」來表達他的心煩意亂。

繪畫，第二語言

雖說小時候的聖修伯里就熱愛故事與小說，但他剛開始進行文學創作時，曾在寫給前未婚妻露意絲・德・衛勒莫杭（Louise de Vilmorin）的信中提到：不要寫童話故事，而要談論當今時代的偉大冒險[3]。年輕時的他崇拜浪漫主義與象徵主義詩人波特萊爾、馬拉梅和艾雷迪亞（Heredia），在決定以寫作為職業時，他不做純虛構的創作，而是將自身經驗寫成故事。必先親身經歷，而後方能敘述。在《南方郵航》和《夜間飛行》裡，聖修伯里隱身於自己創作的人物身後，但在《風沙星辰》裡，他既是敘事者，同時也是書中主角。

在虛構故事與真實敘事的二分法中，《小王子》應該處於什麼位置呢？飛行員和小王子在沙漠中相遇的情節，著實令人難以相信。然而，敘事的力道、豐富的細節，敘事者流露的情感，似乎都證明了這段經歷的真實性。聖修伯里為我們提供了《小王子》書寫性質的線索：「我原本想要以童話故事的開頭來寫這個故事。本來我想這麼寫：『從前，有一個小王子，住在一個比他大不了多少的星球上，他需要一個朋友[4]……』對於看透人生的人來說，這聽起來更為真實。」陳放了將近二十年以後，聖修伯里終於寫下了他的童話故事。

崔斯坦．德黑姆，〈小男孩帕塔丘〉，由安德烈．埃勒（André Hellé）繪，巴黎，愛彌兒－保羅兄弟（Émile-Paul frères），1929 年。

艾莉絲．皮傑（Alice Piguet），〈疲憊的天文學家〉，由亞歷山大．賽黑貝瑞亞科夫（Alexandre Sérébriakoff）繪，巴黎，1935 年。

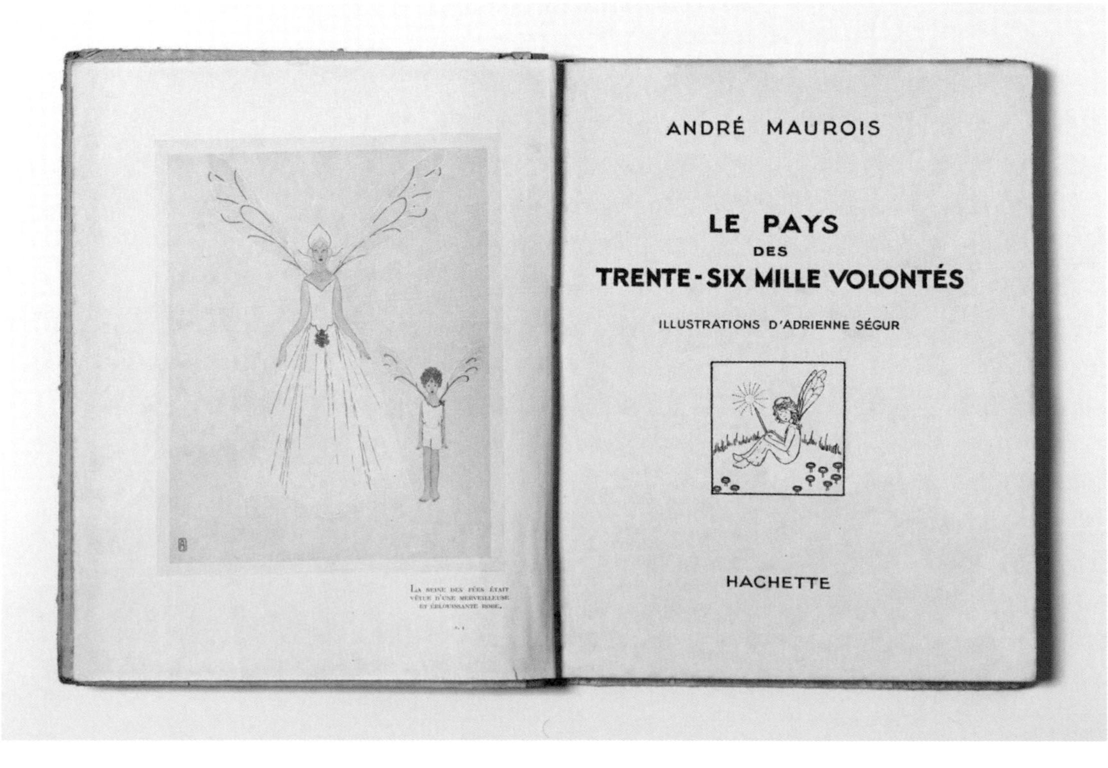

安德烈．莫華，〈三萬六千名志願者的國度〉，由阿德麗安．賽古兒（Adrienne Ségur）繪，巴黎，阿榭特出版社（Hachette），1931 年。

這個轉折的起因，可以追溯到本書的寫作時期，當時多所動盪，卻無所作為，適合省思。東一點西一點的小圖畫，經常散布於聖修伯里的信件或手稿裡，流露出他當時的心境，如同《小王子》書中的圖畫，豐富了敘事的主線。聖修伯里多次怨嘆自己流亡他鄉，遠離祖國，就像他筆下孤獨的主角。然而，他在美國時，實際上並不像他自己說的那麼離群索居。他經常與查爾斯和安妮莫羅・林德伯格（Charles and Anne Morrow Lindbergh）以及安娜貝拉和蒂龍・鮑爾（Annabella and Tyrone Power）等名人往來，也經常與文化界人士尚・雷諾瓦（Jean Renoir）、皮耶・拉扎雷夫（Pierre Lazareff）、丹尼斯・德・魯日蒙（Denis de Rougemont）等人交流。再說，美國版的《時尚》（Vogue）和《哈潑時尚》雜誌都曾刊登過關於他的文章，還有他與娜塔莉・佩利（Natalie Paley）的關係，都顯示了他的社交活躍程度。

聖修伯里與許多藝術家的關係特別密切，像是貝納德・拉莫特（Bernard Lamotte）、海達・斯特恩（Hedda Sterne）、約瑟夫・康乃爾（Joseph Cornell）等。他們有可能影響了聖修伯里，連帶影響了他當時正在撰寫的《小王子》書中插圖的地位。諸多版本的《小王子》會特意提到「收錄作者手繪插圖」，而與聖修伯里親近的人，也見證了他對書中插圖近乎狂熱的嚴肅態度。他寫給美國編輯關於排版的多封書信，顯示出他在創作時，是同時思考文字與圖像呈現的。聖修伯里不僅為他的書畫插圖，他也是透過繪畫來想像、建構起這個故事。他對於每一幅畫應該放在哪個位置、格式大小等，都有明確的想法，並且要求這本書的呈現必須與他的想法完全一致。

《小王子》可說是從繪畫中誕生的，因為在流亡美國期間，聖修伯里繼續撰寫《要塞》，這個故事他已經寫了好幾年，其哲學性與複雜程度宛若《一千零一夜》。美國編輯一直對他經常隨手速寫的許多小圖畫很感興趣，為了讓他轉換一下想法，便邀請他為兒童寫一個故事。該書原定於 1942 年耶誕節出版，但出版時間由於聖修伯里的完美主義而延後。1943 年初，他在送給安娜貝拉・鮑爾的樣書上的題辭寫到：「會延遲這麼久，是因為我不願只有文字沒有插圖，編輯花了四個月的時間來做圖（這些圖多美呀……）」。以上資訊揭露了這本圖文結合的書，在創作與編輯的過程中，是有些強迫症傾向的，再加上它是聖修伯里生前出版的最後一部作品，知道這些訊息，能使我們更正確地認識小王子以及他所要傳遞的訊息。

文字與插圖的結合，正是兒童文學的核心。在聖修伯里所處的時代，或是更早的時候，只有極少數的作家能夠為自己的故事畫插圖，像是碧翠絲・波特（Beatrice Potter）、艾爾莎・貝斯科夫（Elsa Beskow）或是尚・德・布倫霍夫（Jean de Brunhoff）。若說《愛麗絲夢遊仙境》在 1865 年為文本與圖像的結合，提出了劃時代的新形式（有時文字會偏移，以便為插圖騰出空間，或者將文字插入圖畫中間，甚至為了配合插圖而將文字變形：比如在第二章的開頭，愛麗絲長大抽高、脖子拉長，文字排版便也拉成長直條狀，直接對應長脖子愛麗絲的插圖）。起初自行為作品畫插畫的路易斯・卡洛爾（Lewis Carroll），後來找了一位專業插畫師來為這部作品繪製插圖。

〈星球上的象群〉，《小王子》第五章水彩原稿，紐約，1942 年，私人收藏。

葛楚・斯坦，〈世界是圓的〉，由克萊蒙・賀德（Clement Hurd）繪，紐約，威廉・史考特出版社（William R. Scott, Inc.），約於 1939 年。

圖畫對於童書來說非常重要，對於聖修伯里亦然，他一向會在信件、手稿或草稿上隨手塗鴉，長久如此。他能發揮這份天賦，得益於母親的教導，聖修伯里的母親是一位技藝精湛的水彩畫家，在孩子小時候用心給予他們紮實的藝術教育。書中的飛行員只畫了兩幅畫，就放棄了「畫家這個美好的職業」，聖修伯里心有戚戚焉，在寫給母親的那些畫著插圖的信裡，經常流露出邊摸索邊生氣的心情，因為他不知道怎樣才能畫得更好。

繪畫也是作者的第二語言，除了可以消除誤會，還可以強調某些事物的嚴重性。比如，《小王子》書中最「巨大」的一幅插圖，畫的是猴麵包樹，這種植物看似無害，卻很可能造成無法挽回的損害，這隱喻暗指 1920 年代和 1930 年代的法西斯思想。敘事者和小王子都認為有必要警告讀者注意這些危險，因此用這幅插圖來表現令人心痛與急切的情緒感受。

無論《小王子》是不是寫給小孩子看的書，書中都涉及嚴肅的議題。聖修伯里曾寫道：「我不喜歡人們草率地閱讀我寫的書 [5]」，而這正是《小王子》的矛盾之處：既簡單，又具深意。《小王子》八十周年紀念展實現了聖修伯里的願望，從各地蒐羅匯集得來的眾多資料使我們得知確實不能草率地閱讀這本書。被嚴肅又重要的事情所占滿的聖修伯里，在戰爭期間騰出時間寫了這本書，恰恰證明了它的重要性：無論在哪個年紀，閱讀《小王子》都不會是浪費時間的事。

《小王子》這本書，是關於嚴肅的事、關於本質、關於什麼重要、什麼不重要的一本書，探討大人和小孩看待事物的不同觀點，然而聖修伯里與多數大人的觀點，比如商人的，也存在著分歧。人們被教導成要欽佩成功的商人，但在小王子眼中，商人去計算星星這件事卻顯得極度荒謬，以至於他覺得此人——往好處想，可說有趣，往壞處想，則與酒鬼沒多大差別。

「表示比例的猴麵包樹草圖」，
1943 年 1 月，鉛筆與水彩畫，
給譯者路易斯．加隆提耶，
德州大學奧斯汀分校，
哈利．瑞森人文研究中心。

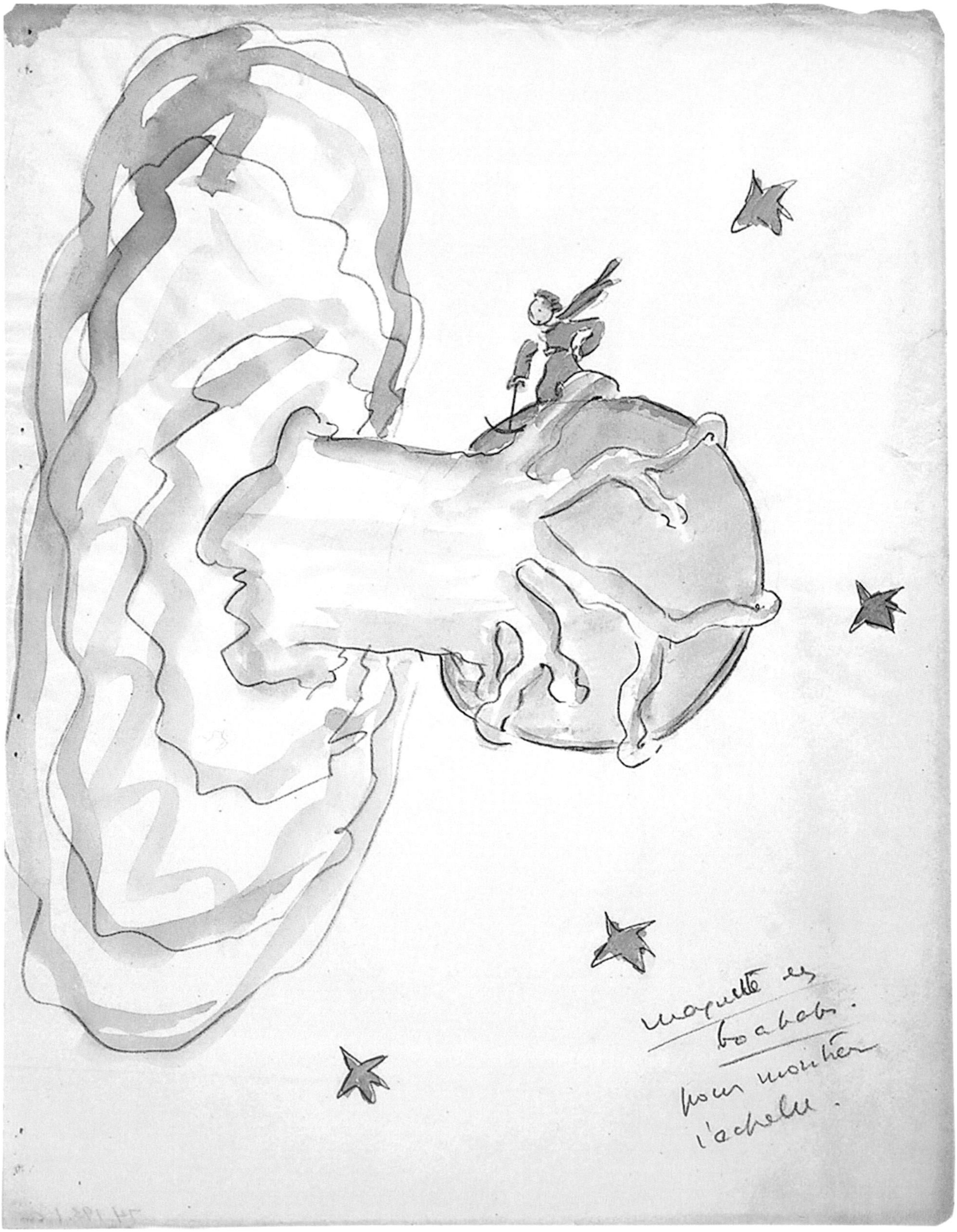

聖修伯里多次寫到自己對於無所不在的商業交易的不安顧慮，在他飛過阿根廷南部的回憶裡，以及在油井周圍形成的那些既陰暗又不人性化的城市裡，在這些段落中都透露出他的觀點：想要占有地球肚腹中的資源，豈不是和想要占有星星一樣的荒謬嗎？一生都缺錢的聖修伯里也曾批評過那些他做過最賺錢的工作，像是寫劇本和報紙文章，害他無法專心創作。《小王子》也再度批判了消費主義、資本主義，以及我們所處的這個非人性化的社會，其中最諷刺的段落就是關於販售止渴藥丸這種可笑的發明。

「我希望人們對於我的不幸，能嚴肅以待。」聖修伯里藉由敘事者之口說出這句話。1944 年 7 月 31 日，疲憊的他登機執行最後一次任務。在寫給友人皮耶·達洛茲（Pierre Dalloz）的最後一封信中，他寫道：「即使我墜機，也不會後悔。讓我感到害怕的是未來的白蟻窩，我討厭人們彷彿機器人似的美德。我生來就是一名園丁。」小王子非常清楚，事實並非如此，他持續替他的朋友，也就是懷著人文主義希望的安東尼·聖修伯里，傳達他想要傳遞給世人的訊息。

[3] 安東尼·聖修伯里致露意絲·德·衛勒莫杭（Louise de Vilmorin）的信，1926 年 10 月。
[4] 安東尼·聖修伯里，《小王子》，伽利瑪出版社，1999 年，第 42 頁。
[5] 同上，第 42 頁。

安東尼・聖修伯里在令人動容的《戰地飛行員》（Pilote de guerre），一本描寫法國1940年戰敗的小說，裡頭寫到：「我來自哪裡？我來自我的童年。我來自我的童年，如同來自一個國度。」他所有的作品力求歌頌永恆，皆源自這年少之國——從中避免了時間侵蝕的痕跡，避免遺忘，而遺忘是人類很容易怪罪自己的事。《小王子》也不例外，故事開頭將小孩對於世界的創意觀點以及受制於慣例和老生常談的「大人」觀點兩相對照，以思考這個問題來開場。這則寓言故事在許多方面就像是由我們的「童年面向」（小王子）和我們的「成人意識」（飛行員）

故事裡的童年

「有些人不會老去，詩心永存。」

L'enfance d'un conte

« Quelques-uns savent ne pas
vieillir et rester poètes. »

之間的對話所構成，透過這兩個人物作為媒介，使童年面向與成人意識兩者能融洽共處。這使得我們不知該把這本書當作是一本寫給小孩的書，還是寫給大人的書。實際上，就其本身而言（即就書寫與意圖而言），兩者兼具！

這兩個介於兒童和成人交界般的存在，都代表了聖修伯里本人。這個忙著處理嚴肅要事的大人，在他全心投身戰爭時，決心為小孩寫一個故事。這本書其實不是獻給他的朋友雷昂・魏爾特（Léon Werth），而是獻給「小男孩時候的雷昂・魏爾特」，以及仍然「看得懂寫給小孩的書」的他，以免冒犯了年少讀者。這位極富盛名的飛行員依然保有能理解小孩以及與小孩對話的能力，小孩也是聖修伯里選擇書寫或交談的優先對象。

1900 年 6 月 29 日，安東尼・聖修伯里於里昂出生，家中有五個小孩，很早便失怙。他從自己的童年時期汲取珍寶，來豐富世界的故事寶藏。《小王子》的寫作，很大程度上須歸功於這段黃金時期，雖然他的童年時期經歷了家人的逝世（我們感受到在他莊嚴地談論小孩死亡的書中那份傷痛），但也經歷了簡單的快樂，來自於他與大自然的美好關係、親友的關愛陪伴，以及冒險的呼喚——星星在閣樓梁柱的窗洞跳動著。在作家兼飛行員總是充滿濃烈情感的世界裡，無論是在他的生活中還是在他的作品中（透過寫作與插圖），總是細細描繪出每個人的特性，因為在他眼中，他是個載體，帶出每個人最鮮明的特性。「我把自己關在備受保護的童年裡，快樂得不得了！」《戰地飛行員》的敘事者在一本飛行員的書開頭驚嘆道：「我應該是在做夢吧。」

但年輕的安東尼・聖修伯里伯爵並未將童年理想化——會因為被謀殺的莫扎特而哭泣的他，怎麼可能不知道世上有不幸的人和被殘害的人？——在忘了「每個人都來自這片偉大的領土」的人群當中，他是那駐紮在敵國的使節。這片領土總是原汁原味又極度真實：「充滿童年記憶、充滿我們的語言和我們發明的遊戲的那個世界，在我看來，總是比另一個世界更加真實萬分」（給母親的信，布宜諾斯艾利斯，1930 年 1 月）。

然而，對心存善念的男人與女人來說，這兩個世界之間並沒有真正的界限。我們可以成為當時代最入世的人之一，就像聖修伯里，身兼民用和軍事飛行員、新聞記者、天才發明家和好戰友，既不背離身後的童年國度，也不砍斷那條拉住我們的亞麗安德妮的線（le fil d'Ariane）——小王子的作者手裡一直握著這條線，就像他好幾幅畫作裡的角色一樣。這是因為對於小王子的作者來說，沒有什麼比經歷過的冒險、遠行的前景、旅途中的磨難和孤獨更接近童年的感覺了。這些經歷雖然非常痛苦，但能重新激發每個人身上的童年活力，這份活力具有強大且撫慰人心的內在力量，能為這世界增添魔力。因此，「有些人不會老去，詩心永存」，書寫著普世的故事。

我們會發現這位作家生命中的各種重要元素都萌芽於他的童年：早期想成為詩人、飛行初體驗、和弟弟一起發明遊戲、家族的花園、和母親的關係，還有第一次世界大戰時關注空戰的少年愛國主義。雖說他通常身離兒時待過的地方很遙遠，但他與家人的關係卻很親近，而且總是與家人保持聯繫。這封信對他來說非常重要，也是他在 1920 年代期間冒著生命危險在飛機上小心翼翼地運送的珍貴郵件。

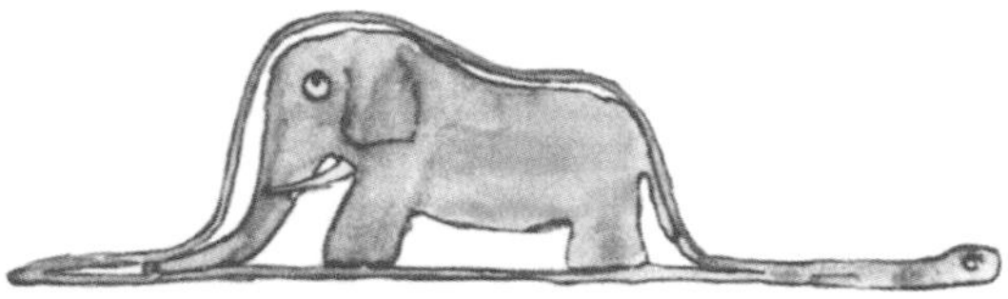

童年與旅行

L'enfance et le voyage

安東尼・聖修伯里在這幾張紙上寫道：「有些人不會老去，詩心永存。」書寫日期並未明確標示，總之是在 1930 年代。但比起確切的寫作時間，更重要的是話中深意。對於了解聖修伯里其人與其作品，這句話至關重要。聖修伯里發展了一套關於旅行的理論，雖未明確指涉，但顛覆了從蒙田傳承下來的古典傳統：「在我看來，旅行是一種有益的鍛鍊。[…] 就我所知，形塑人生的最好學校，便是不斷地親眼見證生活的各種樣貌」（《隨筆集》第三冊第九章）。對於《小王子》的作者來說，旅行並不具教育意義——或者更準確地來說，對旅行的首要期待，不應該是從中獲得這種教育意義——相反地，旅行能使我們回歸。這是一件極好的事情，因為旅行將人原先被埋藏在內心深處的部分重新翻出來，並幫助人自我修復，開放地接受來自世界的各種刺激。換句話說，對於啟程與旅行本身的期待——也就是說，花在旅行與旅途上的時間（「你為你的玫瑰所花的時間⋯⋯」）——使人陷入一種像是童年時期的狀態，揭開他內心國度的面紗，使被隱藏在日常生活的糟粕之中與隱藏在物質影響之下的，都顯現出來。童年是對即將到來的事物的美好期待，全世界都成了新的、未被占據的意識與自由夢想的呼喚和刺激。我們明白這個概念對於聖修伯里本人造成的影響。也就是說，他的無數次旅行對他來說只是一種不斷回歸的方式，不是回到童年時期，而是感覺離一個具備童年特質的世界，只差一步而已。旅行，冒險，是童年的延續——且無懷舊之情。聖修伯里但願永遠保持這份情感，他一生直到最後，都在人群中或在離別的痛苦（「一把刀 un couteau」）中尋找。他一直抱持著這股積極向上的熱情，但這股熱情卻也使他無法在人群之中平靜安穩地生活；候鳥遷徙總是吸引著他。

聖修伯里的這本書看似樸實無華，實則富有無限延伸的深意。對他來說，因旅行與離別的迫在眉睫而重新喚醒的童年精神，正是詩。文學創作的源泉來自於這種對世界的純粹感受，這種不在確信中僵化的覺知，透過主觀意識的表現來對世界重新施以魔法。一切都成為寶藏，一切都成為謎語，一切都成為徵兆。

這就是為什麼最好將聖修伯里投身飛行員的經歷與其作家的職業放在一起看，因為兩者都與童年的展現聯繫在一起，小王子的角色是童年的化身，《小王子》一書則闡述了童年的神話。

「有些人不會老去，詩心永存」。聖修伯里就是其中之一。

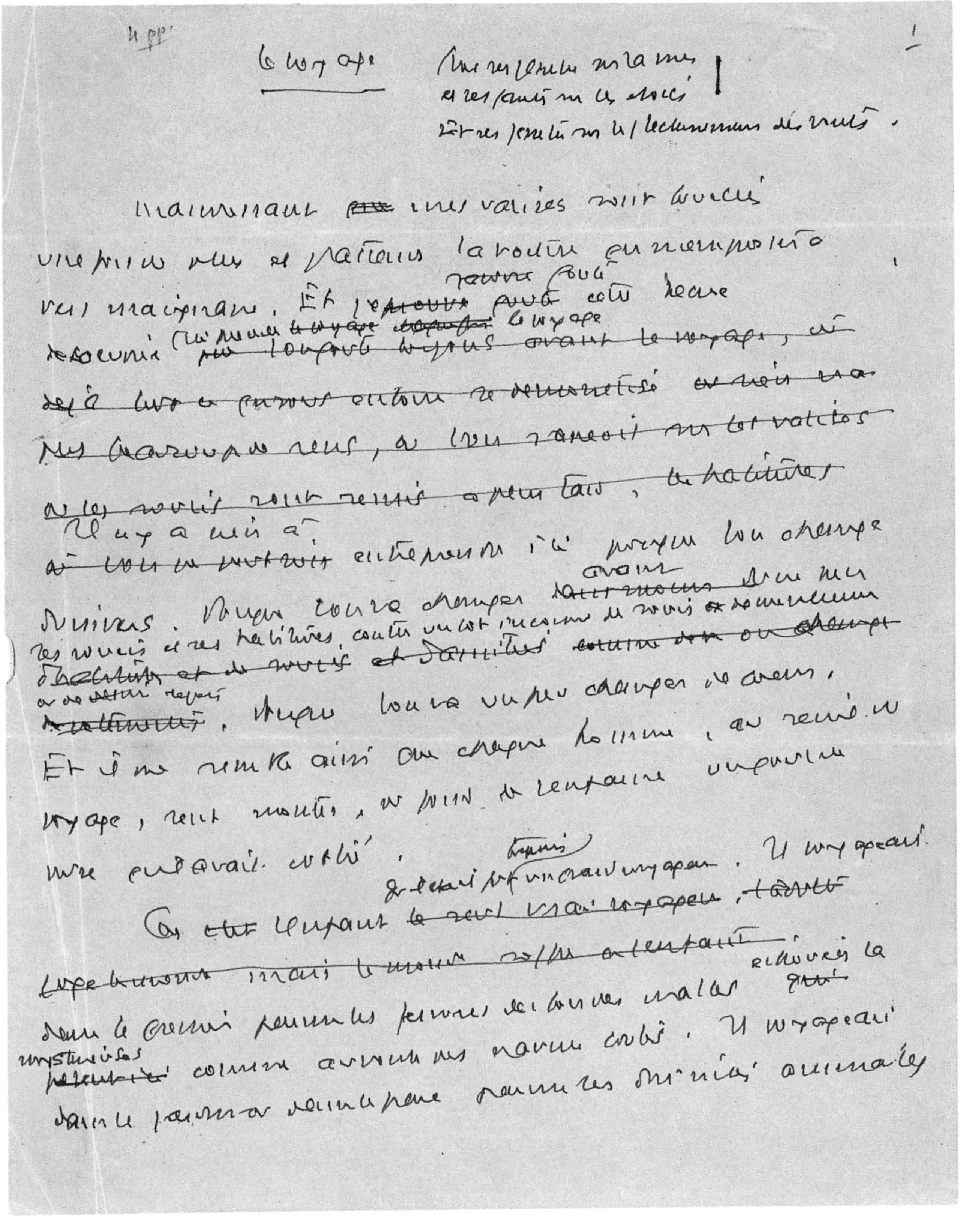
Le voyage

〈旅行〉，日期不明，
親筆手稿，聖修伯里．亞蓋
遺產管理委員會收藏。

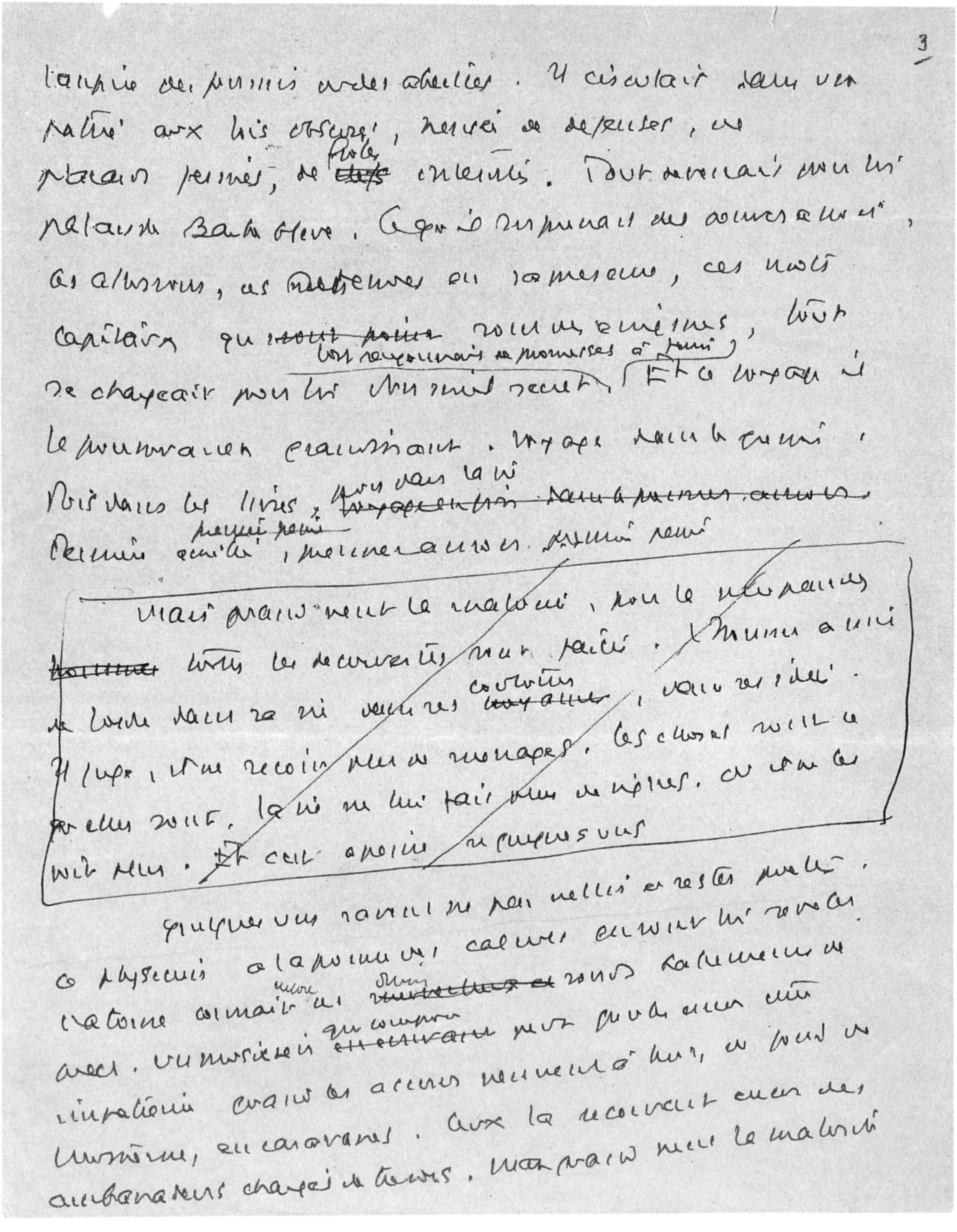

3

l'empire des premiers [illegible] ateliers. Il circulait dans un
palais aux lits obscurs, nourri de desserts, de
placards fermés, de fioles entières. Tout [illegible] pour lui
relents Barbe-bleue. Ce qui [illegible] des [illegible],
ces allusions, ces [illegible] en promesses, ces mots
capiteux qui [illegible] tous ces [illegible], tout
se changeait pour lui [illegible] secret. Et ce voyage [illegible]
le [illegible] [illegible]. Voyage dans le [illegible].
Puis dans les livres, [illegible] dans la vie [illegible]
[illegible] [illegible], [illegible] [illegible] [illegible]

Mais maintenant le [illegible], sur le [illegible]
[illegible] toutes les découvertes sont faites. [illegible]
de lui dans sa vie [illegible] ses couleurs, dans ses idées.
Il [illegible], il [illegible] recoin [illegible] [illegible]. Les choses sont ce
qu'elles sont. La vie ne lui fait [illegible] de [illegible]. Ce [illegible]
[illegible]. Et [illegible] [illegible] de quelques uns

Quelques uns savent ne pas mettre à rester muets.
Ce [illegible] à [illegible], [illegible] [illegible] [illegible].
[illegible] [illegible] [illegible] [illegible] [illegible]
avec. Un musicien qui [illegible] peut [illegible] avec [illegible]
[illegible] [illegible] [illegible] [illegible] à lui, ou [illegible]
[illegible] [illegible]. [illegible] la [illegible] [illegible] des
[illegible], en caravanes. [illegible] [illegible] [illegible] le [illegible]
[illegible] chargés de [illegible].

旅行

大海迎窗
星星盈窗
軟風搖窗

行李箱都收拾好了，再一次，我等著車子載我去馬里尼亞訥（Marignane）。享受著旅行啟程前的閒暇時光，沒什麼要做的，因為要轉換到另一個世界。因為一個小時之前，人們還在為別的事情煩惱，還有別的習慣，一個小時之後要擔心的便是許多未知的煩惱、驚奇和遺憾。因為我們的心境會稍微改變。所以在我看來，每個人，在跨過旅行的那道門檻時，都能感覺到曾經忘記的東西從童年的深處升起。

因為他一直都很喜歡旅行。他從前在閣樓裡旅行，穿梭在閣樓裡頭擱置的沉重行李箱和神祕金屬配件之間，彷彿在參觀擱淺的沉船。他也在花園或公園之間旅行，拜訪動物之神，探索螞蟻和蜜蜂的王國。他在一個規則不明且豎立著防衛設施和緊閉的櫥櫃及禁忌之門的國度內四處遊蕩。對他來說，一切都變成了藍鬍子的宮殿。他在場時無意中聽到的談話、典故、［沉默］，那些最重要的字句是謎語，對他來說，一切都是場祕密的哀悼，一切都是閃耀待完成的承諾。他持續旅行，持續成長。先是在閣樓裡旅行，接著在書海中旅行，然後在人生裡旅行。第一段友誼，第一段戀情，第一段傷痛。

有些人不會老去，詩心永存。這名擅長數學的物理學家不只發現原子，還明瞭人們無聲的渴望［……］。音樂家在作曲時，多麼期待能享受和弦靈感自心底深處汩汩湧流。這些人仍接待著乘載寶藏的使者。但是當變成大人時，大多數的人都認為不會再有新發現了。每個人都把自己的生活、想法和房子安排得有條不紊，再也收不到啟示了。凡事皆然。生命再也給不了他信號了。

但現在我們夢想著來一趟長途旅行，一旦關上行李箱，許多人會驚訝地發現並不是那麼了解自己。他們感覺到自己內心深處有一塊朦朧之境。他們發現自己缺乏探索，想要離開，出發追求萬千熱情之所在，追求如中國般凜冽刺骨的風。他們身上有些東西如同孩子身上一樣尚未完成，他們重新找回了童年的美妙滋味。這就是為什麼，在我看來，人類像投入青春之泉一樣再度投身旅行，想讓自己恢復活力。

而我自己，在這樣的時刻，我想起了波斯和印度群島，連我自己都沒注意到，就像想起那滿載寶藏的童年。［……］在旅行中，除了相遇，還有別的東西。有旅行本身，還有離開啟程。我曾［……］好幾個國家走透透，但即使在只看得到大海的遊輪上，也總是相似的海面，人們也享受旅行本身。在最後一聲警報鈴響起之後，在城市和遊輪之間浪潮般蜂擁成群地移動之後，在人們臨行前的交流之後，這些登船啟程，這些笑聲，這些淚水，舷梯再次被收回船上，碼頭和船身之間產生了一條無形的隔閡。

我不知道還有什麼比這種受用的分享的第一個信號更莊嚴的了。不安的戀人分開了，移民與家鄉的連結被切斷了。這兩群人發生了變化。沒有人為的外力，沒有哭泣，沒有愛的［光照］，能夠治癒這個傷口。水的流動就像一把刀，甫離岸的船自此駛向命運。

聖修伯里家族的
孩子們，費德列克·
柏松納斯（Frédéric
Boissonnas）的
照相館，里昂，
1907 年前後，
當時的銀鹽相片。

聖修伯里家族的孩子們
與母親（右方站立者）、
翠珂姨婆以及一名保母，
在聖莫里斯德雷芒
（Saint-Maurice-de-Rémens）
（安省 Ain）城堡的公園裡，
1906 年，當時的銀鹽相片。

公園裡的五個孩子

Cinq enfants dans un parc

瑪麗－瑪德蓮（Marie-Madeleine）、加百列（Gabrielle）、馮斯華（François）、安東尼（Antoine）和西蒙妮（Simone）・聖修伯里聚在日內瓦及攝影師費德列克・柏松納斯（Frédéric Boissonnas）的相機鏡頭前，也許是1902年在他及其連襟夏爾・馬寧（Charles Magnin）於里昂開設的一家照相館裡。在瓦爾省拉富村的約翰・聖修伯里（Jean de Saint-Exupéry）因為突然腦中風於1904年3月14日過世後，聖修伯里姊弟們便已失怙。在此之前，聖修伯里一家一直住在里昂的佩拉街8號（8 de la rue Peyrat），現在的安東尼・聖修伯里街。原姓雷斯壯（Lestrange）的加百列・德・翠珂伯爵夫人（Gabrielle de Tricaud）是瑪麗・聖修伯里（Marie de Saint-Exupéry）的親戚，她不僅坐擁貝勒庫爾廣場的一棟公寓，在安省的聖莫里斯德雷芒也有一套漂亮房產，她對早期遭受失怙打擊的聖修伯里家提供了不少幫助。西蒙妮在〈公園裡的五個孩子〉裡述說了家人在里昂與在勒芒的日常生活，當然還有他們童年時期待過的兩座城堡——在普羅旺斯的拉莫勒城堡和聖摩里斯城堡，孩子們在這裡享受大自然以及充滿想像力的遊戲，是其童年生活的重要基石。安東尼小時候的外號是「太陽王」，因為他擁有一頭豐盈的金髮，他的長姊如此寫道：「安東尼會不會像莫諾（Monot）妹妹[6]一樣依賴外面的世界？他的悲歡會不會受外界影響？大概會吧，因為他是如此敏感。他若受惠於人，便給予更多。他無限慷慨，『對每個人都有珍寶可送』（雷昂－保羅・法爾格 Léon-Paul Fargue）。」

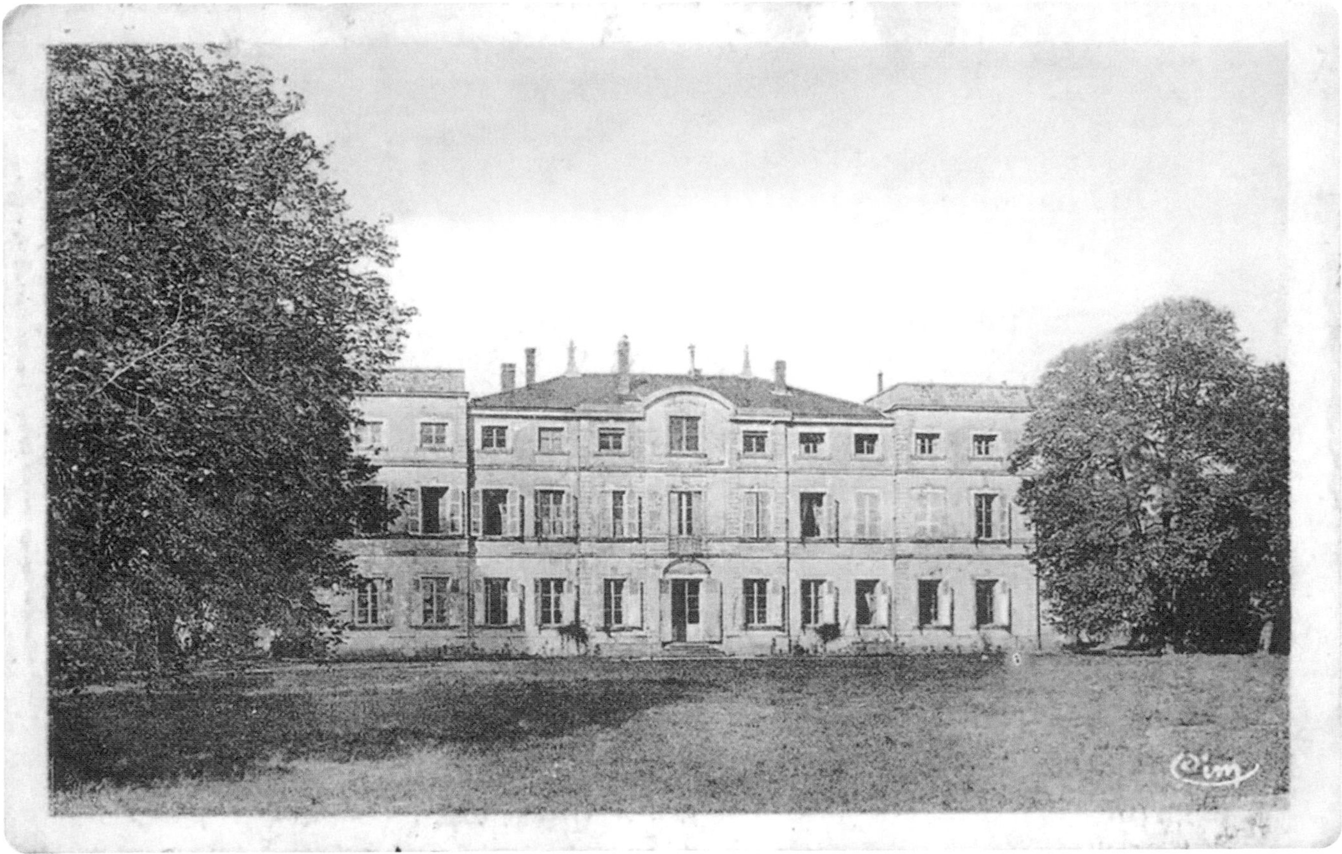

聖莫里斯德雷芒（安省）城堡，明信片。

[6] 譯註：排行第二的西蒙（Simone）暱稱莫諾（Monot），小妹加百列（Gabrielle）暱稱迪迪（Didi）。

蛇與猛獸：童年的一幅插圖

Le serpent et le fauve : enfance d'un dessin

「我六歲那年，有天我在一本講原始叢林的書中看到一張非常精彩的插圖，書名是《真實故事》（Histoires Vécues），插圖畫的是一條蟒蛇吞了一頭猛獸。那幅圖長這樣。書上寫著：『蟒蛇一口把獵物整隻吞吃入腹，並未咀嚼。然後蛇便動彈不得，睡了六個月才消化。』」

這張插圖開啟了《小王子》的故事，讓從童年時期便放棄讓大人理解自己的敘事者遇見能懂他的小王子。從中，我們或許也讀到作者的童年。事實上，在國家自然史博物館任職的昆蟲學家夏爾．布朗寧（Charles Brongniart 1859-1899）撰寫的《通俗自然史》（Histoire naturelle populaire）第 782 頁，我們能看到一段文字，明確描述水生蟒蛇（巴西森蚺）如何捕食，正如我們可以在博物館內看見一隻可憐的小羊經歷了多麼可怕的死亡過程。「看牠進食的過程很有趣；我見過許多次，所以我來談談我的所見所聞［……］。牠慢慢靠近，確認獵物，伸出蛇信，似意欲感受獵物的滋味。但牠會突然抽身，保持靜止不動，然後又倏忽向前暴衝，張開大口，咬住小羊，圈捲著牠，用力縛壓。［……］這時候要開始吞嚥獵物了，真叫人好奇，這條蛇雖然巨大，但牠要怎樣才能吞下體積這麼大的獵物呢？原因是這類的爬蟲類下顎可以伸縮。［……］小羊並未移動，是蛇朝牠而去。［……］蛇吞了這隻小羊。整隻吞下，從頭到腳，連毛和角都不剩。消化過程很慢長，而牠好幾天都會陷入這種完全昏沉的狀態。」隔了三頁，有一張雕刻，下方圖說寫著：「巴西森蚺緊纏一隻駝鼠。」這句話為科學觀察帶來了一點異國情調（駝鼠是熱帶美洲的一種大型齧齒類動物）；而該書的製作檔案還包含一幅畫了類似場景的水彩畫。

約莫三十五年後，作者靠記憶還原了這幅插圖，把這個故事用童年讀過的書帶到聚光燈下：「這些，是我記憶中的圖畫。」他在《小王子》某一版本未被收錄的手稿中這麼寫著。

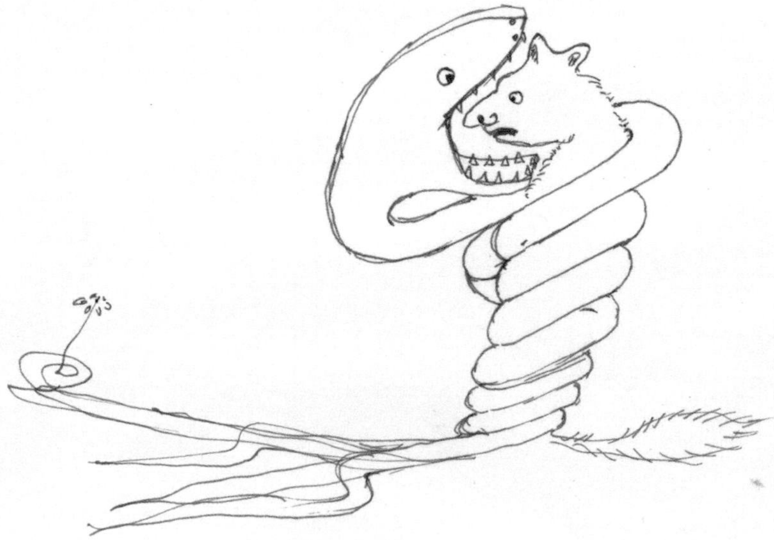

〈吞吃野獸的蟒蛇〉，為《小王子》而作的草圖，第一章，墨水畫於紙上，私人收藏。

為《通俗自然史》而繪製的兩幅插圖：夏爾·布朗寧的〈人與動物〉，巴黎，瑪彭與弗拉馬利翁出版社（Marpon et Flammarion），《卡米伊·弗拉馬利翁叢書》（coll. « Bibliothèque Camille Flammarion »）系列，1880年，雕刻與水彩繪於紙上，巴黎，伽利瑪出版社典藏。

飛行先鋒

Les pionniers de l'aviation

安東尼・聖修伯里是時代之子，對於有關飛行的英雄神話深感興趣。他七歲時，《小巴黎人報》的文學副刊頭條刊載了飛航的光榮開端，用知名的寓言故事場景伊卡洛斯的墜落對比飛行先鋒亨利・法爾曼（Henri Farman）（1874-1958）的飛升：「飛人」的飛行夢終於實現，這些摩登英雄終於卸下了套在身上那股將他們釘在堅硬土地上的無情重量。1907 年 10 月 25 日，亨利・法爾曼在他的法爾曼鄰居號（Voisin-Farman）飛機於伊西萊穆利諾（Issy-les-Moulineaux）平均飛行時速超過五十公里，創下飛行速度紀錄；1908 年 1 月 13 日，他在同一個地點完成首次公開原地繞行一公里，用了一分二十八秒。

這些輝煌成果讓孩子們大為讚嘆並深受吸引，夢想著自己也能經歷這樣的冒險。流行文學抓住了這股熱潮，就像是丹瑞特上尉（capitaine Danrit）（艾密爾・德里安 Emile Driant 的化名，布朗傑將軍 général Boulanger 的女婿）當時想像的「天上的魯濱遜」（Robinsons de l'air）的冒險，並由喬治・杜提亞克（Georges Dutriac）繪圖，一年後同一家出版商再出版了《太平洋的飛行員》（L'Aviateur du Pacifique）。丹瑞特在《太平洋飛行員》裡，想像出一場美日戰爭，其中空軍扮演了決定性的角色，而遭遇飛機失事的主角莫里斯・韓波（Maurice Rimbaut）成功駕駛了一架設備簡陋的飛機與美軍會合。在這種半軍國主義、半未來主義（以及激烈的殖民主義和種族主義）主流風格盛行的同時，偉大的作家如紀堯姆・阿波利奈（Guillaume Apollinaire）或馬塞爾・普魯斯特（Marcel Proust）也相對關注這些新的空中道路與當時代的人能夠乘坐並藉以飛躍天空的奇怪機器，這種機器在摩登神話中既有力量又輕便。

成為飛行員與作家的聖修伯里並未忘記伊卡洛斯與他父親代達羅斯瘋狂行徑的教訓，他們妄想與神並駕齊驅、穿戴造物主的特性。聖修伯里當然陶醉於飛上天的興奮，受到高空的吸引，但他沒忘記將那條亞麗安德妮的線一直拉在手中，那便是與親人的緊密之情與回憶，讓他不至於在飛行的喜悅和與日爭翔時熔掉雙翼。伊卡洛斯的翅膀便是過分野心的化身，而有智慧的小王子被擦去的翅膀，則正是天空與地球之間、物質與精神之間，可能且至關重要的平衡。

然而，要比較伊卡洛斯和聖修伯里的命運並不容易……有一片修伯里之海，聖修伯里在雷電交加之下，於 1944 年消失在馬賽這片海中——就像傳說中伊卡洛斯掉入的那片海，代達羅斯之子於此溺斃，雙翼消熔。因此兩個有可能犧牲的人物，希望將人類從毀滅性的瘋狂行為、超越自身條件的幻夢中解放。

童年時學過的經典神話成為創作《小王子》的取材根基，在被現代化大輪驅動的當時，整個世代都對進步感到著迷。聖修伯里聰明之處在於懂得運用這寶藏，他了解這寶藏深刻影響我們意識與行為的程度，他也高度真實地描繪它，為了形塑一種新的意象，融合傳統與現代。

喬治・杜提亞克，丹瑞特上尉
為《太平洋的飛行員》繪製的
插圖，巴黎，弗拉馬利翁出版社，
1909 年，鉛筆與墨水繪於紙上，
巴黎，伽利瑪出版社典藏。

1381 L'Aviateur du Pacifique

No 40

Chap XIV

X 2 … de base

Quand le "Katebird" fut sur le point d'atterrir, un océan de têtes ondulait au dessous de lui (p. 309)

700

飛行初體驗

Un baptême

1912 年 7 月 7 日，小安東尼剛滿十二歲，他成功說服了職業飛行員加百列．沃布洛夫斯基（Gabriel Wroblewski）（人稱沙飛茲 Salvez）同意自己搭上他引以為傲的單翼飛機來場空中初體驗！聖修伯里夫人過去很了解昂貝略昂比熱（Ambérieu-en-Bugey）的環境，這裡鄰近家族夏季的度假地點，也就是聖莫里斯德雷芒的翠珂伯爵夫人的城堡，她並未同意兒子飛這一趟。不過重要的是，這股誘惑太強大了，聖修伯里抗拒不了飛行職志的召喚！

這張明信片是寫給阿弗列德．泰諾茲（Alfred Thénoz），顯示出他是陪著作者首次在昂貝略（Ambérieu）上空飛行的飛機技師。當時大家在此處測試新飛機，尤其是里昂的貝赫托（Berthaud）與沃布洛夫斯基（Wroblewski）兄弟所製作的原型機。他首次飛行時乘坐的那架飛機（由三架樣機組成）是全金屬製，所以很重，配備七十馬力的引擎。他們在機場繞了兩圈。

這個值得紀念的一天讓十年後成為飛行員的安東尼．聖修伯里與永遠都是小孩的他，兩者之間有股切不斷的聯繫，一股在《小王子》裡透過飛行員與金髮小王子相遇的聯繫。

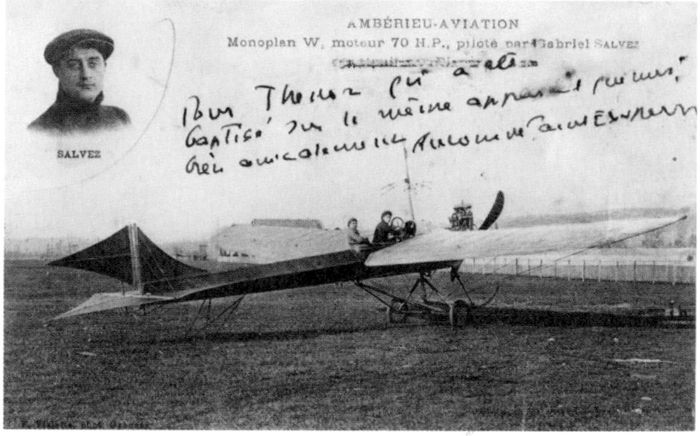

左頁圖：
喬治．杜提亞克，
丹瑞特上尉為
《太平洋的飛行員》
繪製的插圖，巴黎，
弗拉馬利翁出版社，
1909 年。

坎梅（Cammey），
〈飛行之人〉，
《小巴黎人報，文學
插畫副刊》頭版，
1907 年 12 月 8 日，巴黎，
伽利瑪出版社檔案資料。

貝赫托 - 沃布洛夫斯基
單翼飛機，安東尼．
聖修伯里於 1937 年
寫給技師阿弗列德．
泰諾茲的明信片：
「致與我在同一架飛機上
經受初體驗的泰諾茲！」
親筆手稿題辭，巴黎，
法國航空博物館。

一枝鋼筆

Un stylographe

小安東尼．聖修伯里寫給母親的第一封信中（該不該將這看作是一個信號……），拼字與書寫還不甚確定，但重點便在於寫作：手巧的他做了一枝鋼筆給自己，在當時，鋼筆是世紀初的重大發明。他很早便確立了詩意的職志。他當時就讀勒芒聖十字聖母院（Notre-Dame-de-Sainte-Croix au Mans）附設耶穌會中學，他與弟弟馮斯華直到 1914 年都在這裡上學，在父族的家鄉勒芒（Le Mans）。姊姊則一直留在里昂，跟著翠柯伯爵夫人。而母親瑪麗．聖修伯里則經常來回於兩個城市之間。當時還是個國中生的聖修伯里信中所提到的舅舅艾曼紐．德．封思柯隆博（Emmanuel de Fonscolombe），是母親很親近的兄長，也是拉莫爾城堡的主人，在普羅旺斯，另一個童年的城堡。自從他們的父親於 1907 年 2 月過世後，他便在那裡管理家族的莊園。

安東尼．聖修伯里（相片中坐於右側）在勒芒的親戚邱吉爾家，日期標記為 1910 年 3 月 20 日的明信片，私人收藏。

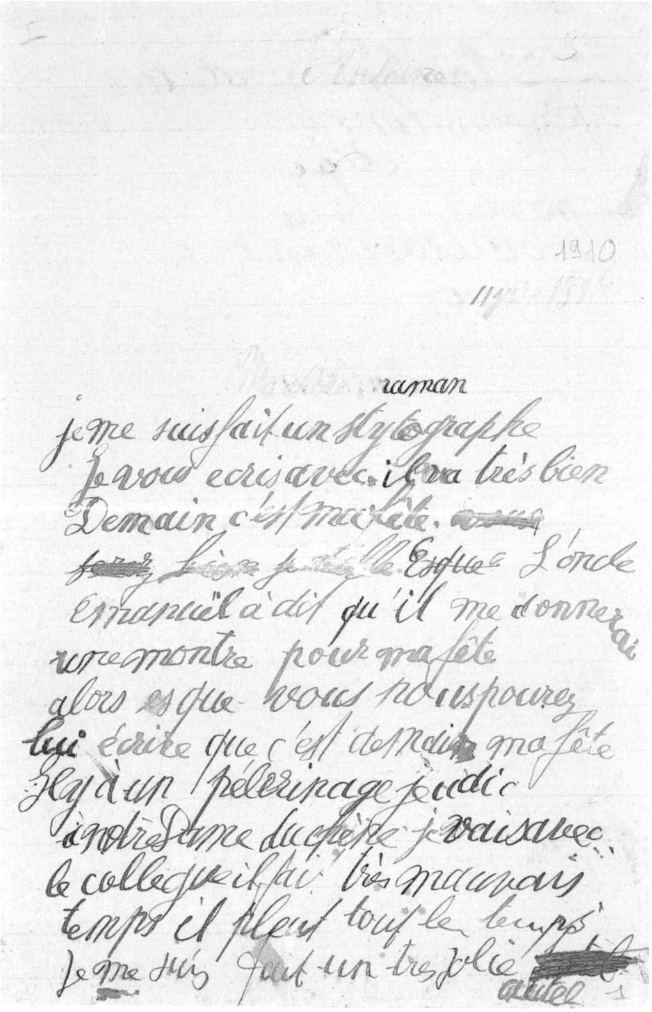
maman
je me suis fait un stylographe
je vous ecris avec. il va très bien
Demain c'est ma fête.
Jeudi L'oncle
Emanuël a dit qu'il me donnerai
une montre pour ma fête
alors es que vous ne pourez
lui écrire que c'est demain ma fête
il y a un pélerinage jeudi
à notre Dame du chêne je vais avec
le collège il fait très mauvais
temps il pleut tout le temps
Je me suis fait un tres jolie autel

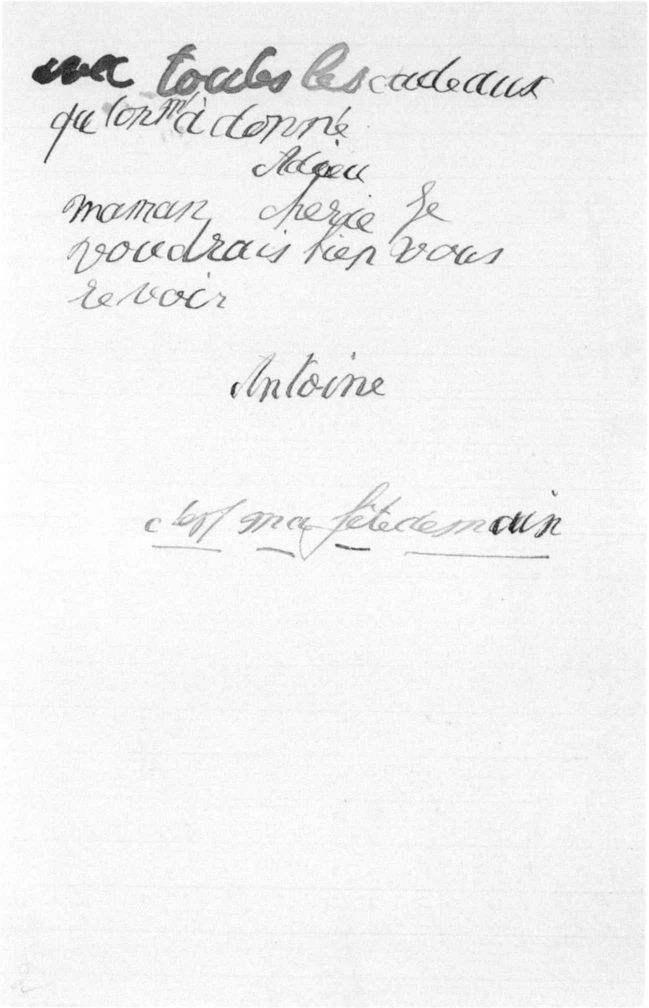
avec toutes les cadeaux
qu'on m'a donné
Adieu
maman cherie je
voudrais bien vous
revoir
Antoine
c'est ma fête demain

我親愛的媽咪：
我自己做了枝鋼筆，我正用這枝筆寫給您。很好寫。明天是我的慶祝會。艾曼紐（Emanuël）舅舅說在我慶祝會的時候他會送我一只錶，您能告訴他就是明天嗎？週四在橡樹聖母院（Notre-Dame-du-Chêne）有個朝聖之行，我會跟學校同學一起去。天氣很糟，一直下雨。我用大家給我的禮物做了個很漂亮的祭臺。親愛的媽咪再見。我很想再見到您。

安東尼
明天是我的慶祝會

安東尼．聖修伯里
寫給母親的信，勒芒，
1910 年 6 月 11 日，
親筆手稿，巴黎，
國家檔案室。

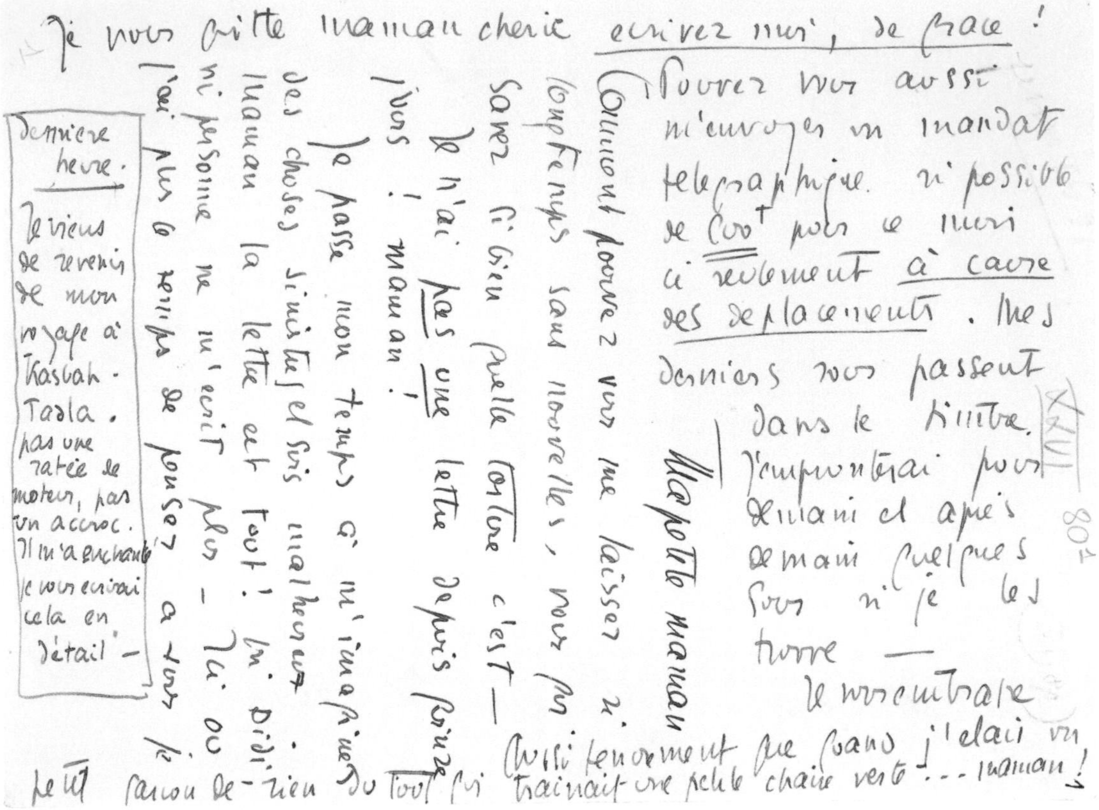

Je vous quitte maman chérie écrivez moi, de grâce!

Ma petite maman

Comment pouvez vous me laisser si longtemps sans nouvelles, vous qui savez si bien quelle torture c'est — Je n'ai pas une lettre depuis quinze jours ! maman !

Je passe mon temps à m'imaginer des choses sinistres et suis malheureux. Maman la lettre est tout ! Ni Didi ni personne ne m'écrit plus — J'ai plus le temps de penser à vous le

Pouvez vous aussi m'envoyer un mandat télégraphique si possible de 1000 pour ce mois ci seulement à cause des déplacements. Mes derniers sous passent dans le timbre. J'emprunterai pour demain et après demain quelques sous si je les trouve —

Je vous embrasse aussi tendrement que quand j'étais un petit garçon de rien du tout qui traînait une petite chaise verte !... maman !

Dernière heure. Je viens de revenir de mon voyage à Kasbah-Tadla. Pas une ratée de moteur, pas un accroc. Il m'a enchanté je vous écrirai cela en détail —

聖修伯里家小孩（馮斯華、安東尼、西蒙妮、瑪麗－瑪德蓮、加百列）和他們的母親於聖莫里斯德雷芒公園（parc de Saint-Maurice-de-Rémens），私人收藏。

安東尼．聖修伯里寫給母親的信，卡薩布蘭卡，1921年，親筆手稿，巴黎，國家檔案室。

〈小王子在他的
星球上，凝視日落〉，
為《小王子》而預先
繪製的水彩畫，
第六章，1942 年，
墨水與水彩畫，紐約，
摩根圖書館與博物館。

一張小椅子

Une petite chaise

《小王子》書中時不時穿插童年歡樂時光的意象，如同聖修伯里在卡薩布蘭卡服役時所寫的這封信末的文字：「我溫柔地親吻著您，如同我還是個普通小男孩時那般拖著一張綠色小椅子……媽媽！」這張小椅子，我們也許能在 B 612 號星球上發現：「不過，在你那麼小的星球上，只要把椅子拉遠幾步，想看落日時就能隨時看啦……」

藝術家母親

Une mère artiste

瑪麗・聖修伯里出生於博耶・德・封思柯隆博家，一個樂於接觸各種藝術形式與思想的藝文、知識分子家庭。她的父親與祖父都是音樂家，兩人和一些其他家族成員也都會在素描本上畫風景速寫。而瑪麗後來則成為一名畫家，更確切地說，是粉蠟筆畫家。她畫了非常多的人像畫與風景畫，因此曾於巴黎、里昂和普羅旺斯展覽。里昂博物館於 1929 年向她購買一幅畫（聖莫里斯德雷芒城堡公園的景色），當時她兒子的第一本小說剛出版，他很高興地說：「阿格斯傳媒（L'Argus de la presse）把所有談到您的報紙都寄給我了。我名聲遠播的小媽咪，里昂市政府買了您的一幅畫，這讓我超級、超級開心的！我們家真厲害！我想您應該有點高興吧，親愛的媽媽，為您的兒子高興，也為您自己高興！」（寫給母親的信）

瑪麗堅持教自己的孩子繪畫與音樂，但只有兩個孩子對繪畫比較有興趣：安東尼後來還在法國高等學院預備班課後到巴黎美術學院上課，而暱稱迪迪的小妹加百列一生都畫著粉彩畫，尤其特別鍾愛畫花朵和風景。

至於瑪麗則在素描本中畫了她的朋友、孩子，後來還畫了孫子，她作畫時間很長，經常讓他們變換姿勢，展現有如解剖學般的細節與人物個性，讓他們有點怕。引領著她作畫的是對美感與真實的追尋。她也會對幫小孩的素描本做些修正。她並未留下旅行手札，她是在畫室裡作畫的畫家，而花園就是她的畫室。在這一頁，出自家族畫冊，我們看見她在聖莫里斯的公園用粉彩筆畫她的朋友瑪蒂德・莎芙（Mathilde de Sayve）的畫像，後者出生於濃思－拉戈伊（Nans-Lagoy）（1893-1938），她當時還帶著出生於 1922 年的女兒禰黑依，瑪麗也帶著自己的女兒：瑪麗 - 瑪德蓮、西蒙，以及剛與皮耶・德・吉侯・亞蓋（Pierre de Giraud d'Agay）訂婚的加百列。

瑪麗・聖修伯里的一幅畫〈亞蓋的日落〉（Coucher de soleil à Agay）在 1929 年被公共教育和美術部收購，1932 年 6 月 27 日於里昂博物館展出，接著於女性藝術家沙龍展出。粉紅色背景的黑色聖母畫也在秋天沙龍後，於 1941 年 10 月 15 日被里昂市政府收購。她的黑色聖母畫是依據安東尼在法國郵政航空公司（Aéropostale）時拍攝的塞內加爾女性照片所繪。

瑪麗・聖修伯里在八十歲以後逐漸失明，但她直到過世前都抱持著對神的信仰、對大自然的愛，每天也持續做些手工藝品，因此一直保持愉快的心情。

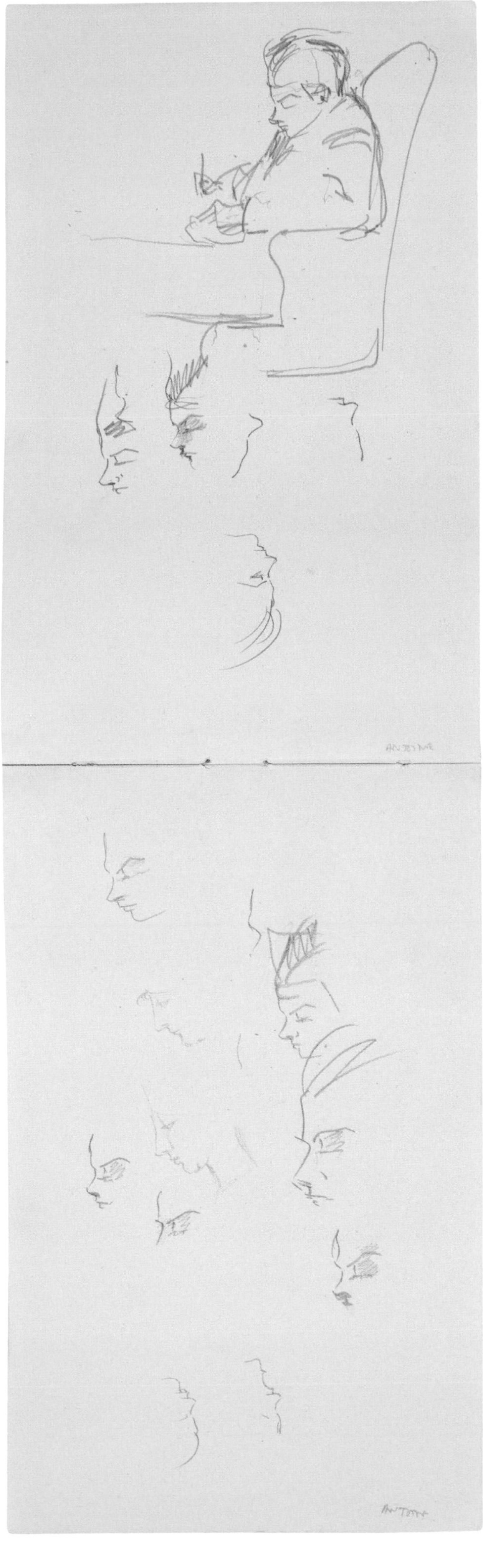

費德列克・亞蓋
（Frédéric d'Agay）

瑪麗・聖修伯里，
草稿手札，1920 年代，
鉛筆與水彩畫，私人收藏。

於聖莫里斯德雷芒的一天，家族相簿，當時的銀鹽相片，私人收藏。

s!
Saupery et
giraud d'Agay

對童年的頌讚

Célébration de l'enfance

在執行了多次的非洲任務之後，即將滿三十歲的聖修伯里被指派為法國郵政航空公司（Aéropostale）阿根廷航線營運開發長，他從布宜諾斯艾利斯寫了右頁這一封信給母親，從信中可以看出他對母親的愛與童年時對母親滿滿的崇敬。對童年時光的頌讚，包含聖莫里斯德雷芒城堡的各種神祕與勒芒的日常生活，都寫進了《夜間飛行》。他當時在修改手稿，回到阿根廷後於1931年在巴黎出版。《小王子》裡當然也寫了童年經驗，寫出了小孩的開創思維與其迷人之處，相對於大人世界的沉滯無活力。《小王子》也寫到關於時間與空間給人的沉思與感受（一種相對的時間而非抽象的時機），與死後出版的作品《要塞》相比之下，十五年前的這封信裡只以一句話來點出：「教會我廣袤無垠的不是銀河，也不是飛航，也不是大海，而是您房間裡的第二張床。」移動的星河展現在我們眼前，任人探索的世界（且已探索，關於聖修伯里的內心世界！）連結到每個人內心最深處，無限小與無限大在聖修伯里的詩意散文中彼此相連、交纏。

瑪麗．聖修伯里
於聖莫里斯德雷芒
城堡公園，
約於1907年代，
當時的銀鹽相片。

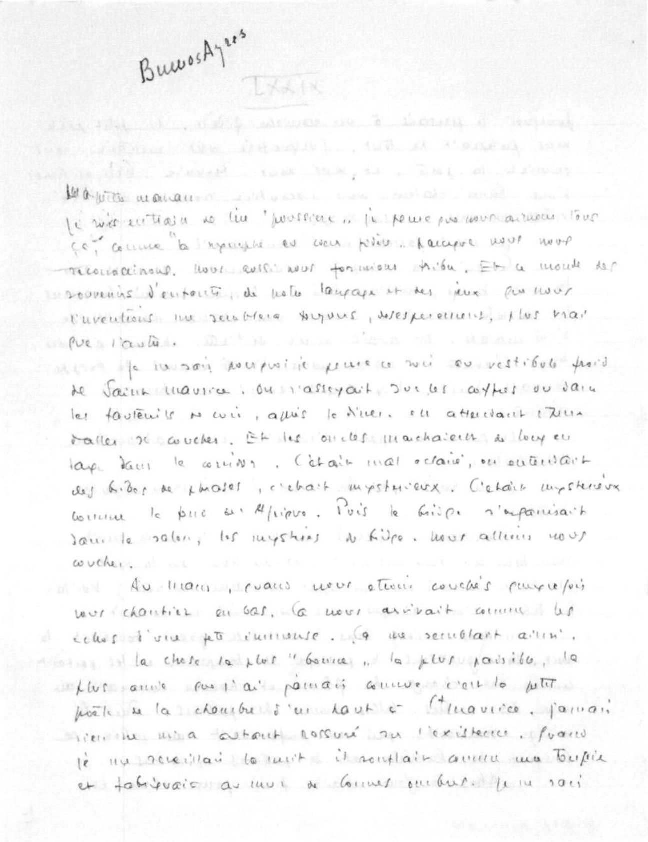

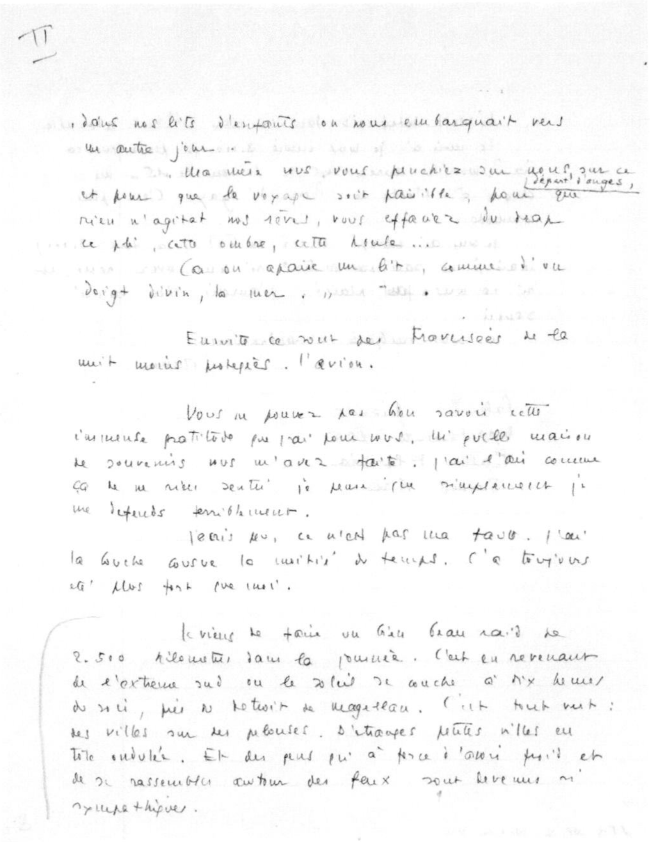

我的小媽咪，

［……］這個充滿童年記憶、我們的語言和我們發明的遊戲的世界，在我看來總是比另一個世界更真實。

我不知道為什麼今晚我會想起聖莫里斯冰冷的前廳。晚飯後，我們坐在櫃子上或皮革扶手椅上，等待就寢時間。舅舅們在走廊上走來走去。光線很暗，只聽到斷斷續續的句子，很神祕，像非洲的深處一樣神祕。然後大家在客廳打橋牌，神祕的橋牌。我們就去睡覺了。

以前在勒芒，有時候我們上了床，您會在樓下唱歌。聲音聽起來就像一個大型派對的迴聲。我感覺是這樣。

我所知道的最「好」、最平靜、最友善的東西，是聖莫里斯樓上臥室裡的小爐子。它讓我對於存在感到從未有過的放心。我晚上醒來時，它像陀螺一樣嗡嗡作響，在牆上投下漂亮的影子。［……］

教會我廣袤無垠的不是銀河，也不是飛航，也不是大海，而是您房間裡的第二張床。生病真是太幸運了。我們都想輪流生病。得到感冒就有權躺上那片無限寬廣的海洋。那裡還有一個活壁爐。

教會我永恆的人，是瑪格麗特小姐。

我不是很確定我經歷過童年。

現在我正在寫一本書，關於《夜間飛行》的書。但就其更內在更深刻的意義而言，這是一本關於夜晚的書。（我都在晚上九點以後才活動。）開頭就是這樣，是我對夜晚最一開始的記憶：「夜幕降臨時，我們正在前廳做夢。我們注視著燈光的移動：它們像鮮花一樣被帶來，攪動著一片片在牆上移動的影子，像棕櫚葉一樣美麗。接著這片幻影旋轉過來，然後我們把燈光和棕櫚葉影子都關在客廳裡。

我們的一天就這樣子結束，在我們的兒童床上，啟程前往新的一天。

我的母親，您俯身，走向我們，走向天使啟程，為了使我們的旅程平靜，不讓任何事物打擾我們的美夢，您會撫平床單上的褶皺、陰影、浪滔……

撫平床鋪，就像是神聖之手撫平大海」［……］

您不會明白我對您的感激之情有多深，也不會明白您為我製造了多美的家庭回憶。我沒有表現出來，我想這只是一種自我保護。

我很少寫信，這不是我的錯。我的嘴有大半時間是被縫起來的。

我總是情難自已。

安東尼．聖修伯里
寫給母親的信，
布宜諾斯艾利斯
（阿根廷），
1930 年 1 月，
親筆手稿，巴黎，
國家檔案室。

對弟弟的哀悼

Le deuil d'un frère

馮思華・聖修伯里十五歲時死於類風濕性關節炎引起的心臟併發症。1917 年 7 月 10 日，他於聖莫里斯德雷芒逝世，剛通過大學入學哲學口試的安東尼，當時就在他的身邊。兄弟兩人非常有默契，小時候玩共同的遊戲，在勒芒去相同的地方上學，之後也共同經歷羅傑・聖修伯里（Roger de Saint-Exupéry）叔叔死亡，叔叔因傷過世，他陸續在索恩河畔自由城（Villefranche-sur-Saône）、佛立堡（Fribourg）、聖約翰莊園（Villa Saint-Jean）參戰而受傷。

弟弟的亡故使聖修伯里非常哀慟，他在兩部作品中都提到孩童的死亡：二十五年後《戰地飛行員》中令人動容的書寫，以及比較隱諱地描寫小王子身體的亡逝。

『別怕，我不會感受到痛苦。我不痛。我沒辦法，這是我的身體。』他的身體，陌生的領域，已是另一個世界。但他想嚴肅以對。臨死前二十分鐘，馮斯華極度渴望將自己的遺產託付給他人。他對我說：『我想要寫遺囑……』［……］若他是戰鬥機飛行員，他會將飛行證件託付給我。但他只是個孩子，他只託付了一個蒸汽機、一部腳踏車和一把短槍。人不會死。人自以為恐懼死亡，因為人害怕未知、爆炸、害怕自己。怕死？並不。待臨死之時，已非關死亡了。我弟弟對我說：『別忘了把這些都寫下來……』皮囊消褪時，重要的事情便會顯露出來。人類只是關係的連結。唯有關係才對人重要。」

很難不將《戰地飛行員》第二十一章與《小王子》第二十六章的文字做比較，兩本書都是寫於紐約，都是關於流亡，暗中縈繞著死亡的氛圍。

馮斯華・聖修伯里訃聞，1917 年，私人收藏。

Mais il désire être sérieux, ce jeune frère qui succombera dans vingt minutes. Il éprouve le besoin pressant de se déléguer dans son héritage. Il me dit "Je voudrais faire mon testament ..." Il rougit, il est fier, bien sûr, d'agir en homme. S'il était constructeur de tours, il me confierait sa tour à bâtir. S'il était père, il me confierait ses fils à instruire. S'il était pilote d'avion de guerre, il me confierait les papiers de bord. Mais il n'est qu'un enfant. Il ne confie qu'un moteur à vapeur, une bicyclette et une carabine.

On ne meurt pas. On s'imaginait craindre la mort : on craint l'inattendu, l'explosion, on se craint soi-meme. La mort ? Non. Il n'est plus de mort quand on la rencontre. Mon frère m'a dit : "N'oublie pas d'écrire tout ça ..." Quand le corps se défait, l'essentiel se montre. L'homme n'est qu'un nœud de relations. Les relations comptent seules pour l'homme.

Le corps, vieux cheval, on l'abandonne. Qui songe à soi-même dans la mort ? Celui-là, je ne l'ai jamais rencontré...

- Capitaine !

- Quoi ?

- Formidable !

- Mitrailleur ...

- Heu ... oui ...

- Quel ...

Ma question a sauté dans le choc.

- Dutertre !

- ... taine ?

- Touché ?

- Non.

- Mitrailleur ...

《戰地飛行員》的
打字文稿，第二十一章，
紐約，1941 年，打字，
作者親筆訂正，於洋蔥紙
（Onionskin）上，
書信與手稿博物館館藏。

書畫並行，繪聲繪影

Bien écrire, bien dessiner

在聖路易高中預備班的聖修伯里喜歡在寫給母親和姊妹們的信中，行文之間也穿插畫些圖畫，時常帶點中學生的口吻，以漫畫形式微嘲諷身邊人事物。對於自身在中央學校入學筆試作文感到不滿，聖修伯里開始準備口試，不敢托大；前往勒芒休息之前，他在巴黎住了一陣子，住在母親那邊有日耳曼血統的親戚特雷維索公爵夫人（duchesse de Trévise）伊鳳妮・雷斯壯（Yvonne de Lestrange）家，靠近馬拉凱堤岸（quai Malaquai）。他住在她家無人居住的空房間，裡頭陳放各種拿破崙像和物品，通常都有點像拿破崙，有的肥嘟嘟，有的令他發笑而且想畫下來。住在聖莫里斯德雷芒的畫家母親會因為有點異想天開的他以這種玩笑般的方式維持兩人關係而感動，他也曾提醒母親說：「我會很期待有天能讀到您關於戰爭的記憶的作品。花點心思在這件事上吧，親愛的媽媽。但實際上，因為您有藝術天分，您懂繪畫，除了好好作畫之外，您哪裡需要在這些對我來說比數學更加無盡神祕難懂的符號上耗盡力氣呢？」他一直維持這種對語言文字的不信任，即便在自身對文學的追尋中亦是如此。這種想法可說是那個時代的標記，當時許多作家皆作如是觀。

聖修伯里不只追求文字動人，也很重視對於繪畫的學習。對他來說，畫得不像使他深感挫折，無論是諷刺漫畫或是速寫，他曾寫到：「我不會畫……怒！」但他沒有放棄練習，這種挫敗感使他逐漸放棄寫實，轉而採用更為寓言式、更令人回味、更富有感情的方式——冒著不被大人理解的風險。

敘度神父（abbé Sudour）在菩緒埃（Bossuet）學校帶領的預備班（安東尼・聖修伯里坐於左一），巴黎，1919 年，私人收藏。

驚人的發現！
我剛發現我面前的拿破崙是一只壺，還附帶一個背鰭形狀的把手。您可知，成了壺，搞得他威嚴盡失！

傻糊壺帝。

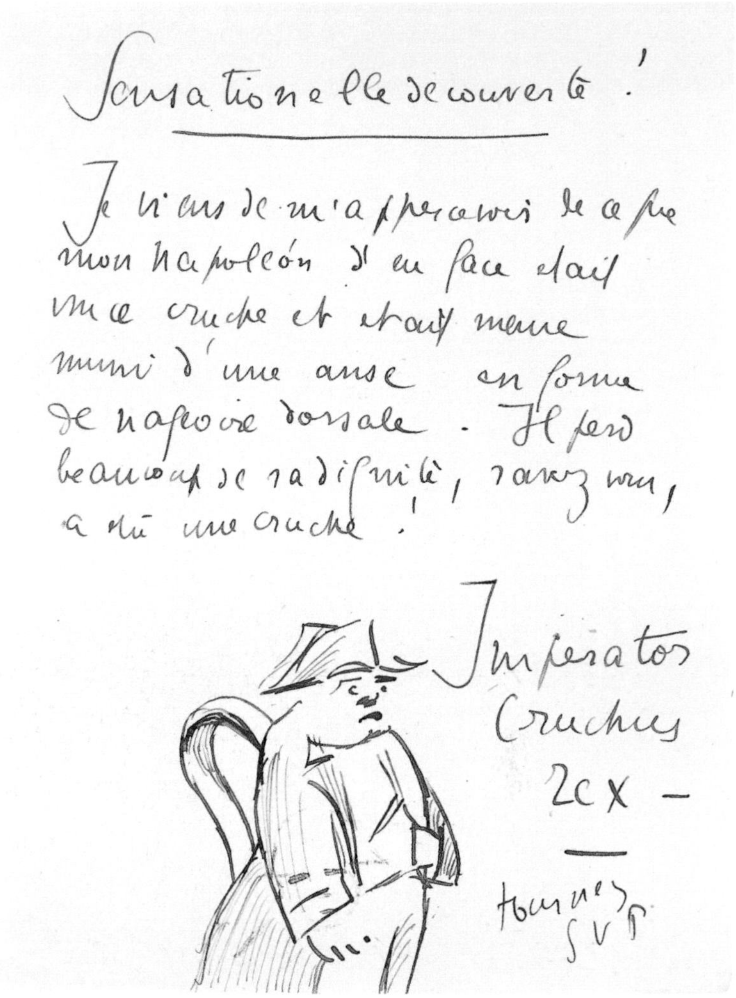
Sensationelle découverte !

Je viens de m'apercevoir de ce que mon Napoléon d'en face était une cruche et était même muni d'une anse en forme de nageoire dorsale. Il perd beaucoup de sa dignité, savez vous, à être une cruche !

Imperator Cruchus 2cx —

tournez SVP

6

C'est assez cocasse !

Je ne sais plus guère quoi vous dire.

7

Je ne sais pas dessiner — Zut!

Alors je vous quitte car je n'ai de

安東尼·聖修伯里
寫給母親的信，巴黎，
1919 年 6 月 30 日
與 1919 年夏天，
親筆手稿，巴黎，
國家檔案室。

Un depart est toujours Triste mais ce depart
Semble vraiment empreint d'une tristesse à part

Fr. Coppée

L'Adieu . . . . .

Ta chanson s'éloigne et je reste ...

Barbusse.

L'adieu
Nous sommes assis là tous deux
Et je ne trouve rien à dire
C'est vrai, je ne sais plus sourire !
Et toi ? Peut être encor ?..
Tant mieux
Oh non ! Ne quêtes dans mes yeux
Ni regret sombre, ni délire :
Vois tu quand le coeur se déchire
C'est très simple, et c'est ennuyeux.
Je me détourne, je regarde :
Une feuille vole blafarde,
Allons, je ne la verrai plus
Il faudra que le vent l'emporte
Il en est d'une feuille morte
Comme des rêves révolus...

《再見》(L'Adieu)，詩集，作者親筆撰寫與繪圖，1919 年，墨水畫，小冊，親筆手稿，巴黎，國家檔案室。

再見

L'adieu

這首小詩只是年輕時的聖修伯里依據當時文學傳統書寫方式的一首風格練習，內容是關於分離與遺忘的省思，頗富情感。描寫漂亮的事物（夜晚一路走來／玫瑰一朵一朵消失），文字表現並不誇張，飾以美麗的插圖，展現出練習寫作的聖修伯里對於連結文本和圖像的愛好，呈給藝術家母親點評——這本詩集可能是寫給她的。但在這個階段，地平線仍然空無一物，尚無回憶……卻顫動並閃耀著《小王子》中不在的臨在（la présence de l'absent）……

理解童年

Comprendre l'enfance

《戰地飛行員》（英文版《航向阿拉斯》）的美國編輯尤金・雷納爾（Eugene Reynal）和柯提斯・希區考克（Curtice Hitchcock）（以及他們的妻子）曾給予《小王子》的書寫一些編輯建議，他們四人都著迷於聖修伯里順手畫在餐巾紙上與收據上並送給親朋好友的那些令人傷感的小小人物以及引人發噱的小劇場，但聖修伯里並非很早便確定要在書中加上這些插圖。這張未發表的打字稿（見第 86 頁）非常重要，我們不確定是為了書籍本身（因此產生這則演說時的凡爾賽式自貶）或是為了新聞稿呈現，因為聖修伯里談論自己的書是極為罕見的，即便是在書籍出版的時候。首先讓人感到不尋常的便是他說他寫了一本「給小孩子的書」。這當然不是說這是一本只寫給小孩子看的書，因為他在書籍的題獻詞中將此書獻給雷昂・魏爾特，有些大人懂得一生都當個小孩。他首要的意圖還是寫給年輕的讀者看的，以及出發點是用讓這群讀者看得懂的文類書寫。

因此，他用了一張重要的王牌：他的插畫！因為如果他重新承認，在這個「小石子寓言」裡，不會畫畫（但其實並不是真的不會畫，即使他不是安格爾也不是達利），他知道他擁有最珍貴的天賦：懂得如何與小孩說話，從學院派的寫實畫法中解放！在生命晚期，他也一直保持與周遭遇到的小朋友們愉快的互動，比如詩人好友亨利・克勞岱（Henri Claudel）的孫女瑪莉－希涅・克勞岱（Marie-Sygne Claudel），流亡美國時期，他到紐約好友家的時候很喜歡逗她笑。離開紐約前不久送給她的美麗插圖，圖中人物手持用來捕鳥的捕蝶網、立於雲上，畫風特意顯得稚氣。這幅寄給當時四歲的小瑪莉的水彩畫，既淘氣又溫柔，童趣、輕盈又優雅，令人欣賞。

Il est bien triste
Il voulait prendre une Marie-Sygne
mais il n'aperçoit que des mouettes ...
Pour Marie Sygne
son ami
Antoine de Saint Exupéry

給瑪莉 - 希涅・克勞岱的
畫，紐約，1942-1943，
水彩與墨水畫，私人收藏。

「為何我親自為這本書畫插圖……」，紐約，1942-1943，打字稿影印版，私人收藏。

Si j'ai illustré moi-même ce livre pour enfants, bien que je ne sache pas dessiner (et ne me fais là-dessus aucune illusion) c'est que j'ai rencontré, à l'époque où j'écrivais, un petit garçon de sept ans qui avait aligné quelques cailloux sur le trottoir. Comme il les déplaçait avec gravité, je lui ai dit :

- A quoi te servent ces cailloux ?

- Tu ne vois pas ? m'a-t-il répondu. C'est des bateaux de guerre ! Celui-là brûle. Celui-là a déjà coulé !

- Ah ! Bon

Alors j'ai eu confiance dans mes dessins.

為何我親自為這本給小孩子的書畫插圖，儘管我不會畫畫（也對此不敢奢望），這是因為在我寫作的時候，我遇見了一個七歲的小男孩，他在走廊上排了一排小石子。看他排得很認真，於是我問他：

「這些石頭有什麼作用呢？」

「你看不出來嗎？」他說：「這些是戰船。這艘起火了。那艘沉船了。」

「啊！這樣啊。」

所以我就對我的畫畫有信心了。

〈小孩形象的自畫像〉，
巴黎，1930 年代，
鉛筆畫，私人收藏。

自畫像

Un autoportrait

在安東尼·聖修伯里將小王子的畫像當成寓言式的自畫像之前，他曾於 1930 年畫了這幅自畫像，是他在與編輯加斯東·伽利瑪（Gaston Gallimard）的家人私下聚會時畫的，這畫顯得他像個娃娃似的，但線條與眼神很有他的味道，還有他與弟弟在年輕時穿的水手服領子。就好像他在說，他也多次這麼說：「我來自我的童年⋯⋯」

比起成為飛行員，聖修伯里花了更久的時間來探尋自己的作家之路。在他 1926 年寫給前未婚妻露意絲・德・衛勒莫杭的信中，當時他已獲得民事與軍事飛行執照，並準備飛拉德柯利（Latécoère）航空公司在土魯斯建立並經營郵務飛行航線。我們可以發現他的文風尚遊走於兩種文學書寫：寓言式的童話故事（或者某種類似接近的方式）與立基於現實的想像敘事（比如他寫自己關於飛行的印象，這對普通凡人來說還太過新穎）。這並非微不足道，在兩種身分之間擺盪的書寫也顯現於他後來的作品，包含《小王子》、《風沙星辰》與《戰地飛行員》。儘管

飛行員作家

「我要寫一個關於飛航的故事。」

L'écrivain aviateur

« J'écrirai un conte
sur l'avion. »

當時他還沒出版任何一本書，且他對於將來能否出版也不抱太大希望，他已明確表達了未來將結合這兩種身分：「我要寫一個關於飛航的故事。」回歸（未來的）職業！必須透過感受、透過經驗、透過親歷，才能理解年輕的他所書寫的世界。他不想寫超現實主義的那種如夢的文學或是扭曲感官感受的作品。他將是個飛行員作家。1929 年出版的《南方郵航》，以及後來在 1931 年出版的《夜間飛行》得到費米娜獎時，人們都是這麼介紹他的。這就是聖修伯里。

但是，今日我們稱之為飛行小說的作品（《南方郵航》、《夜間飛行》、《風沙星辰》、《戰地飛行員》）主要都是誕生於他在法國郵政航空公司時發生的特殊經歷、私下偵查突襲及軍

事飛行員的經驗，他原先打算把這些經驗寫成故事。把這些小說稱為故事有些奇怪，因為這些作品的想像成分越來越少，而更多是他親身經歷的延伸。這位新手作家認為，即便是最為描述性的文學作品，即便是最貼近職業的行動與感受的書寫，總是以故事表現出來，因為文學能展現自我的另一個面向，更內在、更夢幻、反映自身。聖修伯里的所有書寫都是——也將會是——寓言式的。穿著厚重的飛行衣，局限在飛機座艙中，既口渴又極度寒冷或者缺氧，飛行員生活中總有許多難關要過。他的經驗讓他顯得與眾不同，因為他當下所經歷的，都會再引領他走向別的事物。對他來說，比起童話故事，這些經驗更棒，更豐富迷人。對聖修伯里來說，以及在兩次世界大戰之間的二十年間，飛行經驗不僅是夢（作者在遭到德軍戰火驅逐後，於沙漠瀕死時，總會重新感受到童年）的鑰匙，也使他更深刻意識到人性的美好價值，並透過書寫——《風沙星辰》和《戰地飛行員》——來表現他的人道主義。

冒險的那幾年，離家、遠征、救援、墜機。但那幾年也是年輕時剛成為拉德柯利航空公司飛行員的他（在 1926 年 12 月他寫給荷內・德・索辛 Renée de Saussine 的信中）稱之為「難以定義的新智慧」的年代，滿是「天上來的」（là-haut）或是「遠離人煙千里」的真理，他在這裡頭充分抓緊現實，生命在其中彷彿不受死亡的威脅。意識一躍而起，能徜徉飛翔，然而飛機卻有墜落的危險：「有幾秒鐘，我充分感覺到寂靜在這一天爆發開來。」這是個決定性的發現，滋養了即將寫出的整部作品。

不僅是透過文字，更是透過真心，從中而生出小王子，我們見證這個角色的畫像在 1930 年代一點一滴地成形，好似偷偷摸摸地，甚至在作者還沒開始想要寫作這個故事之前（這次，是真的發揮想像力的故事)。要把這個故事寫出來，得先汲取經驗。事實上，聖修伯里在創造出小王子之前，自己就在沙漠中遇見了小王子……如同他寫於 1942 年：「六年前，我在撒哈拉沙漠裡，飛機故障。[……] 我結識了小王子。」

不該寫童話故事

Il ne faut pas écrire de contes de fées

安東尼・聖修伯里在巴黎的求學期間非常用功，認真學習且過得文雅精緻（只須讀他寫給荷內・德・索辛的優美信件〈想像的朋友〉便知），但他也是個削瘦的開朗少年。在他結交的朋友之中，他與德・衛勒莫杭（de Vilmorin）家的小女兒露意絲（小名露露）甚為交心，兩人都熱愛文學，喜愛閱讀也喜愛寫作，都曾試著寫過風格夢幻且感性的散文和詩。小倆口於1923年初宣布訂婚，之後露露竟逐漸苦於嚴重的髖部疼痛，甚至不得不臥床數月。安東尼在即將退伍前，經常到家族在韋里耶爾－勒－比松（Verrières-le-Buisson）的城堡（後來安德烈・馬爾羅 André Malraux 也住過這座城堡）與逐漸康復的露露見面。露意絲・德・衛勒莫杭後來成為作家，提及這段快樂時光，以及受到這位有點笨拙、異想天開，卻心胸寬大且慷慨的未婚夫關愛的感動。她稱他為「我們青春時期的魔術師」。

具備飛行員執照的安東尼在勒布爾熱（Le Bourget）擔任民用私人休閒行程飛行員，直到1923年5月1日發生嚴重飛機失事之前，德・衛勒莫杭家族並未要求這個敢於冒險又幾乎身無分文的未來女婿換個比較安全的職業。而聖修伯里來者不拒，也擔任博宏（Boiron）製瓦廠以及索黑（Saurer）卡車公司的商務代表！但並未維持多久。在1923年秋天，年輕飛行員幻想落空。露露說自己需要時間想一想，便拉開了距離。後來她沒有成為他的妻子，但這段年輕時期的愛戀並未就此完全在聖修伯里心中畫下休止符，他還是會找機會去探望這位女性好友，即便後來兩人都各自婚配亦然。

這封信見證了這段特殊關係以及這份長情的心意，信件內容主要是關於他對文學的熱愛，即使當時還未出版任何作品。信中點出一個重要的轉捩點：未來他將以飛航敘事來取代童話故事。三年之後，有了《南方郵航》。爾後人們才注意到一個大天使——象徵飛行員的角色，「超級帥」、「從不會完全觸碰到地面，因為祂不懂得如何收起雙翼」，當然，這應該不是說反話……二十年後，剪去雙翼的小王子，面容如此純真，雙足踏上了地球的土地上……直到他理解自己在這裡幾乎什麼都做不了。

巴黎

再見了我的老露露。我今晚出發前往尼斯，不想打擾妳。我希望自己這幾天沒有太令妳厭煩，但妳知道能見妳總是令我很開心。我是個忠實的朋友，而沒有太多朋友是我想見的。請原諒我到附近便聯絡妳的行徑，這的確自私。

若我下次經過時，妳有時間把妳寫的書的結尾讀給我聽，我就去韋里耶爾（Verrières）。我很好奇，因為妳的書好像有無限可能，而我的寫作則很不順，這讓我很洩氣。我跟妳說過的，關於城堡和七面圍牆的那個故事。我們都喜歡的那些童話，我們很懷念。我們都努力找過沒有人的角落，鎖上門，用夢想將自己包裹得暖暖的，而當我們想為自己編造的傳說賦予生命時，它們便失去了那層金亮色彩。這個城堡、圍牆、大天使的故事原本可以很美的，幾乎要跟妳的故事一樣超現實，也許妳也會喜歡。妳知道有關大天使的那段，開頭很美，但祂從不會完全觸碰到地面，因為祂不懂得如何收起雙翼。我原本寫了個結尾，自己還算喜歡。但結局並未發生。不該寫童話故事的，我要寫一個關於飛機的故事。

妳應該也有過靈感苦思而不得，卻在等待時降臨的狂喜經驗。本來感受不到雨和風，後來感受到了。不知為何，這讓我聯想到電話。通話結束的時候，我們互道再見，當我們對於鈴聲再次響起逐漸不抱希望時，好像一切都變得空虛了。這對我來說很類似，雖然我不知道為什麼。

再見了，我的老露露。請原諒我有點煩，但我很想知道，妳覺得我寫的小故事怎麼樣。

妳的老朋友，

安東尼

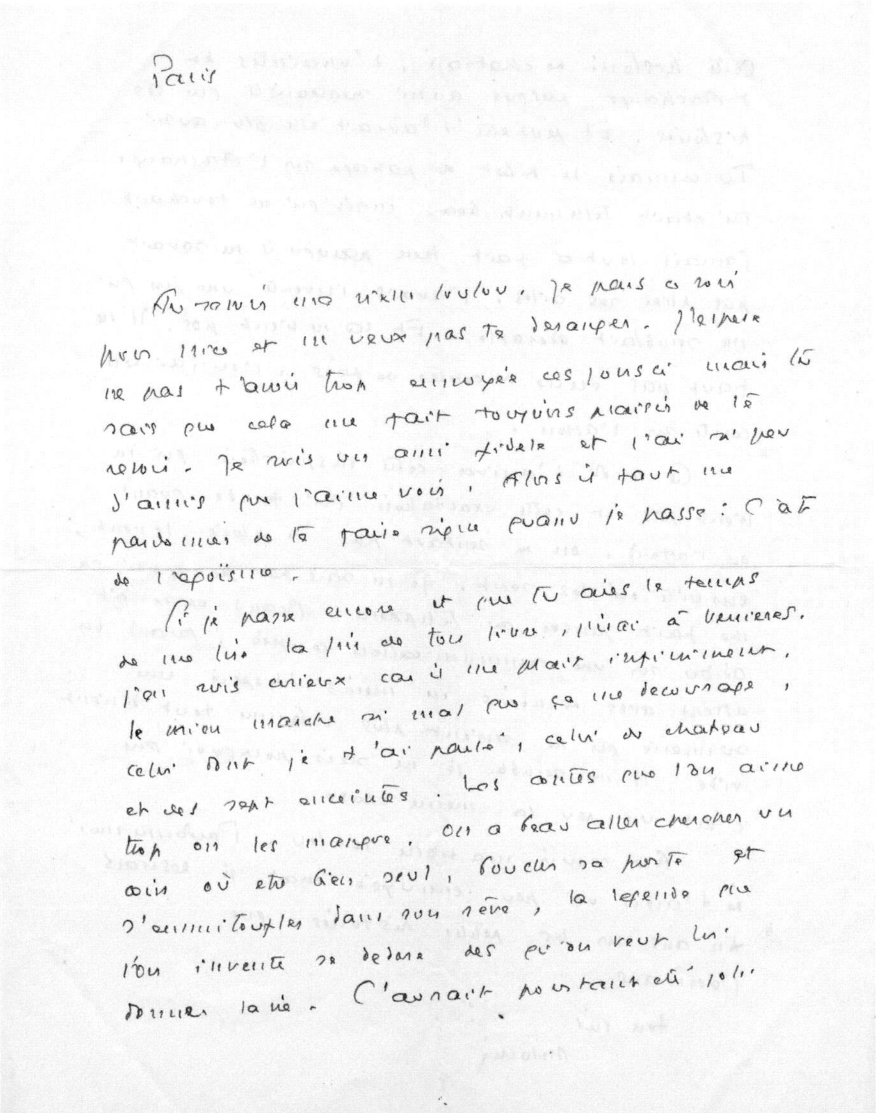

Paris

Au revoir ma vieille Loulou, je pars ce soir pour Nice et ne veux pas te déranger. J'espère ne pas t'avoir trop ennuyée ces jours-ci mais tu sais que cela me fait toujours plaisir de te revoir. Je suis un ami fidèle et j'ai si peu d'amis que j'aime voir. Alors il faut me pardonner de te faire signe quand je passe : c'est de l'égoïsme.

Si je passe encore et que tu aies le temps j'irai à Verrières. de me lire la fin de ton livre, j'en suis curieux car il me plaît infiniment, le mien marche si mal que ça me décourage, celui dont je t'ai parlé, celui du château et des sept enceintes. Les contes que l'on aime trop on les manque. On a beau aller chercher un coin où être bien seul, boucler sa porte et s'emmitoufler dans son rêve, la légende que l'on invente se dérobe dès qu'on veut lui donner la vie. C'aurait pourtant été joli.

安東尼·聖修伯里寫給露意絲·德·衛勒莫杭的信，巴黎，1926年，親筆手稿，聖修伯里·亞蓋遺產管理委員會收藏。

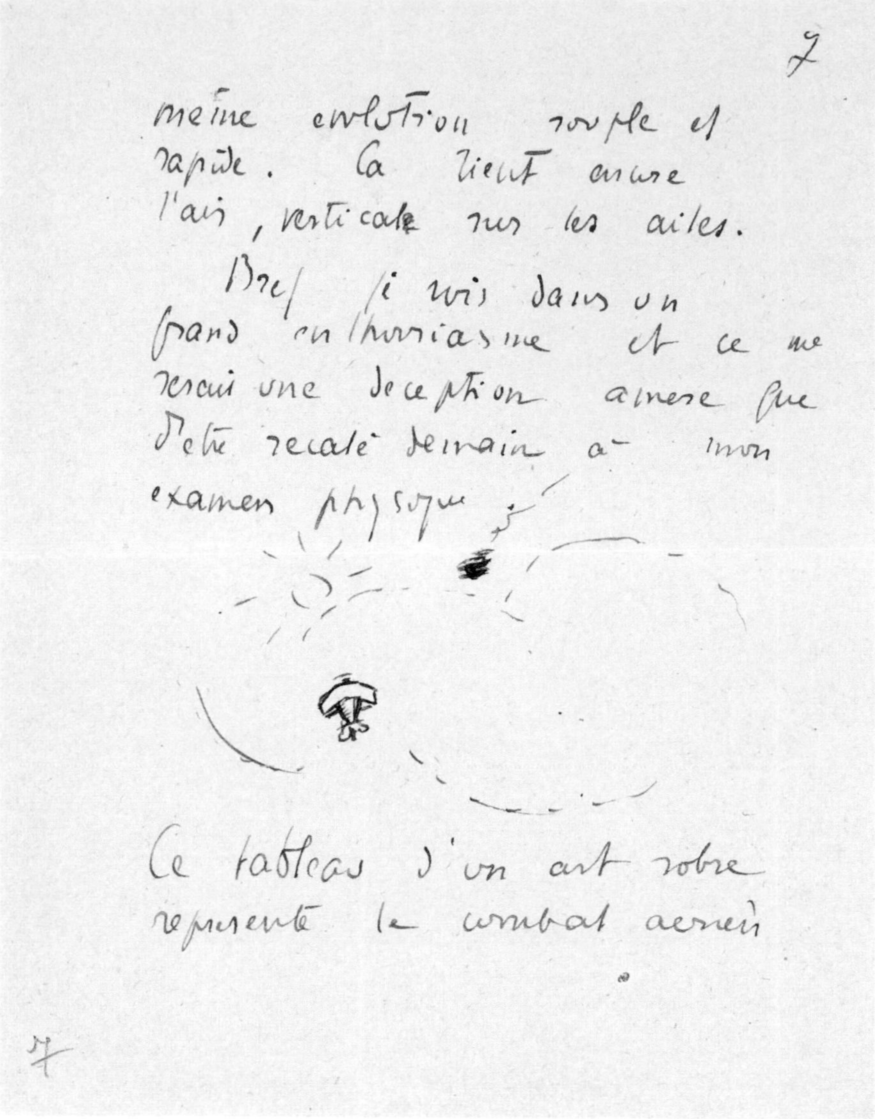
7

même évolution souple et
rapide. Ça tient encore
l'air, verticale sur les ailes.
Bref je suis dans un
grand enthousiasme et ce me
serait une déception amère que
d'être recalé demain à mon
examen physique.

Ce tableau d'un art sobre
représente le combat aérien

7

安東尼・聖修伯里
寫給母親的信，
史特拉斯堡，
1921 年 5 月，
墨水畫，親筆手稿，
巴黎，國家檔案室。

[……]

從一架斯派德戰機（Spad-Herbemont）下來，我感覺徹底昏頭轉向。在天上，我完全失去空間感、距離感、方向感。當我要尋找地面時，我時而往下看，時而往上看、往右看、往左看。我以為自己在很高的位置，結果突然就被一個垂直旋轉帶著衝向了地面。我以為自己在很低的位置，卻又在兩分鐘內被三百馬力的引擎往上帶了一千公尺高。又顛簸、又搖晃、又翻滾……天啊！

明天，我會跟同一個飛行員上到五千公尺高處，比雲海還要高。我們會跟另一個朋友駕駛的飛機在空中進行一場對戰。垂直旋轉、迴旋轉圈、倒回逆轉，會讓我把一整年吃進胃裡的午餐都吐出來。[……]

昨天，戰鬥機組進行大檢修。

那些擦得閃亮亮的迷你單人戰鬥機停在停機棚，一字排開，還有飛機屁股裝配的漂亮新機槍——因為從我們在那些大腹便便的昂里奧（Hanriot）飛機還有那些斯派德戰鬥機上安裝機槍以來三天，這些可是飛機中的王者啊，在它們身邊所有的飛機都黯然失色，它們的機翼像是在挑眉，感覺很凶狠。這是一架很厲害的飛機，我想滿懷熱情地駕駛這種飛機。空中的它，就像是海中的鯨，而且它的外形也像鯨魚！外表異常滑順，同樣柔軟又行動迅速，還能待在空中，雙翼縱躍。

總之，我是滿懷熱忱，如果明天因為體檢的關係而被淘汰，會讓我非常失望。

這張簡約的圖畫的是明天的空戰。

看看飛機整齊列隊，聽聽我們頂尖飛機的引擎隆隆聲，深吸一口香噴噴的機油味，我們互道一聲：「讓德國佬付出代價！」

懷著熱情 飛行與作畫

Piloter et dessiner avec passion

從聖修伯里寫給母親的信件，還有少數寫給姊妹的信件中，我們能看出作為新兵的他對飛行的第一印象。首先是以機槍手學生的身分，後來以見習飛行員的身分。被編入史特拉斯堡第二軍團後，他在 1921 年 7 月 9 日完成了第一次單獨飛行。這是個重要的日子！他獲得了民事飛行證書。同一個月，他加入靠近卡薩布蘭卡的戰鬥機隊第三十七飛行軍團，於同年 12 月在當地取得軍事飛行證書。透過這個培訓，而後經過於伊斯特爾（Istres）、阿沃爾（Avord）和勒布爾熱（Le Bourget）作為預官的經驗，他了解到自己不適合從軍，因為若為軍人，他太過獨立自主了。他於 1923 年 6 月 5 日退伍，回到聖莫里斯德雷芒與家人相聚。

書信式敘事（les récits épistolaires）能讓見習飛行員練筆寫作，而在這個關鍵的時期所寫的書信，更展現了日常隨筆畫在軍中無聊煩悶時的重要性……

為《南方郵航》
所繪製的劇情插圖，
約於 1935 年，
私人收藏。

於史特拉斯堡服役，
1921 年夏。

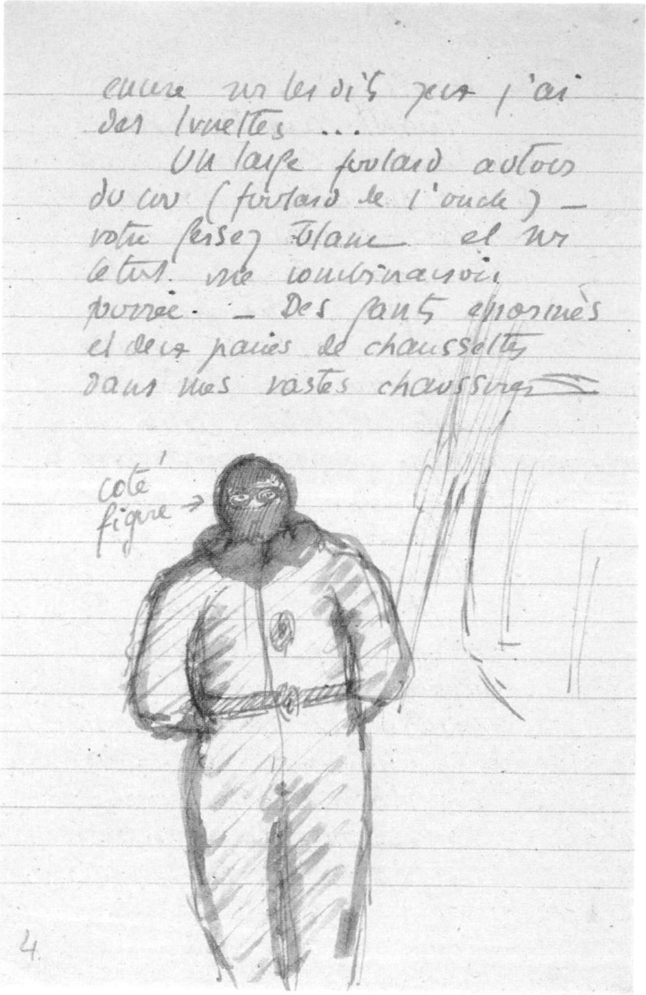

安東尼．聖修伯里
寫給母親的信，
背面畫著插圖
（是張自畫像），
卡薩布蘭卡，
1922 年初，墨水畫，
親筆手稿，巴黎，
國家檔案室。

[……]

詩句、畫作、這些都在我的旅行箱底部沉睡，它們有什麼價值嗎？不值一提。我對自己沒什麼信心。

不幸之國度。*連一個朋友都沒有。連一個說話的人都沒有。*甚至連十個字的對話都有困難。只有一次我到拉巴特（Rabat）的時候，跟薩布朗（Sabran）喝了一杯。

回去找他？不可能。實在太貴了。費用得算上六十法郎（搭遊覽車的費用），至少一天二十法郎的房費，二十法郎的餐費，三天大約一百二十法郎，還沒算其他雜支，而且三天裡面有兩天都在搭車。怎麼算都太貴了。

我本來很想去看費茲（Fez），如果布羅一家（les Brault）還在那邊的話。現在過去的話就太瘋狂了。

至於飛機上的三角形，不算數，因為我們在拜賴希德（Ber-Rechid）、拉巴特或別的地方落地停留了十分鐘，用來簽文件、喘口氣，和加油。然後孤單地回到機艙與亂流交鋒。

我很快就要走了。

我的媽咪，若您早上見到我，像個愛斯基摩人一樣全身穿得毛茸茸暖烘烘，像個遲鈍的胖子一樣笨重，您會笑出聲來。

我有一頂極地防風雪帽，帶帽兜，只露出眼睛的那種，然後露出眼睛的部分，我還戴上防風眼鏡。

脖子上圍著條長圍巾（舅舅的圍巾），您的白色針織衫，然後最外面套著有保暖內裡的連身服，戴著很大的手套，寬鬆的鞋子裡穿著兩雙襪子。

預官，於阿沃爾
（Avord），1922年秋。

安東尼・聖修伯里
寫給母親的信與圖畫，
卡薩布蘭卡，
1922年1月，墨水畫，
親筆手稿，巴黎，
國家檔案室。

79

Casablanca

Ma petite maman

Vous êtes une adorable maman. J'ai eu un plaisir de gosse à ouvrir votre paquet. J'en ai sorti des trésors...

Seulement les journaux nous disent qu'il fait froid là bas! Comment vivez vous? — Ici un

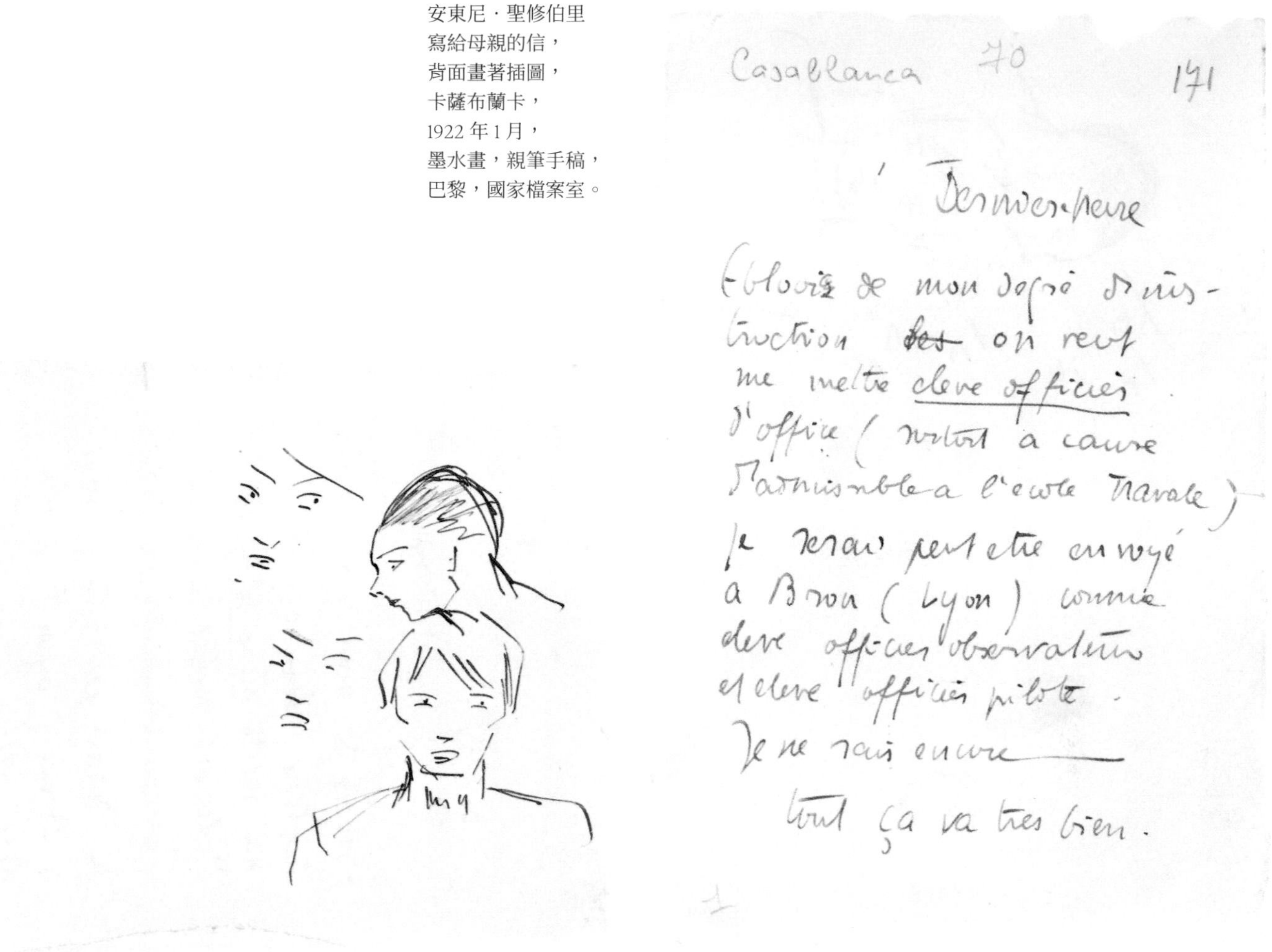
Casablanca 70 171

Dernier heure

Eblouis de mon degré d'instruction ~~les~~ on veut me mettre élève officier d'office (surtout à cause d'admissible à l'école Navale) je serai peut être envoyé à Bron (Lyon) comme élève officier observateur et élève officier pilote. Je ne sais encore

Tout ça va très bien.

安東尼·聖修伯里
寫給母親的信，
背面畫著插圖，
卡薩布蘭卡，
1922 年 1 月，
墨水畫，親筆手稿，
巴黎，國家檔案室。

卡薩布蘭卡，1922 年初

最後一個小時。

別人因為讚嘆我的教育程度，想讓我擔任預官（尤其是因為錄取海軍學校）。我可能會被派遣到布龍（Bron），（在里昂），作為觀察員預官和飛行員預官。目前還不知道。

一切都很好。

卡薩布蘭卡 1922 年 1 月

我的小媽咪：

您真是可愛的媽咪，我像個小男孩開心地打開包裹，拿出裡面的寶藏……

我曾在耶誕節前寄給您一些我的照片和我的畫，但媽咪您從來沒提到過這些。都弄丟了嗎？拜託您跟我說！還有，我的畫怎麼樣呢？

我昨天畫了隻狗的寫生，畫得還不錯，我就剪了下來貼在信上。您覺得畫得如何？

這段時間，飛得很順暢，尤其是今天早上。但是不再能旅行了。

我到卡斯巴塔德萊（Kasbah Tadla）十五天了，這裡是邊境。得自己一個人上飛機，冷到哭，眼淚流出來！因為飛行高度的關係，我在相當高的高空，儘管我穿了有保暖內裡的連身服和手套等……如果還要很久的話，我應該會在隨便哪個地方降落。有些時候我會花二十分鐘，為了把我的手放進口袋裡，掏出我自以為已經很熟悉而沒有攤開放在機艙內的地圖。我咬著自己的手指，咬到覺得痛。還有我的腳……

我已經無法思考了，而我的飛機到處飛。我只是個在遠方的可憐人。

〈朋友〉，
《卡薩布蘭卡的畫冊》，
卡薩布蘭卡，
1921 年 11 月，畫冊，
鉛筆與墨水，私人收藏。

Il pleut on ne vole pas -
- Heures de Travail -

下雨了，我們停飛。
- 上班時間 -

我發現了我的天職

J'ai découvert ce pour quoi j'étais fait

「我發現了我的天職：康緹（Conté）的粉彩筆畫出來有炭筆的感覺。我買了幾本素描本，把白天看到的人事物和他們的姿態盡可能畫下來，像是同事的微笑、狗狗小黑冒失地湊過來，前腳舉起，想看我能畫出什麼好東西。[……]等到我畫滿第一本的時候，我就寄給您，但是有條件的喔，媽咪，條件是您得把本子寄還給我。」這封給母親的信中所提到的畫冊，於2006 年被人在家中發現；就像是個人像展示廳，非常肖似他的軍中同僚，還有低調的文字說明，提到他們的實際生活。

寫給露露的早期作品

Premiers écrits pour Loulou

安東尼・聖修伯里最早寫出關於飛行文學的散文是〈一趟飛行〉與〈一場意外〉，靈感來自於他1923年5月1日在勒布爾熱發生的意外。當時他駕駛著昂里奧HD-14飛機，這場意外讓他嚇了一大跳，還住院好幾天。他希望自己這幾篇作品能被刊載於安德烈・紀德、雅克・里維耶爾（Jacques Rivière）和加斯東・伽利瑪的《新法蘭西評論》（Nouvelle Revue française）。1923年末，他寫給母親的信中提到：「您想像一下，我認為《新法蘭西評論》會刊登我的〈飛行〉。我現在在寫另一篇故事。」但是《新法蘭西評論》並未收錄這兩篇故事。得等到五年後，新古典主義的文學殿堂才接受了他，出版了《南方郵航》。

在這個階段，尚為見習飛行員的聖修伯里特別著重於描述自己的飛行感受與印象，以及飛行員與土地之間那種感官與視角都被翻轉過來的特殊關係。並非飛機失事墜毀於土地，而是土地本身吸引吞噬了飛行員，因為空氣升力背叛了他。事故與飛行的意象相反，事故就是無法起飛，重力成了致命原因。

從天空往下看，地球在幫我們上課，讓我們看見人類對我們居住的星球都做了些什麼，看見被車站船港侵蝕的病態城市，看見石頭工廠汙染的藍色河流，那副「戰爭前線」的尊容。這部年輕時書寫的作品中已見其社會批評（如同在《小王子》中反現代主義的部分），展露了他的詩意書寫，並滋養了往後的作品：「他明白，傳奇的時代已經結束了［⋯⋯］，他明白，不該沉醉於哄騙誘人實則貧瘠的美夢之中，而該奮力掙脫這種沉醉［⋯⋯］。」

聖修伯里第一篇被刊出的作品（〈飛行員〉，收錄於《銀船》[7]）以及後來於1928年的《南方郵航》手稿也再度運用〈一趟飛行〉結尾的圖像（見下頁）：「地表的一道褶皺像個碗一樣變圓，飛行員看見又一棟別墅，像是被彈弓射出來，然後地面湧現，像是跳水員面對吞噬他的大海那樣被咬碎。」

這些篇章（修改完的最終版本以及〈旅行〉的草稿，見第105頁）與作者青少年時期於1921年至1923年間的所寫的一些散文和詩放在一起，最近在露意絲・德・衛勒莫杭收存的文件中被找到，是安東尼・聖修伯里交給她的，其中有一些是寫給她的，滿懷溫柔情意：「獻給妳，妳的愛修補了這脆弱的生命。我愛妳。安東尼」（〈第一次的渴望〉）。

露意絲・德・衛勒莫杭。

[7] 譯註：《銀船》（Le Navire d'Argent）是1925年6月至1926年5月之間於巴黎發行的法語文學月刊，雖為時不長但影響力不可小覷。該月刊由Adrienne Monnier創立，Jean Prévost擔任編輯。

I

28-6-3

Pour ma loulou

Antoine

UN VOL.

Le pilote ayant assuré ses lunettes et ayant viré vent debout,en roulant,se trouva face avec le ciel. Il tira la manette des gaz et le moteur lui répondit ainsi qu'une décharge de poudre. L'avion happé par l'hélice fonça. Le sol fila sous lui comme une courroie,les bonds secs d'abord à cause des bosses,s'amortirent dès que l'air épousa le profil des ailes,et le pilote sentit aux commandes qui déjà agissaient,sa puissance grandir.

Il maintint l'appareil au sol par une pression de la main sur le manche,comme un ressort,puis quand il sentit l'air d'abord impalpable,puis fluide devenir maintenant solide,quand il sentit sur celui-ci comme sur une épaule les ailes s'appuyer,il décolla.

Les hangards qui bordaient la piste,les arbres puis les collines livrèrent l'horizon et s'aplanirent. La Seine à mesure qu'il montait se glissa. La campagne se cartela à la façon d'une Europe d'Atlas. Les jardins,les champs,les domaines,les terres jaunes de blé ou rouges de trèfle,qui sont l'orgueil des hommes et leur souci, se juxtaposèrent hostiles. Ridicule,borné,envieux,en des limites géométriques,s'avoua parqué le bonheur des hommes.

V

d'eau s'étale,mais trop loin en avant,le pilote pour l'atteindre freine imprudemment sa descente,l'avion baigne dans un milieu sans consistance,oscille,s'enlise.

Et brusquement à cent mètres du sol il se dérobe: l'air pourri a cédé sous les ailes,l'avion,foreuse, plonge en vrille. Un grand remou happe alors le torrent des choses: entrainant ses maisons,ses arbres,ses clochers,carrousel ivre la terre tourne. Un repli de terrain s'arrondit comme un bol,le pilote voit passer encore,lancée par une fronde,une villa,puis la terre jaillit vers lui comme la mer vers le plongeur et le broie.

Antoine de Saint Exupéry

〈一趟飛行〉，1923 年，
作者親筆簽名和打字，
聖修伯里．亞蓋遺產
管理委員會收藏，
亞歷珊卓．雷－杭遺產
管理委員會（Succession
Alexandra Leigh-Hunt）致贈。

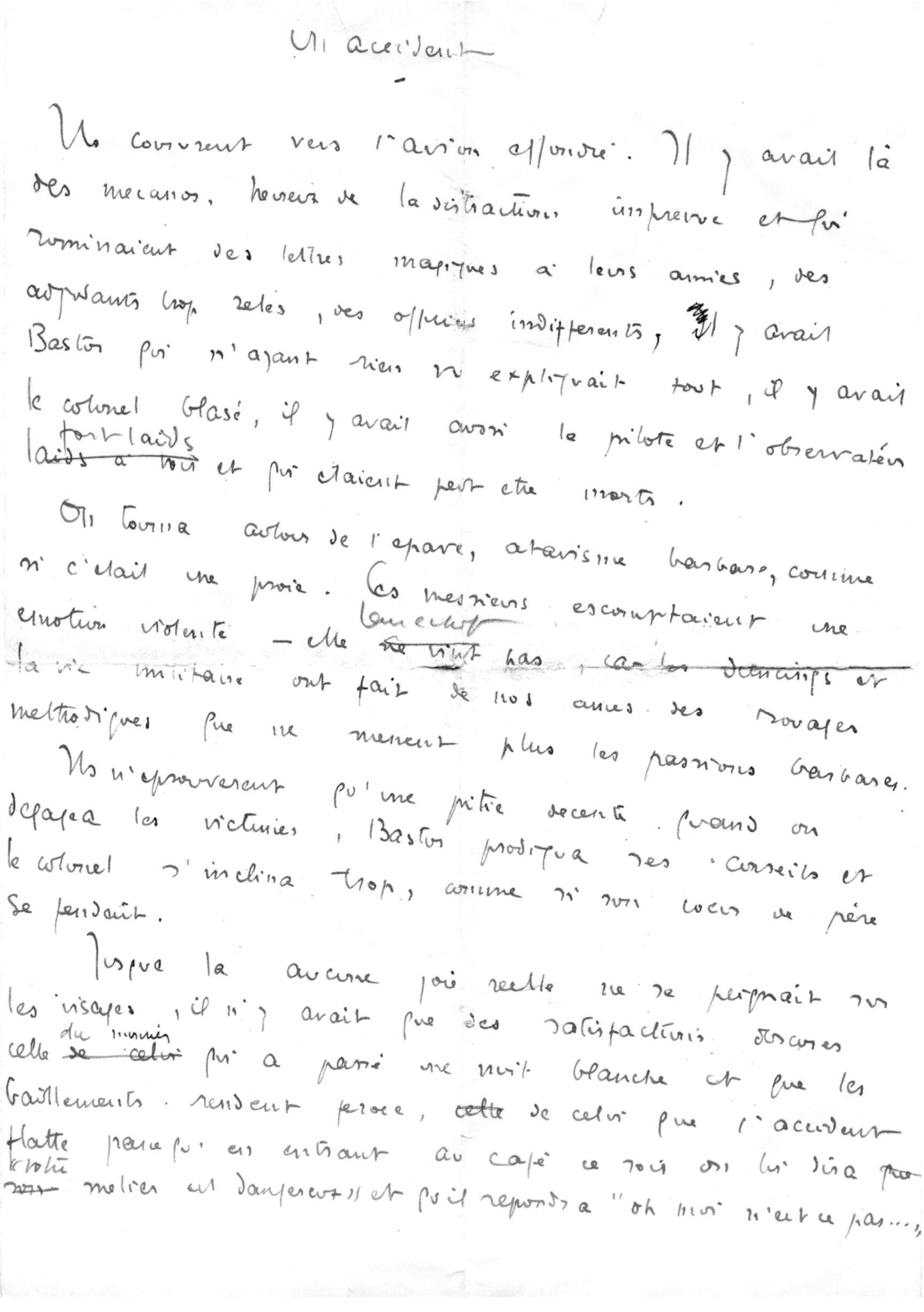

Un accident

Ils coururent vers l'avion effondré. Il y avait là des mécanos, heureux de la distraction imprévue et qui [illegible] des lettres magiques à leurs amies, des adjudants trop zélés, des officiers indifférents, il y avait Baston qui n'ayant rien vu expliquait tout, il y avait le colonel blasé, il y avait aussi le pilote et l'observateur fort laids ~~laids à voir~~ et qui étaient peut être morts.

On tourna autour de l'épave, atavisme barbare, comme si c'était une proie. Ces messieurs escomptaient une émotion violente — elle [illegible] pas, car [illegible] la vie militaire ont fait de nos âmes des rouages méthodiques que ne mènent plus les passions barbares.

Ils n'éprouvèrent qu'une pitié décente. Quand on dégagea les victimes, Baston prodigua des conseils et le colonel s'inclina trop, comme si son cœur de père se fendait.

Jusque là aucune joie réelle ne se peignait sur les visages, il n'y avait que des satisfactions obscures celle du mécanicien qui a passé une nuit blanche et que les bâillements rendent féroce, celle de celui que l'accident flatte parce qu'en entrant au café ce soir on lui dira que [illegible] mètres est dangereux et qu'il répondra "oh moi n'est ce pas...",

〈一場意外〉，1923 年，
作者親筆手稿，
聖修伯里．亞蓋遺產
管理委員會收藏，
亞歷珊卓．雷一杭遺產
管理委員會致贈。

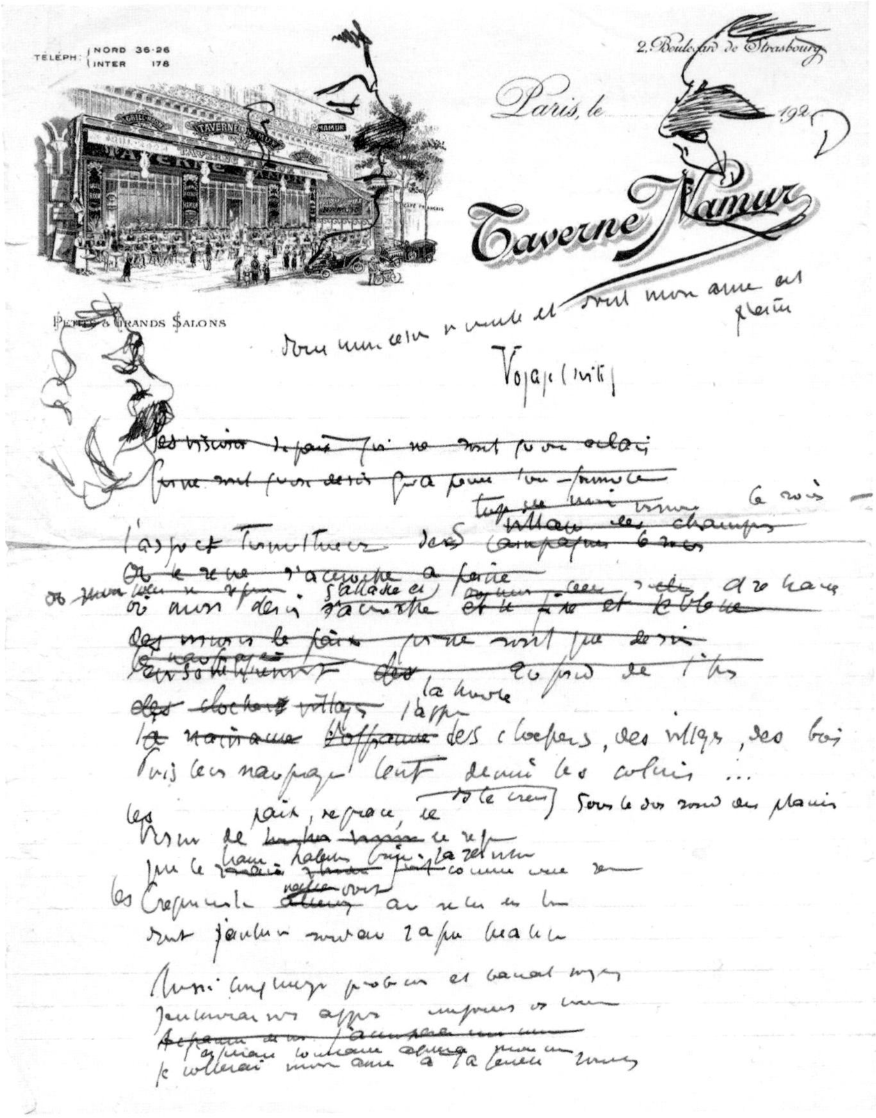
TELEPH: NORD 36·26 INTER 178
2, Boulevard de Strasbourg
Paris, le 192
Taverne Namur
Petits & Grands Salons

〈旅行〉，1923 年，
作者親筆手稿，
聖修伯里．亞蓋遺產
管理委員會收藏，
亞歷珊卓．雷－杭遺產
管理委員會致贈。

旅行

[……]
我就此以奇妙而殘酷的愛去愛，不愛庸俗的平靜與幽藍的微暗，
而愛遠處的信號與那金屬臂膀，還有夜晚的平原和郊區的火車。

我心中呼喊著永恆渴望，突然湧現出喧囂的異象，
城塔鐘樓林木顛簸搖擺，再緩緩沒入平原的拱背。

平安喜樂安歇之異象中，火車倉皇逃離炎之束縛，
牛群歸返恰逢黃昏溫柔，我太晚瞥見苦澀的幸福，

我熱切夢想中的景致，避於山谷深處之村落，
夜晚流瀉之無名平安，使老去靈魂得以更新。

便是沒沒無聞之平庸旅者，我能聽見其急呼於黑暗中，
遠處之希望將使我心震盪，漆黑窗前的我臉頰凍成霜。

馴服的那隻狐狸

Ce renard qu'on apprivoise

與露意絲・德・衛勒莫杭解除婚約後，安東尼・聖修伯里也放棄從軍和所有的商務工作。他想做的、他的熱情所在，是飛行和寫作，再也沒有什麼事能把他與這兩項事情分開，而且航空郵務路線的發展也給了他這個機會。

他自 1926 年 10 月 11 日起受雇於拉德柯利航空公司，先在土魯斯受訓，然後飛西班牙－非洲航段聖修伯里於 1927 年 10 月 19 日起駐守在朱比角（cap Juby），一個在土魯斯－達卡航線途中靠近西班牙的堡壘，作為郵務飛行的中繼站。在撒哈拉大西洋海岸這個邊陲之地的孤寂崗位，生活單調又極度簡樸，除了來來回回的郵務運送與偶爾解救落難的同事讓生活變得較為有趣，他在此度過滿腹情感的一年，滋養了他未來的文學創作《南方郵航》，一本一七〇頁的小說，以及之後的《風沙星辰》、《小王子》與《要塞》。

這封寫給妹妹的信中提到試圖營救兩名飛行員馬賽爾・瑞尼（Marcel Reine）和愛德華・塞荷（Édouard Serre），1928 年 6 月 29 日他們的飛機在沙漠中故障，導致被俘數月。聖修伯里在《風沙星辰》的第二章敘述這件危險的插曲時，將之比喻為充滿耶誕節氣息的守夜，彷彿是一場群體盛會：「然而危險驟然降臨，於是我們肩並肩著間，互相扶持。我們明白原來我們都是同一群人。」充滿張力的高光時刻，人類像是為此而存在，也像是在事件過後，我們經歷了奇蹟。

有個《小王子》讀者所熟知的角色在正式問世的十四年前便已現身過，這個角色就是：狐狸！人們發現這隻藏身於沙丘的小動物真的存在，如同後來與安東尼變成朋友的某隻羚羊一樣，都經歷了馴服的過程——「人類關係中最為奢侈」的這段重要且綿密的時光。

接下來（第 109 頁）的草圖出自《小王子》的草稿檔案，是第二十一章的另一個版本。我們可以看到聖修伯里把遇見狐狸的場景設定在開滿花的山間草原，與《小王子》書中如出一轍。不過，耳廓狐「巨大的耳朵」則顯示出其撒哈拉沙漠的出身……「而牠並未全盤托出」……

至於〈狗的姿態〉習作（第 108 頁），靈感很可能是來自於聖修伯里的美籍朋友希薇亞・漢彌爾頓的捲毛狗，然後這些姿態再被轉用於故事中的狐狸，草草畫於一旁。

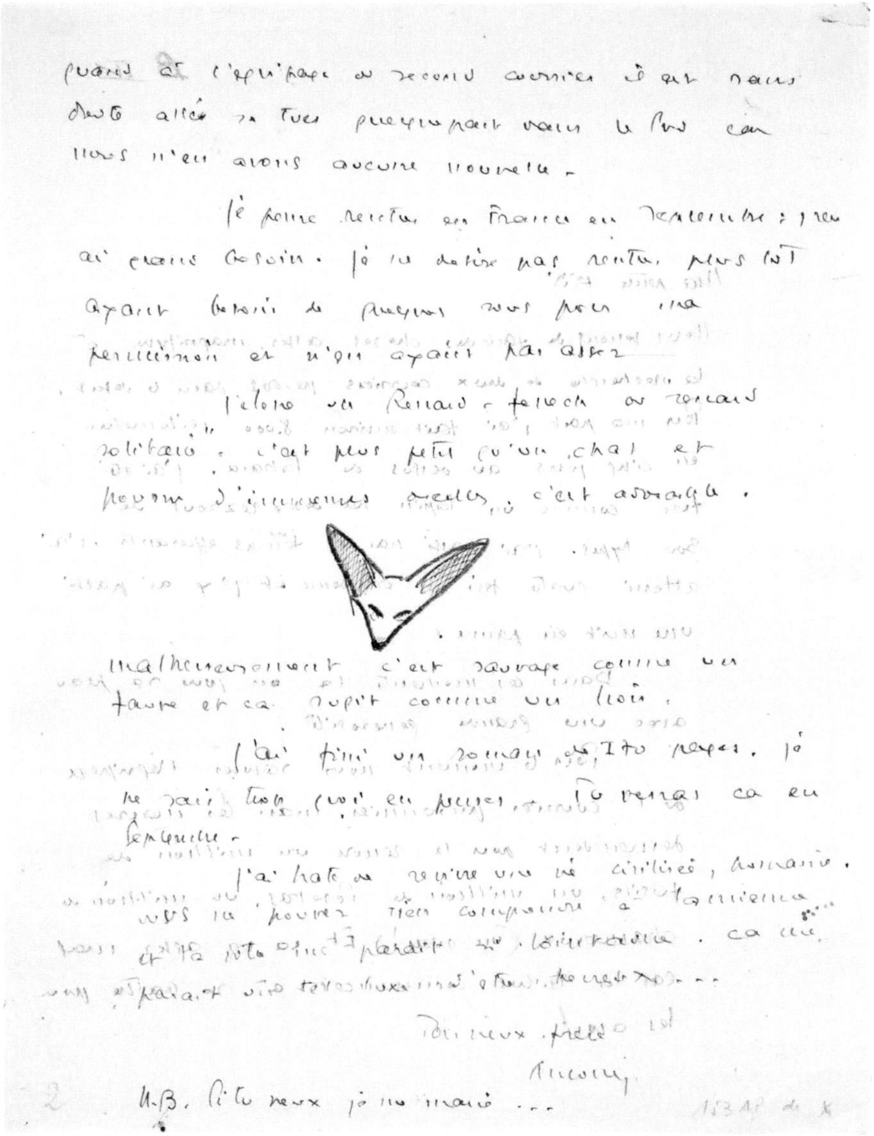
Quant à l'équipage du second courrier il est sans doute allé se tuer quelque part dans le Sud car nous n'en avons aucune nouvelle.

Je pense rentrer en France en septembre ; j'en ai grand besoin. Je ne désire pas rentrer plus tôt ayant besoin de quelques sous pour ma permission et n'en ayant pas assez.

J'élève un renard - fenech ou renard solitaire. C'est plus petit qu'un chat et pourvu d'immenses oreilles, c'est adorable.

Malheureusement c'est sauvage comme un fauve et ça rugit comme un lion.

J'ai fini un roman de 170 pages. Je ne sais trop qu'en penser. Tu verras ça en septembre.

J'ai hâte de revivre une vie civilisée, humaine. Vous ne pouvez rien comprendre à l'existence [illegible]

Gros bisous, frérot

Antoine

N.B. Si tu veux je me marie...

安東尼．聖修伯里寫給妹妹加百列．亞蓋的信，朱比角，1928年6月底7月初，親筆手稿，巴黎，國家檔案室。

我的小迪迪：

我們為了尋找兩名在沙漠中失蹤的郵務員，做了頗厲害的事：我自己光是五天內就在撒哈拉沙漠上空飛了大概八千公里。我像是一隻被三百人武裝團體圍捕的兔子，歷經極惡劣的天氣，四次迫降在分離主義分子的領地，還有一次因為飛機故障，在那裡過了一晚。

在這些時刻，我們甘冒極大風險。目前我們知道被囚的第一名郵務員與機組情況，但是摩爾人（Maures）要求得以一百萬支槍、一百萬比塞塔（pesetas[9]）和一百萬隻駱駝來贖回。（小意思！）情況很糟，因為當地部落為了獲取這些東西，已經開戰了。

至於第二名人員機組的情況則不太妙，大概已經在南部某處被殺害了，因為全無消息。

我預計九月返回法國，我很需要。我不想因為休假需要錢卻沒有錢而提早回去。

我養了一隻耳廓狐（fenech），牠也被稱為孤獨的狐狸，體型比貓咪小一點，有著很長的耳朵，很可愛。

可惜充滿野性，咆哮起來聲似獅子。

我寫了一篇一百七十頁的小說，不知道該怎麼看待此事。妳九月就知道了。

我很期待重回人性的文明生活，妳不會明白妳我現在的生活差距有多麼大。幸福對我來說多麼奢侈⋯⋯

妳的老哥

安東尼

PS. 如果妳想，我就結婚⋯⋯

[9] 譯註：當時的西班牙貨幣單位。

〈小王子與狐狸〉，
《小王子》的草稿，
紐約，1942 年，
鉛筆，私人收藏。

〈狗的姿態、狐狸的
頭與星球上的鴨子〉，
為《小王子》而作的
練習，紐約，1942 年，
鉛筆畫，私人收藏。

Il n'a pas tout dit!

你的一方小世界就在那裡嗎？

在他飛過一隊行進的沙漠兵團上空時，一顆子彈炸斷了他的一條控制線路。

遭遇意外的貝尼斯，像是連人帶機栽了跟頭，空氣在你的機翼下閃過，飛機像部鑽機，往下直鑽。

突然間，地平線像是一床被單突然蓋過他的頭，地面包住了他，接著看見海、沙漠和沙灘，如海般漫天而至。貝尼斯看見一片白色山丘像是被彈弓彈射到面前。大地撲向被殺死的飛行員［這個被槓掉的孩子］，如同大海朝潛水員撲面而來。

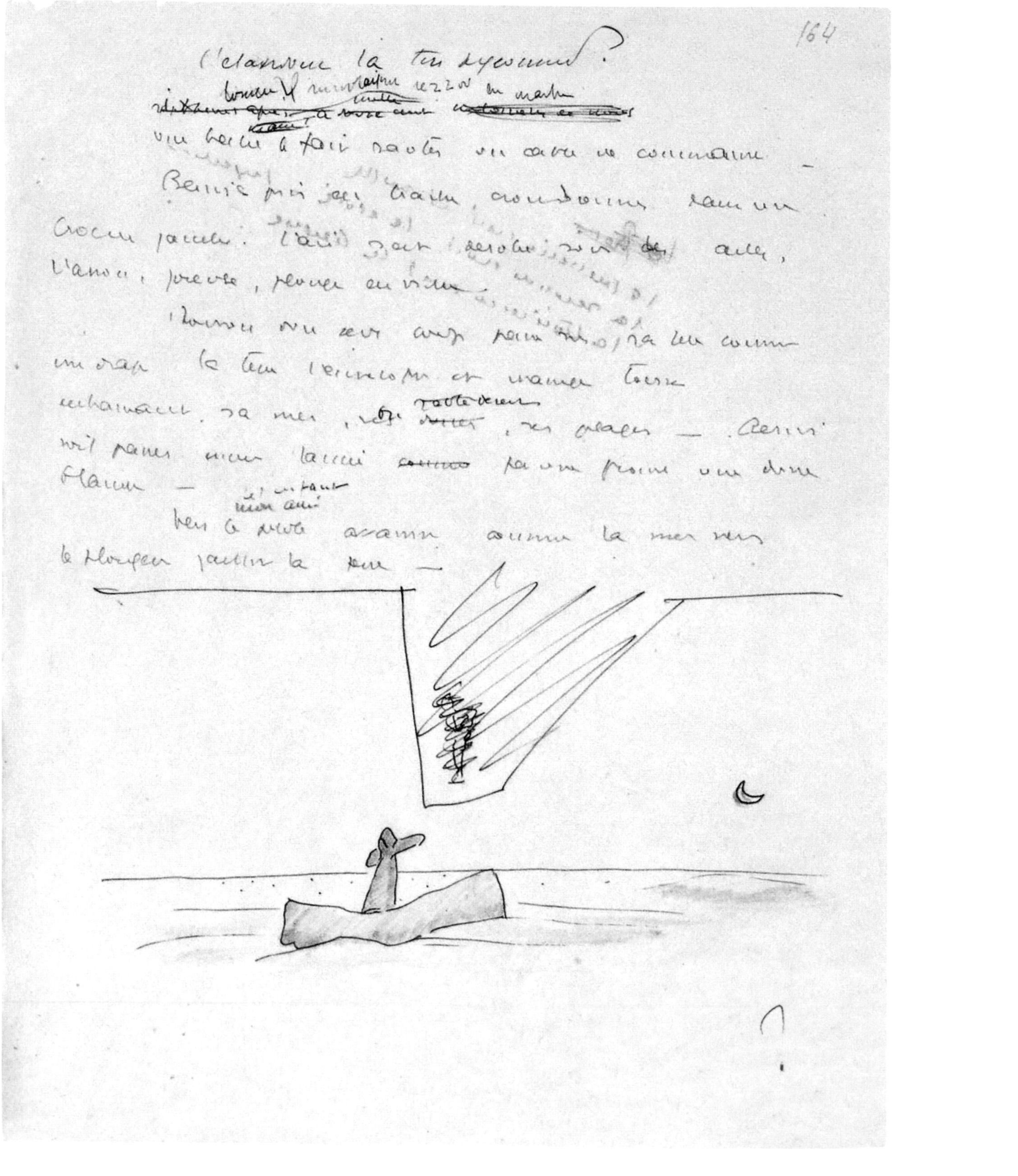

逃跑的孩子

L'enfant qui a fui

《南方郵航》的手稿於1928年7月在朱比角寫完，並且作者還以墨水和鉛筆畫了草圖，使得第一個版本比起最後定稿且於1929年6月出版的版本更為豐富和抒情。從先前的草稿（1926年4月刊登於《銀船》的短篇敘事〈飛行員〉）發展成小說：飛行員並非因為飛機本身故障而失事，是因為沙漠武裝分子的一發子彈導致控制線路被炸斷，這部作品描寫飛行員在沙漠中墜落，而後在星空下苦撐了三天的情節，也出現在〈飛行員〉手稿的部分段落之中。類似的用詞遣字在三年前的作品中亦可見到這段令人心痛苦的結尾，主角也是雅克・貝尼斯（Jacques Bernis）：「遭遇意外的貝尼斯以為自己栽了跟頭，空氣在機翼下閃過，飛機像部鑽機，往下直鑽。突然間，地平線像是一床被單突然蓋過他的頭，地面包住了他，看見森林、鐘塔和平原，旋轉木馬似地接連而來。飛行員看見一棟白色別墅像是被彈弓彈射到面前……大地撲向被殺死的飛行員，如同大海朝潛水員撲面而來。」只差在別墅變成了山丘，因為朱比角的關係……這段文字在《南方郵航》的最終版本變成：「在這座沙丘上，雙臂交叉，面對這片深藍色的海灣、面對星辰遍布的村莊，這一晚，身子好像變輕了起來……」一條簡短的電報補充道：「人亡機殘信完好。」有時候，棄了自身，方能成就作品的偉大。

有兩幅美麗的沙漠插圖讓手稿敘事更為出色，一方面顯示出作者很早便定下了自己的繪畫風格（背景極簡、線條簡約），另一方面顯示出插圖在其創作中的地位，即便只是簡單的草圖——這在創作《小王子》時達到至高點。當然，我們可以把繪畫想像成是為了消遣，用來打發在撒哈拉沙漠中的無聊時日；但它也有助於穩定作者的敘事，讓故事更豐滿，在呈現抒情與沉思之餘更多些分量。可別輕看了這些近似幼稚的繪畫，儘管簡單，卻以「清新」的風格強而有力地展現並試圖重現作者的親身體驗，既是當時代不尋常的現實情況（從事郵務工作的有趣經歷、經常面臨的各種危險與同事失蹤等），亦是強大內心的源泉。作者自《南方郵航》起便運用隱喻，尤其是星星的隱喻，人們與之對話，有時星似威脅，有時星似救贖，在人類與星星之間無線遙遠的距離之間所產生的靈思妙想，一直都跟著聖修伯里。意象生動且附插圖的散文，為聖修伯里帶來了忠實的讀者，以及他的妻子康蘇艾蘿，也是他的忠實的讀者之一，她也對星星的謎語很著迷。

但在康蘇艾蘿嫁給聖修伯里之前，原本會是露意絲・德・衛勒莫杭對這片詩意的獨特世界有感。聖修伯里並非無緣無故將《南方郵航》的手稿、樣稿和限量首刷版送給這位前未婚妻，而是因為這本小說與他們之間的故事有深深的

第108頁與第110頁：《南方郵航》手稿，1928年，手稿第二張影本（f. 164r° 和 166r°），科洛尼（Cologny）（瑞士），馬丁・波德梅基金會（Fondation Martin-Bodmer）。

連結，是情愛上受挫的聖修伯里將自己的經歷轉化而成的文學創作。而該書出版兩個月後，他於 1929 年 9 月寫給露露的信，當時她已成了另一人的妻子，也生了一個女兒，信中明確表示：「我唯一的愛／我清楚知道，要與我一起生活是不可能的。我不如房屋、樹木、建築物那般強壯，我很明白。靠著智慧，我將貝尼斯帶離這一切。於他最好的結局是什麼呢？撞上一顆星。／我將這個脆弱的孩子安置於撒哈拉沙漠高原上；您不知，高原就像是星空下擺著的一張大桌子，星星在山巔之上。／有一天，你說我是『脆弱的孩子』。也許吧，我不懂建築，也不懂得擁有。我愁找不著自己的房子。／請您不要覺得尷尬，我不過是在自言自語。這份情愛太洶湧，我須得找人傾訴。」

在撒哈拉高原上的這個脆弱的孩子……二十年前，作者便提到了小王子的最終形象——一個在臨終時沒有重量的人物，這個想法一直縈繞在聖修伯里腦海中，他認為世上沒有任何事物能夠留下他，除非是已逝的愛作為牽引之線。他寫道：「雅克・貝尼斯，你是飛行員，一個朋友都沒有，只有一條聖母之線勉強拉住你。」《南方郵航》和《小王子》都透過想像呈現出現實難以呈現的。他以這種方式獲得平衡，並重新賦予人性，以臨在的感覺彌補不在的感受：「這份情愛太偉大，我須得找人傾訴。」文學令人絕望的偉大。

從貝尼斯到小王子，很明顯有一個傳承和演變。要證實這一點，安東尼・聖修伯里自己也在文本中偷偷放入線索：「被殺害的飛行員」的飛機編號和被蛇咬的小王子的星球編號都是一樣的——612 號。

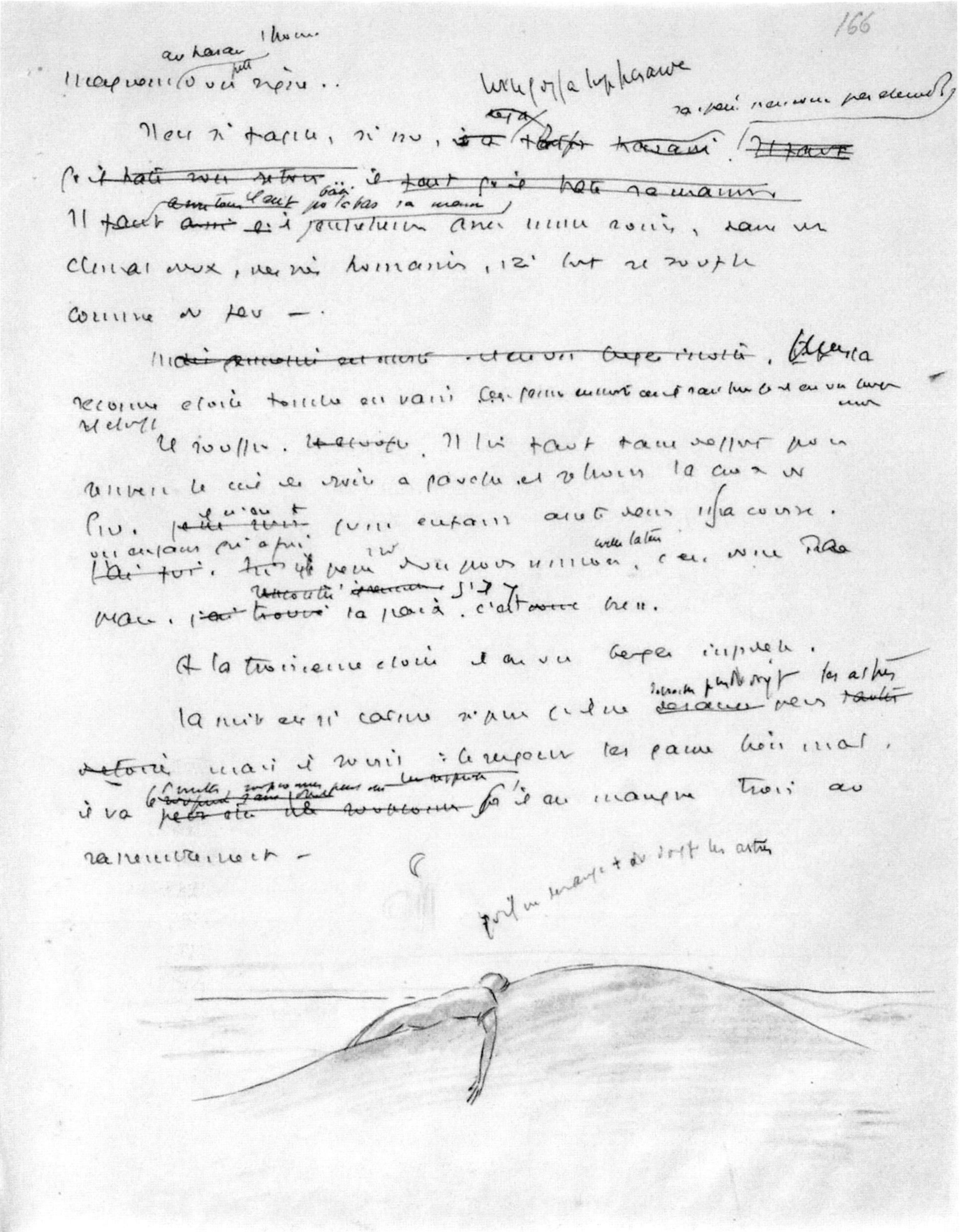

他是如此脆弱，如此赤裸，在那兒他必須千方百計地小心，將人的生命捧在手心，這裡氣候感覺舒服，一切如火般吹拂。

第二顆星徒勞地墜落。

他受苦。不能呼吸。得花很大的力氣才能把天空從右邊轉到左邊，重新找到南十字星。而他只不過是一個在比賽中被捉住的孩子。一個逃跑的孩子。我遇見了和平。真好。

在第三顆星上，他是一個不忠的牧羊人。

夜是如此平靜，如此純潔，所以他不再摘星，但他微笑著：中士看顧得很糟糕。他會指責他，懷疑集合的時候可能有三個人失蹤了。

朱比角，面對
加納利群島（位於
摩洛哥南邊海岸），
安東尼．聖修伯里
於 1928 年在此寫作
《南方郵航》，面對著
天空、沙漠和大海……

在沙漠中拋錨

Échoués dans le désert

這三個人大概是在等待救援，他們的飛機在沙漠中拋錨了，雖然三人這個人數令人訝異。他們身邊有一個罐頭，是馬賽特色菜白酒煨羊蹄羊肚卷（pieds paquets）。其中一人雙手抱頭，也許是受不了炎熱或是害怕會遇到更糟糕的事情。

很難不將這場意外與這封信聯想在一起，當時聖修伯里是法國郵政航空公司非洲線的飛行員，他於 1927 年從達卡寫了這封信給相交甚密的親戚伊鳳妮．雷斯壯：「為了給我一場初體驗，一支曲軸斷了（是在飛離阿加迪爾以後，當時飛機不是我開的），飛機在落地時撞上沙丘墜毀。超級幸運的是人員毫無傷亡。等待著同隊人員（兩架飛機一隊）的我們坐在沙上，手中持槍。有些搞笑。只有三個罐頭讓我們活下去⋯⋯」他們其實應該到偏遠的小堡壘過夜，那兒的士官已經好多個月沒見過活人了⋯⋯也許就是《南方郵航》裡的士官。

聖修伯里在這些冒險中記得的全都不是痛苦或害怕的經驗，而是當中的引人入勝和驚奇不斷：「這一夜真是太離奇了。遠離一切。媽呀，我的生活真是太精彩了。[⋯⋯] 我好像獲得了取之不竭的寶藏。」

這段沙漠中的經驗至關重要，延長了青春的精彩美妙，也為冒險生活與文學創作提供了獨一無二的背景。

〈沙漠中的機組人員〉，
插畫，日期不明，
鉛筆畫，私人收藏。

感傷的小孩與玫瑰

L'enfant mélancolique et la rose

康蘇艾蘿和聖修伯里大約是在1930年9月初相遇的。那時，聖修伯里在布宜諾斯艾利斯擔任法國郵政航空公司阿根廷分部營運長快滿一年，負責巴塔哥尼亞航線的交通運輸與發展。康蘇艾蘿出生於薩爾瓦多，但從1926年起便長居法國，當時在總統伊里戈延（Yrigoyen）的邀請下來到阿根廷，處理瓜地馬拉籍亡夫恩利克．葛梅茲．卡利約（Enrique Gómez Carrillo）的事業。

三十多歲的兩人在班傑明．克繆（Benjamin Crémieux）的介紹下認識了彼此，他是令人景仰的知識分子，當時為《新法蘭西評論》工作，為了一系列巡迴演說而來到阿根廷首都。兩人很快發現在彼此的不同之處以外，竟然有著相近的特質，星星是兩人的共同語言。儘管相信彼此是對的人，這份確信讓他們決定1931年4月在尼斯和亞蓋（Agay）舉辦婚禮，但卻無法保證兩人未來的日子裡毫無風浪。

兩人打從一起生活的第一個月，半祕密地住在布宜諾斯艾利斯，便立刻發現，正是出自於各自的神祕感，永遠保持難以攻克的神祕感，而使他們成為彼此的歸屬，同時也使他們難以共同生活，卻又令對方難以抗拒。他們的信件往來透露出兩人都驚訝於歷經了分離與犯錯、責難與醋意後，仍保有「這份不願消亡的愛」。兩人婚姻生活日常中充滿動盪與消停，但這並不會完全導致關係的中止，原因是兩人對於缺席（absent）有著共同的認知，而非應承難以做到的在場（présent）。換句話說，若是兩人都冀求對方揭露隱而不顯的自我，強人所難的期待便會阻礙愛的流動。那是一種關於內心祕境、關於寶藏的危險追尋。康蘇艾蘿1941年寫給丈夫的信中，回憶著兩人早期在布宜諾斯艾利斯的塔格萊（Tagle）的房屋陽台上度過的夜晚：「因為，有一天，我看見你在遠方國度流的淚，從你入眠、受苦、躲藏之地，我認識了愛。」聖修伯里的感受也是一樣，他十五年來也對康蘇艾蘿的寡情感到悲傷，對於她的經常缺席，以及在他尋求安慰時表現得太過沉默、也許太自由不羈的態度而感傷，但同時他也讚嘆她所展現的豐富內涵，成就了兩人難得的美好時刻：「您就像四月的苜蓿，您身上轉瞬即逝的特質，於我如曙光。」

這是一段難以修成正果的愛情？聖修伯里在兩人關係早期便有此預感，他在1930年底寫了一封確認關係的信給即將從南美回到法國沒多久的康蘇艾蘿，他甚至很快便拋掉自己在南美的職務，回到法國找她，當時便透露出這種感覺。他在信中將自己描繪成一個感傷的小孩，試圖擁抱所愛之人的無限寶藏，即使認為自己永遠沒可能擁有它。他一直抱持著這種感受。他的感傷延伸到他的整個世界，以一種對於世界的無法理解、世界的冷酷、甚至是瘋狂，持續抱持著困惑的樣貌，儘管這個瘋狂的世界裡住著小王子，這樣一個感傷的小孩，唯有狐狸教會他的事，能夠減輕這樣的瘋狂。

從前，有個小王子和他的玫瑰……安東尼．聖修伯里的故事大約是從此時便開始醞釀了，在他出版此書的十三年前。一直到聖修伯里過世之前，他的小說與他的人生、與他和康蘇艾蘿的感情生活，兩者可說是彼此交織，而或許也正因如此，使聖修伯里獲得救贖。

羅傑・帕利（Roger Parry），
〈安東尼・聖修伯里〉，
含作者寫給妻子的留言，
1931 年，當時的銀鹽相片
黏貼於紙板上，親筆手稿
題辭，私人收藏。

康蘇艾蘿・德・聖修伯里
的人像攝影，題辭致其夫：
「給我的東東（Tonnio），
愛你到永遠。康蘇艾蘿
1935」，巴黎，1935 年，
當時的銀鹽相片（樣片），
親筆手稿，私人收藏。

安東尼與康蘇艾蘿，
布宜諾斯艾利斯，
1930 年，當時的銀鹽
相片，私人收藏。

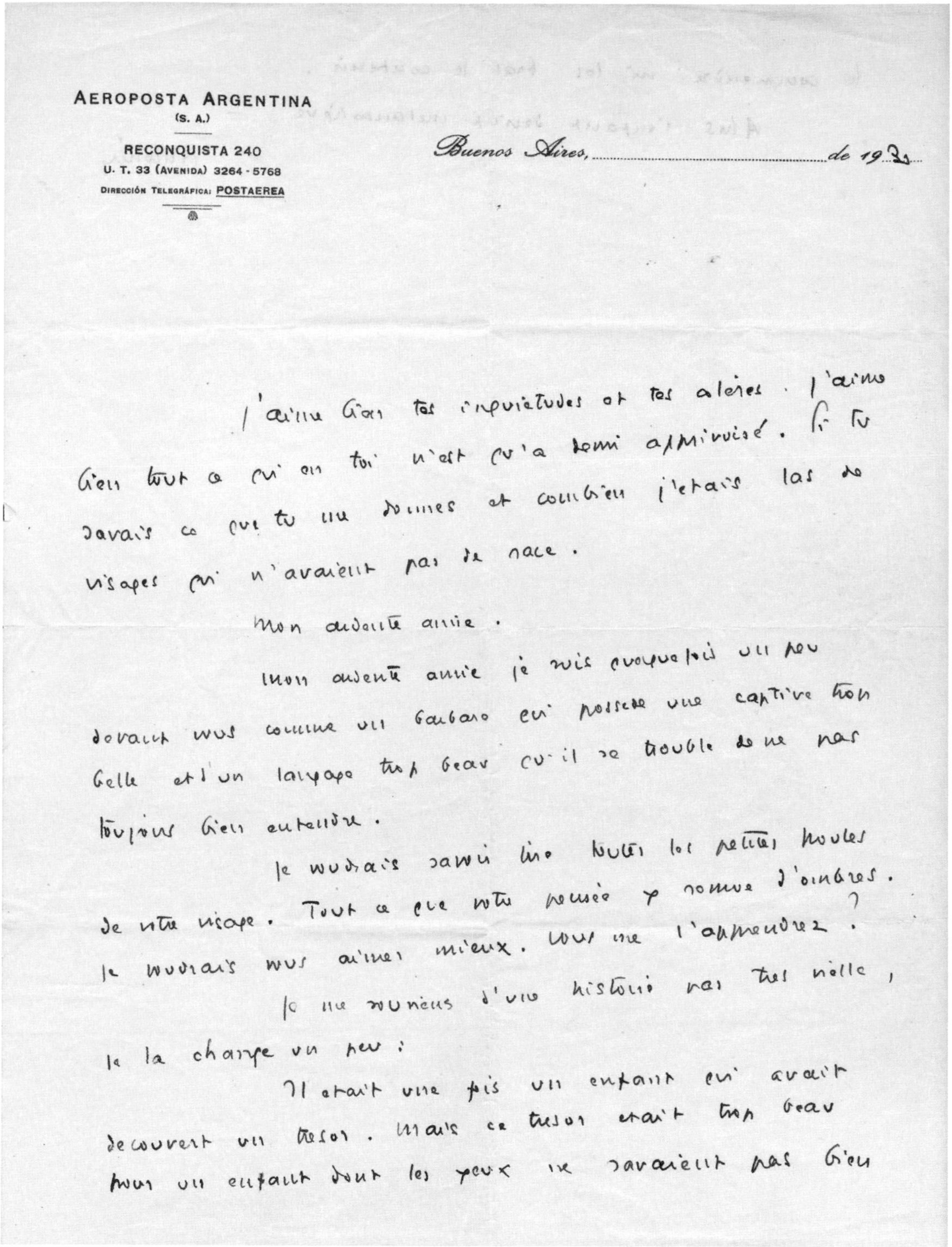
AEROPOSTA ARGENTINA
(S. A.)
RECONQUISTA 240
U. T. 33 (AVENIDA) 3264 - 5768
DIRECCIÓN TELEGRÁFICA: POSTAEREA

Buenos Aires, ... de 193..

J'aime bien tes inquiétudes et tes colères. J'aime bien tout ce qui en toi n'est qu'à demi apprivoisé. Si tu savais ce que tu me donnes et combien j'étais las de visages qui n'avaient pas de race.

Mon ardente amie.

Mon ardente amie je suis quelquefois un peu devant vous comme un barbare qui possède une captive trop belle et d'un langage trop beau qu'il se trouble de ne pas toujours bien entendre.

Je voudrais savoir lire toutes les petites houles de votre visage. Tout ce que votre pensée y remue d'ombres. Je voudrais vous aimer mieux. Vous me l'apprendrez?

Je me souviens d'une histoire pas très vieille, je la change un peu:

Il était une fois un enfant qui avait découvert un trésor. Mais ce trésor était trop beau pour un enfant dont les yeux ne savaient pas bien

安東尼．聖修伯里寫給時為葛梅茲．卡利約的遺孀——康蘇艾蘿的信，布宜諾斯艾利斯，1930 年，親筆手稿，私人收藏。

〈小王子與他的玫瑰，在 B 612 星球上〉，為《小王子》書的習作，紐約，1942 年，私人收藏。

布宜諾斯艾利斯，1930

我喜歡妳擔心，喜歡妳生氣，喜歡只有半馴服的妳的一切。妳可知妳帶給我多少的驚奇，而我多麼厭倦缺乏多樣性的面孔。

我熱情的朋友。

我熱情的朋友，在您面前，我有好幾次覺得自己像是個粗魯人，囚禁了一個過分美麗的女子，而這粗魯人會煩惱他華麗的讚美有時沒被聽見。

我想讀懂您臉上所有的小起伏，所有陰影攪動的您的思緒。我想要更好地愛您。您會教我嗎？

我記得一個很久以前的故事，我將這個故事改動一點點：從前，有個小孩發現了一個寶藏。但這個寶藏對小孩來說太美了，他的雙眼還看不懂，雙臂也還無法擁抱這個寶藏。

所以小孩變得感傷了。

安東尼

尼斯，1941 年 9 月

希望我們真能走出東東康蘇艾蘿……康蘇艾蘿東東的節奏，讓我們跳一支瘋狂的危險之舞而不跌入世界的深淵。大概沒問題的吧！我的心已經準備好了。[……]

我希望，感謝我的星星，我的星星朋友，與我提過我們在塔格萊的小房子的陽台，當您一個字都不想說的時候，當您迷失於飛行，當您迷失於自身。她告訴我，光，還有她對我的友誼，就像是您的心，必須夠愛才能擁有。

東東，有可能嗎？

真是個奇蹟。我將成為小地榆（Pimprenelle），但是是漂亮的小地榆，儘管世界很殘酷，有著綿羊、野獸和壞人做的蠢事。小地榆輸了，她死了。但是那漂亮的小地榆，人們帶著她在草地上散步，把花朵與香頌穿戴在她身上，自此，再無人能傷了她。她將會是巴布亞人（Papou）的一首詩，以如此多的鮮血寫成！

而您，我的伴侶，我不想傷害您，即使未來我必須犧牲自己。但我請您真誠以待，是您使我對真實產生了愛戀。懇請您話鋒留情，自此刻起，我是您的老太太，您的盟友，世界上只有一個東東，我只有一個東東，要好好保存。給您溫柔的親吻。

康蘇艾蘿

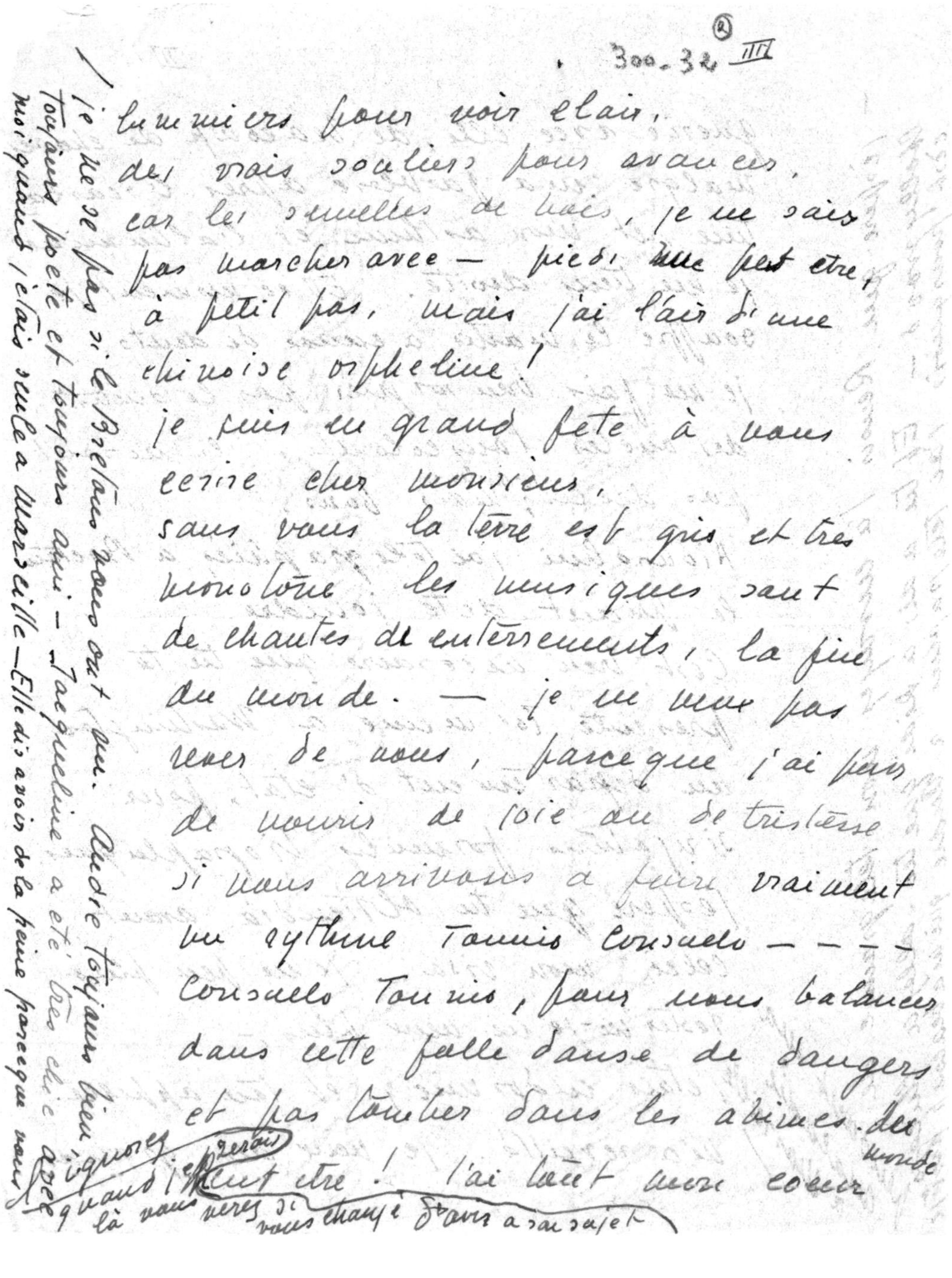
300.32 IIII

lumières pour voir clair,
des vrais souliers pour avancer,
car les semelles de bois, je ne sais
pas marcher avec — pieds nus peut être,
à petit pas, mais j'ai l'air d'une
chinoise orpheline!
je suis en grand fête à vous
écrire cher monsieur.
sans vous la terre est gris et très
monotone les musiques sont
de chantes de enterrements, la fin
du monde. — je ne veux pas
rever de vous, parceque j'ai peur
de mourir de joie ou de tristesse
si nous arrivons a faire vraiment
un rythme Tonnio Consuelo ———
Consuelo Tonnio, pour nous balancer
dans cette folle danse de dangers
et pas tomber dans les abimes des monde
peut être! j'ai [illegible] mon coeur

康蘇艾蘿寫給
安東尼．聖修伯里的信，
尼斯，1941 年 9 月，
親筆手稿，私人收藏。

聖修伯里這幅
1942-1943 的畫，
靈感來自於
小王子的宇宙，
看似康蘇艾蘿／小地榆
的隱喻式圖像
（請見上頁信函），
在他的花兒
與火山的國度裡：
「小地榆，這個名字對
我來說有很多意義。
這是種很新鮮
也很香的小草，
就藏在我們住處附近。
我曾經幸運到
能夠發現它，
就像是藏在情緒化
和戲劇化的
假康蘇艾蘿之下。」
（給康蘇艾蘿的信，
卡薩布蘭卡，
1943 年。）

墨水畫，紐約／
阿沙羅肯（長島），
1942-1943，紐約，
摩根圖書館與博物館。

夜的誘惑

La tentation de la nuit

1930 年，安東尼．聖修伯里在布宜諾斯艾利斯開始寫作《夜間飛行》。書的內容汲取自身在夜間的飛航經歷，或許也來自南美航線營運的經驗，但他 1931 年 2 月回到法國與未來的妻子康蘇艾蘿見面的時候，書的內文還沒全部寫完。在友人班傑明．克繆（Benjamin Crémieux）的建議之下，他為作品注入了一些比較浪漫與人性的描述，以及增加了主管希維耶的角色。飛行員法比安那憂心忡忡的妻子與主管希維耶見面的場景從何而來？法國國家圖書館保留了這張草稿，是作品原稿的一部分。這個場景是在尼斯的一家餐館裡寫就的，而康蘇艾蘿繼承了已逝前夫留給她在尼斯的一棟房子，聖修伯里與康蘇艾蘿也於 1931 年 4 月在尼斯結婚。

聖修伯里也畫下了這一幕，畫得頗為寫實與用心。飛行員妻了的樣貌讓人想到康蘇艾蘿。「這名女子很美。」小說家在最終版本這麼寫道：「她使男人明瞭幸福的世界是什麼樣子。她揭示了祕密，讓人們明白自己如何可能在不知不覺間摧毀那麼美好的寧靜。」至於希維耶，他「感到一股深深的惻隱之情，但沒說出來。」唯有完美掌握工作，才能減輕負擔：「很難啊，羅比諾，非常難。得非常努力才有辦法避免這些事故。我們加倍努力吧，羅比諾。」小說結尾證明他是對的。

至於內文的意義，聖修伯里在寫給母親的一封信中完美地摘要了，他在信中寫著這不是一本關於夜間飛行的書，而是一本關於夜晚的書，關於夜晚的寧靜（母親的親吻使小孩安靜下來）以及關於夜晚的危險：「我們在一個洞裡看見三顆星，我們飛向它們，然後我們就下不來了，我們留在那裡啃食星星……」飛行員法比安受到這股誘惑，而聖修伯里也毫無疑問地受到相同的誘惑，試圖以書寫來抵抗誘惑。

〈飛行員之妻於希維耶的辦公室〉，《夜間飛行》的場景，第十九章，日期不明，鉛筆畫，私人收藏。

《夜間飛行》的書店
文宣，1931 年 6 月。

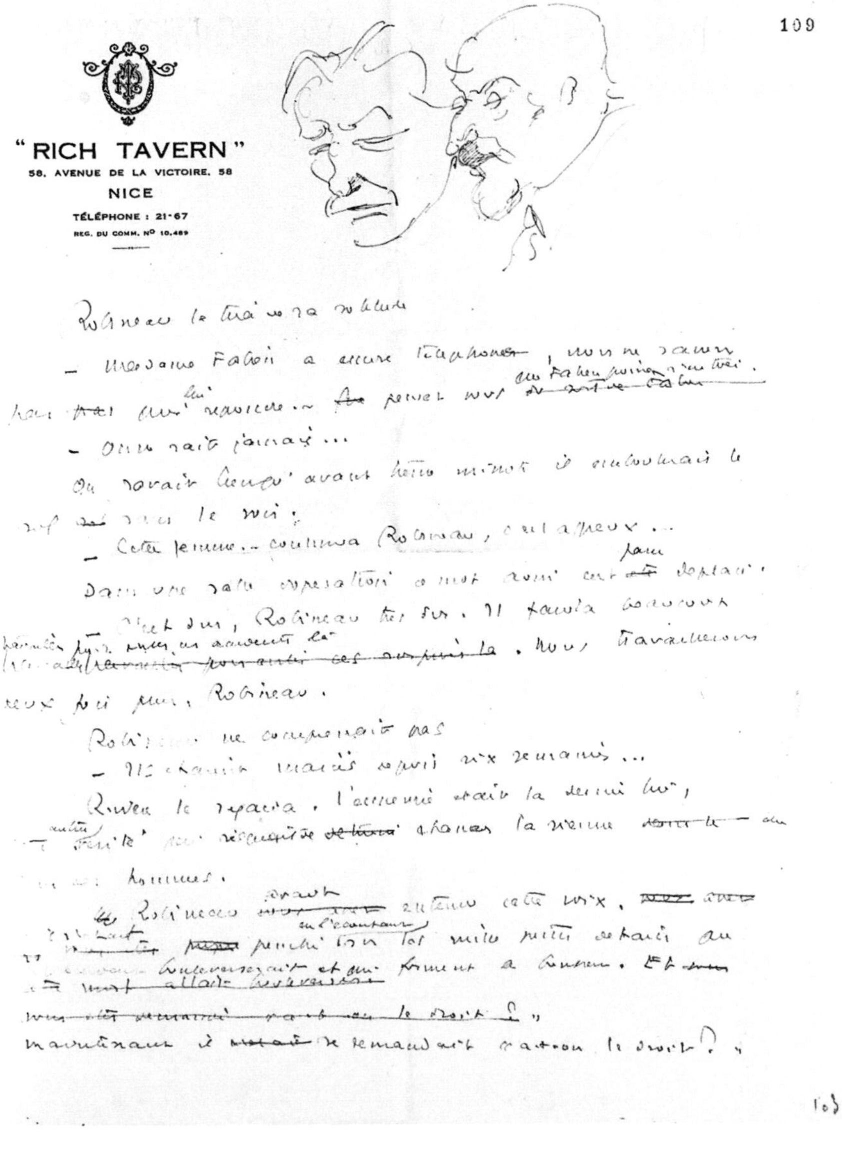

《夜間飛行》的手稿，
第十九章，附圖，
於印有豐盛餐酒館
（Rich Taverne）
（尼斯）表頭的紙張上，
1931 年 2 月，親筆手稿，
巴黎，法國國家圖書館。

伴隨著作品的插圖

Des dessins en marge de l'œuvre

1930 年間，聖修伯里持續一邊寫作一邊畫畫，尤其是在想像著關於飛行員在沙漠中失事，或是在南方的夜裡被大自然的力量摧殘，這類或許能夠被改編成電影的故事的時候。有些畫得很真實，像是描繪希維耶（杜哈）接待失蹤的飛行員妻子的場景，有些則比較需要想像力。1930 年間，聖修伯里的畫風逐漸改變，逐漸拋棄模擬真實的畫法，轉而投向表現力的展現。繪畫線條越發變得快速和有個性，睫毛與眉毛建構出雌雄同體的臉孔，好像來自別的地方，帶著杏眼或是圓眼的目光，小十字偽裝成額頭上的皺紋。出現蝴蝶結與短圍巾。一幅接著一幅的速寫，一個人物逐漸成形。

第 124 至 127 頁：
《南方郵航》電影改編文本
隨附插畫，約於 1935 年，
鉛筆畫，私人收藏。

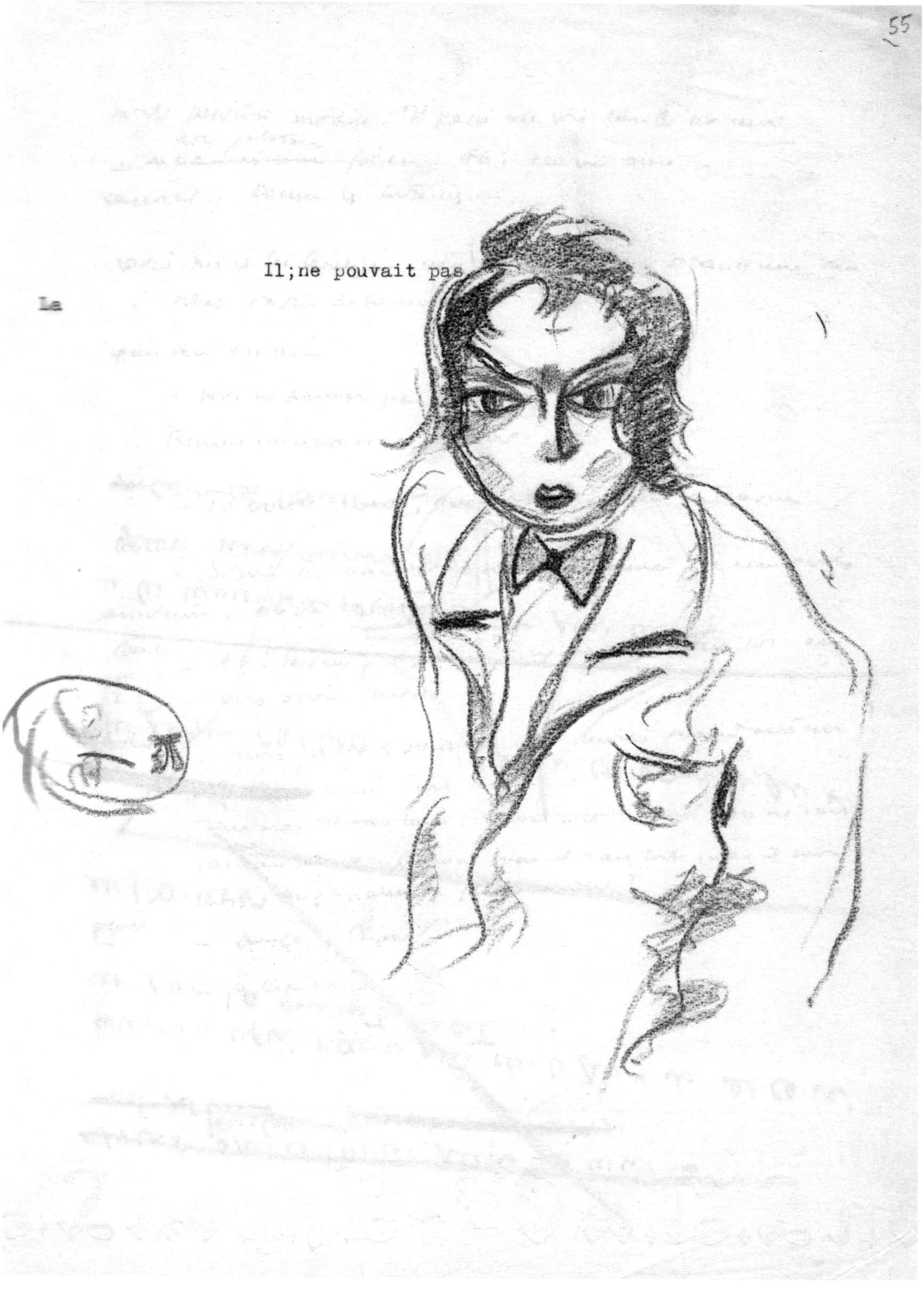
55
Il;ne pouvait pas
La

images
la mère se

擔負責任

Naissance à la responsabilité

安東尼・聖修伯里在 1926 年至 1931 年間經歷過法國郵政航空公司的輝煌時期，他致力書寫傳達自己的飛行感受與飛航之美，但並不是以「經驗資料庫」（根據亨利・高達 Henri Godard 的美麗公式）的角度書寫，而是汲取飛行員和同袍生命中發生的各種點滴軼事，以及在風險中所習得的寶貴知識。其中特別令人印象深刻的人物是兩名飛行員好友，也是民事飛行的重要英雄人物：亨利・紀堯梅和尚・梅墨茲（Jean Mermoz），他在公司航線經營的黃金時期，與兩人經常於土魯斯、非洲和南美洲見面。在兩本取材自飛行經驗的小說出版後，經常被邀稿的聖修伯里也在文章中寫了不少與飛行經驗相關的回憶，他在 1932 年至 1938 年間為《巴黎晚報》（Paris-Soir）和《瑪麗安娜周報》（Marianne）寫文章，這些篇章改寫後收錄在《風沙星辰》的前幾章（1939 年由伽利瑪出版），可說是一本出色的文學報導合輯。

關於紀堯梅的描寫是在《風沙星辰》的第一章〈航線〉：一方面是關於他教給聖修伯里的神奇地理課，在他第一次為公司正式飛行的前一晚；另一方面是關於年輕的飛行員的憂慮感受，在搭乘航線的老公車前往機場的路上，擔心他飛行時即將面對的天氣狀況：「在奧斯比塔雷特（Hospitalet），雨從西面來，若是暴風雨，你也許會從三千公尺高降落到海面。你會聽到機艙裂開的聲音。有人聽過。你也許會搖晃甩尾，因為布雷蓋十四（Bréguet 14，郵政航空公司的飛機）阻抗能力很差。你會怎麼做呢？」

作者這次的再出發，使他生出了一種責任感，《風沙星辰》與《戰地飛行員》的描寫與範圍都更深入了，而《小王子》也透過狐狸提到：「你從此得為你所馴服的人事物負責。你得為你的玫瑰負責……」聖修伯里的群體生活和他的內心世界並沒有一個明顯的分野，因為這種責任感在愛情關係的建立中非常重要，卻是出於行動（運送郵件）、職業與社交生活中。這份熱切的責任感，於群體之中各方面都不甚明顯。

令人好奇的是，在描述這些與好友紀堯梅有關的回憶時，出現了一朵星星花，花莖異常地大，在天與地之間維繫了一絲微妙又令人頭暈目眩的關係，而另外一種變形則成了星星樹。這是不是哲學的象徵，連結了聖修伯里所寫的緊湊情節並定義了他與世界的關係。「你為自己建造了屬於你的平靜」他在《風沙星辰》寫到一個小布爾喬亞，「用水泥封住所有通向光明的縫隙」［……］「你樹立了堅固的堡壘，對抗狂風、對抗潮汐、對抗星辰。」星星花是腐植土與星宿之間的連結、黏土與靈魂之間的連結的化身，甚至是「人的命運」的意象，向上飛升，又向下扎根，詩人試著透過自己的書寫和自己的例子來重新建立這樣的一個意象連結，彷彿對於太過健忘的人性的一聲呼喚：「時候已經到了，卻沒人抓住你的肩膀。現在，塑造你的黏土乾了、硬了，你的內心已經再也沒有什麼可以喚醒也許還住在你心中的沉睡的音樂家，或是詩人，或是天文學家。」（《風沙星辰》第一章）。他其實可以再加上園丁的。

第 129 至 131 頁：
〈關於紀堯梅和郵政
航空公司的回憶〉，
手稿與插畫，1930 年代，
親筆手稿，聖修伯里．
亞蓋遺產管理委員會收藏。

所以，在 1926 年的這個晚上，紀堯梅教了我辨識緊急降落地點、山谷、山口，然後轉身對我說：

在奧斯比塔雷特，透過西北風，弱勢暴風雨，你也許會從三千公尺高降落到海面。這種事會發生。你可能會聽到座艙裂開的聲音。有人聽到過。你也許會搖晃甩尾，布雷蓋十四的阻抗能力很差。你會怎麼做呢？

我隱約覺得我應該有辦法逃出生天吧。

你跟自己說，我也許是個笨蛋，但很多信件都會從西北經過奧斯比塔雷特。

我與餐廳裡的同事會合，朋友們跟我握手……

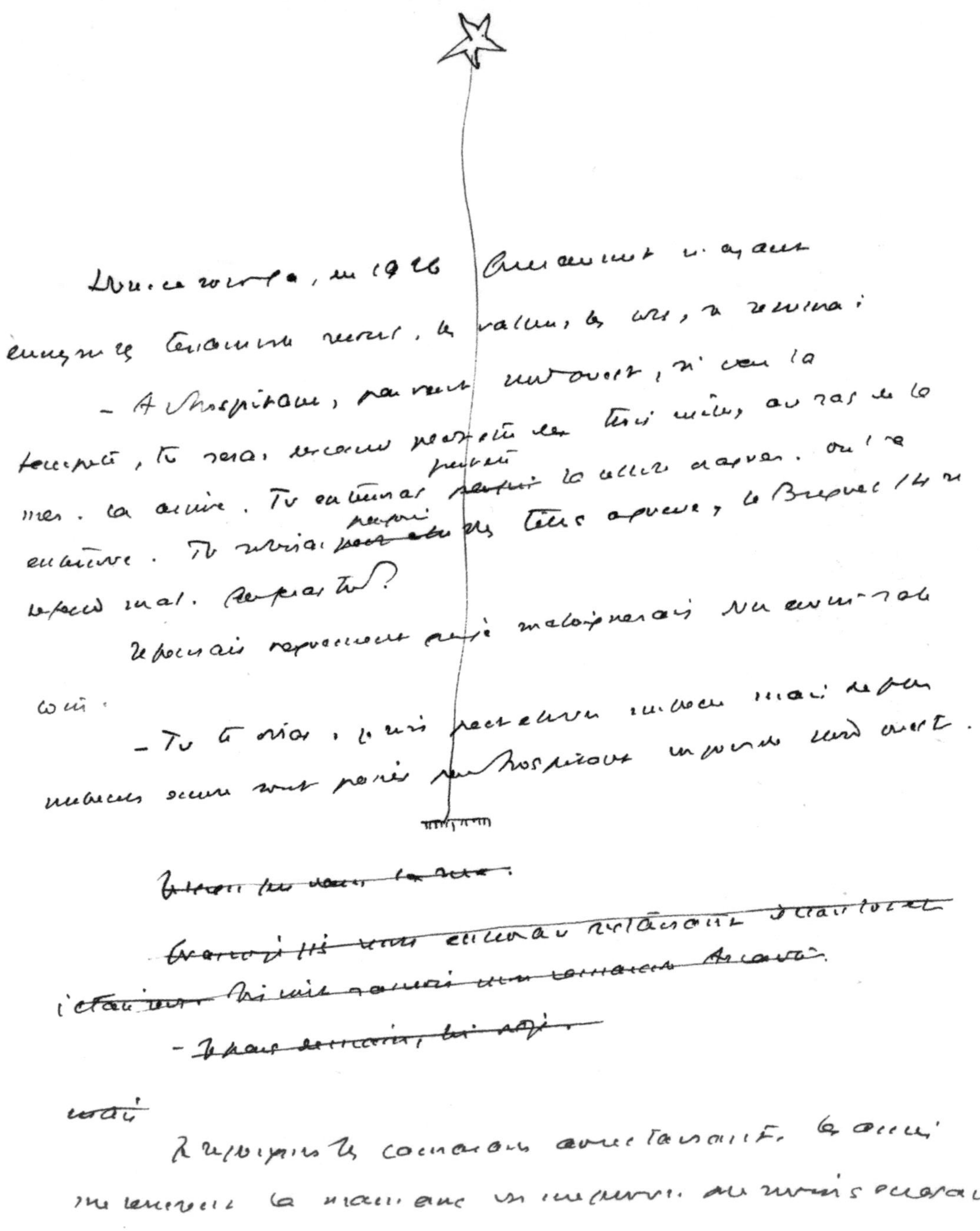

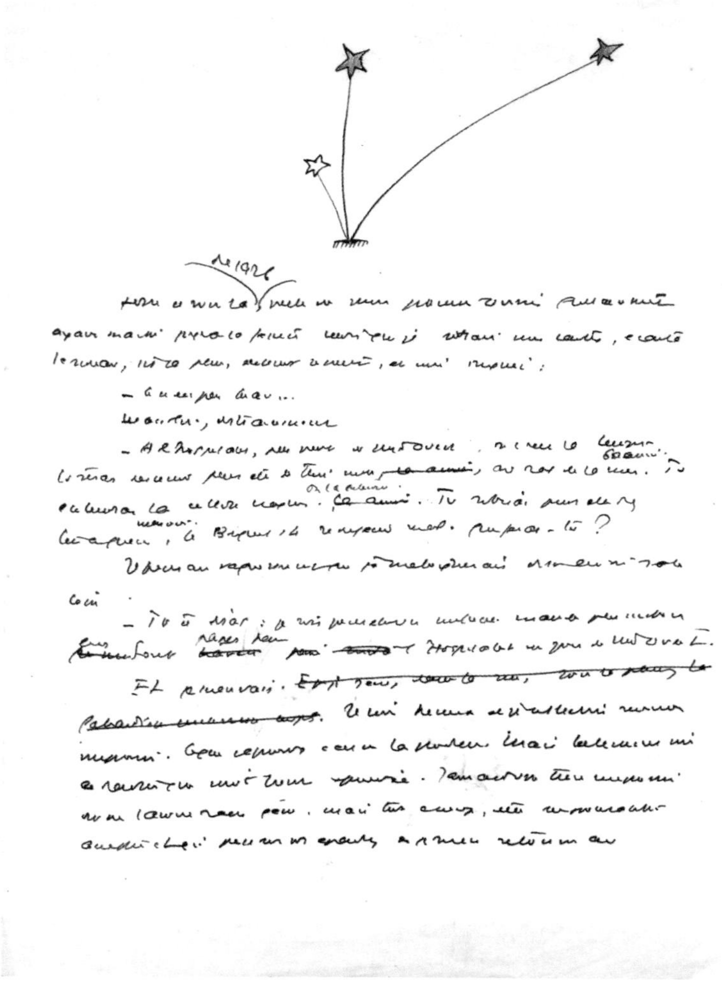

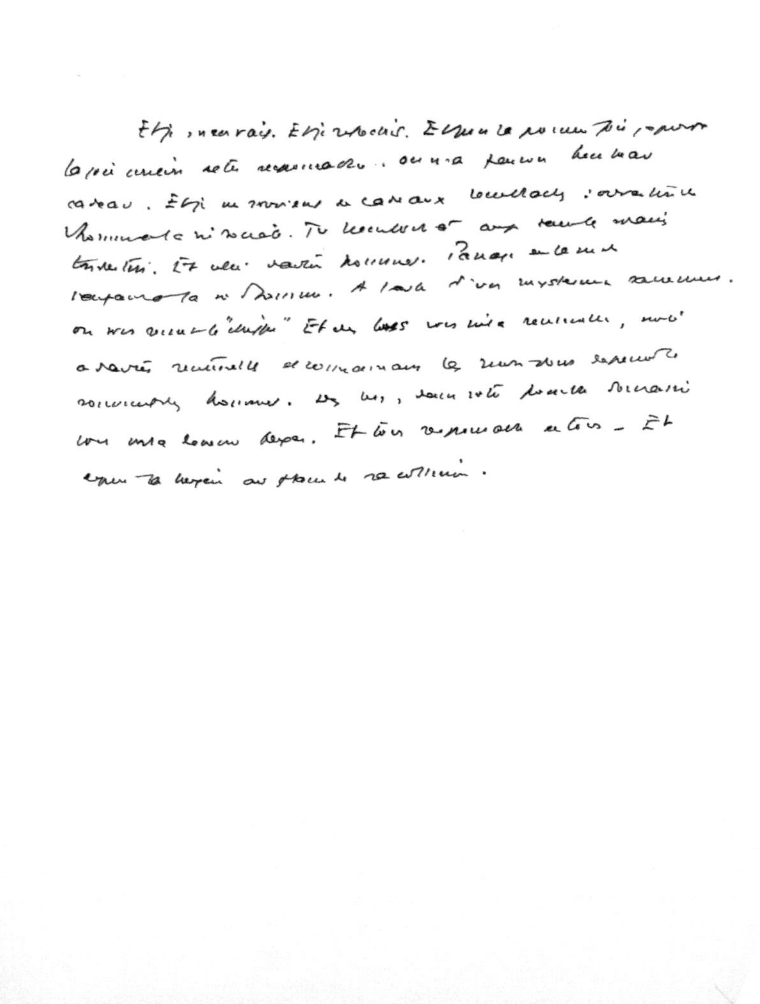

我走了。然後我想了想。第一次感受到身為負責人的奇妙喜悅。別人給了我一個很棒的禮物。而我記得類似的禮物：人類的社交生活的開展。你突然把自己的命運抓在手上。還有別人的命運。從童年的生命到成人的生命。在神祕又神聖的儀式開始時，人們給了您一個「數字」。自此刻起，您變得警戒、再警戒，也知曉人們睡眠所依賴的祕密。從此以後，在您謙卑不顯的領域，您變成了牧羊人。所有人為所有人負責。而［……］羊圈在山丘側嶺上。

隨附相片

La photographie ci-dessus

聖修伯里寫給好友亨利・紀堯梅的這封多彩生動又淘氣的信中，呈現出作家和他桌案上的飛行員與同袍。他把許多幽默的自畫像稱作相片。這不是句玩笑話，因為極具風格的插圖逐漸成為他展現自我的首要方式……十年以後，小王子本身，依據作者自己的話，將成為他內心身分認同的相片印記。

安東尼・聖修伯里寫給亨利・紀堯梅的信與插畫，日期不明，親筆手稿，私人收藏。

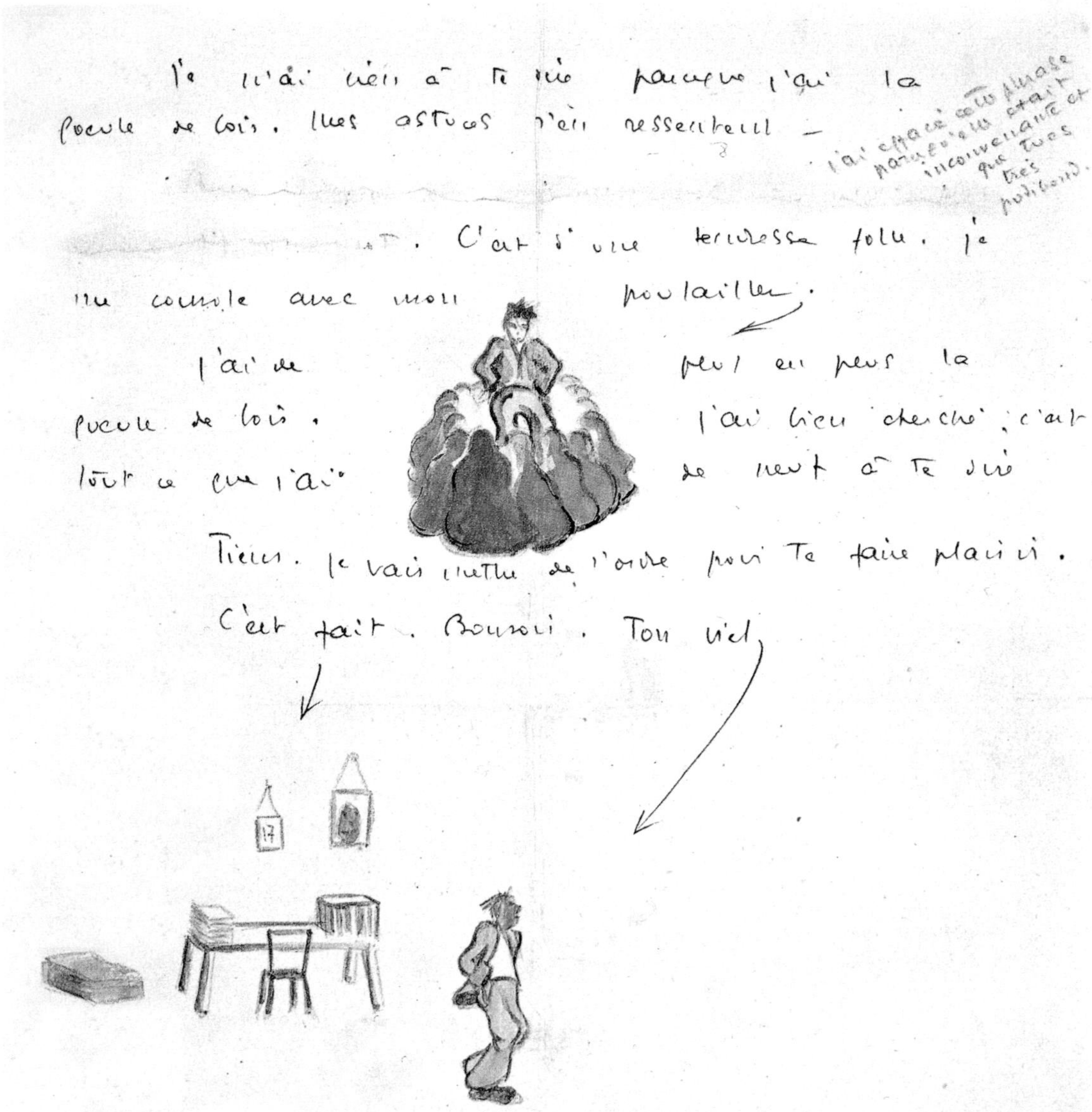
Je n'ai rien à te dire parce que j'ai la gueule de bois. Mes astuces s'en ressentent —

… C'est d'une tendresse folle. Je me console avec mon poulailler.

J'ai de plus en plus la gueule de bois. J'ai bien cherché, c'est tout ce que j'ai de neuf à te dire.

Tiens. Je vais mettre de l'ordre pour te faire plaisir.

C'est fait. Bonsoir. Ton vieil

j'ai effacé cette phrase parce qu'elle était inconvenante et que tu es très pudibond.

［插圖］

我的老紀，

從上面這張照片，你就能看出我有多麼期待你的到來。我在沙丘上端詳著地平線，沒人能夠把我從沙丘拉走。

我急切地邊畫著插畫邊寫信給你，甚至沒想到要弄整齊！［插畫與圖說：］還有那該死的沉重感。

你的報告很出色。學院裡只剩下一張沙發椅。我強烈建議你把它搬走。這是筆好生意。［插畫和圖說：］翻到下一頁，你就知道它美不美！

我沒什麼可告訴你的，因為我還在宿醉中。我的思路受到了影響。

［刪除一句話］我刪掉這句話，因為這句話不太合適，因為你很靦腆。超級溫柔鄉。我的小雞舍能撫慰我。

我宿醉越來越嚴重了。我想了很久，這就是我要對你說的所有新消息。

嗯，為了讓你開心，我會弄整齊。

弄好了。［插圖］晚安。你的老友［插圖］

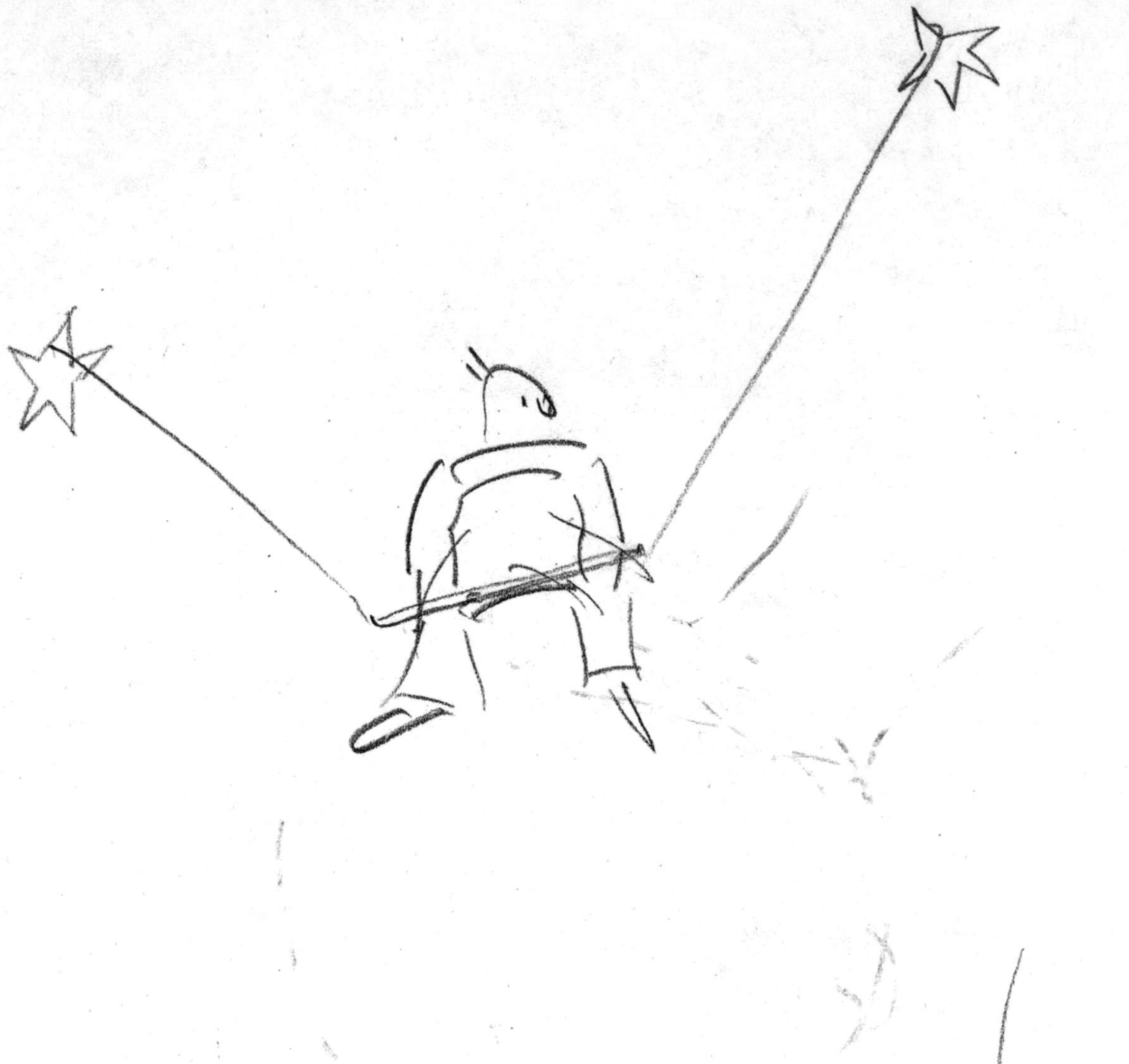

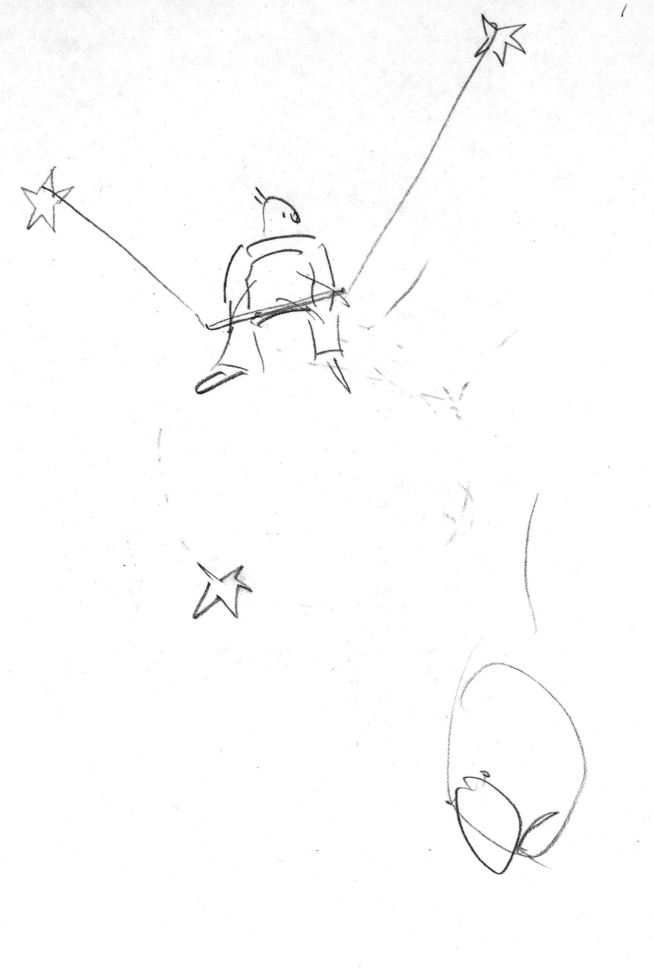

我將於星辰之中識讀我的道路

Je lirai mon chemin dans les astres

飛行員是停在星星上的人，是會飛的人，是長出翅膀的人。為什麼安東尼・聖修伯里逐漸不再畫飛機了？為什麼他寫了那麼多關於飛行的作品，擁有那麼多飛行經驗，卻這麼少畫飛機？甚至於選擇在他最重要的代表作《小王子》中不畫出飛機也不畫出飛行員。這也許是因為他思考自己作為航線飛行員的生命意義，以及郵政航空公司過去的輝煌時期，逐漸使他認為一份職業，或是一種工具的偉大，在於其所傳遞、所顯露、所展現的人性。飛機只是一種媒介。但飛行員這個職業更為豐富，在執行任務的時候，將他與相似之人連結在一起。派遣任務只是讓飛行員與家人暫時分離而已；在天上，一切都會將他重新帶回摯愛身邊，一切都相連互通：凝視這顆我們共有的「漂浪星球」，理解世界的表演秀「一點意義都沒有，若非透過一種文化、一種文明、一份職業」，也理解黏土唯有透過靈魂之形塑，方有價值。這不只是一個會飛的機器，而是一個完整的人，全身心地投入與補綴。而梅墨茲（安東尼・聖修伯里不喜歡人們將他比喻成「大天使」）則稱此為「用力生活」，使他「牢牢地黏在世界上［……］，像棵大樹一樣，有更多的觸手。」

這條星之道路，便是聰明的航空道路，以及夜間飛行的「苦澀」之路。它具有矛盾的雙重性：有時候這條路能幫助飛行員找到他的道路，有時候它吸入暗夜的眩暈直到將人帶往迷途（這正是《夜間飛行》的故事）。但星星也是通向人類的矛盾連結，一種一切都能交會連通的感覺投射，直到世界的最遙遠處，使消逝的生命、遙遠的朋友、人類群體，皆一同臨在(présent)。這些生命的臨在，融入了〈星星上的人物〉這幅圖畫，也許他在世界上並不是如此孤獨。星星的重要性，得重讀《風沙星辰》方能了解，並其光芒持續映射到《小王子》：「我再也不抱怨驟雨。這職業的魔術向我開啟了一個新世界，在這個新世界裡，兩點之前，我遇到黑色的龍和夜裡被一抹藍色閃電照亮的山脊，我將在星辰之中識讀我的道路。」幾章之後：「我們對中途停靠站的期待，就如同對於流著奶與蜜之地的期待，而我們在星星中追尋其真相。」

〈星星上的人物〉，
日期不明，
鉛筆畫於紙上，
私人收藏。

巴黎－西貢突襲行動時
安德烈．佩沃的保溫瓶，
1935 年，耶夫爾河畔默安，
查理七世博物館，
安德烈．佩沃收藏。

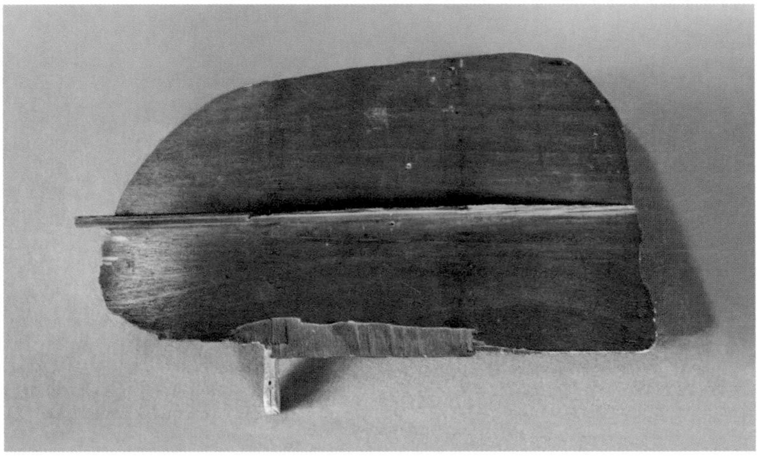

失事飛機的碎片：
左邊機翼薄片，1935 年，
耶夫爾河畔默安，
查理七世博物館，
安德烈．佩沃收藏。

六年前，在撒哈拉沙漠

Dans le désert du Sahara, il y a six ans

「我就這樣孤孤單單地過日子，沒有一個能說知心話的人，直到六年前，我因為飛機故障而迫降在撒哈拉沙漠。」

這是飛行員在《小王子》第二章裡的原話。安東尼．聖修伯里試圖弱化他故事裡自傳色彩的直接隱喻，他也不願意提及敘事者精確的飛行路程。因此明確提及「六年」便引起了讀者的好奇心……加上這精確的年分是能夠連結到作者暨飛行員本人的人生的。在 1935 年末至 1936 年初這段期間，當時他參與一場空戰，要從巴黎飛到西貢，聖修伯里飛到利比亞沙漠，靠近埃及、介於班加西（Benghazi）與開羅之間的地帶時，飛機發生故障，當時機上還有飛機技師兼好友安德烈．佩沃（André Prévot）。他們在沙漠裡走了三天，沒有水，然後才在 1936 年 1 月 1 日被一個貝都因人所救。這個事件對他來說很重要，他在《風沙星辰》的第六章裡寫到「在沙漠的中心」，改寫自曾於 1936 年 1 月 30 日至 2 月 4 日之間刊載在巴黎晚報的系列文章：「沙漠？內心引領著我，終有一天要踏上沙漠。在對印度支那（Indochine）的空戰期間，1935 年，我到了埃及，在利比亞的邊境，陷入沙中彷彿陷入黏膠陷阱中，我以為自己要死了……」內心引領著我終有一天要踏上沙漠，是什麼意思？

《風沙星辰》的章節對這句話做了明確的闡釋。兩人在沙漠中極為痛苦艱辛的過程，喉嚨越來越乾渴（「沙漠，就是我」，作者還記得這份感受，出於這股「來自西邊的風，在晚上七點讓人乾癟」），既是身體的經驗，也是精神上的體驗。即便他在郵政航空公司的時候便很了解與喜愛撒哈拉沙漠，在飛越「這片金色，被風拂過，起伏若海洋」的沙漠時，好幾次在分離主義分子的領地過夜，而這段 1935 年的經歷，與作者實際經歷過的，根本無法相提並論。聖修伯里從來沒有距離死亡如此地近，隨著時間一點一滴過去，他越來越深地感受到瀕死的痛苦，隨著夜晚而升起。但身體受到極端環境條件的摧殘，很快便得到了啟示：「以某種方式來說，這是結合而非死去。在利比亞的最後一夜，我所喜歡的一切都『唾手可得』」1944 年時，他對好友內莉．德．孚古耶（Nelly de Vogüé）這麼吐露過，他還說：「我無法忘記在利比亞的最後一夜時，那不可思議的平靜。對我說話，讓我熱愛生命。」

飛行員兼作家的聖修伯里再一次往自己個人的內心最深處尋找。《小王子》的創作，不僅透過布景的統一，還透過人們所聽到的弦外之音（「他在沙漠中朝我們走來，如同神行走在海面上」聖修伯里這麼描寫那位救了他的阿拉伯人），更透過真實所帶來的靈性經驗：「夜裡，男人與家人團聚，而沙漠以肉眼難以覺察的方式展開它生機蓬勃的一面。唯有用心，才能看得清。」

有個特別之處值得特別說明：在 1943 年雷納爾與希區考克出版的美國版以及 1946 年伽利瑪出版的法國版《小王子》書盒上，印有第二章故事精華摘要作為封底文字：「六年前，我因為飛機故障而迫降在撒哈拉沙漠。是引擎出了問題。[……] 我就是這樣認識了小王子的。」不知為何，這段文字標記著寫於 1940 年。

安東尼．聖修伯里失事的飛機，利比亞的沙漠，1936 年 1 月初，當時的銀鹽相片，耶夫爾河畔默安，查理七世博物館，安德烈．佩沃收藏。

安東尼．聖修伯里失事的
飛機，利比亞的沙漠，
1936 年 1 月初，當時的
銀鹽相片，耶夫爾河畔默安，
查理七世博物館，
安德烈．佩沃收藏。

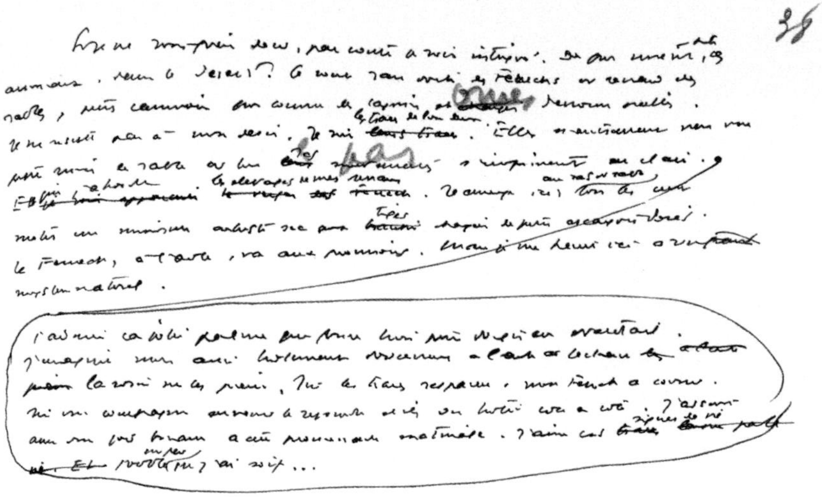

「飛行中斷。沙之囚牢。」(巴黎晚報，1936 年 1 月 30 日至 2 月 4 日)，為《風沙星辰》而修改重寫的稿子（「在沙漠的中心」，第七章)，1936 年 1 月，親筆手稿，聖修伯里．亞蓋遺產管理委員會收藏。

我其實不怎麼失望，相反的，我很困惑。這些動物在沙漠裡靠什麼活？看到耳廓狐或沙狐，小型肉食性動物，體形與兔子差不多，耳朵很巨大。我忍不住跟著牠們走。牠們帶著我走向一條細長沙河，上頭有著清晰的腳印。我讚嘆漂亮的棕櫚樹。我想像我的朋友在曙光中信步走著，舔著石頭上的露水。在這裡，腳印距離拉長了：我的耳廓狐跑起來了。此時又來了另外一隻，兩隻並肩快跑。我在晨間散步時看著這一幕，心中湧起一股奇異的喜悅。我喜歡這些生命的信號。然後我就有點忘記口渴了⋯⋯

接著走到了我的狐狸的食物櫃。牠從沙子表面現身，每一百公尺，一個乾癟的迷你小灌木，大小如湯盆，帶著樹枝，上面有金色小蝸牛。耳廓狐在曙光之下，走向牠的糧食儲備處所。我在此撞上了一個自然的大祕密。

我的耳廓狐不會一遇到小灌木就停下。小灌木上有滿滿的蝸牛，但牠放過了許多蝸牛，僅是肉眼可見地謹慎繞了一圈，湊過去看，卻不蹂躪破壞。牠僅取了兩到三枚，接著便換家餐廳。

［兩個人在沙漠中遊蕩，又渴又脫水。他們筋疲力盡，失去了希望，也沒了痛苦與悲傷的感覺。此時忽然出現了一個神祕的……《風沙星辰》的最終版將這段描寫更為豐富］

［手稿文字］

地面活了過來。沙子變得像大海一樣有生命力。沙漠給我們的印象是公共廣場上一片喧囂。

［《風沙星辰》第八章］

日頭晒乾了我的淚之泉源。

然而，於此同時，我覺察到什麼？一絲希望，像是海面上的潮水喧譁。拍打著我的覺知之前，是何種跡象來警告我的直覺？什麼都沒變，然而也什麼都變了。這片沙、這些小山丘、這些輕盈的青草綠地所組成的，不再是風景，而是一幕布景。一幕還空蕩蕩的布景，但是一切都已齊備。我看著佩沃。他跟我一樣驚訝，但他也與我同樣不明白自己的感受。

我向您保證即將發生某件事……

我向您保證沙漠裡生機蓬勃。我向您保證這份缺席，這份靜默，突然比起公共場所的喧鬧嘈雜更為令人感動。

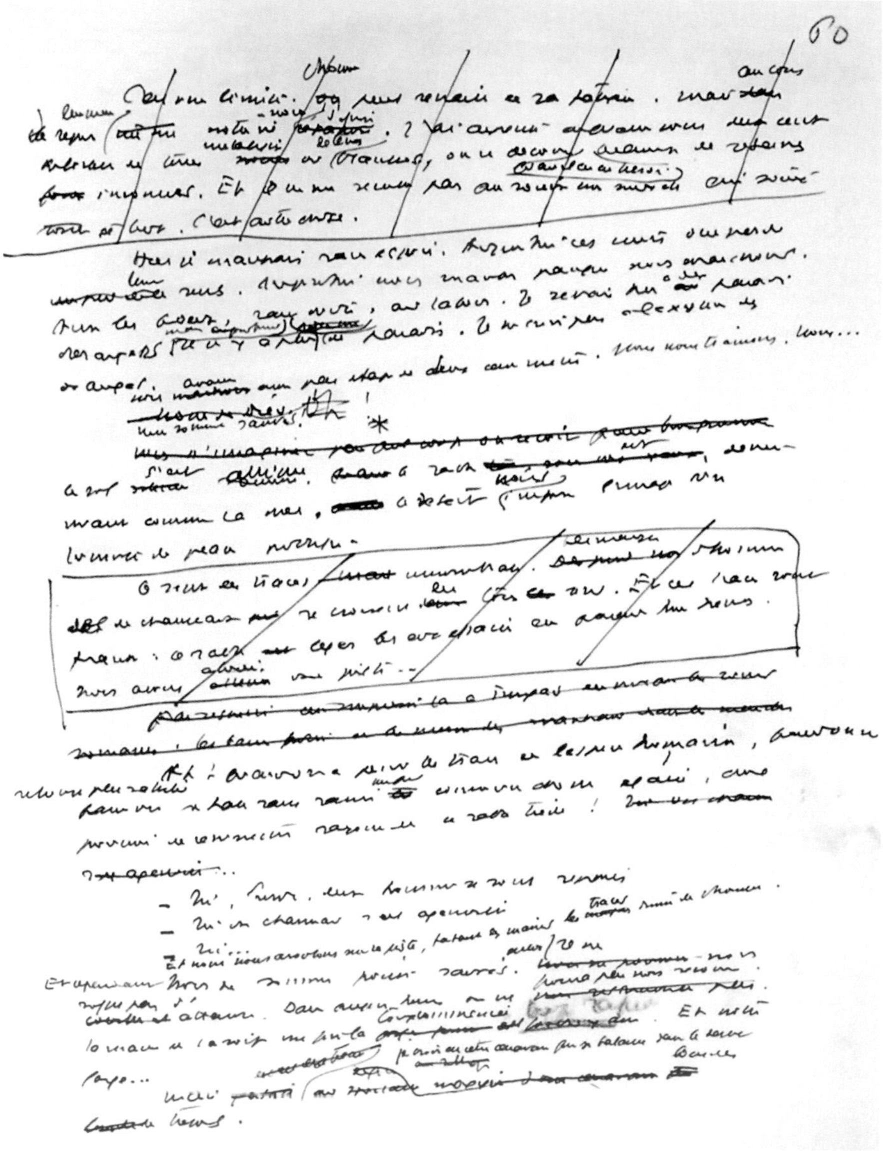

「飛行中斷。沙之囚牢。」（巴黎晚報，1936 年 1 月 30 日至 2 月 4 日），為《風沙星辰》而修改重寫的稿子（「在沙漠的中心」，第七章），1936 年 1 月，親筆手稿，聖修伯里．亞蓋遺產管理委員會收藏。

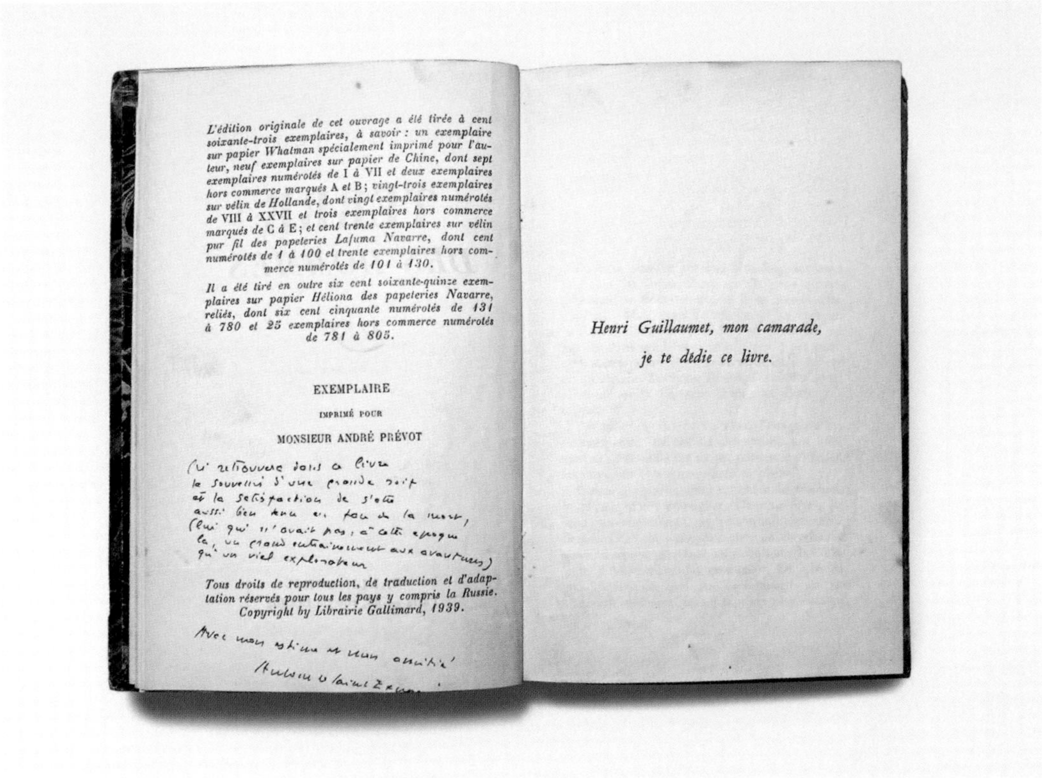

《風沙星辰》，巴黎，伽利瑪出版社，1939年，含有作者寫給安德烈．佩沃的題辭，原版，為安德烈．佩沃特別重印，耶夫爾河畔默安，查理七世博物館，安德烈．佩沃收藏。

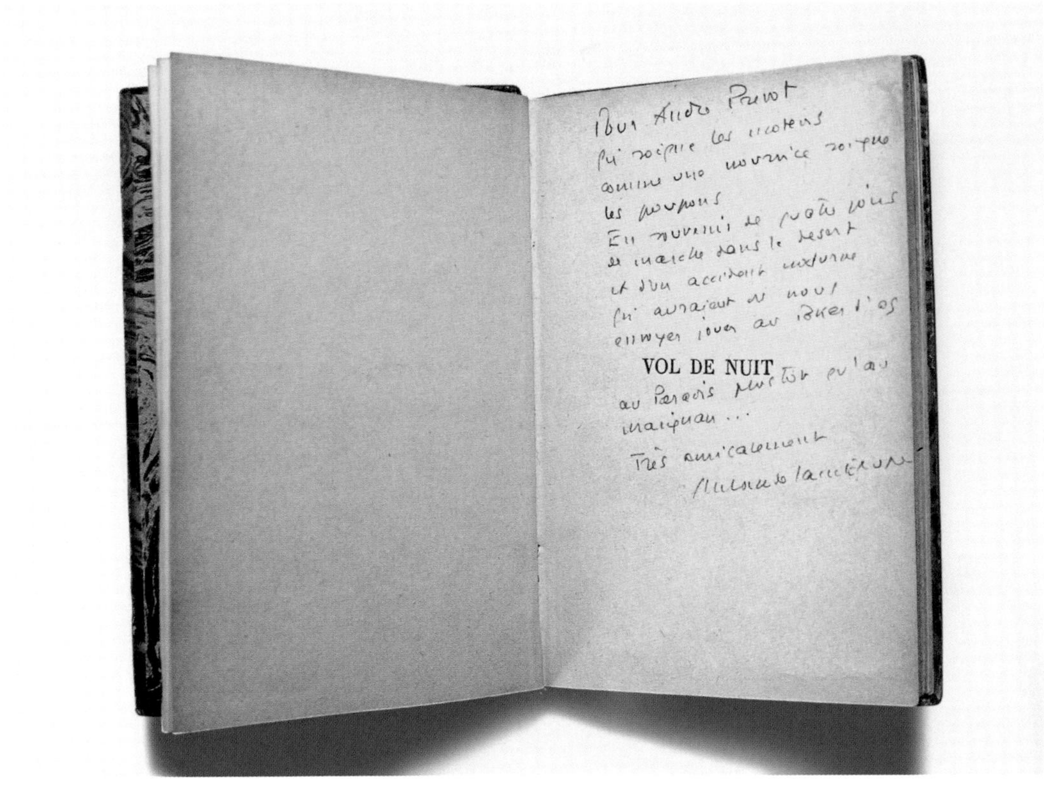

《夜間飛行》，巴黎，伽利瑪出版社（1931年），1933年，含有作者寫給安德烈．佩沃的題辭，1933年重印，耶夫爾河畔默安，查理七世博物館，安德烈．佩沃收藏。

特印本，獻給安德烈．佩沃先生

在這本書中，你將能重新感受那乾渴至極的回憶與像個老練的探險家那樣戰勝死亡的滿足（當時他還沒有經歷太多的冒險訓練）。

帶著敬意與友誼的安東尼．聖修伯里

獻給
像個保母照護嬰兒那樣地照護飛機引擎的安德烈．佩沃

還記得徒步穿越沙漠的那四天，也記得夜間的飛機失事，差點送我們到天堂去打撲克牌，差點回不到馬里尼昂（Marignan）……

你的老朋友安東尼．聖修伯里

〈小王子與飛行員的相遇〉，為《小王子》而作但未被收錄的水彩畫，第二章或第五章，紐約／阿沙羅肯（長島），1942 年，墨水與水彩畫，紐約，摩根圖書館與博物館。

〈沙漠裡的飛行員〉，為《小王子》而作但未被收錄的繪畫習作，第二章，紐約／阿沙羅肯（長島），1942 年，墨水與水彩畫，紐約，聖修伯里．亞蓋遺產管理委員會收藏。

於是我在沙漠中入睡

Je me suis donc endormi sur le sable

安東尼・聖修伯里選擇不在《小王子》裡呈現敘事者——也是插畫繪者。連剪影輪廓、連速寫插圖旁邊的一隻手臂都沒有，儘管若是畫下這些，可以帶來聚焦內心的效果。不，飛行員被擦去面貌，彷彿是遍布地球上的男人與女人的集合體。這兩幅插圖若是被保留下來的話，或許其中一幅的圖說會寫著：「第一天晚上，我就在杳無人煙的沙漠中入睡」，另一幅的圖說則寫：「我看見一個非比尋常的小人兒，他一本正經地盯著我瞧」。

〈飛行員與沙丘上失事的飛機〉，為《小王子》而作但未被收錄的水彩畫，第二章，紐約／阿沙羅肯（長島），1942 年，墨水與水彩畫，紐約，摩根圖書館與博物館。

塵凡不願眾生之生身父母得以直面自己誕下的新生命，而必先有一段孕育期。相形之下，想像的受造物似乎被打開了一扇方便之門，至少《小王子》慢慢成形的過程是看得見的。聖修伯里逐漸放掉寫實的畫法，改畫更有隱喻意義的圖畫，尤其是具有自我風格的畫。多年以來，他的眼中似乎有個小人物，線條特徵雖然尚未完全確立，但這個小人物即將成為文學世界的其中一名知名主角，以及他最忠實的夥伴，甚至是在他為數不多的時日裡，成為了他的分身。

一個人物的誕生

「我感到非常困惑！」

Naissance d'un personnage

« Je suis tellement perplexe ! »

1930 年代在他畫筆下誕生的這些小人兒是他憂慮心靈的投射，也可說是他批判精神的展現，用帶著幽默感的距離，畫出他身邊的各種人，表現一齣社交喜劇、戀愛關係、日常的荒謬……繪畫很能夠表現這些鬧劇、庸俗和柔軟的人性。一筆畫便足以展現一個世界，一個宏偉的世界。

這些小人物在聖修伯里的人生中占有一席之地，在他的手稿、信件、劇本中（我們在前頭便看過《南方郵航》的電影分鏡畫面如何變成搞笑的人物劇場，就像是萌芽自他小說裡現實與心理劇的土壤），或者與任何背景皆無關的，在他送給朋友的紙頁之上。當然，這之中有些朋友間的笑鬧——在他那語氣幼稚的信裡加上這類插畫，寄給學生時期的默契好友——能夠放鬆與減輕文學創作或是批判思考的奮力感。這些插圖都只是快速潦草的書寫或塗鴉著白日夢，好像是精神思想的分心消遣，離題小憩。但事實上是：在不完美和創作孕育未完成之中，有某種事物在此間被鍛造、被捏塑出來，有時甚至頗引人入勝。有個人物想要誕生，他在找尋他的作者。而在幾位美國編輯的幫助之下，聖修伯里在紐約找到了這個人物。時間是在 1942 年的耶誕節，美國編輯很明白能對聖修伯里與年輕美國讀者都有所助益的關鍵。

社交喜劇

La comédie sociale

這些穿著男士禮服的小人物，以及男人與女人之間的誘惑把戲，自1930年代開始出現在聖修伯里的筆下。從中可知他的作品中從不缺乏社會批評，尤其是在《小王子》這本書中，從開頭便點出徒勞的社交活動以及大人在情感方面的殘缺，而在不同星球旅行時遇見的討厭大人，更加印證了這些事。在這幾幅畫中，聖修伯里對於社交生活的無憂無慮比較輕鬆以待，抱著好玩的心態……儘管這些小人物的眼神有時透露出困惑。

第147頁：
〈穿著男士禮服的人物〉，日期不明，鉛筆畫，私人收藏。

〈誘惑的場景：水手與女人〉，日期不明，鉛筆畫，聖修伯里．亞蓋遺產管理委員會收藏。

〈誘惑的場景：一對穿著
晚禮服的夫婦〉，日期不明，
鉛筆畫，聖修伯里．亞蓋
遺產管理委員會收藏。

〈穿著男士禮服的
小人物〉，日期不明，
鉛筆畫，私人收藏。

〈人物研究〉，
日期不明，墨水畫，
畫於同一張紙背面，
私人收藏。

人煙眾多的世界

Un monde peuplé

　　這幾張畫著許多小人物的紙頁，難以得知作畫的確切時間，很可能是在 1930 年代或者 1940 年代畫的。即便他們不像是關於《小王子》的水彩畫初稿習作，也是人物建構的前期參照。他們就像是在為將來的作品打地基。聖修伯里畫了這一系列的人物，能將自己那滿溢的各種情感透過這群好用的小人物來展現，並且減輕一點他那總是狂熱陶醉的內心情感，這讓聖修伯里感到非常開心。在這個人煙眾多的小世界上，所有情感凝結成晶，便成為了小王子。

〈兩個人物〉，
日期不明，墨水畫，
聖修伯里．亞蓋遺產
管理委員會收藏。

「出發去旅行」，
日期不明，墨水與
鉛筆畫，私人收藏。

「我的靈魂，那些下雨的日子。A。」給雷昂．魏爾特的畫，1940 年，鉛筆畫，畫於同一張紙背面，雷昂．魏爾特遺產管理委員會收藏，伊蘇丹（Issoudun），阿爾貝．卡繆多媒體圖書館（médiathèque Albert-Camus）。

「我真擔心。」日期不明，墨水畫，聖修伯里．亞蓋遺產管理委員會收藏。

靈魂之鏡

Miroir de l'âme

人們說眼睛是靈魂之鏡。對安東尼・聖修伯里來說，插畫也是，而且是完全如此——就像他三幅來源極為不同的插圖。憂慮、困惑、感傷……每一種情緒都由其獨特線條繪製而成的小小外交官來代表。他的畫風隨著時間有所改變，雖然要明確訂出他風格改變的時間點並不容易，但他用紙上代言人來表達心情的這種方式，始終不變；終其一生，一直到他生命裡的最後兩年，這種方式最後化為了小王子。這並非消遣：人如果說不出什麼是靈魂，便由靈魂自己來表達吧。聖修伯里在自己的道路上放置了一面鏡子，比起他人扭曲的目光，聖修伯里更相信小小人物能夠幫助我們了解他。

「我感到非常困惑！」
日期不明，墨水畫，
私人收藏。

搞怪角色與諷刺漫畫

Étrangeté et caricature

2006 年聖修伯里的第一本插圖集（由伽利瑪出版）展現了很多種他畫《小王子》的畫法。尤其他特別偏好古怪、雌雄莫辨和漫畫手法——這在他的文學寫作中幾乎是看不見的。若小王子自身並沒有真的繼承這個部分，故事中的次要人物也大致在這條路上，尤其是扮鬼臉、臉部比例失衡或者滑稽怪誕令人發噱的角色。若說聖修伯里喜歡玩現實的符碼，他將脖子與腿延長、鼻子歪曲、眉毛拉得細長，用他的畫筆捕捉寫實畫法所無法呈現出來的。這種不現實的畫法並非是單純畫失敗，而是刻意為之。

我們發現在這系列的第一張畫中，有個熟悉的髮型……更好地取代了原本小小人物的蓬亂髮型，演變成如今的小王子。

〈穿著套頭上衣的人物〉，日期不明，鉛筆畫，私人收藏。

〈穿著藍色長衫的人物〉，日期不明，鉛筆畫，私人收藏。

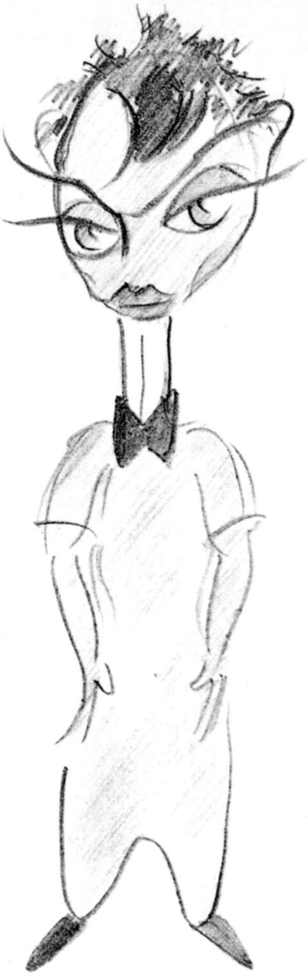

〈戴著蝴蝶結的長頸人物〉，日期不明，色鉛筆畫，私人收藏。

〈穿著膝上褲的人物〉，
日期不明，墨水與
鉛筆畫，私人收藏。

〈熱忱〉，日期不明，
鉛筆與墨水畫，
私人收藏。

〈大步邁開的人物〉，
日期不明，鉛筆畫，
私人收藏。

大步邁開

Enjambées

好輕盈啊！憂慮與沉重，混亂與困惑都不足以定義詩人的心靈……優雅也在他的心靈宇宙裡有一席之地。安東尼・聖修伯里在他散文中優美地詠讚脫離時間之流的片刻暫停：在索恩河畔（Saône）與朋友喝一杯，在沙漠中度過一晚的開懷與溫情，愛情的光芒閃耀，結隊冒險的無憂無慮。隨著年紀漸長，繪畫所呈現出來的這種時刻越來越少。生命是如此沉重，變成了娛樂消遣。人類從這股沉重中被釋放，乘著「七古尺」（sept lieues，飛機的別名），飛越河谷與山峰。

〈有翅膀的人物騰雲飛越地球〉，巴黎，1939 至 1940 年，墨水畫，聖修伯里．亞蓋遺產管理委員會收藏。

寫給雷昂．魏爾特的信與畫，1940 年 6 月 1 日，鉛筆畫，雷昂．魏爾特遺產管理委員會，伊蘇丹，阿爾貝．卡繆多媒體圖書館。

從雲上看著戰爭

La guerre vue d'un nuage

後備上尉安東尼．聖修伯里在 1939 年 9 月動身，回到紐約。當時法國正與德國打仗。聖修伯里在 12 月被調派到 II/33 空軍偵查小隊，在馬恩省（Marne）的奧爾孔特（Orconte）。在這裡，他於法國和鄰近國家的上空執行任務，駕駛的飛機先是波泰 23 戰鬥機（Potez 23），後來是布洛赫 174 轟炸機（Bloch 1/4），對抗德國梅塞施密特戰鬥機（Messerschmitt）的威脅。要讓親友知道這些飛行的高度危險性，他習慣畫些人物場面而非畫飛機，有時候是長了翅膀的人，在雲上，飛在地球上，有著火的房子，有羊，有樹，有蜿蜒曲折的道路……從這片雲上，用那雙已經很像小王子眼睛的小小人物的眼睛，聖修伯里見證法軍在 1940 年 5、6 月時的敗退，當時有五百六十七名飛行員死亡。

Cher Léon Werth

J'aurais bien voulu vous embrasser mais Consuelo va venir me prendre et je lui ai promis de déjeuner avec elle.

Je tâcherai de vous revoir avant de repartir.

NB : le front Soissons Reims tient très bien. La Seine c'est plus [illegible] mais pas désespéré.

Tonio

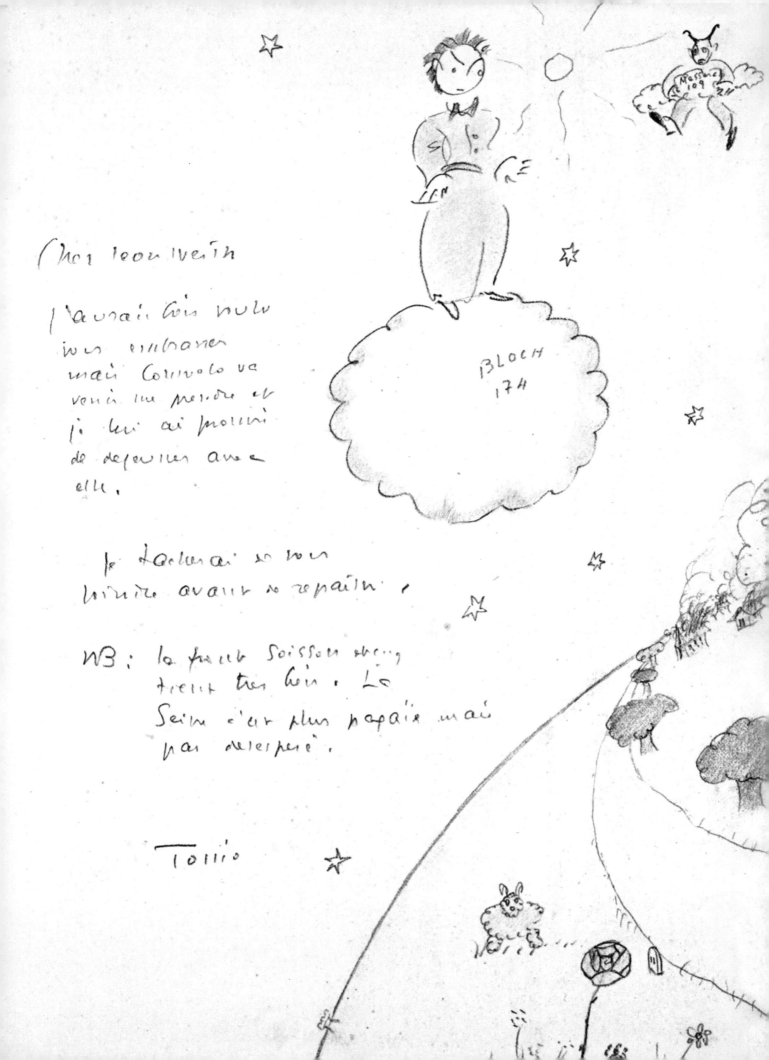

1940年6月。法國參戰。打輸了。納粹德國掌控歐洲大陸，強加其律法於各國政府及公民群體之身。在安東尼・聖修伯里眼中看來，所有圍繞民主理想而建立的西方勢力對這場敗仗都該「負起責任」。這並非是在失敗陣營中尋找罪魁禍首：此非聖修伯里真正在意之事，即便他確實察覺到同代人的過失以及法軍事前的毫不設防——況且在戰爭爆發的最初幾個月裡，他也是一名投入戰事的飛行員。他的想法比較仰賴這種責任的概念，如我們所見，這概念是在行動及職志的本身核心中塑造成形，以期動員美國及其領導者打造民主社會必要的團結一心。

小王子在紐約

「有了您在貝文公寓的熱情張羅，
《小王子》於焉誕生。」

Le petit prince à New York

« *Le Petit Prince* est né
de votre grand feu
de Bevin House. »

1942年2月於紐約出版的《戰地飛行員》是作者的第四本書，在上述層面所蘊含的訊息十分明確。前來拯救深陷德軍桎梏的人質們，意味著拯救男男女女、拯救每個生命，不計出身；也意味著保存一種社會模式、一個人性的理想典範，超越所有的政黨與政治派別。當聖修伯里決定在1940年底繞道葡萄牙前往美國時，內心所乘載的正是這道訊息。

於是，這位作品原本已在美國翻譯出版並廣受讚譽的作家，於1940年12月31日在紐約上岸，他與他的新朋友、電影導演尚・雷諾（Jean Renoir）一同完成這趟航程。歷時二十八個月的流亡生活就此揭開序幕，但這段時光並非全盤荒廢。儘管聖修伯里因與親人分隔兩地、為同胞的處境憂心而倍感痛苦——重返戰場的熱望與日俱增——卻始終有歐洲及美國友人相伴：他的編輯尤金・雷納爾與柯提斯・希區考克（以及他們的妻子，她們對聖修伯里關懷備至）；他的經紀人馬克西米連・貝克（Maximilian Becker）與譯者路易斯・加隆提埃（Lewis Galantière）；他的女性友人希薇亞・漢彌爾頓、納妲・德・布拉岡絲（Nada de Bragance）、海達・斯特恩（Hedda Sterne）；以及皮耶・拉扎雷夫、貝納德・拉莫特、皮耶・德・拉努斯（Pierre de Lanux）、哈烏爾・德・胡西・德・薩勒（Raoul de Roussy de Sales）、安娜貝拉・鮑爾、納迪雅・布朗傑（Nadia Boulanger）、丹尼斯・德・魯日蒙等人……這些人都注意到了聖修伯里的焦慮，日日夜夜都陪伴他身旁，尤其他們還參與見證了《小王子》的誕生過程。

自 1937 年起與他分居的妻子康蘇艾蘿，仍待在法國南部。但兩人都希望能再度團聚。這個想法於 1941 年底將得以實現。康蘇艾蘿搭上了從里斯本駛往紐約的最後一班客輪，搬進了她丈夫在中央公園南大道 240 號隔壁的一間公寓。儘管夫妻倆的婚後生活依舊亂糟糟，但在 1942 年夏日尾聲的延長客居期間，在長島北岸阿沙羅肯（Asharoken）一棟名為「貝文公寓」的別墅裡，他們終將體驗到一段明亮有致的舒緩時光。聖修伯里本人宣稱，正是在此地，他得以遠離紐約生活的瘋癲狂情與惱怒不快，並催生出「小王子」——就在他的美國編輯邀請他為 1942 年耶誕節撰寫一本童書之後。

我們無法確知手稿定稿與可供印刷的水彩畫作的實際完成日期，一些編輯與技術上的難處將出版延遲到翌年春天。期間，聖修伯里和妻子住在畢克曼廣場 35 號、面朝東河的一棟小房子裡。他特別去了華盛頓，窮盡一切辦法取得加入北非同袍的機會，一心希望能回到他的偵查隊服役。在安東尼・貝圖阿（Antoine Béthouart）將軍的協助之下，他順利達標，並在 1943 年 4 月 2 日搭上組成 UGF7 軍事船隊的其中一艘船艦離開美洲大陸，4 月 12 日抵達直布羅陀，13 日航抵奧蘭城（Oran）。

　　就在他航渡大西洋時，美國讀者以及美國的法國讀者發現《小王子》在書店上架了：法文版與英譯本於 1943 年 4 月 6 日同時出版。我們可以在當年 4 月 17 日的《紐約時報》上讀到：「當這段話刊出來的此刻，安東尼・聖修伯里應該已經抵達大西洋彼岸的目的地，他重拾現役軍人身分，回任法國空軍上尉。《小王子》的讀者們將會喜悅地得知，聖修伯里隨身帶了一大盒水彩用具，以備他有緣遇上小王子……」

中央公園南大道 240 號

240 Central Park South

在酒店住了幾天之後，聖修伯里於 1941 年 1 月 22 日搬進了中央公園南大道 240 號 21 樓。這是一棟嶄新現代的理想住宅，面朝哥倫布圓環（Columbus Circle），可以居高臨下俯瞰公園。這個魅力十足的地點是由他的美國編輯協助找到的。聖修伯里將住在此地，直到他在 1942 年底與康蘇艾蘿搬到河岸邊的畢克曼廣場 35 號為止。

住在中央公園一帶時，聖修伯里非常享受位在大廈一樓、很合他口味的法國餐廳——「阿諾咖啡館」（le café Arnold），這家餐廳正好在他入住的同一個月開幕。他的編輯們日後將會記得，就是在這家餐館的桌邊，他們建議他撰寫一則耶誕故事。他的法國朋友們也逐漸養成了晚上在阿諾咖啡館與他碰面的習慣，比如為戰爭情報處工作的偉大記者皮耶．拉扎雷，以及其他與聖修伯里過從甚密的人。他偶爾會讓幾位同鄉在他的「客室」（livinge）留宿。探險家保羅－艾米勒．維克多（Paul-Émile Victor）便曾享受此等待遇！而且，保羅自己也是一位技巧高明的繪者，他建議正為了技法選擇而搖擺不定的朋友聖修伯里使用水彩來繪製《小王子》的插圖。

康蘇艾蘿跟丈夫住在同一棟大樓幾個月，但她自己單獨住在另一間套房。這種分寸得宜的就近同居，不僅未使這對伴侶和氣相待，甚至引發了一些驚人的家庭鬧劇場面——由他們的來往通信可證——直到他們不得不分開為止。如此一來，紐約就成了一樁私人慘事的發生現場，而聖修伯里回歸戰場的「逃離行為」，恰好終結了這段鬧劇⋯⋯《小王子》為此提供了一個富有想像力的心境轉換，乃至於歡快的超脫。

中央公園南大道 240 號（建築師：梅爾與維托西 Mayer & Whittlesey），由哥倫布圓環眺望，理查・葛利森（Richard Garrison）拍攝，1940 年前後。

在阿諾咖啡館，
與尤金及伊莉莎白．
雷納爾，紐約，
1941-1942 年。

AGREEMENT made this 22nd day of January, 1941, between 240 CENTRAL PARK SOUTH, INC., hereinafter called the Landlord, and (Mr.) ANTOINE DE SAINT EXUPERY, hereinafter called the Tenant.

WHEREAS the Tenant has rented from the Landlord apartment known as 21-A in premises 240 Central Park South under a lease dated January 22, 1941 and

WHEREAS it has been agreed that the Tenant shall have the use of certain furniture for the term of the lease,

NOW THEREFORE the Landlord agrees to allow the Tenant to use the articles hereinafter enumerated, and the Tenant acknowledges the receipt of the same in good condition, and agrees to take care of all of said articles mentioned hereunder, to suffer no waste or injury thereto, and upon demand to pay for any of said articles that may be removed or destroyed, and to return to the Landlord at the expiration of the term, each and every article enumerated herein in the same condition as when possession thereof was taken by the Tenant, reasonable wear and tear thereof excepted.

This agreement is collateral to and forms part of the lease hereinbefore mentioned.

LIVING ROOM & ALCOVE

1 grey rug 12x17'9
1 grey rug 7'6x5'6
3 pr. rose figured drapes
2 rose club chairs
1 brown sofa
1 green occasional chair
1 bleached wood desk
1 desk set
1 bleached wood dining table
4 " " chairs
1 " 2 bookcase
1 " " lamp table
2 light " end tables
1 " " coffee tables
1 Junior floor lamp
1 six way reflector floor lamp
1 pr. andirons
1 set fire tools
1 fire screen
1 wood basket
1 leather lamp
1 waste basket

FOYER

3 pcs. grey carpet, 2'6x6'6, 2'3x4'6, 6x7
1 light wood bookcase
1 tan tuxedo bench
1 28" mirror

KITCHEN

2 waste baskets

BEDROOM

1 green rug
1 tan plaid bedspread
2 pr. tan plaid drapes
1 double bed, oak
1 " mattress
1 " spring
2 pillows
2 oak end tables
1 " chest
1 " dresser
1 28" mirror
1 oak chair, green seat
1 boudoir chair
2 wooden lamps with shades

240 CENTRAL PARK SOUTH, INC.
BY ______ Pres. Landlord
BY ______ Tenant

聖修伯里入住紐約中央公園南大道 240 號公寓時的房屋明細單，紐約，1941 年 1 月 22 日，打字與簽名過的表格，私人收藏。

聖修伯里夫婦在紐約中央公園南大道 240 號的三張名片，紐約，1942 年，私人收藏。

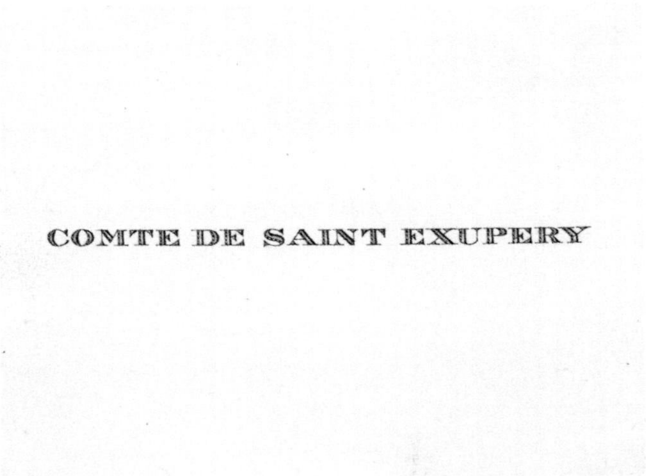

COMTE DE SAINT EXUPERY

COMTESSE DE SAINT EXUPERY

CI 6-8958

240 CENTRAL PARK SOUTH
NEW YORK, N. Y.

Cte & Ctesse DE SAINT EXUPERY

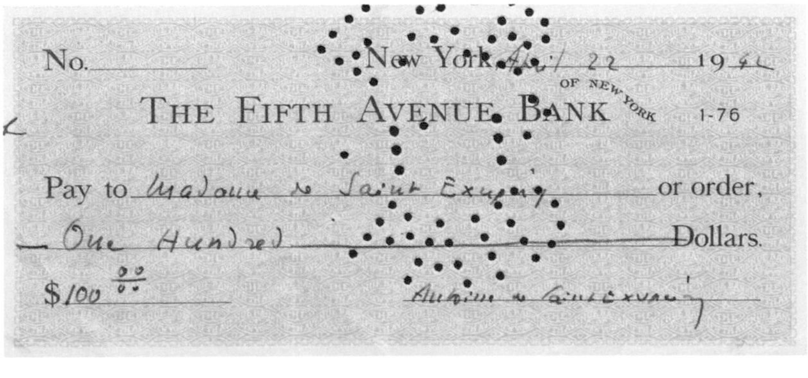

No. ______ New York Apr 22 1942
THE FIFTH AVENUE BANK OF NEW YORK 1-76
Pay to Madame de Saint Exupéry or order,
One Hundred Dollars.
$100 00/00
Antoine de Saint Exupéry

聖修伯里給妻子康蘇艾蘿的支票，紐約，1942 年 4 月，私人收藏。

博卡樂的詩與畫，或拉莫特的友誼

Poésie et peinture au Bocal, ou l'amitié Lamotte

聖修伯里幾乎從未提及他在紐約的日常生活，也沒談過他對這座城市及其居民的特殊情感。紐約的街道風景及各式建築、中央公園的龐大魅力，乃至百老匯的五光十色，在此人眼中似乎不太重要，他真心關切的是在大西洋另一端被挾為人質的親友與同胞的命運遭遇。這也是流亡者哀矜勿喜的一種展現，他無法忍受世間處境明明窒礙艱難，自己卻獨享安逸……他似乎持續全心投入創作，唯獨作品與這些悲慘情狀必須保有緊密連結。

他反對紐約的法國戴高樂派，同時深深投入反納粹運動，並因其反傳統的公開立場所引起的誤解與爭議而苦悶不堪（更導致他與安德列・布勒東 André Breton 及賈克・馬里丹 Jacques Maritain 的激烈爭辯），然而他還是在一些交情甚好的法國朋友身上，尋得真正的慰藉。其中有一位便是畫家貝納德・拉莫特，他曾是聖修伯里在巴黎美術學院就讀時的同窗。聖修伯里勤跑拉莫特位於東 52 街 3 號一座宜人房舍裡的工作室……畫家的賓客們圍繞著木桌而聚（其中不乏名氣響亮的貴客，因為太太的關係，拉莫特結識了一些美國影壇明星），把木桌變成了一本訪客簽名簿；聖修伯里也在桌面上刻下了自己的大名，以及一個人物的輪廓剪影：這個人物發現了一隻正在迴旋翩飛的小蝴蝶……聖修伯里在 1942 年逃走了！

正是在一片賓主盡歡的氣氛中，這位流亡作家委託他的畫家朋友為《戰地飛行員》的美國初版繪製插圖，英文標題定為《航向阿拉斯》，由紐約的雷納爾與希區考克（Reynal & Hitchcock）於 1942 年 2 月 20 日出版。

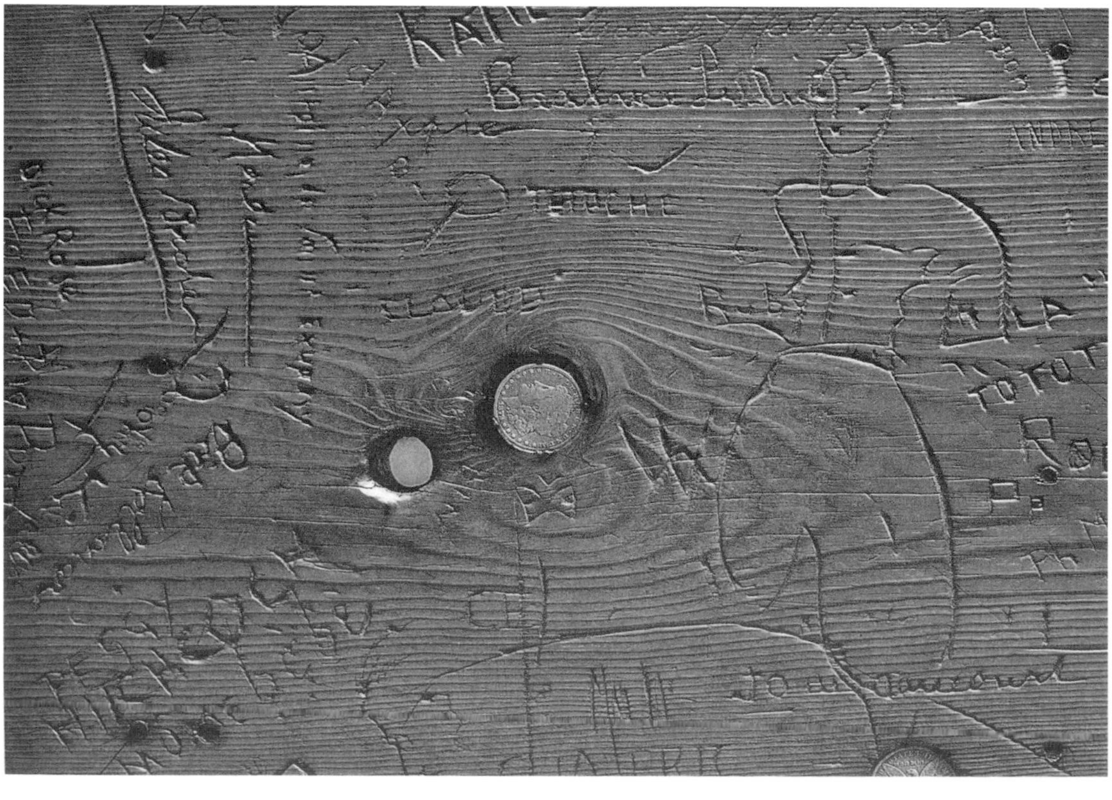

貝納德・拉莫特的桌子上刻著客人的名字，上有聖修伯里的簽名和畫像，紐約，1942 年前後，巴黎，法國航空博物館。

貝納德・拉莫特在博卡樂的露臺，紐約，1941-1942。

貝納德・拉莫特，
〈飛行員安東尼・
聖修伯里〉，1940 年
5 月，插圖未收錄
於《航向阿拉斯》，
紐約，1941 年，
水墨畫，私人收藏。

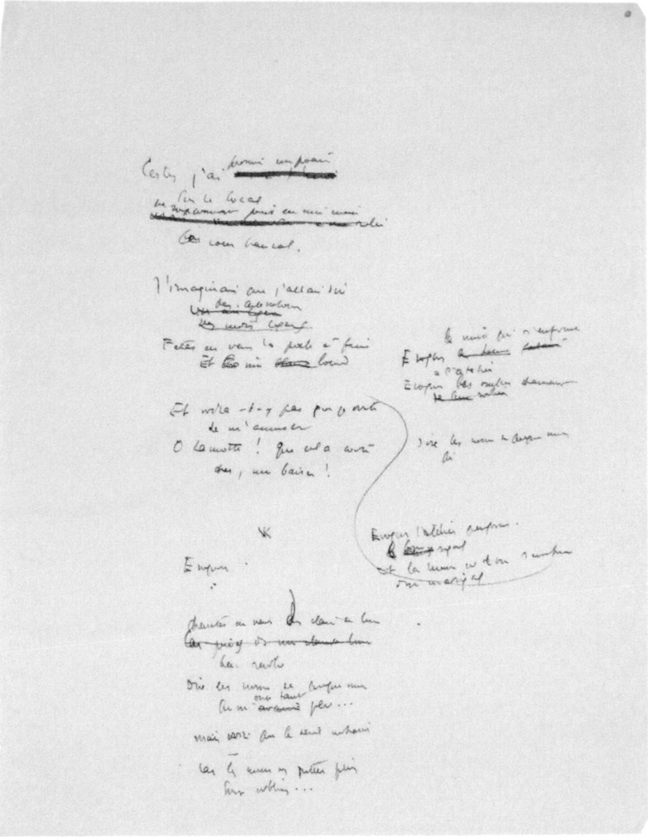

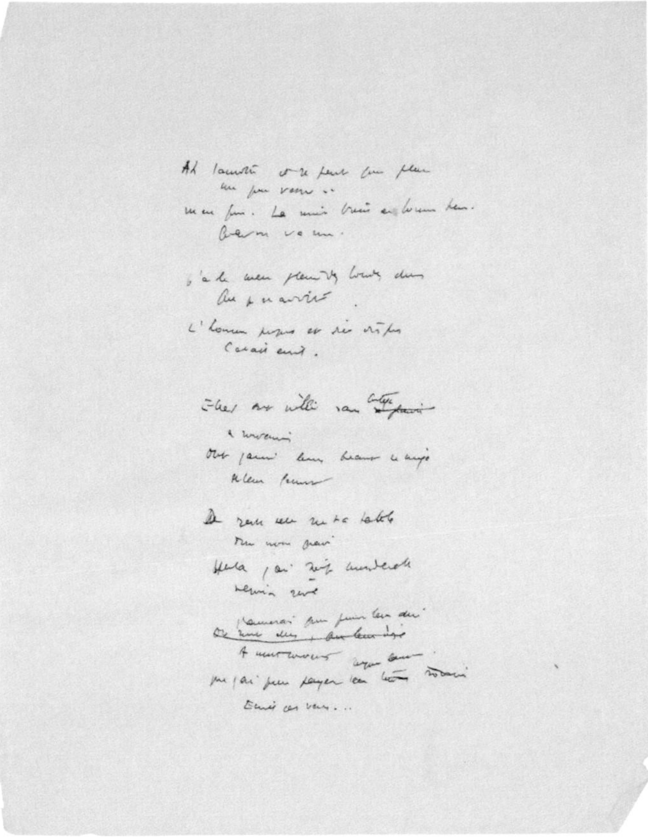

我確實曾允諾將一首詩
書寫於廣口瓶
切莫懷疑自身這顆此時
搖擺不定的心

我想像自己口說
雙關詞語
以詩句盛讚煎鍋
濃醇芳醑

你可知道，我自問
是否浪費時間
噢，拉莫特！一個吻
價值黃金萬千

將過往的月光吟唱成詩
來自久遠過往
道出某些人的名字姓氏
讓我極其難忘……

唯一的副歌便是如此
……
因為小女孩們的名字
已被遺忘……

啊，拉莫特，若那日到臨
我們或許會哭泣……
情斷之時。夜幕早早降臨
我們一無所有向前行

心事重重，重擔於肩
我沒有說［原文如此］
謀事在人，成事在天
如是寫作

老去的女子無人相伴
回憶
使［白雪之美泛黃渲染］
她們的笑意

再說，你桌面上
刻畫的名字
我極其渴望
［……］

且盼人們能隱諱地
對其言語
我能報以［……］
書寫詩句……

致貝納德·拉莫特的詩稿，紐約，1942 年前後，手稿，溫特圖爾，藝術、文化和歷史基金會。

629

[illegible]

[illegible]

[illegible]

法國－美國：戰地飛行員

France-USA :Pilote de guerre

「在我的文明當中，凡是與我有別之人，非但沒有加損於我，反而豐富了我。」移居美國之後，聖修伯里想彙整一下法國的處境：在1940年春天那苦痛交加的幾週裡敗給納粹的悲劇結果，不僅是對一個國家的狀態的質問，也甚至是對文明法則的質問。我們師出何名？為何投身反抗？這是他唯一的提問。聖修伯里打算依循這條思考的路徑，滿心焦急，一意透過他親身見證的實踐力量與不妥協精神（法文版名為《戰地飛行員》的《航向阿拉斯》是一本關於戰爭與飛行員的書，記載了1940年5月23日他所執行的一次危險的空中偵察任務）、透過他智識方法的嚴謹要求（《航向阿拉斯》是一篇人文主義作品，試圖盡可能清晰地闡釋當代西方文明的精神基礎）、透過他自身存在的真實性（《航向阿拉斯》也是一本關於童年回憶的書），來說服美國人。但他首先必須收服人心、激勵人志、謀得人情。因為美國人不能對一場如此牽動他們自由、博愛以及個人和集體幸福概念的衝突保持冷漠。像所有的戰敗者一樣，他們有責任表現出團結；他們必須為這種責任和團結重生。

矛盾在於，這本書原定1941年發行上市，但直到美國於1942年2月參戰後，才由雷納爾與希區考克出版。儘管譯者路易斯．加隆提埃不斷催逼，聖修伯里卻遲遲沒有交出最終手稿。但他無悔：「我寧可只賣一百本我不會覺得丟臉的書，也不願賣出六百萬本糟粕之作。」他日後將對《小王子》提出同等要求，使他的美國出版商十分懊惱。

對於此書在被占領的法國上市販售的可能，他並不樂觀，但他仍然設法透過童年摯友亨利．德．塞戈涅（Henry de Ségogne）將法文版遞交給加斯東．伽利瑪。因為刪去了第三章中對「希特勒的低能」的指涉，法國出版商終究通過了德方的審查，並在1942年12月將大約兩萬五千本書送至法國各地的書店！這是抵抗運動相關書籍在占領時期最大的銷售紀錄之一，德國人顯然誤讀了它！但是，通敵群體卻提醒德國人書籍內容有問題；該書也因而在1943年初被下架。

我們在左頁及第179頁展示了法文版的兩個特殊版本：左頁為一組印了二十份的樣張，1942年7月6日由加斯東．伽利瑪認證（內莉．德．孚古耶Nelly de Vogüé 收藏）。另一個是II/33空軍中隊隊長尚．伊斯哈埃勒（Jean Israël）所收版本——他於1940年5月22日遭德軍俘虜，在德國的IV-D戰俘營拘押了四年。

《戰地飛行員》手稿，第十二章，附人物插畫，1940年，親筆手稿，巴黎，法國國家圖書館。

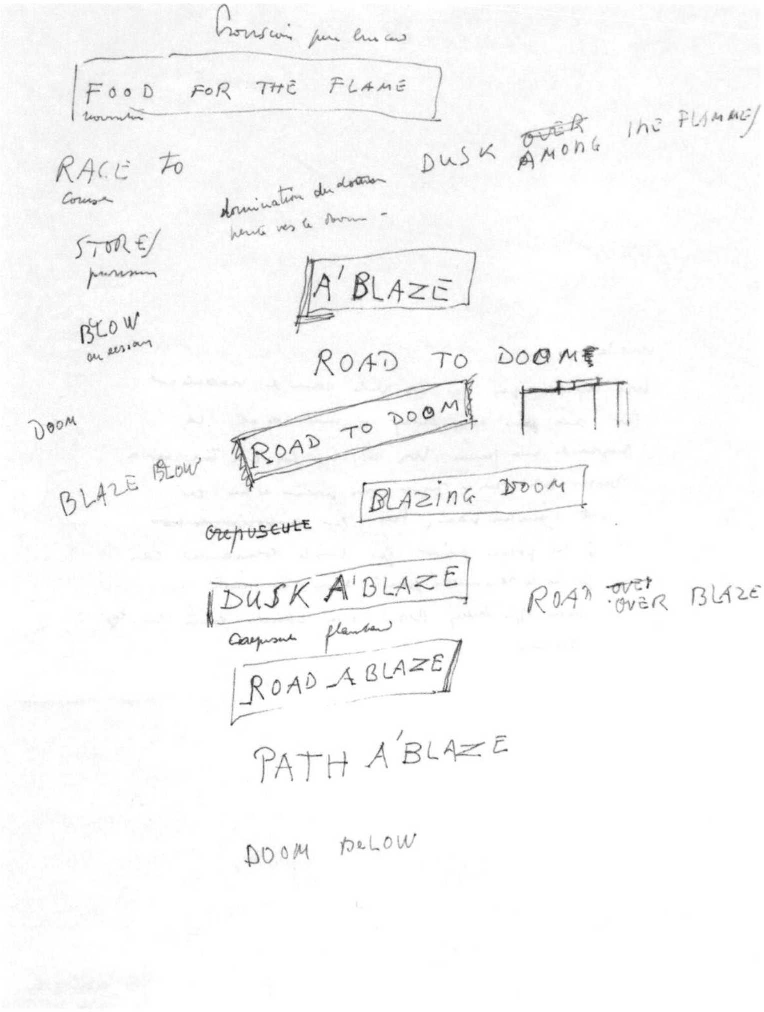

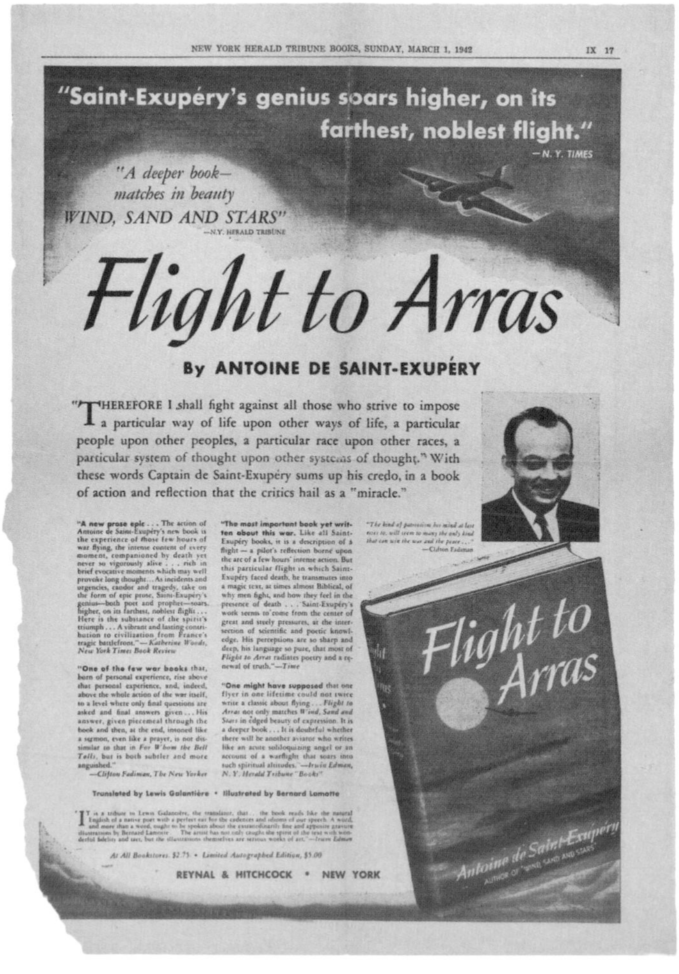

《航向阿拉斯》的廣告頁面，《紐約先驅論壇報書籍副刊》，1942 年 3 月 1 日，私人收藏。

《戰地飛行員》美國版的書名構思過程，紐約，1941-1942，親筆手稿，私人收藏。

在我書櫃的一角，藏著一本黑漆漆的書：它髒汙不堪、蒼涼傷悲、破損嚴重。書封以粗布裝幀，深灰色的書頁上還留著許多汙手翻閱過的痕跡，這些手是 1943 年受困戰俘營的八千餘名法國軍官之手。這本書則是戰俘營中唯一一本被審查嚴禁的版本。書上蓋著有「Geprüft」（閱）字樣的華麗仿製戳印，此書也因而躲過了情報當局各式各樣的盤查與控管。

經過數個月的傳閱之後，這書變得破破爛爛，我不得不將它委託給裝訂廠進行修復。待到它送回我手上時，整本書已經包上結實耐用的墊布，簡直煥然一新，足以面對下一批讀者。

這本書就是法國初版的《戰地飛行員》，1942 年 11 月 27 日在蒙魯日（Montrouge）印製完成。該書最初已通過出版核准（審查編號為 14327），幾週之後又被禁。我母親及時買了一本，放在合乎規定的食物包裹裡寄出，本書也因為包裹寄達時在收發室裡「傑出的一偷」，而得以保存下來。

為何這本書老早獲准在法國印刷，卻遭遇遲來的查禁？皮耶－安東尼・庫斯托（Pierre-Antoine Cousteau）於《我無所不在》（Je suis partout）週刊上發表的一篇「文學」評論，引發了這整件事。聖修伯里在文章中被扣上「猶太好戰分子」的帽子，因為他讚揚了「好朋友伊斯哈埃勒，法國的英勇標竿」。接著又出現了第二篇更加惡毒的文字，導致該書被禁止銷售、毀棄報廢。

——尚・伊斯哈埃勒，〈我的書〉（Mon livre），1978 年

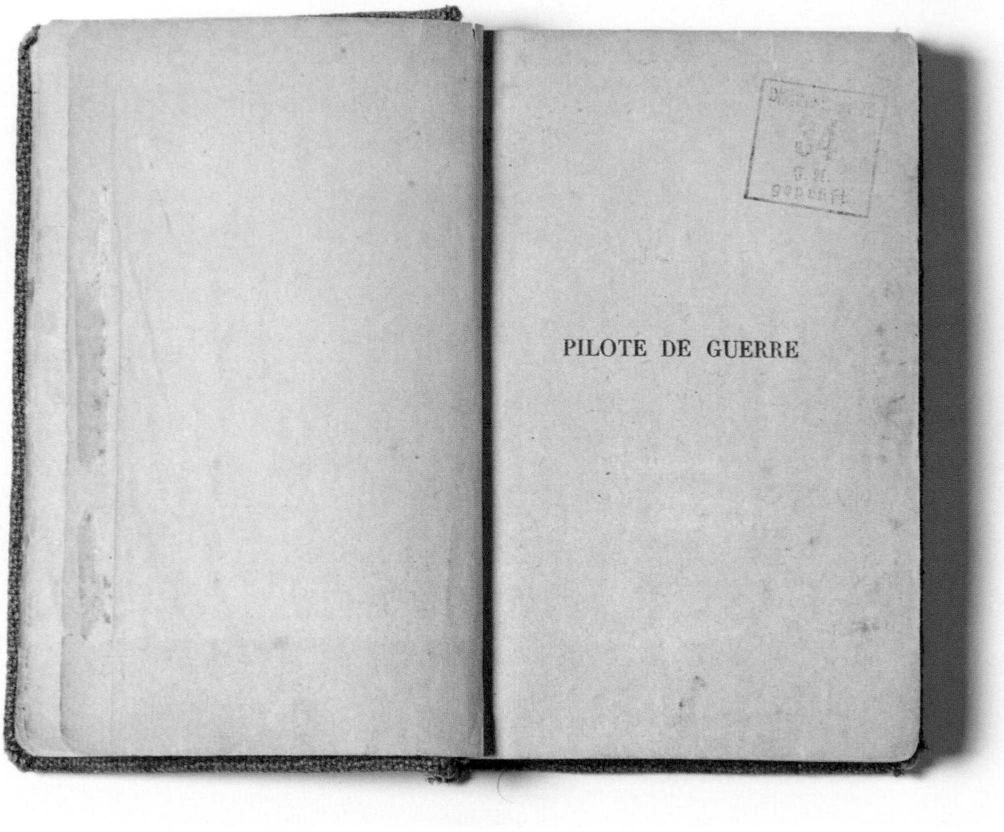

《戰地飛行員》，巴黎，伽利瑪出版社，1943 年 12 月，尚・伊斯哈埃勒中尉個人收藏版本，裝訂於 IV-D 戰俘營（艾爾斯特霍斯特 Elsterhorst），上有「Geprüft」（閱）蓋印，私人收藏。

Erreur fatale ! J'ai, au lieu de fraisiers, semé des baobabs !

猴麵包樹的寓言

La parabole des baobabs

與小王子相遇的第三天，飛行員從這位小朋友口中得知，他星球上的土地被猴麵包樹的種子所侵蝕。他只得不停拔起刺進地面的苗芽，以防止猴麵包樹開花、讓整座星球爆裂開來。「這是紀律問題！」小王子舉了另一座星球的例子：一名懶鬼總是把這項緊急必要的拔根工作拖到隔天……最終目睹他的星球因為那些碩大駭人的巨樹而窒息。於是，小王子要求他的飛行員朋友努力畫出一幅美麗圖畫，讓地球上的孩子們牢記這個巨大的威脅；飛行員認真畫了，「被一股巨大的急迫感所驅使」，他寫道。

儘管作者聖修伯里並未明確點出該寓言的意義，但在他當時寫作的明白處境之下，其意圖似乎相當明顯。《小王子》是一個戰爭與流亡背景下的產物，在《戰地飛行員》出版後一年隨即問世。集體歷史的重量從未如此壓在每個人的肩頭；歷史局勢讓個體與他人關係的反思超出了私密領域的範圍，賦予其政治層面的意義。歷史感在《小王子》中得以彰顯：這是一本鉅細靡遺、全方位關照人類處境的書。

這些威脅大地的猴麵包樹種子是仇恨與報復的溫床，它們在古老歐洲的祕密角落中萌芽，最終炸裂了地球的大部分地區。人們的疏忽不察使納粹主義得以暢行無阻、奪取勝算。此乃責任精神的失敗——這種精神原本是抵抗「文明相互吞噬的駭人傾向」的唯一壁壘。就此意義而言，《小王子》藉另一種大異其趣的筆調，延伸了《戰地飛行員》的創作意圖。這是一本具備童話故事形貌的「社會介入之書」。左側這幅首度公開的畫作，就提到了人們犯下的「滔天大錯」。

「滔天大錯！我竟然種下了猴麵包樹，而非草莓樹」，〈懶鬼［？］與他的猴麵包樹植株〉，為《小王子》所繪素描，第五章，紐約／阿沙羅肯（長島），1942年，炭筆畫，親筆手稿，私人收藏。

他的英文程度

Langue anglaise

雖然《戰地飛行員》與《小王子》最初都在美國出版，但這些作品的的確確是聖修伯里以法語寫就。但他卻未精通英語；他所修的語言課程助益並不大。這三頁手稿的背景及目的不詳，而它們彼此相似的句法邏輯與詞彙運用，證明他英文還不夠好。但它們起了很大的作用，再一次向我們呈現了作家的寫作過程：小王子現身了，還附上兩張日落場景的人物姿態前置草圖。

大腦 藍色 黑色
這裡有黑暗或光亮
[avec foncés ou blonds]。
在故事裡，有許多種
[espèces] 動物。
乳牛紅色與黃色。
還有馬 母雞 棕色
[with] 以及狗兒
動物住在穀倉裡。

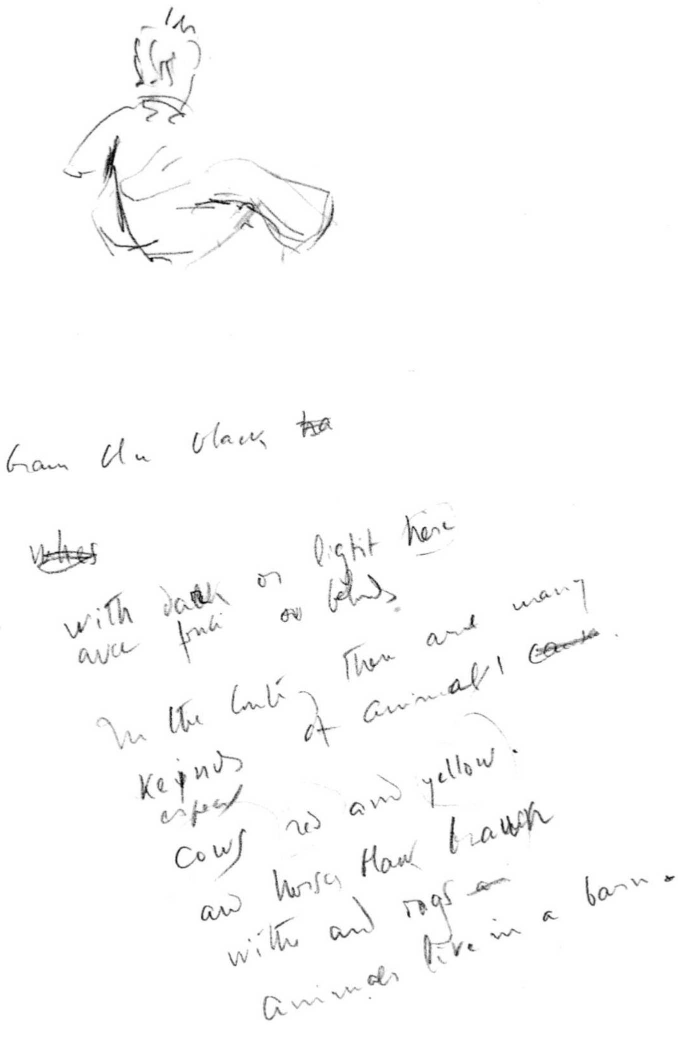

《小王子》相關英文筆記與草圖，紐約，1942 年，親筆手稿，私人收藏。

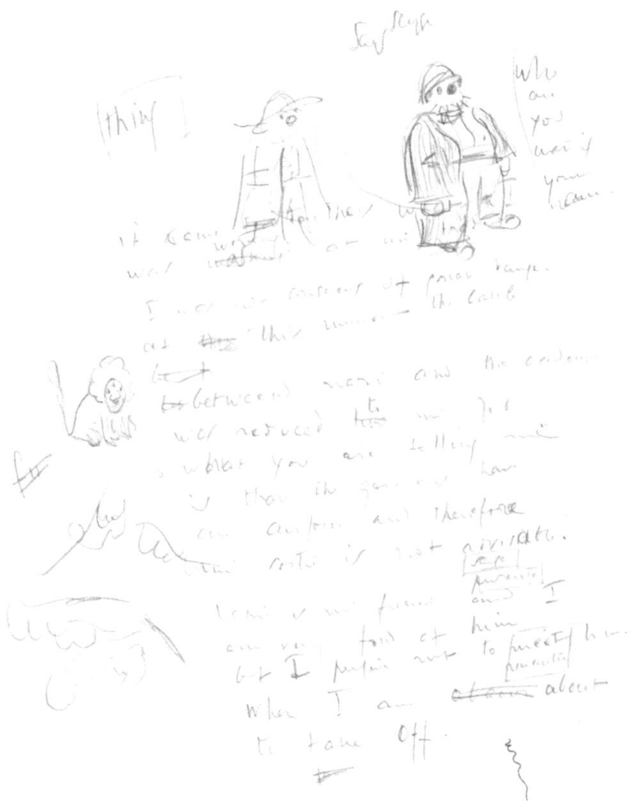

你是誰

你叫什麼名字？

它走向他們，為了我正在做我的工作。
我在此刻並未意識到巨大危險［of］納粹與西方之間的戰鬥。
我只能投入我的工作。
你跟我說德國人有一支空軍，所以不建議我出門（聰明決定）（謹慎以對）。
［……］是我的朋友，我喜歡他但我寧可不要與他相遇（邂逅）。當我正要起飛之刻。

你為孩子們寫了一本圖畫書。裡面有一名小男孩的多張圖片。世界有很多形式，有錢人都不在其中
一名小男孩發現了有哪些物品存在於世界上。沙花之樹［arbres］山峰以及稀世之花。這些事物
［Ces affaires］存在於作者心中［l'esprit］。
他有一位小小夥伴，是個五歲小男孩。他會被逗樂，並學到一些新事物［apprendre quelque chose neuf］。
一個小男孩常常［souvent］有一雙髒髒的［malpropre］手，而且他不喜歡［aime］乾淨的雙手。孩子們的眼睛［yeux］五顏六色。

英文筆記，紐約，
1942 年，親筆手稿，
私人收藏。

《小王子》相關英文
筆記與草圖，紐約，
1942 年，親筆手稿，
私人收藏。

康蘇艾蘿．德．聖修伯里在貝文公寓的公園（長島），1943 年夏。

康蘇艾蘿與友人在貝文公寓（照片最右方：德尼．德．胡居蒙），日期不明。

貝文公寓裡的熱情張羅

Le grand feu de Bevin House

1942 年夏天，康蘇艾蘿提議請丈夫陪她去曼哈頓東北方的桑德（Sound）海灣。他們先前往康乃狄克州的韋斯特波特（Westport），然後在九月及十月去到長島的諾斯波特（Northport），住進一座位於大公園境內、面海的美麗別墅，名為「貝文公寓」：「它龐大壯觀，位在岬岸上，四處是被狂風暴雨吹亂的樹木，但三面都被屈迴蜿蜒的瀉湖柔緩地包圍著，突現在熱帶森林和島嶼的景框中……」（德尼・德・胡居蒙（Denis de Rougemont），《時代日誌》Journal d'une époque）。

正是在這個偉麗絕倫、令人舒心的背景環境中——雖隱祕遁世，卻密友成群——聖修伯里繼續他《小王子》的寫作。說實話，由於缺乏可信的線索，現存於美國紐約摩根圖書館與博物館的《小王子》手稿究竟在何處寫就，我們不得而知。當時與聖修伯里關係融洽的希薇亞・漢彌爾頓說，她經常看到她這位作家朋友在曼哈頓的公寓裡寫書；他的手稿，就是交給她處理。但在貝文公寓度過的那幾週時光，似乎決定了插圖及文本的最終架構。他的幾名訪客描述，聖修伯里心思全在插畫上，有時也請他們扮演模特兒的角色：「一名禿頂巨人，有一雙高雅貴氣的鳥之圓眼，有一組機械師的精密手指，他奮力揮灑稚幼畫筆，伸伸舌頭，免得顯得『過氣』。」（德尼・德・胡居蒙，同前書）

這幾個星期是這對夫婦生活中短暫的靜好時光：一個猶如懸置的優雅時刻，有助於文學與藝術創作。兩人日後都樂於重溯這段時期的光輝回憶，這使他們日常爭吵不休的曼哈頓生活陰鬱記憶緩和許多。但在這段令人流連的美妙插曲之後，緊張氣息又將再度襲來，一直持續到翌年四月聖修伯里離開前。1943 年夏天，康蘇艾蘿與友人一同回到「小王子之家」，在那裡，她覺得最能感受到奔赴戰場的丈夫的存在。她在那著手畫畫，並寫了幾封感人肺腑的信給她的「東東」，在已成現實的如夢寓言中神交：「我等著你。而我是你的妻子，我將不寐以待君，在永恆中入眠。你知道為什麼嗎？因為我愛你，我愛我們夢中的世界，我愛小王子的世界，我在裡頭漫步……沒人可以觸碰到我……甚至紮著四根刺而獨行，因為你願意紆尊看它們一眼，數算它們，記得它們……」（1943 年 8 月 10 日）。

康蘇艾蘿・德・聖修伯里，〈貝文公寓公園〉，1943 年夏，布面油畫，私人收藏。

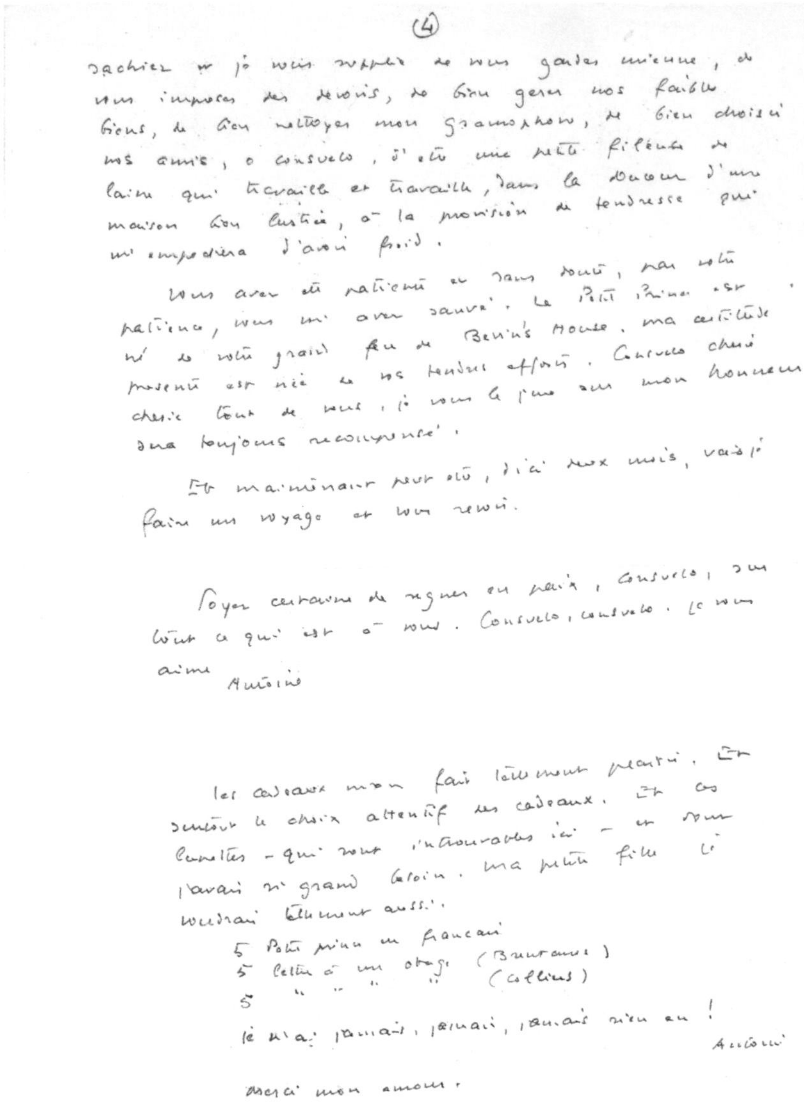

安東尼·聖修伯里
寫給康蘇艾蘿的信，
卡薩布蘭卡，1943 年
夏，親筆手稿，
私人收藏。

卡薩布蘭卡，1943 年夏

[……] 在這個茫茫人群失根的時代，在這個刻薄與喧譁論辯取代沉思冥想的時代，在這個一切都崩毀析離的時代，康蘇艾蘿我的愛、我的責任、我的內心國度，我比過往任何時刻都更加依戀您，您或許不知道，我倚賴您才能生活，我懇求您保有我，為自己施加責任，好好管理我們微薄的資產，好好清理我的唱片機，好好選擇您的朋友，啊，康蘇艾蘿，且做一名小小的羊毛紡織工，在一間閃亮亮房子的舒適環境中孜孜矻矻不斷工作，以取得使我足以抵禦寒冷的溫柔庫藏。

您耐心十足，而且毫無疑問，正是您這份耐心，拯救了我。《小王子》是仰賴您在貝文公寓的熱情張羅才能誕生的，而我當下對人生的確實信靠也來自您溫柔的付出。康蘇艾蘿，寶貝寶貝，我以我的名譽起誓，您的一切一切，將永遠獲得償報。

而現在，也許兩個月內，我將踏上旅程，與您重聚。

請放心，康蘇艾蘿，請平心靜氣地支配屬於您的一切。

康蘇艾蘿，康蘇艾蘿。我愛您。

安東尼

收到這些禮物我實在太開心了。尤其是精心挑選的禮物。而且這些眼鏡——在我這邊根本找不到——我非常需要。我的小美人，我也很想收到：

五本法文版《小王子》

五本《給人質的一封信》(布倫塔諾出版社 Brentano's)

五本《給人質的一封信》(寇里耶出版社 Colliers)

我從來、從來、從來沒收到過任何一本！

安東尼

謝謝，我的愛。

聖修伯里夫婦攝於紐約的唯一已知照片，1943 年 4 月 1 日，聖修伯里啟程前往北非的前一日，在畢克曼廣場 35 號，由阿爾貝．芬恩（Albert Fenn）為《生活雜誌》（Life Magazine）所攝。

康蘇艾蘿．德．聖修伯里，〈諾斯波特〉，1943 年夏，布面油畫，私人收藏。

「您為何總是令人難以忍受？」，〈小王子站在一座花圃前，與一隻綿羊〉，紐約，1942-1943，鉛筆畫，親筆手稿，私人收藏。

Consuelo Consuelo chérie

Dépêchez vous de revenir.
Consuelo consuelo chérie dépêchez vous de rentrer dans notre maison. Il est deux heures. J'ai tellement besoin de vous parler et je vais commencer à souffrir.

Je ne vous en voudrai pas mais j'aimerais tellement ne pas avoir mal !

Votre Antoine.

紐約，1943 年冬

親愛的康蘇艾蘿康蘇艾蘿，
請快點回來。
親愛的康蘇艾蘿康蘇艾蘿，快點回來。現在是凌晨兩點。
我好想跟您說說話，我就要開始覺得痛苦了。
我不是在對您生氣，但我真的希望不要再這樣難受了！

您的安東尼

安東尼．聖修伯里寫給康蘇艾蘿的信，附小王子插圖，紐約，1943 年冬，墨水畫，親筆手稿，私人收藏。

坐在洛克菲勒
中心前的聖修伯里，
攝於 1939 年。

把全人類集中在長島上

Toute l'humanité sur Long Island

這兩頁《小王子》的手稿於 2012 年首度現世，呈現了故事第十八章及第十九章的嶄新樣貌，特別帶出了小王子與一名填字遊戲狂的相遇——他三天來一直在尋找一個以字母 G 開頭、由六個字母組成的單詞，而且要符合「漱口」這個字的定義。

這份手稿也涉及了地球的人口密度問題。這座巨大星球的人口集中於都市、道路與鐵路上，因而讓居民產生人口稠密的錯覺。但實際上，就人類的尺度而言，地球根本就大到不能再大（1943 年時約有二十三億人口）。這完完全全跟小王子的小行星相反，對小行星來說，小王子才是不成比例地巨大！這個針對長島的明確參照，在摩根圖書館與博物館所收藏的手稿中（手稿編號 61）依然可見，但這部分在最終成品中將被刪去。這顯然是作者對小王子誕生地的回眸一眼，它表達出故事的其中一項重大真理。即便從表面上來說，如果人類不懂得憑藉「情感密度」安居於地球上，那麼地球對人類來說就只是一片荒漠而已。正是先以人類本身為度，地球對人類來說才有尺度可言。這便是本章有意解構的地理與人口層面的錯覺（本章部分內容於出版時並未收錄）。

[……]

「從與這座山等高的山上」，他自道，「我可以一眼看盡全人類。」

但除了極其尖銳的花崗岩峰與巨大成堆的黃土崩石之外，他什麼也沒看到。若我們將這座星球上所有的居民聚集在一起，像開會時一樣人貼著人、並排而處——白人、黃皮膚人、黑人、兒童、老人、女人以及男人——無一遺漏，整個人類都能塞進只占長島［十分之一］的空間裡。如果您拿出一張小學生的世界地圖，用一根針在上頭戳穿一個洞，整個人類皆可容納進這個針孔的面積裡。當然囉，我自己在三年的飛行歷程中早就注意到，大地真是廣袤……

［摩根圖書館手稿編號 61 文字］你們當中算術很好的人可以算算看，檢驗一下我將要告訴他們的事。我們的星球上有二十億人。如果把大家召集起來開一個超級無敵盛大的會議，黑人、白人、黃皮膚人、兒童、數十億男男女女都來參加，我們只需要一個長、寬兩萬呎見方的公共廣場，便足以容下所有與會者。整個人類都可以在長島安營紮寨。每個人甚至有足夠空間晚上躺在地上睡覺。如果我們建造一座覆蓋曼哈頓的五十層樓高超級建築（與洛克菲勒中心同樓層數），讓人類全體站在裡面，彼此稍稍擠一下，只要把所有樓層站滿，全人類就都能塞在曼哈頓島上！

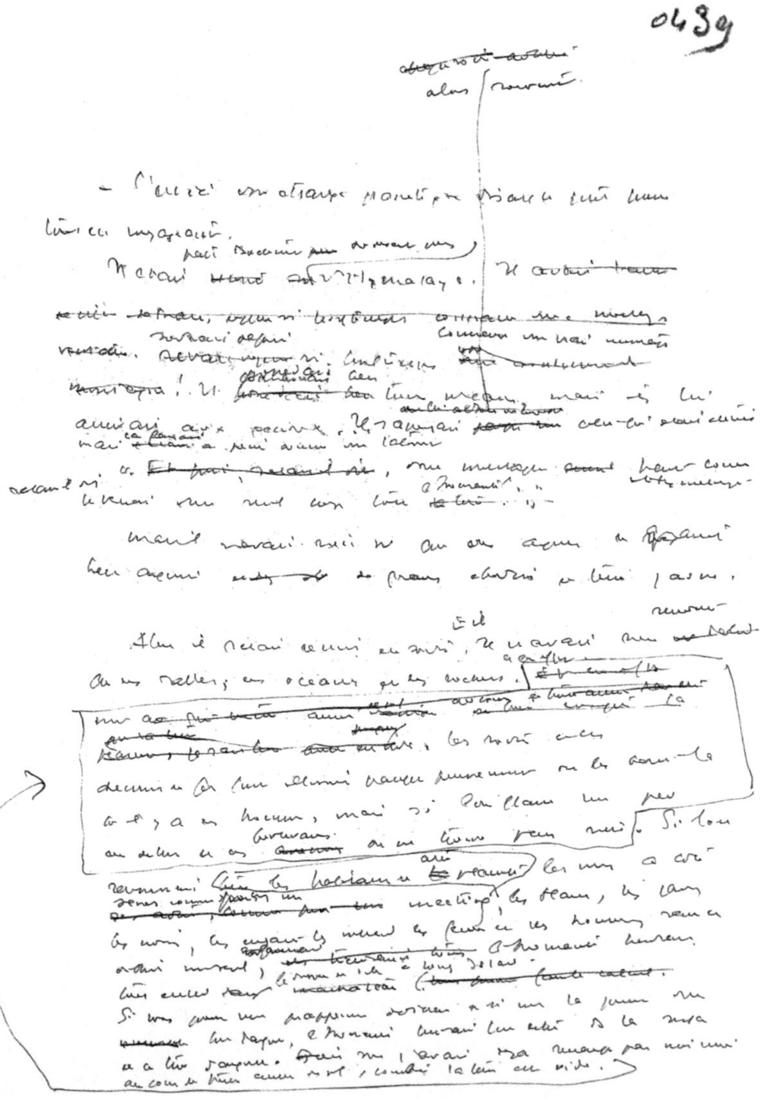

《小王子》手稿中的一頁，第十七章與第十九章，紐約，1942 年，親筆手稿，私人收藏。

畫冊，紐約，1942 年，
墨水畫，私人收藏。

憂愁傷感的小插畫

De petits dessins mélancoliques

我們認得出這名小小人物，他在草坡上向遠方眺望，為空無一人的景色發愁，或對面前的世界景觀茫然失措。我們見證他誕生於三〇年代，與作家在紐約流亡時期的創作背景截然不同。他永遠不會離開這位作家，他是作家的患難兄弟或幻想夥伴，一千零一式蛻變的主角。不久以後，在同一座山丘上，一朵花脫穎而出；它那不相稱的莖枝伸入天際，超越了其他所有的花。一場面對面的相逢就此開啟，這是人物與花朵之間的靜默對話。這段對話有如最原初的一幕，在《小王子》問世前便已存在。它出現在手稿的空白處或單獨的頁面上，反映了聖修伯里與女性間的複雜關係，並藉下列這種形象呈現出來：一個永遠得不到滿足、不曾被撫慰的孩子。此人甚至寫信給他的紐約朋友希薇亞．漢彌爾頓：「我鬱鬱寡歡，所以畫了一些憂愁傷感的小插畫。[……] 請原諒我如此惱人。請原諒我傷害了妳。請原諒我沉默不語。請原諒我的我行我素。這些並不妨礙我溫柔待人。給妳一個大擁抱。」

〈兩名人物，其中一位帶花〉，日期不明，親筆手稿，墨水畫，私人收藏。

阿利阿斯與午餐。
他們不知道我們是他們的組員。曾經是。
我們也可以成為玻璃展示櫃裡的娃娃。
他們的習俗是否被棄置不用（為時五年）。這就是
疑問所在。
我不會俘虜我的敵手：我會讓他們改變信仰
或直接射殺他們。因為如果我俘虜了他們，如果那便是我採取的行動，
［我］未來就不會投身其中。

〈帶花之人〉，日期不明，墨水畫，私人收藏。

〈女性肖像與人物們〉，紐約，1942 年，鉛筆與炭筆畫，私人收藏。

〈草坡上的人物〉，紐約，1942-1943，墨水畫，聖修伯里．亞蓋遺產管理委員會收藏。

〈草坡上的人物〉，紐約，1942-1943，鉛筆畫，私人收藏。

小王子形象首度登場

Une apparition

驀然間，我們開始想像這是一名王子真正的出生證明。這頁手稿在納入私人收藏之前，屬於康蘇艾蘿．德．聖修伯里自紐約送回的檔案的一部分，忠實呈現了未來小王子最初的雛型。其面孔與小王子非常相似，穿著和日常配件也如出一轍：皮帶，以及防風圍巾。

作畫的痕跡依舊清晰可見：畫成橢圓形的臉孔一眼就看得出來，也似乎重新修飾過；而且，正如次頁所呈現的，作者利用頁面進行了一些水彩著色測試。

〈小王子與其他人物〉，
紐約／阿沙羅肯
（長島），1942 年，
鉛筆與水彩畫，
私人收藏。

〈人物構思〉，
紐約／阿沙羅肯
（長島），1942 年，
墨水與水彩畫，
私人收藏。

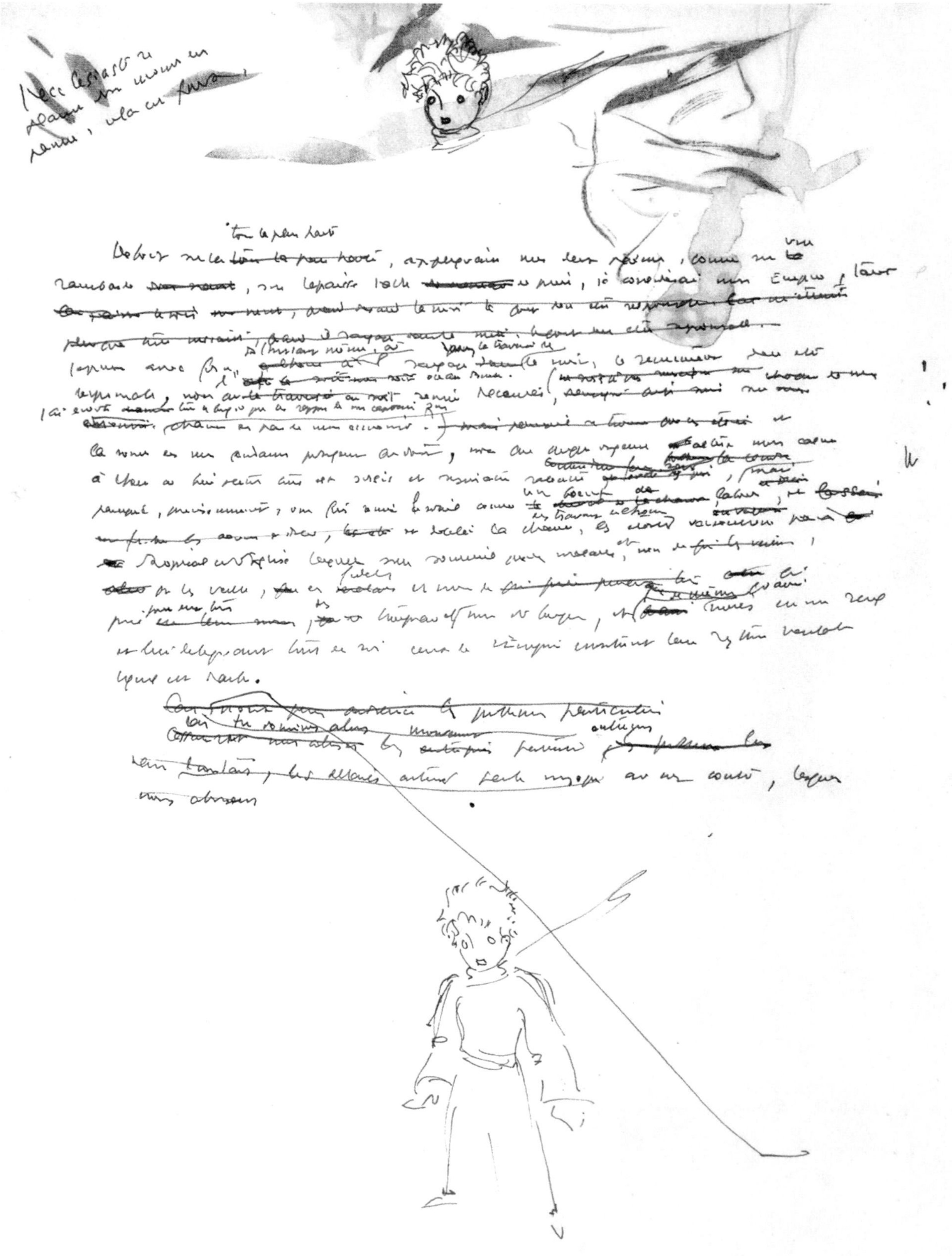

在《要塞》的空白邊緣

En marge de Citadelle

「站在最高的塔尖，我將雙手貼附在厚重石桌上——就像扶著欄杆一樣——思索著我的帝國。」安東尼·聖修伯里一邊撰寫《戰地飛行員》與《小王子》，同時繼續熬煉他的「大作」，也就是起初名為《頭目》（Le Caïd）、後來成為《要塞》的這本書，它是一位阿拉伯酋長對人類政府的宏觀沉思——作者似乎早在三〇年代就開始著手撰寫了。這部夾帶預言色彩的偉大讚歌，揭櫫「但凡人類從生到死的過程，多少帶著一些意趣，激勵個人在比自身更廣大與崇高的事物中建構自我」。在人世間對卓爾不凡的這股追求，既非奴役、亦非屈從，具備強而有力的精神美德：它為人類的行動提供了支援——缺乏這套高尚的共通標準，人類將陷入悲慘處境，孤獨在世、躁動不安、脆弱無助。「要塞」與「頭目」背負這種象徵性的任務，人類社群藉此凝聚集結：「世界之重，負壓我心，彷彿我須為之擔責。於孤獨之境，我以樹為棲，雙臂交叉胸前，晚風拂過，我將那些必須從我身上挖掘意義者納為人質。所有遍尋不著肩膀之人，其重，亦負壓我心。」

在此，很難無視作家的本人形象躍入眼簾，他藉生平最後一批信件的其中一封向內莉·德·孚古耶吐露：「除了宗教用語，我沒有其他詞彙可表達自己。我在重讀我的《頭目》那本書時，明白了這件事。」安東尼·聖修伯里直到生命最終都不曾停止過對這種宗教語言的探尋，它吸納了各式矛盾，在讀者身上激起一種深度的黏著行為；它是人類靈魂與命運在文字與圖像的隨機性中深刻統合的感受。《小王子》的作者對自身的職業與作家－詩人的天命不作他想：「如果小孩子的這些眼淚打動了你，它們就是一扇迎向廣袤海洋的敞開天窗。因為如此使你震盪激迴的，不只是這些淚滴，而是所有的淚水。」（《要塞》IXXXIII）；且說得更深入：「因為即便人人都談過星星與水泉，卻沒人告訴你要爬上山頂，渴飲星泉之乳。」（《要塞》IXXXIV）。

讀著這些句子，我們會發現，在篇幅數十頁的《小王子》與《要塞》一千零一頁的鴻篇巨製之間，連續感並未斷裂。半真半假的涓涓細流與滔滔頌詩的不息川流共用同一片水域。而在這張應該作於紐約時期的手稿上，小王子的形象有如神奇地從《要塞》的手稿中浮現，呈現了一個極其動人的象徵。正如先前那些預告他登場的畫面一樣。

《要塞》手稿頁面
空白處的兩種小王子
形象，紐約，1942 年，
墨水與水彩畫，
親筆手稿，私人收藏。

[……] 我倒是見過男人擺脫死亡，提前在對決時被捕獲。但，別騙自己了！我從未見過一個男人因恐懼而亡命。《要塞》，第一章。

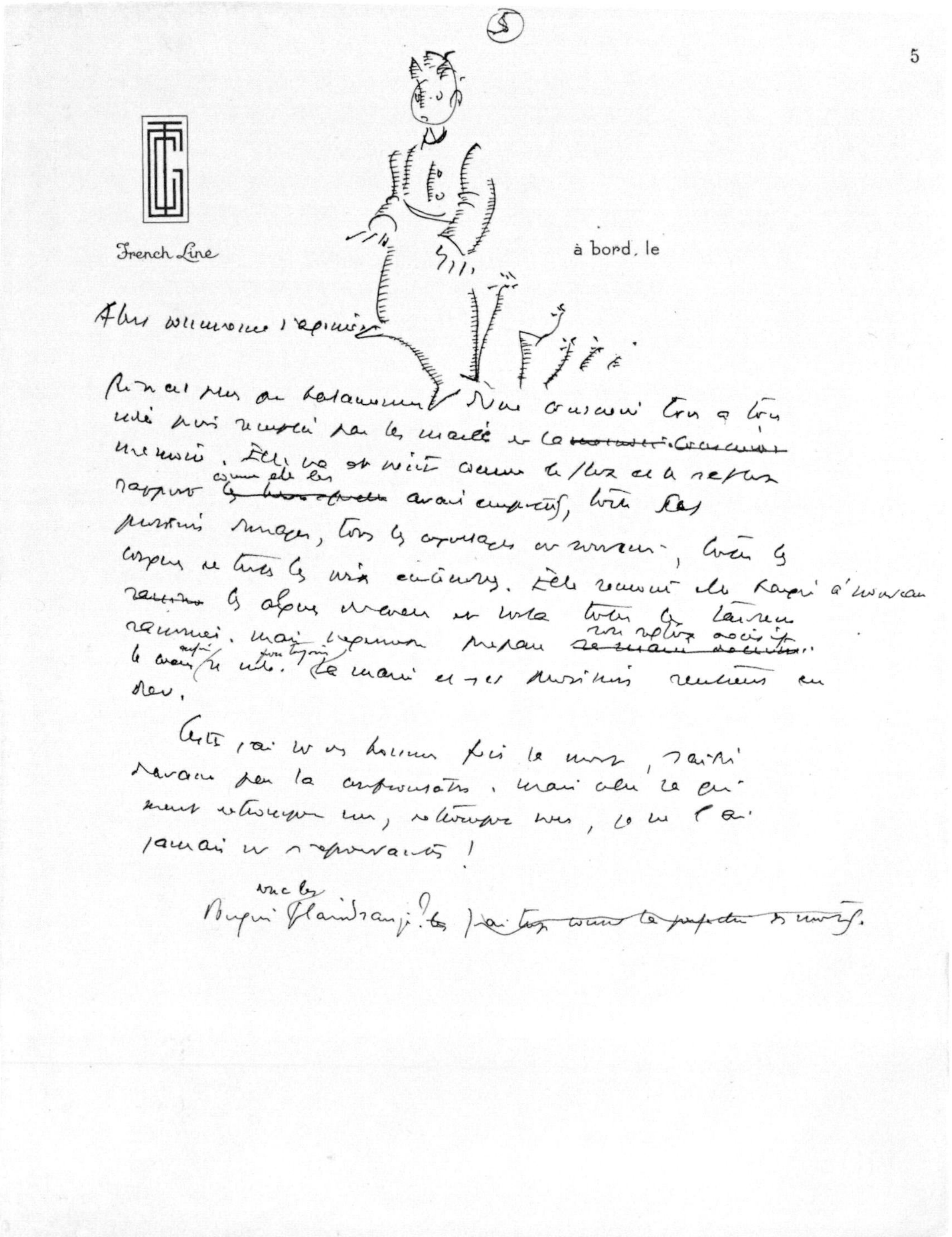
5

5

French Line

à bord, le

《要塞》手稿，附插圖，
第一章，日期不明，
墨水畫，親筆手稿，
巴黎，法國國家圖書館。

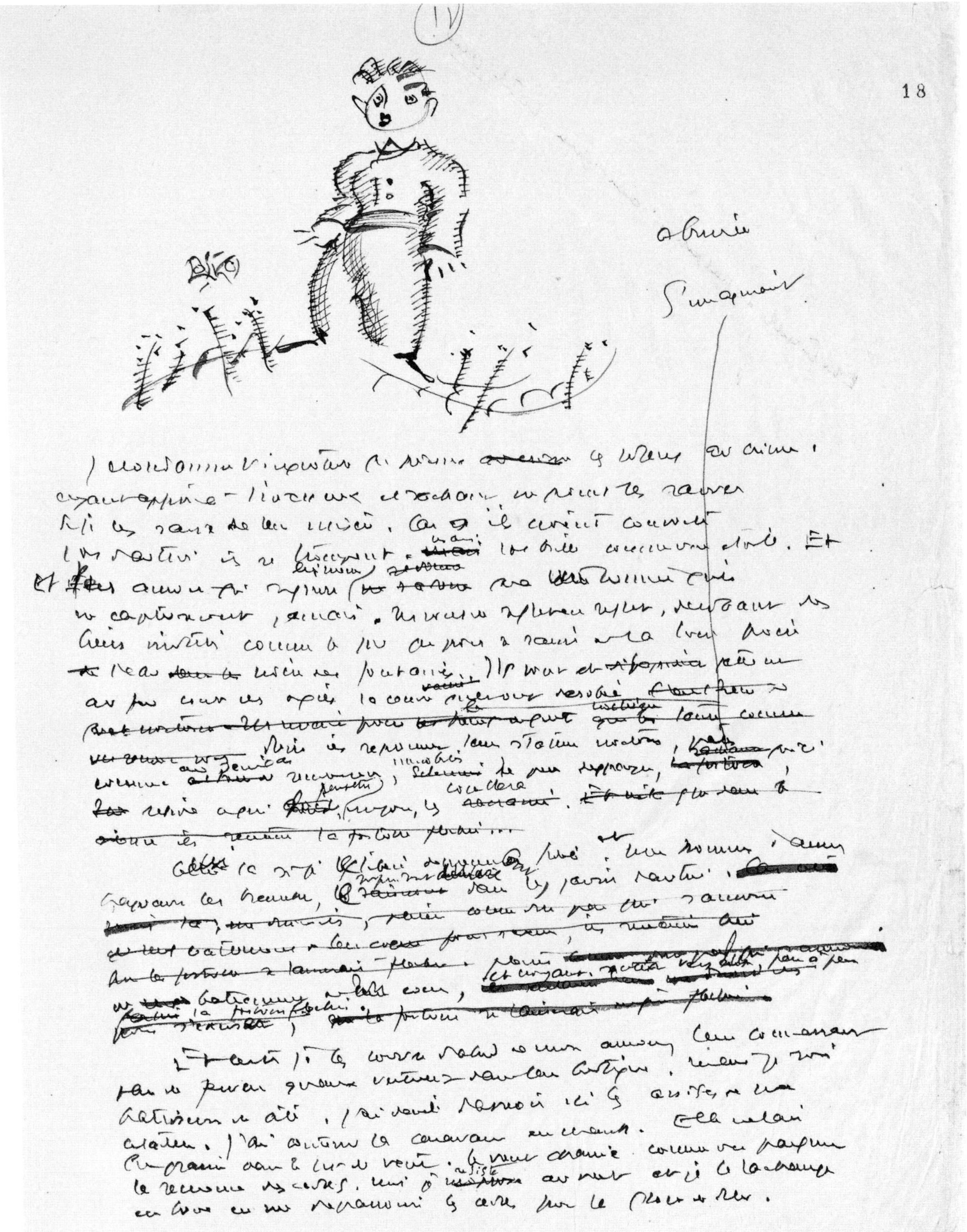

《要塞》手稿，附插圖，
第二章，日期不明，
墨水畫，親筆手稿，
巴黎，法國國家圖書館。

「［⋯⋯］如果我們敬重對已逝之人的記憶，他們就會比生者更具存在感、更為強大。我能理解人的焦慮不安，我同情人類。於是我決定要治療他們。」《要塞》，第二章。

〈在一片花田裡
穿大衣的人〉，日期
不明，硬紙板上的墨水
與鉛筆畫，私人收藏。

皇家風範

Tenue royale

下方這幅從未發表過的小型鉛筆草圖極可能是小王子身著華服最早的畫面之一。才剛畫出來的大型皇家式拖裙被棄而不用，取而代之的是配有星形肩章的華貴大衣。

然而，我們已經很熟悉另一幅在星狀花朵幻夢景色中穿著王子式披風的人物形象，可惜啊，那幅插畫的完成日期已不得而知。安東尼·聖修伯里將之託付給內莉·德·孚古耶。它與故事本身的撰寫有何關連？至今仍是未解之謎。我們僅知，在他創作《風沙星辰》時期的手稿中，已經出現了星狀花朵圖案，更可能屬於三〇年代，而非美國時期……這不禁令人猜想，這幅插畫可能完成於《小王子》動筆之前，但此一假設卻消解不了多少謎團。

〈小王子身著皇家大衣〉，紐約，1942 年，墨水、鉛筆畫與水彩筆跡，私人收藏。

〈叼著菸斗的帶翅之人〉，紐約，1942 年，鉛筆與炭筆畫，私人收藏。

〈有翅膀的小王子〉，紐約，1942 年，墨水畫，聖修伯里．亞蓋遺產管理委員會。

從雙翼到背部

Des ailes au dos

雖然聖修伯里習慣以棲身雲端的有翼人物來呈現飛行員的形象——而非讓他們擠在機艙內——但作家也不是不可能偶爾考慮替他的人物添上一對翅膀，正如左側這幅草圖所示。

關於這位叼著菸斗、舉目望天的神祕傢伙，我們不知他究竟出於純粹幻想，抑或是對一名紐約友人的友善描繪，但它開拓了一條通往想像力的道路。如果讓小王子看不出實際年齡？如果讓他抽過菸斗？為了寫書，作家當機立斷，為他的角色賦予孩童的特徵及輪廓。但時候到了依然得下定決心，就如同他必須選擇讓小王子沒有翅膀，因而必須利用野鳥的遷徙來遠走高飛……

但仔細一想，在小王子身上，這種年齡方面的錯亂，以及偶爾在性別上的混亂（因為有時很難分辨這個小夥子究竟是個年輕男人，還是一名年輕女子），沒什麼值得大驚小怪。小王子得以青春永駐，無他，就是因為他也以年輕的目光觀察世界這座王國。他是被賦予象徵作用的孩子。他並非因為屬於某個年齡範圍才被視為「小孩子」。他光芒萬丈的孩童形象對我們的觸動，遠大於抽菸斗或抽香菸的人（頁 38）——即便後者並非毫無魅力。

小王子命懸一線

Le petit prince se meurt

這幅風格特別強烈的畫作屬於希薇亞・漢彌爾頓，這位美國記者是聖修伯里1942年初因他的譯者路易斯・加隆提埃而認識的。他和希薇亞一直保持著特殊關係，直到他動身前往北非參戰。希薇亞的家位於公園大道（Park Avenue）969號，是他在紐約流亡生活後半得以享有特殊待遇的場所之一，在那裡他將尋得有助於他寫作工作的專注、平靜與女性溫柔。那裡的生活一切從簡。1942年夏天，他在那裡努力推進《小王子》的創作進度，尤其著重於練習畫插圖。然而，這種關係與他本來婚姻生活的相互調解，並非順遂不起浪。面對作家對妻子康蘇艾蘿絲毫不減的依戀之情，希薇亞當然會明確表達出她的不理解。對此，聖修伯里答道：「我對愛情的命運一無所知。我在愛情當中迷糊困惑，失望氣餒，矛盾糾結。但是，柔情及友誼一旦在我身上萌芽，就不會停止茁長。[……] 您所有的責備，無一例外，都其來有自。我的柔情似水，如狂潮般激烈。當我把手放在您的額上，我是多麼想用星星將它填滿，讓您的思慮重歸清明，如平靜洋面。我是個壞情人，但我是個好牧人。我是您忠實的朋友。」（給希薇亞・漢彌爾頓的信，紐約，1943年）。該說的都說了。

於是，我們在此處看到小王子置身地球（而不是他的小行星），被吊在絞刑架上，而隔壁的星球上，卻是一對夫婦在擁抱，該星球名為Fox-MGM（福斯－米高梅），以兩間著名的好萊塢電影公司命名。這幅畫於巴黎拍賣時（在左岸的圖歐Drouot，1976年5月20日），希薇亞・漢彌爾頓親自介紹了這個劇力萬鈞的場景，指涉作家與米高梅的糾紛——那場糾紛的結果是改編自同名小說的電影《夜間飛行》製作終止。聖修伯里也曾於1941年因導演尚・雷諾改編《風沙星辰》的計畫被迫放棄片廠而感到痛苦不堪——該計畫是他們於1940年12月底橫渡大西洋時一同構想的。他投入許多心力，卻一事無成……只餘苦澀。達瑞爾・F・札努克（Darryl F. Zanuck）的福斯公司與這位法國導演已簽約合作，最終福斯卻不想繼續下去。這股失望懊惱使他難以修復對好萊塢電影工業所缺乏的敬意：「比起在札努克先生的三部電影中選一部來拍，修道院的苦行生活還比較自由。」

這幅畫將兩個世界並置而觀，讓地表上的絞刑場景與美式夫妻的戲劇場面形成鮮明對比。安東尼・聖修伯里藉此想表達的是，值此灰心喪氣的時刻，《小王子》所傳達的感性力量在好萊塢的製作模式面前毫無未來可言。難道好萊塢模式只求渴望群眾的多愁善感目光？他如果這樣想就錯了；《小王子》將在世界上找到自己獨有的位置！奧森・威爾斯（Orson Welles）與詹姆斯・狄恩（James Dean）被這位法國作家的作品深深震撼，甚至各自選定要將這些作品改拍為電影！不過，雖然這段衝突對峙的異常激進的特質，為這幅畫帶來了更深刻內藏的解讀空間，我們卻無法超越它直截了當的暗示：當有人在好萊塢擁抱熱吻時，小王子卻命懸一線。

〈絞架上的小王子〉，
紐約，1942-1943，
墨水與水彩畫，
私人收藏。

〈小王子〉，贈予
瑪莉－希涅．克勞岱
的插圖，紐約，
1942-1943，鉛筆畫，
私人收藏。

〈小王子〉，贈予
海達．斯特恩的插圖，
紐約，1942-1943，
墨水畫，華盛頓，
史密森尼學會，
美國藝術檔案館。

遠取諸身所來徑，
永恆落拍形神定

Tel qu'en lui-même
enfin l'éternité le change

在一幅接著一幅的草圖裡，小王子將「成為他自己」——美國及加拿大讀者自1943年起、法國及歐洲讀者則是從1946年起開始熟悉小王子的臉孔與輪廓。他「永不離身的金黃色圍巾」從此不曾離開他——或者說「幾乎」不曾摘下，因為有一回他是戴著蝴蝶領結登場的。這小王子是一名永恆的孩子，作者相當費心使其身體比例和諧，並從他的容貌特徵中，排除掉任何稍嫌古怪、滑稽或怪誕的元素——這是（小王子定裝前）比他更早出現的小人兒們在這世上的遺韻，好似一名即將登場的人物尚不完美的化身，如此迫不及待地要降臨世間。

〈小王子〉，紐約，
1943 年，鉛筆畫，
巴黎，法國國家圖書館。

〈風沙星塵〉，1939 年，寄給德尼．德．胡居蒙的插畫樣本，紐約，1942-1943，墨水與水彩畫，親筆手稿，諾夏戴勒（Neuchâtel），公共與大學圖書館。

給朋友們的畫作

Des dessins pour les amis

瑞士籍散文家與哲學家德尼・德・胡居蒙是《愛情與西方》(L'Amour et l'Occident, 1939) 一書作者，他也是聖修伯里夫婦在紐約最親密的友人之一。在美國國家廣播電臺（戰爭情報辦公室）法語部門日日忙碌的工作之後，他會與作家相約，一局又一局下幾場棋，討論一些「高級且嚴肅」的議題，或者一同高聲朗讀寫到一半的作品。1942 年夏天，他在貝文公寓待了很長一段時間。與法國超現實主義圈子交流密切的美國藝術家約瑟夫・康乃爾（Joseph Cornell）也來到了長島，從他保有的動人回憶可以見證這段時光。他將聖修伯里的一些珍貴畫作帶在身邊，畫作呈現了作家為他的書繪製插圖的工作過程。我們尤其會看到一個站在小行星上、長著翅膀的女性形象（見本書頁 213），看上去既不仁慈，也說不上真的有什麼威脅感，我們很難評斷其確切的寓意何在。

在紐約，作家與羅馬尼亞流亡藝術家海達・斯特恩（外號「斯坦」）維持非常友好的關係。斯特恩與佩姬・古根漢（Peggy Guggenheim）及馬克斯・恩斯特（Max Ernst）關係密切，也受馬塞爾・杜象與安德列・布列東之邀，在大戰期間參與他們在紐約籌辦的展覽。聖修伯里將《給人質的一封信》的校對與樣稿交託給他的朋友斯特恩，這是他獻給雷昂・魏爾特的關於友情、博愛與流亡的偉大文章，於 1943 年 6 月、《小王子》出版之後兩個月，在紐約出版。海達・斯特恩的工作室（東 50 街 410 號）是他當時選擇用來寫作的紐約避風港之一，他在那高聲讀出《頭目》的段落——這本「巨著」之後名為《要塞》——此書他已動筆好幾年了。

〈德尼・德・胡居蒙在沙漠中的肖像〉，諾斯波特（長島），1942 年 10 月 1 日，墨水與鉛筆畫，溫特圖爾，藝術、文化及歷史基金會（Winterthur, Stiftung für Kunst, Kultur und Geschichte）。

〈懸崖邊上的
小王子〉，第三章，
紐約／阿沙羅肯
（長島），1942-1943，
墨水畫，紐約，
摩根圖書館與博物館。

〈帶翅之人在
他的小行星上〉，
紐約／阿沙羅肯
（長島），1942-1943，
墨水畫，紐約，
摩根圖書館與博物館。

確實如此。我整個下午都在（打電話）試探您是否到家了。
很抱歉沒等到您。
我本來是想感謝您對《頭目》一書所提供的一切精神支援。
我若擅長寫信，可能就會寫一封長信給您，
但這四五年來我變得呆呆傻傻的，不再懂得如何溝通。我討厭我自己。
您對我帶來的幫助，超乎您所想像。
感謝。

您的朋友
安東尼

殘酷、痙攣的創造，毫無逃脫可能的追尋。
承擔到極致，卻以憤怒與自身締約。殺死一切阻礙或反對他的東西。
決絕衝破。在時間方面無意傲慢［字跡不清］在自己身上，
但從內到外全面的驕傲。
在爭辯時能扭斷女人的手腕。
慷慨，突然故技重施——但這在他身上從來就與慷慨無關，因為就他對外的施予而言，他毫髮無損。他侵占。不如說他留下烙印。身處社會中，毫不費力。人們只管以他為榜樣。他將自戕。

畫給海達．斯特恩
的三封信，紐約，
1942-1943，墨水畫，
華盛頓，史密尼森學會，
美國藝術檔案館。

我才剛到。
您有空一起吃晚餐嗎？我等您電話。
謝謝。
A.
補充說明：碰到一些狀況被拖到，所以這封信沒寄出去。
但是——我還是老實一點——我為我的傑作感到驕傲，所以我還是把它寄給您。

J'arrive tout juste
Êtes-vous libre à dîner ?

Téléphonez

Merci.

A.

N.B. Un dérangement ayant retardé cette lettre elle n'est pas partie
mais - pour être bien sincère - je suis si fier de mon chef d'œuvre
que je l'envoie quand même.

《小王子》的手稿現仍保存在紐約，收藏於麥迪遜大道上頗負盛名的摩根圖書館與博物館文學典藏室。作家於 1943 年 4 月 2 日搭乘軍艦離開紐約、前往阿爾及利亞之前的幾個小時，在他的美國朋友希薇亞・漢彌爾頓位於公園大道 969 號的公寓裡，將手稿交給了她。四天後，《小王子》的第一個英語及法語版由雷納爾與希區考克出版。這兩種版本和加拿大版是作者生前「唯三」出版的版本。

這份手稿既珍貴又極其脆弱，文字以墨水及鉛筆書寫在一百四十一張洋蔥紙上，另添加了一組總計三十五幅的前置畫

從手稿到正式出版

「那朵花就這麼誕生了……」

Du manuscrit à la publication

« Ainsi naquit la fleur... »

作，大部分是水彩畫。雖然這份手稿呈現了一些與最終出版內容相比非常有趣的不同版本，但它是一份相當接近定稿版本的手稿，因此上頭的修改數量相對少。這些修改揭示了作者極其重視他的「對話體文本」之表現力道與清晰透澈，特別是一些關鍵金句的表達方式。這部作品至今依然因為這些名句而風靡全世界。我們也看到，聖修伯里憑藉他飛行員的功績經歷在歐洲和美國得享盛名，於是他急於減輕故事中自傳成分過濃的摘要式敘述——因為這與他所追尋的詩意和道德的普遍形式背道而馳——不願一意追求浮誇風格。最後，我們也會看到，關於故事整體結構以及曾經出現過、卻在出版時並未收錄書中的場

景及人物，以及作者一些猶豫不決的過程。

此處所匯集的整套內容是對這份知名手稿的一份補充資料，內容分常精彩，它以傳真形式出版、全文轉錄保存（伽利瑪出版社，2013），但直到巴黎裝飾藝術博物館舉辦相關展覽對大眾開放之前，這些資料從未在歐洲公開展出過。我們確實有可能為其添補迄今尚未發表的其餘手稿頁面，它們或保存在私人收藏中，或近期被拍賣，見證了《小王子》的靈感起源，以及作家在動筆之前幾週或幾個月的狀態。如此一來，從一條線索到另一條線索，我們可以揣摩出文學創作過程中意料之外的路徑轉折痕跡：最終趨向於保留最純粹的文學驚奇感。

最奇妙的是，我們竟然能在此集中呈現這些手稿真跡的複製品，不只如此，還匯集了作家的一批原始插圖，它們正是《小王子》的美國出版商實際用來印製的插圖；康蘇艾蘿・德・聖修伯里也在戰後將這些插圖從紐約帶回法國。這是該檔案第一次以這種方式重新建構，而且還送上一份超級大驚喜：手稿中的部分場景並未收錄書中，但作家其實曾為這些場景繪製過插圖。在此，全面公開！

「金黃紙」上的插圖

Des dessins sur « papier or »

我們可以藉這些在同一種美國的黃色薄型書寫紙上完成的姿態構思來揣摩（康蘇艾蘿名之為「金黃紙」）：小王子在未來將（在一隻蝴蝶面前）與一朵花對話，發現玫瑰的繁花盛景，在懸崖邊上眺望遠方風景……這些是聖修伯里故事的讀者所熟悉的場景。而下列場景，例如出場人物與一隻棲息在高眺花朵上的鳥兒或與一隻蝸牛為伴、或牽著一隻狗四處溜達，則更加令人驚奇。這些場景的象徵意義乃至人物的目的地，都會引發疑問。就像這個小王子手臂高舉、幾乎帶著威脅感，或者另一個小王子以不穩定的姿勢，站在一排音樂小節上方，彈著琶音和弦第七大調。這是工作狀態中的作家／插畫家，書中的主要場景——即便尚未達致完整架構起來的程度——已他在腦海中成形。

山陵土丘與花兒滿開的草地，依然是這些基礎練習的理想背景框架。即將成為小王子和他的玫瑰容身之處的那顆星球的曲線輪廓，此時尚未出現。爾後，這條輪廓線將占據重要地位，它創造了圖像的統一感，而小王子旅程中背景環境的一切魅力與原創性，皆由此而來。而且，從這個背景環境中，作家創造了一處自成一格、充滿象徵意義的空間。對聖修伯里來說，沒有什麼真正的空間範圍是與人的比例不相稱的。如果小王子覺得有必要逃離他那座太小的星球，那是因為他是地理幻覺的受害者，這種幻覺使異於本地的「他方」本身就產生價值。藉由翻轉人與世界的慣常比例——與他們所容身的小行星相比，人物的尺度堪稱怪異——作家與人類冒險的自我中心地位拉開距離（「我們居住在一座流浪漂泊的星球上」），強調了「孤島人類」的孤絕，他們在瘋狂中拒斥了人際關係；尤其透過繪畫，暗示了另一種安居世界的方式，使在他眼中構築我們的人性的事物，充溢在這方世界中。

頁 219：
〈小王子坐姿〉，
《小王子》前置草圖，
第二十六章，
紐約／阿沙羅肯
（長島），1942 年，
墨水與水彩畫，紐約，
摩根圖書館與博物館。

頁 221-227：
《小王子》設計構想圖，
紐約，1942 年，墨水
畫，私人收藏。

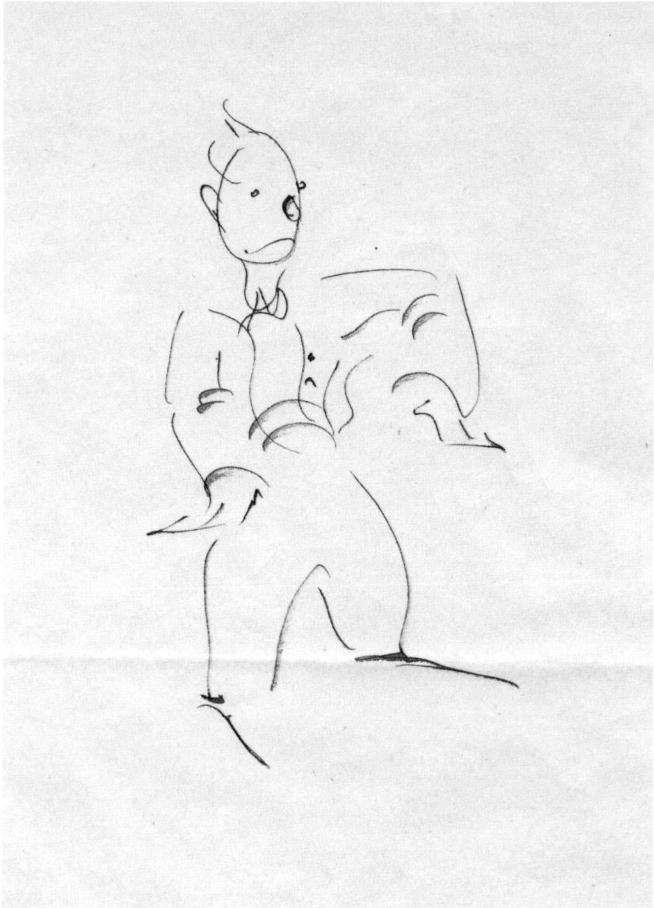

開篇句

Incipit

文學作品中滿是著名的開篇句，例如馬塞爾・普魯斯特的「很長一段時間，我早早就寢。」[9] 阿爾貝・卡繆的「今天，媽媽死了，與許是昨天，我不知道。」[10] 路易－費迪南・塞林（Louis-Ferdinand Céline）的「故事就是這樣開始的。」《小王子》的開篇句曾經可能是「我不會畫畫。」[11] 這句「反話」揭開了這份未曾公開的手稿頁面——它不屬於摩根圖書館所收藏的檔案，也呈現了該作品第一章的手稿樣貌。

我們已經提過，插畫這件事對作品來說是多麼核心的要素，在作為世界之鏡射的表象（對表象的迫切需求超越一切）以及與世界之關係的詩意表現之間（其價值首先體現於它被意識所經驗以及感知的方式），有一條無比清晰的分界線。在聖修伯里的體系之中，第一個領域是專家及成人的領域，實際上是屬於不再知道如何感知人類與事物及生命之間關係之密度的人；在這個層面，他說他能力堪慮：「我不會畫畫。」至於第二個領域，即情感表達的領域，則是他的地盤。再說了，此時開口說話的並非安東尼・聖修伯里，而是敘事者，即飛行員；他與小王子的邂逅將在「真實繪畫」的象徵作用中進行，這種作畫方式展示了我們用心看到的東西：在地球上至少有兩個人猜到蟒蛇的肚子裡有一頭大象、打了洞的箱子裡有一隻綿羊。那就是小王子與飛行員。

至於這個片段的最後一個段落——最終並未收錄書中——特別感人：孩子成了飛行員，卻無法成功讓他的朋友們認出他畫的飛機！這誤會可大了，有夠悲慘！我們必須了解，就像一架飛機可能看起來不像飛機，一名飛行員也可能藏著另一個……那些人只將他諷刺為一名現代性的英雄、一名支配著事物乃至我們情感生活與想像力機器的使者，他們是無法理解的！這是一個天大無情的誤解，因為聖修伯里並不屬於這一類人。

[9] 譯註：普魯斯特《追憶似水年華》第一卷開篇句。

[10] 譯註：卡繆《異鄉人》開篇句。

[11] 譯註：塞林《茫茫黑夜漫遊》（Voyage au bout de la nuit）開篇句。

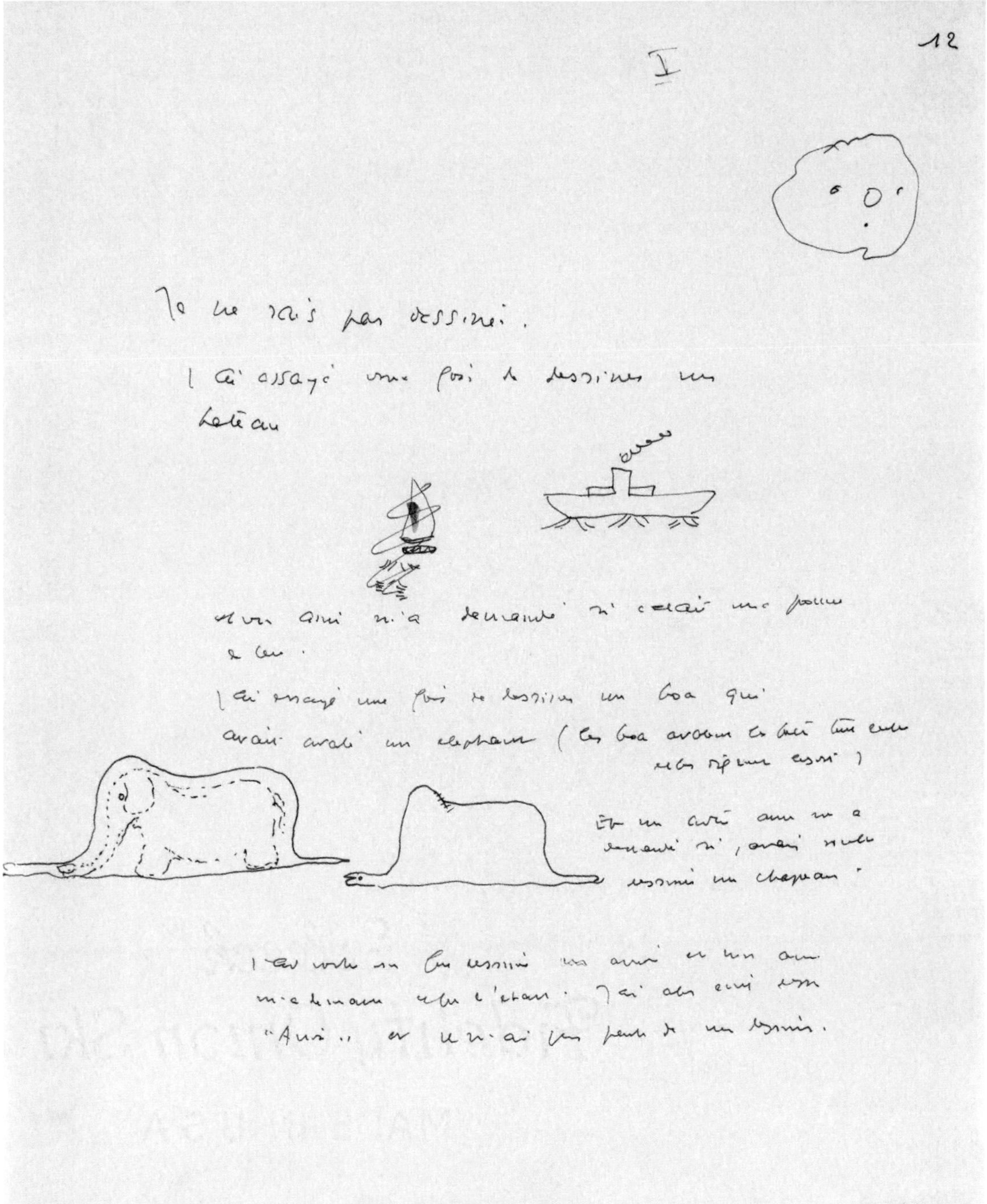

《小王子》手稿，
第一章，紐約，
1942 年，親筆手稿，
溫特圖爾，藝術、
文化及歷史基金會。

我不會畫畫。

我曾經試圖畫一艘船，然後一個朋友問我這是不是一顆馬鈴薯。

我曾經試圖畫一條吞下大象的蟒蛇（蟒蛇會吞下整隻［動物］，然後慢慢消化牠們）。接著另一個朋友問我畫的是否是一頂帽子。

有一天，我想畫一架飛機，我的朋友問我這是什麼。於是我在上面寫了「飛機」兩字，然後我就不再跟別人談論我的畫了。

人們在地球上愁眉不展

On a du chagrin sur la Terre

「小王子，請你快點回來。人們在地球上愁眉不展。」在這些非常難以辨識抄錄、也不屬於摩根圖書館手稿收藏的前置筆記中，聖修伯里勾勒了小王子與飛行員邂逅的著名場景：「請畫一隻綿羊給我／為什麼？／沒為什麼！／不悅／綿羊就在這個盒子裡面。」作者在此為他的寓言故事奠定了基礎，正如畫家為畫作增添了幾許修飾：一口井、一朵花……還有一位小王子，人們呼喚他去拯救一座因為他的離開而悲傷不已的星球。我們在此見證神話的開端。

[……]
小王子，請你快點回來。人們在地球上愁眉不展。
請畫一隻綿羊給我
為什麼？
沒為什麼！
不悅
綿羊就在這個盒子裡面。

沙之花［或是一把刀？］
一口井。

他吃了那隻綿羊。

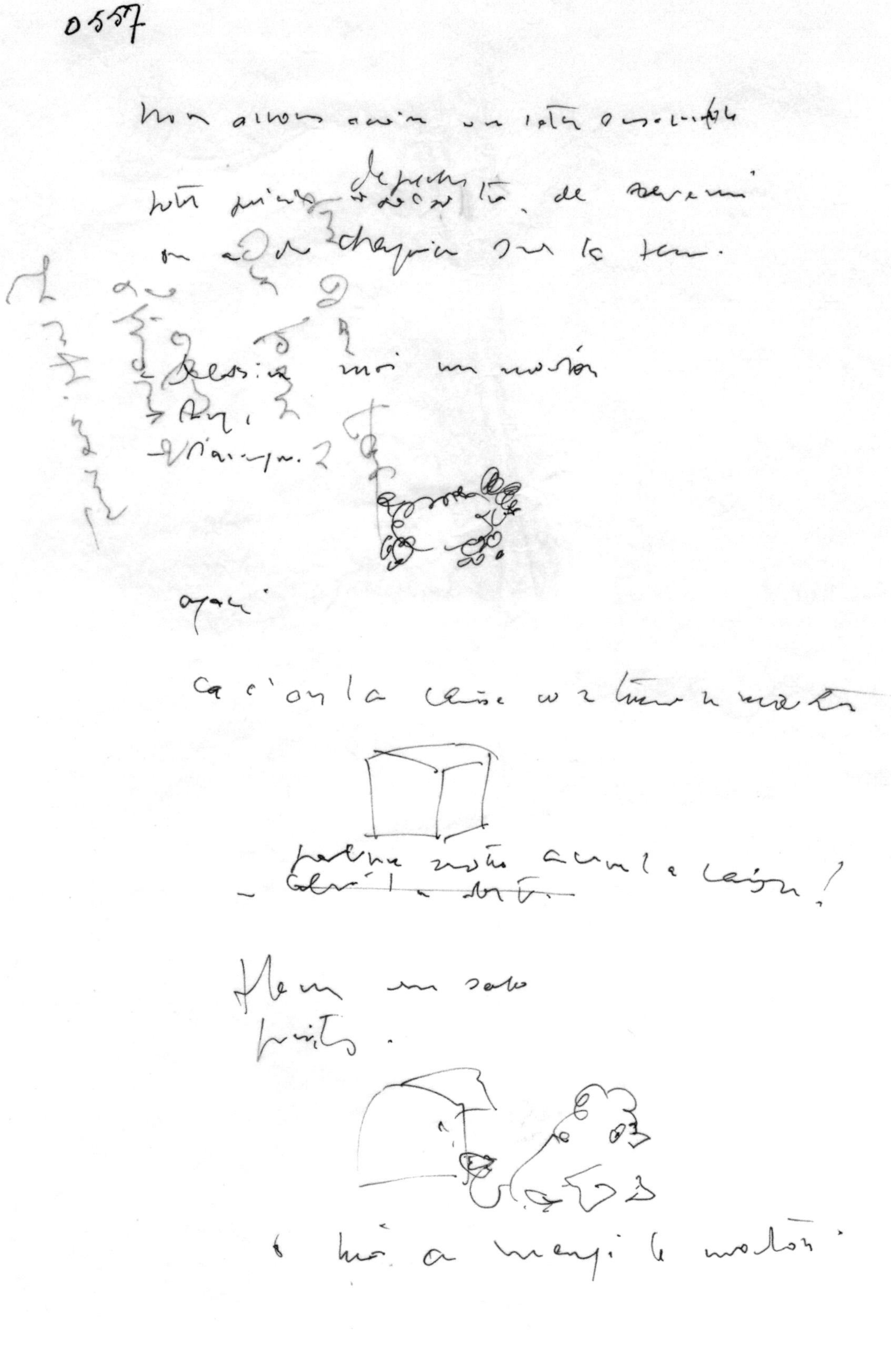

《小王子》前置筆記，
附圖，第二章，紐約，
1942 年，親筆手稿，
私人收藏。

我跟小王子
是這樣認識的

Et c'est ainsi que je fis
la connaissance du petit prince

聖修伯里透過敘事者對其童年與成年生活的吐露告解作為本書開篇，並以一種方法論的形式為這則寓言故事揭幕。並沒有多少大人能夠理解孩子的想像力，就像那些關於畫作的問答所揭示的——即便那當中承載了被社會所輕視的珍貴無價的真理，且那些真理並未隨著童年的結束而消失。這樣的開場方式也讓飛行員成了一名孤獨的人，遠居世界之外，沙漠中的機件故障正是他身處人海中的處境寫照。一則悖論由此而來：「我就這麼獨自活著，無人可以與我真正交談，直到六年前撒哈拉沙漠中的那場故障事件。」沙漠反倒成了擺脫孤獨的出路……小王子與飛行員之間的關係正是以畫作為媒而締結，促成對彼此的知心領會（聖修伯里式的用詞）。

雖然手稿內容與最終定稿文本相當接近，但上頭滿滿皆是對作者創作意圖的反芻省思。為了減少故事的自傳色彩，作者刪掉了過於鮮明強烈的這句話：「我也寫過書，打過仗。」另一方面，在最後的文本中（第五章，在天文學家的場景結束之後），他吐露了飛行員對自身作畫生澀卻用心的準備工作（「我買了一盒顏料及鉛筆」），以及這則故事在他眼中所具備的重要意義。他擔憂自己無法完整闡述這場相遇，乃至於從他的小小朋友的將信將疑當中捕捉到一些什麼——他很怕自己早就背棄了童年，無力擔任小王子的信使。

我們也發現，在第二張手稿上的句子「麻煩您，(你) 畫一隻綿羊給我。」是在兩個不同時間點寫出來的，初稿中則加上了表達禮貌的語氣。這種表達方式的變化——在以「您」相稱的禮貌語氣後面接著用以「你」相稱的一般語氣——值得如此修潤調整一番。

從刪改到增添，作者都展現了對用字準確性及語句協調感的極度關注。茲舉一例：那些讓飛行員最有信心可以理解他的人，首先被形容為「良善」，然後是「機靈」(手稿編號 3)，最後才是「清醒」……我們於是從性格走向了意識。最後我們也注意到，飛行員將他與小王子在沙漠中邂逅的時間點上溯到四歲，卻在最終的文本中變成六歲。這是一條線索：六年正好是（故事發生的可能年分）1942 年與（利比亞沙漠事故發生的年分）1936 年之間的時間差（見前文，頁 137）。

頁 233-235：
《小王子》的手稿，
附圖（手稿編號 2、3、
4、5、6），第一、二、
五章，紐約，1942 年，
鉛筆畫，親筆手稿，
紐約，摩根圖書館
與博物館。

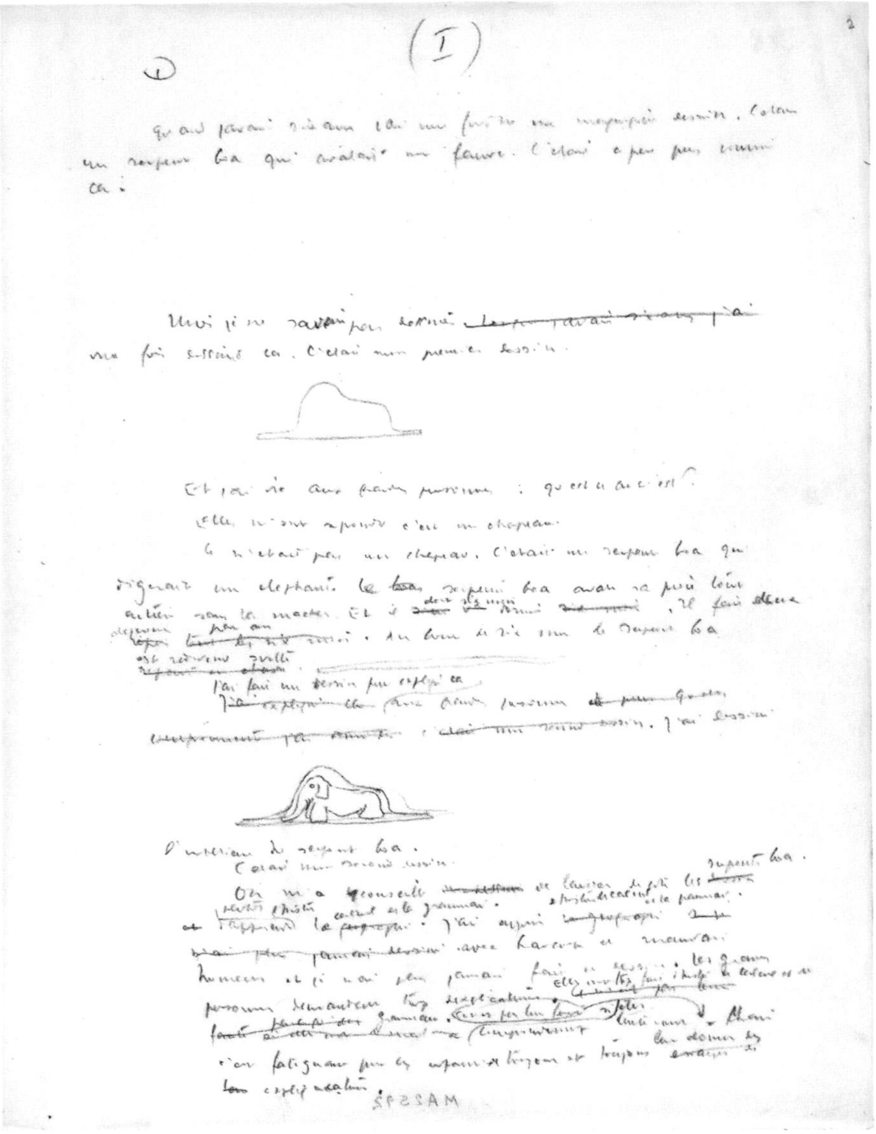

當我六歲的時候，有一次看到了一幅美麗無比的畫。畫面上是一條蟒蛇在吞食一隻野獸。大概是這樣。

但我不會畫畫。[我] 有一次畫了這個。這是我的第一幅畫。

[蟒蛇外觀的圖]

我對大人們說：那是什麼？
他們說那是一頂帽子。
那不是一頂帽子。那是一條正在消化大象的蟒蛇。蟒蛇不必咀嚼就能把獵物整個吞下。然後牠會睡足六個月。牠一年吃兩頓午餐。六個月之後，蟒蛇又變得苗條了。

[苗條蟒蛇的圖]

為了向大人們解釋這件事，我畫了一張圖。於是我畫了蟒蛇的內部。

[蟒蛇內部的圖]

這是我的第二幅畫。
有人建議我別管蟒蛇了，還不如去學學歷史、算術和文法。
我在非常糟糕的心情下學習了歷史、算術和文法。然後就再也不畫畫了。大人們要求太多解釋。他們的歷史、算術和文法都學過頭了。如果他們理解得很慢，倒不是他們的錯。但對孩子來說，要不斷地、不斷地解釋給大人們聽，這真的很累人。

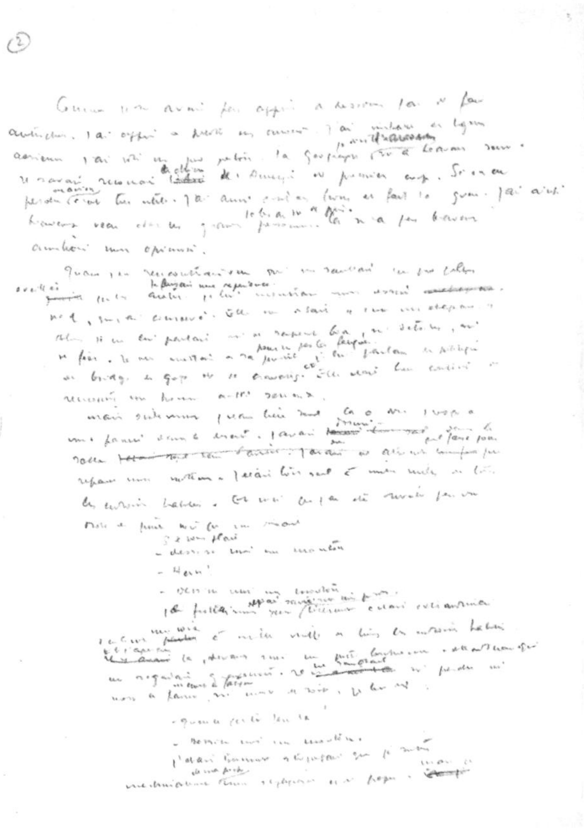

既然我也沒學過畫畫，我便不得不做點別的事情。我學會了開飛機。我成立了航空公司。我幾乎飛遍了所有地方。我不得不承認，地理學對我幫助很大。我一眼就能分辨中國與美洲。如果我們的飛機迷航了，它就能派上用場。我還寫過書、打過仗。所以我在大人身邊也經歷過許多事。我近距離地觀察了他們。這並未大幅改善我對他們的看法。

當我遇到一個看起來比別人清醒一點的人，我會做個實驗。我會把我保留著的第一張畫拿給他看。他會說：「這是一頂帽子。」所以我就沒有再和他談論蟒蛇、星星或仙女。我讓自己與他保持適當距離，免得拖累人家……我和他談了政治、橋牌、高爾夫及領帶。他很開心能遇上一個這麼嚴肅的人。

(二)

可是我就只有一個人。這種狀態一直持續到飛機沙漠中故障。我降落在沙地上。我不得不等到天亮再修理我的引擎。我離群索居，距離任何有人煙的地方都有一千里遠。然後，我被一個奇特的小小聲音所驚醒，這個聲音對我說

一請畫一隻綿羊給我。

一蛤！

一畫一隻綿羊給我。

我揉揉眼睛，跳了起來，在這裡能聽到一個聲音是如此神奇之事。我在距離任何有人煙的地方一千里遠之處聽到了聲音。我注意到，在我面前，一個神奇的小人兒正盯著我瞧。他看起來並非迷路，也不餓、也不累、也不渴。我對他說：

一你在這裡做什麼？

一畫一隻綿羊給我……

我非常驚訝，下意識地從口袋裡拿出一枝筆和一些紙。但我又想起來，我主要學的是地理、歷史、算術和文法。

一我不會畫畫。

一沒關係。畫一隻綿羊給我。

我以前從未畫過綿羊，於是我為他畫了我唯一畫得出來的圖。我很驚訝地聽到小人兒對我說：

[蟒蛇外觀的圖]

一不要，我不想要蟒蛇裡有大象。我對蟒蛇沒興趣。牠們很危險。大象比較可愛，但牠們太笨重了。我想要的是一隻綿羊。我需要牠。在我們那邊，一切都很小。

於是我畫了

[畫了第一隻綿羊]

他專注地看著，然後

一 這隻生病了，再畫一隻。

我重畫

[畫了第二隻綿羊]

一 這不是一隻綿羊，這是一隻公羊。牠有長角。

我重畫

[畫了第三隻綿羊]

一這隻太老了。我想要一隻能活很久的。

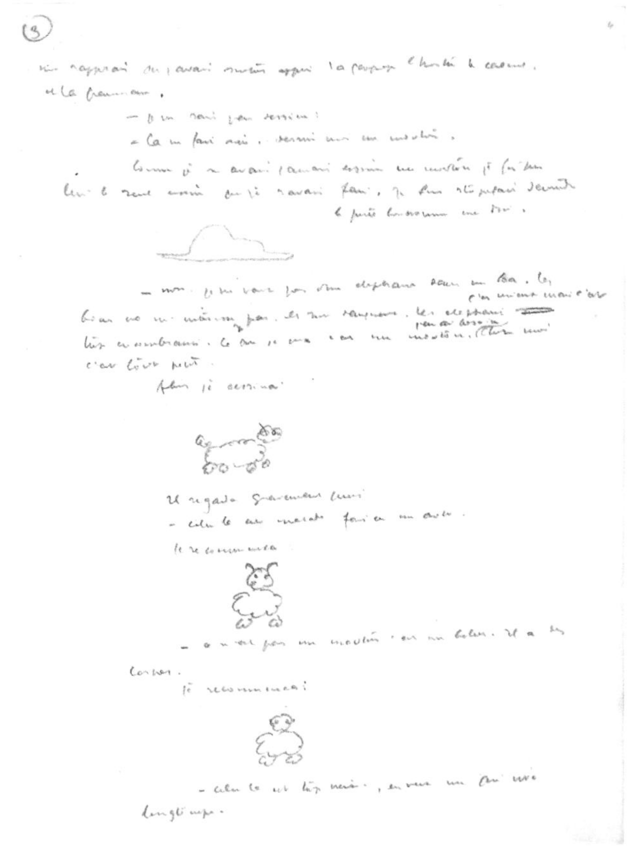

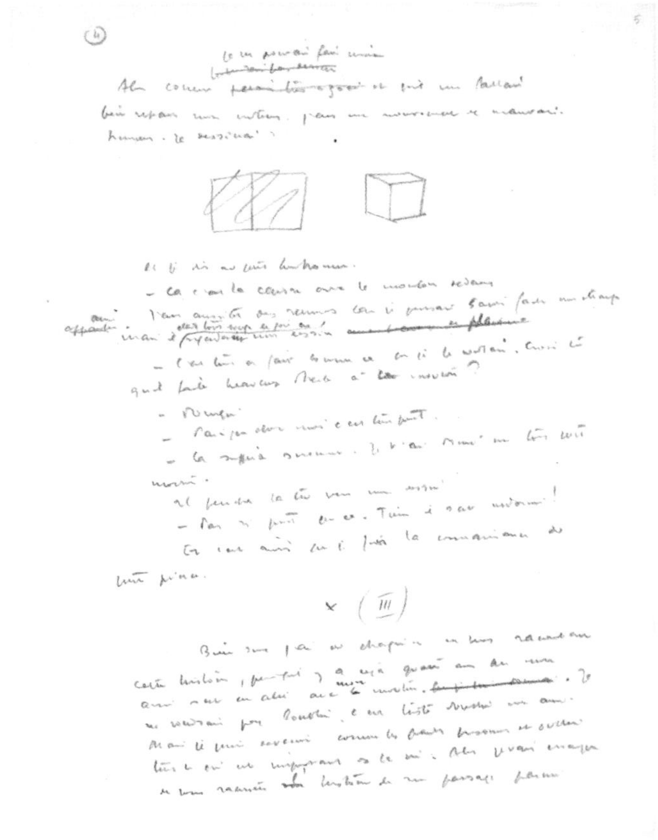

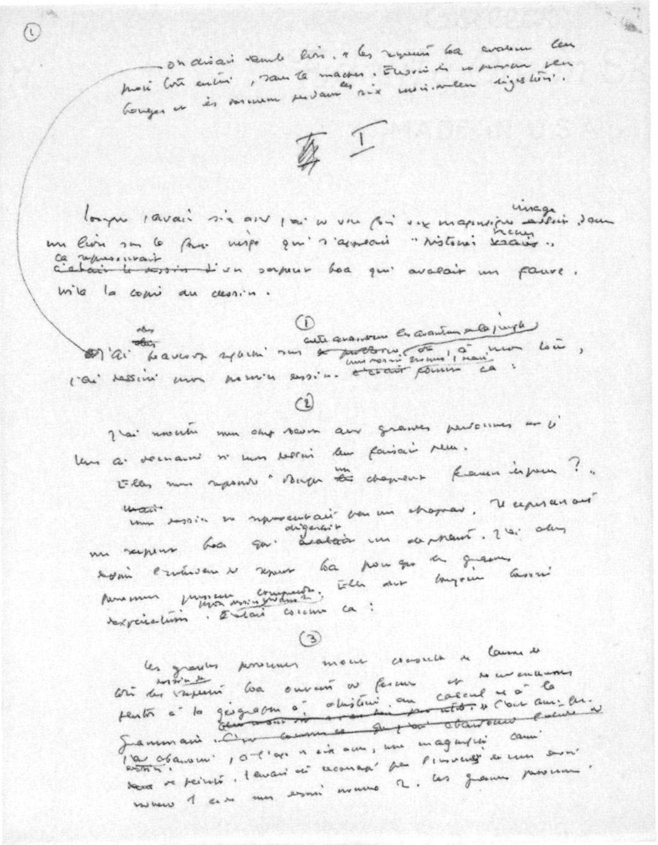

因為我也沒辦法畫得更好，又不得不修理我的引擎，我的心情糟糕透頂。

我畫了

［畫了兩個箱子］

我對那個小人兒說：

－這個箱子裡頭是小綿羊。

我立刻後悔了，因為我可能讓我的古怪朋友不高興了。他看著我的畫，高興得滿臉通紅：

－這正是我想要的樣子。你覺得綿羊需要吃很多草嗎？

－為何？

－因為在我們那邊，一切都很小。

－我相信這就夠了。我畫了一隻小小羊給你。

他頭歪歪，看著我的畫

－可沒有那麼小，你看，牠睡著了！

我就是這麼遇見了小王子。

（三）

當然，我很難過地對您講述這個故事，因為我的朋友帶著我的羊離開已經四年了。我不願忘記他，忘記一個朋友是很難過的事。但我可以變得跟大人們一樣，忘記生活中一切重要的事。所以我會試著告訴您他與我相遇的故事。

［摩根圖書館手稿的下一頁］

可惜的是，這個故事太短了。我盡可能畫一些最能還原故事本身的畫。但我也不太確定辦得到。畫了一張很像的，另一張看起來又不一樣。我也記不得衣服的顏色了。所以我這樣試試、那樣試試。有很多細節我都忘了。小王子從來不給我什麼解釋。他覺得我和他一樣。但我不懂得透過箱子去看綿羊。我也許已經是個大人了。我一定是不知不覺中就老了。

如果您不介意，我會以說童話故事的方式，開始講這則故事。我會希望我生命中最美妙的相遇，帶著一絲童話故事的氛圍。如果您不介意，我會這麼開始：

「很久很久以前，有一個小王子……」

很久很久以前，有一個小王子，他住在一座太小的星球上，他感到無聊透頂。

這些畫作，是一些回憶

Ces dessins, c'est des souvenirs

右方的手稿頁面呈現了故事開頭的一個濃縮版本，直接從飛行員的畫作小故事跳到小王子在他星球上的日常雜聞。這個精華濃縮版的故事並不缺乏詩意與幻想，它喚起了清晨灑掃大地時釋放出來的星塵、小王子的澡盆、他的菜園……尤其，它提出了這個意義深刻、但並未出現在最終文本中的說法：「這些畫作，是一些回憶。」來自一個承認自己「在內心深處永遠只有五或六歲」的成熟男人。這可說與《戰地飛行員》中的「我來自我的童年」遙相呼應。《小王子》是一位只能依循過去往事的概念來創作之作者的作品，或者至少他不願相信與過去相關的情感，竟會煙消雲散。他的畫作帶有一抹永恆的況味。作為對手稿的直接呼應，下方這幅從未公諸於世的圖像，顯示了小王子在他的星球上百無聊賴的場景——這座星球對他而言實在太小了！畫面上的人物用一根線遠遠拉著一座星球，就好像他手裡拿著一顆橡皮氣球。這種呈現方式也許在象徵意義上過於神祕費解，所以作者最後沒有用在他的插圖裡。其中代表了什麼涵義？意思也許是這樣：我們自身與童年的連結是藉一條線來維繫——一條蜘蛛之絲，聖修伯里相當珍視的形象——因此一切並未逝去。這是回應飛行員的憂慮的一種方法：「我的朋友從來不給我什麼解釋。他也許覺得我跟他很像。但很可惜，我不懂得透過箱子去看綿羊。我也許有點像那些大人了。我一定是老了。」

「很久很久以前，
有一個小王子，他住在
一座太小的星球上，
他感到無聊透頂。」，
紐約／阿沙羅肯（長島），
1942 年，鉛筆與炭筆畫，
親筆手稿，私人收藏。

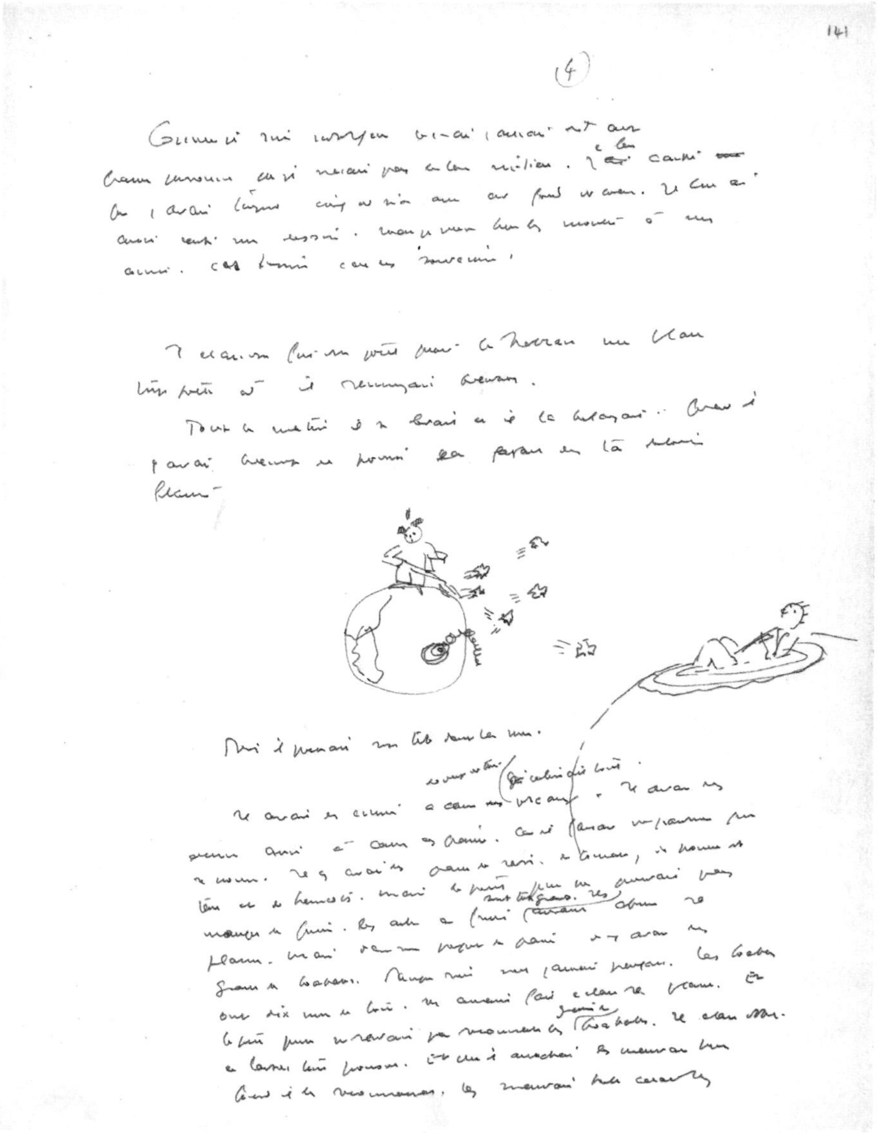

《小王子》的手稿，
附圖（手稿編號 141），
第一、二、四章，紐約，
1942 年，鉛筆畫，
親筆手稿，紐約，
摩根圖書館與博物館。

因為我很寬容，我從未告訴大人我跟他們不是一路人。我對他們隱瞞了我內心深處其實只有五到六歲的事實。我把畫藏起來不給他們看。但我不介意把它們拿給朋友看。這些畫作，是一些回憶的片段。

很久很久以前，有一個小王子，他住在一座小小的星球上，他感到無聊透頂。

每天早上他都會起床把星球打掃整頓一下。當灰塵累積到一定程度時，就會生出一大堆流星。

[畫中小王子正在掃地]

然後他在海裡洗了澡盆浴。

[畫中小王子正在洗澡]

他覺得很煩，因為兩［或］三座火山把一切都弄得髒髒的。種子的問題也弄得他很煩。因為他正在蓋一座花園來養活自己，其中有紅蘿蔔、番茄、馬鈴薯與四季豆的種子。但小王子不能吃水果。這些果樹太高大了。它們會破壞他的星球。但在他的一包種子裡面，有猴麵包樹的種子。因為沒有什麼是完美的。猴麵包樹的樹幹繞一圈有十［公尺］長。它們可能會粉碎他的星球。而小王子卻不知如何辨認猴麵包樹的種子。他不得不任由一切恣意生長。當他認出那些雜草敗葉之後，就會把它們全都拔掉。

被抹除的那隻手

La main qui s'efface

這幅水彩草稿與本書稍早（第 142-143 頁）已呈現的複製水彩圖互為關連，表明了作者曾一度想讓飛行員本尊在作品中現身，哪怕只是手持錘子出現。但他最終放棄了這個想法，因為他覺得讓敘事者親自登場，並不會把他的故事說得更清楚。這可能呼應最初相遇的場景，也可能呼應後來的場景，例如當飛行員於第五天發現花朵的存在時：「到了第五天，依然藉綿羊之助，我得知了小王子的這則生命祕密。［……］我當時忙著試圖從我的引擎上拆下一顆拴得太緊的螺絲釘。我很焦急，因為這起故障似乎開始惡化，飲用水所剩無幾，我很怕出現最糟的狀況。［……］他盯著我看，我手裡拿著錘子，手指間滿是黑油，俯靠在一個對他來說醜陋無比的物體上。」

〈小王子與飛行員〉，
《小王子》最終未收錄的
插圖水彩草稿，第二章
或第七章，紐約／阿沙
羅肯（長島），1942 年，
水彩與墨水畫，紐約，
摩根圖書館與博物館。

一幅雍容華貴的肖像

Un portrait en majesté

在聖修伯里作品的愛好者及專家心中，這幅水彩原畫就等同「蒙娜麗莎」一般的存在。此原畫曾作為《小王子》美國原版的印刷素材。自 1943 年起，它一直被祕密保存於作家的檔案中。直至今日，人們所知的只是它印在書上與使用在其他媒介上的數十億複製品。現在眼前這一幅還原了原本的色澤，它從未暴露於展場的光線照射，幾乎分毫無損，並與因為它而得享盛譽的名作《小王子》手稿一同典藏。在修改製作為印刷用雕版之前，小王子的斗篷已具有水綠與紅豔的色調。我們一眼掃過畫面時也會注意到，作者無疑忘了為兩隻靴子之間的空隙上色，這個小小缺陷在製成雕版時，修正了過來。

聖修伯里將這幅水彩原畫置於一張襯紙與一片透明膠膜下方以保護作品，現膠膜已取下。這種防護措施只保留給定版的水彩畫作，而不使用於構思階段的設計稿及草圖；近年來進入拍賣的某些水彩畫作就是這種情況，例如描繪 1920 年的土耳其天文學家的那一幅（第四章）。作者能將其中的幾幅畫作集中在同一張襯紙之下。這道細緻工序彰顯了這些作品在作者眼中的特殊地位；他為了完成這些作品，如此賣力投入！「當然，我盡可能畫一些最貼近原本形象的畫。但我也不完全確定我辦得到。畫了一張很像的，另一張看起來又不一樣了。我也會稍稍搞錯尺寸。這一個小王子太高大、那一個小王子又太小了。我對他衣服的顏色也有些猶豫。我就這麼反覆實驗，這樣試試、那樣試試，馬馬虎虎湊合一下。」

「這是我後來成功為他畫下的最佳肖像」，〈小王子雍容華貴版〉，《小王子》定稿水彩畫，第二章，紐約／阿沙羅肯（長島），1942 年，墨水與水彩畫，襯紙、真跡，私人收藏。

封面配圖

Illustration de couverture

這幅水彩畫被選為《小王子》美國原版（1943）與法國原版（1946）的封面插圖。小王子的輪廓也用來作為布面鐵製壓模的雛型範本。小王子打著蝴蝶結；他的目光看似憂鬱，帶著滿滿的困惑。

〈小王子在小行星 B 612 上〉，《小王子》定稿水彩畫，書封與第三章，墨水與水彩畫，私人收藏。

您知道什麼是行星嗎？行星是恆星冷卻後的碎片，我們可以在上頭生活。有一些行星非常巨大。地球、火星、木星。但也有不少行星小巧迷你。

小王子的星球和房子一樣大。

［上頭畫了天文學家與一個人物］

而且它只在 1909 年透過望遠鏡觀察到兩次，第一次是由一位土耳其天文學家看到的。他在 1911 年的天文學大會上報告了他的大發現，但因為他的穿著，沒有人願意相信他。大人們就是這樣。

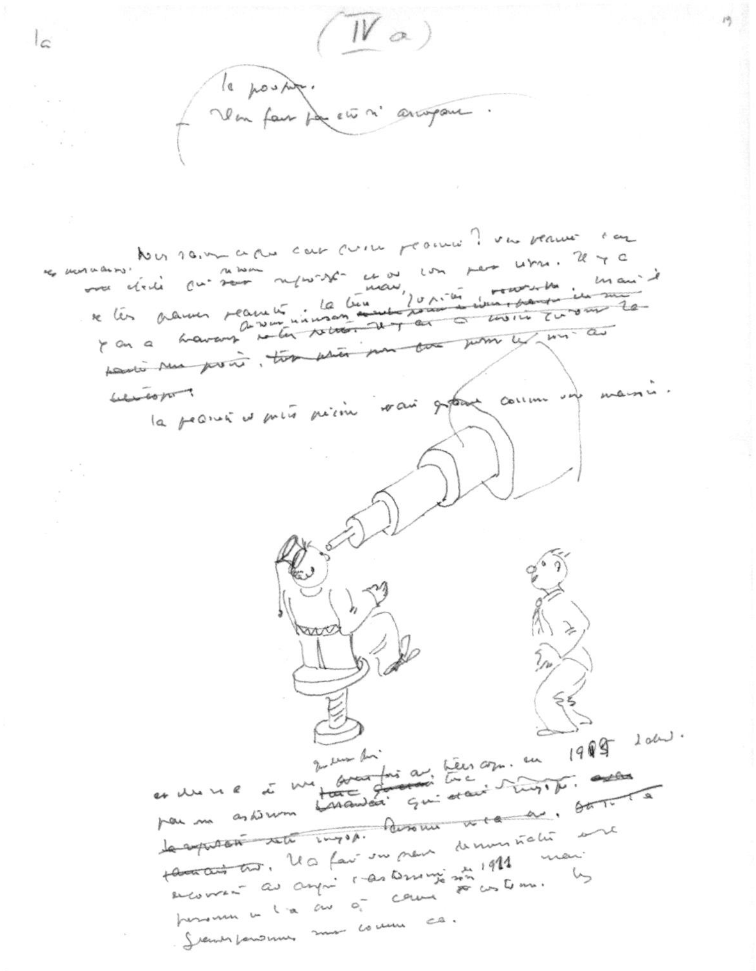

《小王子》手稿，附圖（手稿編號 19），第四章，紐約，1942 年，墨水畫，親筆手稿，紐約，摩根圖書館與博物館。

我們發現，那位土耳其天文學家可能是荷蘭人，而且還近視眼！

Où l'on découvre que l'astronome turc aurait pu être hollandais et myope !

雖然聖修伯里在此對首位觀測小行星 B 612 的天文學家的國籍猶豫不決——這個細節很重要，因為與敘事者的故事的可信度有關——但我們也看到他重新調整了這次觀測的日期，把 1915 年改為 1909 年。這終究是一個合乎邏輯的選擇，因為後來我們得知，此一重大發現是由前述的土耳其天文學家在 1911 年國際大會上公諸於世的，可嘆的是，由於他的穿著，無人認真看待他的發現。手稿上接著指出，這座星球再一次被觀測與命名，是由一位「值得信賴的」（即「有夠無聊，值得相信」）科學家所完成，星球名為 ACB 316。涵蓋相關事件的這個故事版本，在最終的文本中沒有保留下來，聖修伯里更指出，土耳其天文學家新的研究報告發表在 1920 年，這次他穿著西裝上場，終於讓小行星 B 612 得到了科學界的認可。

這種時間點的變動切換，可能也表示作者聯想到 1911 年 10 月 23 至 26 日在巴黎天文臺舉辦的國際天文曆法權威大會。的確，他當時年僅十一歲；但正是在這屆大會上，天文星曆的制定獲得了世界級的合理認可，將天體運行位置的計算工作指派給製作年度表格的各大部門。

《小王子》的手稿，
附圖，第五章，紐約，
1942年，墨水與水彩畫，
親筆手稿，私人收藏。

猴麵包樹的慘劇

Le drame des baobabs

在阿波羅 17 號機組人員於 1972 年 12 月 7 日拍下了第一張完整的地球全景照（「藍色彈珠」The Blue Marble Shot）之前三十年，《小王子》早已出版；而在另一張由航海家一號於 1990 年 2 月 14 日從六十四億公里以外距離所拍攝的知名太空照曝光前（該照片被稱為「蒼白藍點」Pale Blue Dot：在無可估量的浩瀚無垠宇宙中「一顆蒼白藍點」）近半世紀，《小王子》也早已問世。這些影像深刻地改變了人類與地球的關係，展示了是什麼讓地球成為一座共同家園，並將照片所帶來的全能感徹底相對化。它們激起了一種真正的脆弱性與集體責任感，這些感受為普世所共享，或者至少散布廣泛。正因為安東尼・聖修伯里曾是一名飛行員，也親眼看過地球的曲線弧度（我們在他的畫中看過千百次），他內心自然有這份敏感度──就像一種預感。《小王子》的寫作深受其影響，它結合了對親密關係與情感的反思以及對地球集體未來的強力質疑。第五章見證了這一點。在這一章中，小王子與飛行員就「應如何對周邊環境施予日常照護一事之重要性」交換了意見：我們天天都要拔除猴麵包樹的根芽，倘若未能照辦，它們就會侵入小王子的星球。語調嚴肅，寫得像一份呼告：「小王子正在刨掉一棵年輕猴麵包樹的根。這不對。這是一個懶鬼，放任自己的樹生長。這棵樹現在可能會讓星球爆裂。請您試著想像，如果我們不是讓一兩棵、而是放任二十棵猴麵包樹恣意生長，將會發生什麼事？我根據我朋友的指示畫了這兩張畫。他對我說：你必須向你星球上的孩子們好好解釋這種危險。假使他們有一天出發去旅行，這派得上用場。畫一幅給他們吧！」（《小王子》手稿）。而他在最終的文本中更補充道：「而且，我根據小王子的指示畫了這座星球。我一點都不喜歡用道德家的口氣說話。但猴麵包樹的危險如此鮮為人知，而任何誤闖小行星的人所遭遇的風險也如此巨大，所以，這次算我破例，不再矜持。我要說：『孩子們！小心猴麵包樹！』」

聖修伯里在此發表的是否就是一套關於生態的論述，對現今世界的氣候危機，預先發出了一道警示？當然，沒有什麼可以阻止我們這樣去解讀它，即便作者在其他作品中並未寫過支持這種論點的內容。植物的隱喻（猴麵包樹）無法使人成為生態運動家，就像只憑畫一顆星星也無法使人成為天體物理學家；但我們很難不在此處感受到一股集體焦慮，它可以關係到對抗政治野蠻的鬥爭（納粹與極權主義的誕生，見前文，頁 181、183），也可以關係到富裕社會的技術、消費及工業偏向──這一切正使這座藍色星球陷入罪惡淵藪。

[……] 猴麵包樹。但必須及時把它們拔除。
因為如果晚了就來不及了。

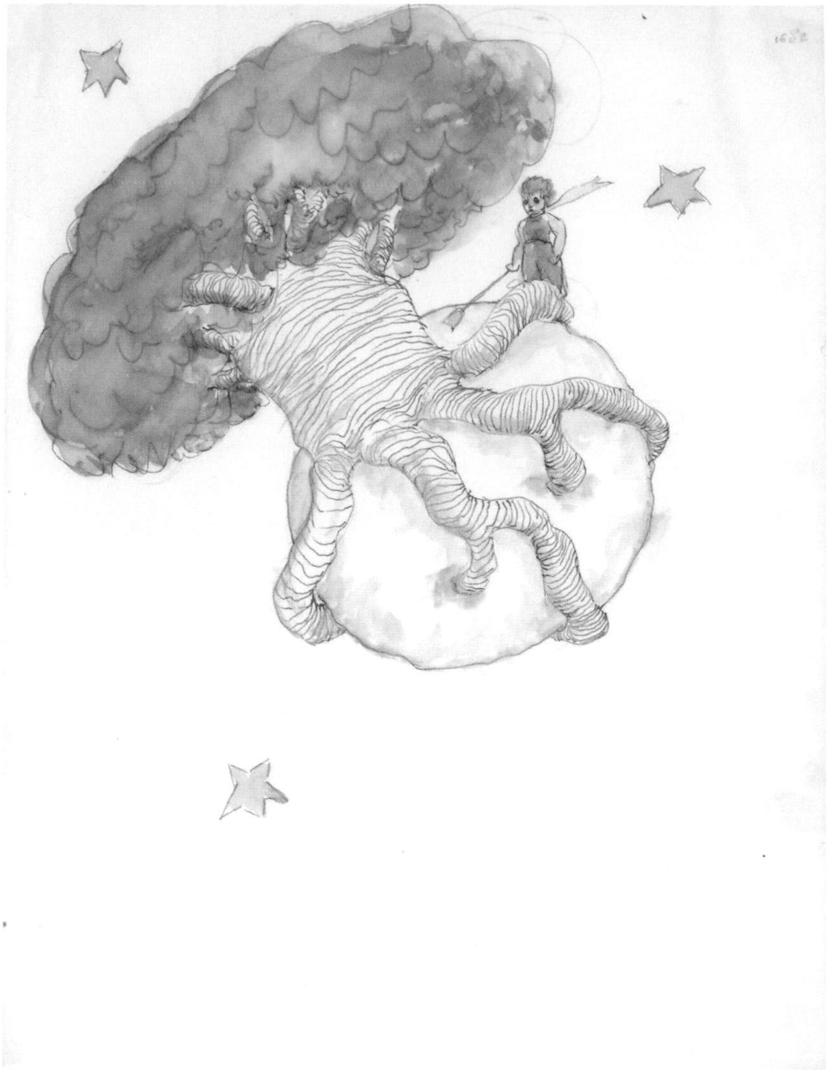

〈小王子在他的星球上拔除猴麵包樹的根苗〉，《小王子》前置草圖，第五章，紐約／阿沙羅肯（長島），1942 年，墨水與水彩畫，紐約，摩根圖書館與博物館。

上圖與右頁圖：〈小王子的星球被猴麵包樹入侵〉，《小王子》前置草圖，第五章，紐約／阿沙羅肯（長島），1942 年，墨水與水彩畫，紐約，摩根圖書館與博物館。

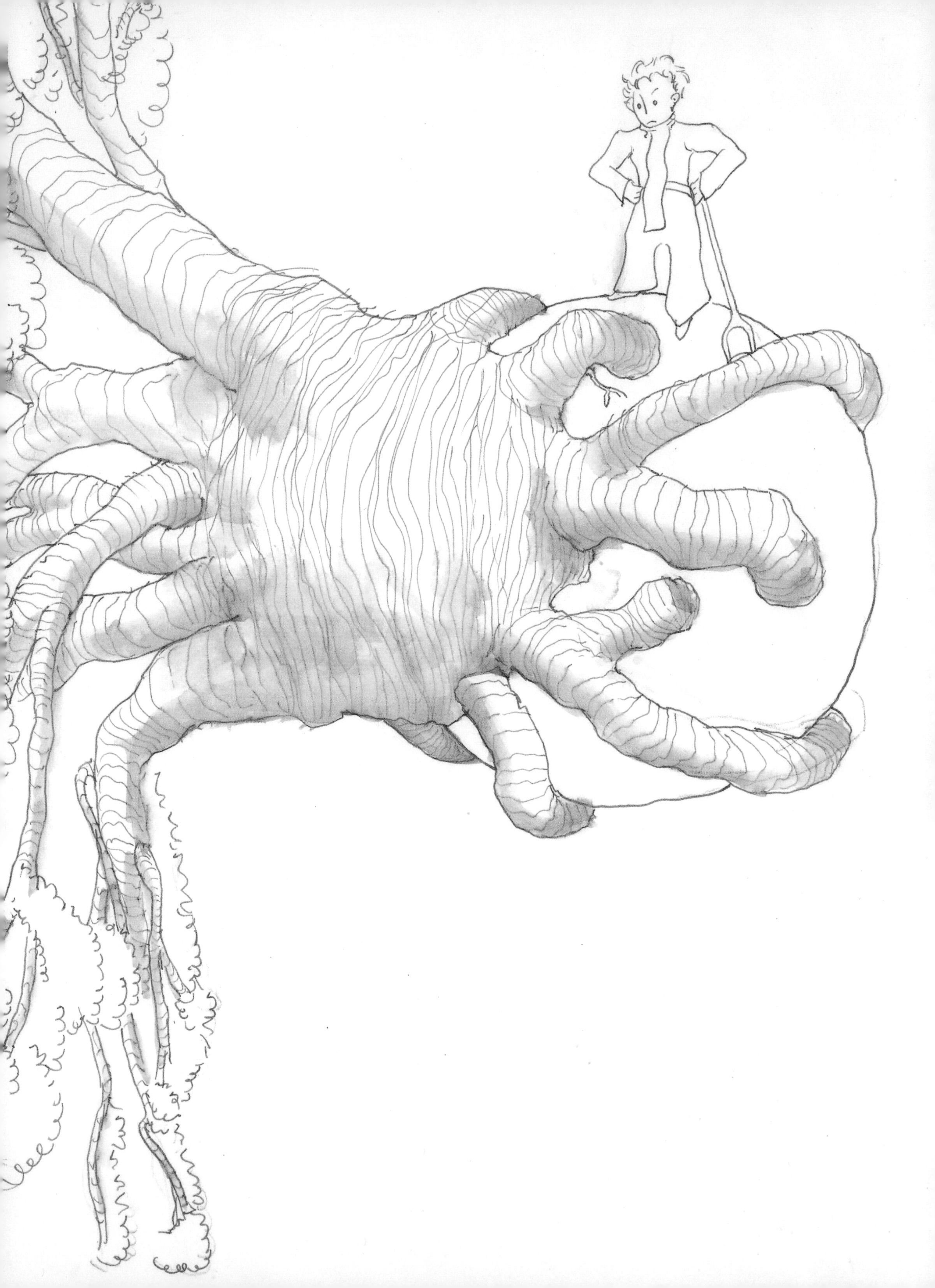

鬱鬱寡歡

Mélancolie

這幅優美無比的水彩畫在書中僅以黑白雙色重現，將文字內容融入星球表面的空間。在右頁，我們則以其原色重現，日輪的溫暖紅色消逝沉落在蘆葦與花叢中。締聯宇宙空間及小行星本體的一大片無垢之白令人印象深刻。小王子的孤獨世界並不比塞滿裝飾物的背景空間更顯抽象；但它透過將自身歸於空曠與寂靜，來創造存在的情感。可以透過比較這幅最終的圖像和摩根圖書館檔案中的前置水彩畫，來體現這種對純淨和簡化的追求。下方抄錄了手稿的相應頁面內容（手稿編號 27）。

啊！小王子，我漸漸了解到你的生活為何一直鬱鬱寡歡。長久以來，你唯一的消遣是沉浸於落日的柔情。我是在第四天早上知道的，當時你對我說：

—我滿喜歡落日。我們一起去看落日吧……

—但還得等一等……

—等什麼？

—等到太陽下山。

你一開始顯得相當驚訝，但後來你自己也笑了起來。你說：

—這是真的。我以為我還在我的星球上呢！

正當美國的正午時分，太陽已在法國上空落下。只須在一分鐘內飛到法國，就可以看到日落。很不巧，法國離我們滿遠的。但在你那座很小很小的星球上，你只要把你的椅子往後拖幾步。然後你隨時想看日落就能看……

—有一天，我看了四十四次日落。

過了一會兒，他又繼續說：

—你知道的……當我們如此悲傷的時候，就會喜歡看日落……

—所以那一天你很傷心？

但小王子並沒有回答。

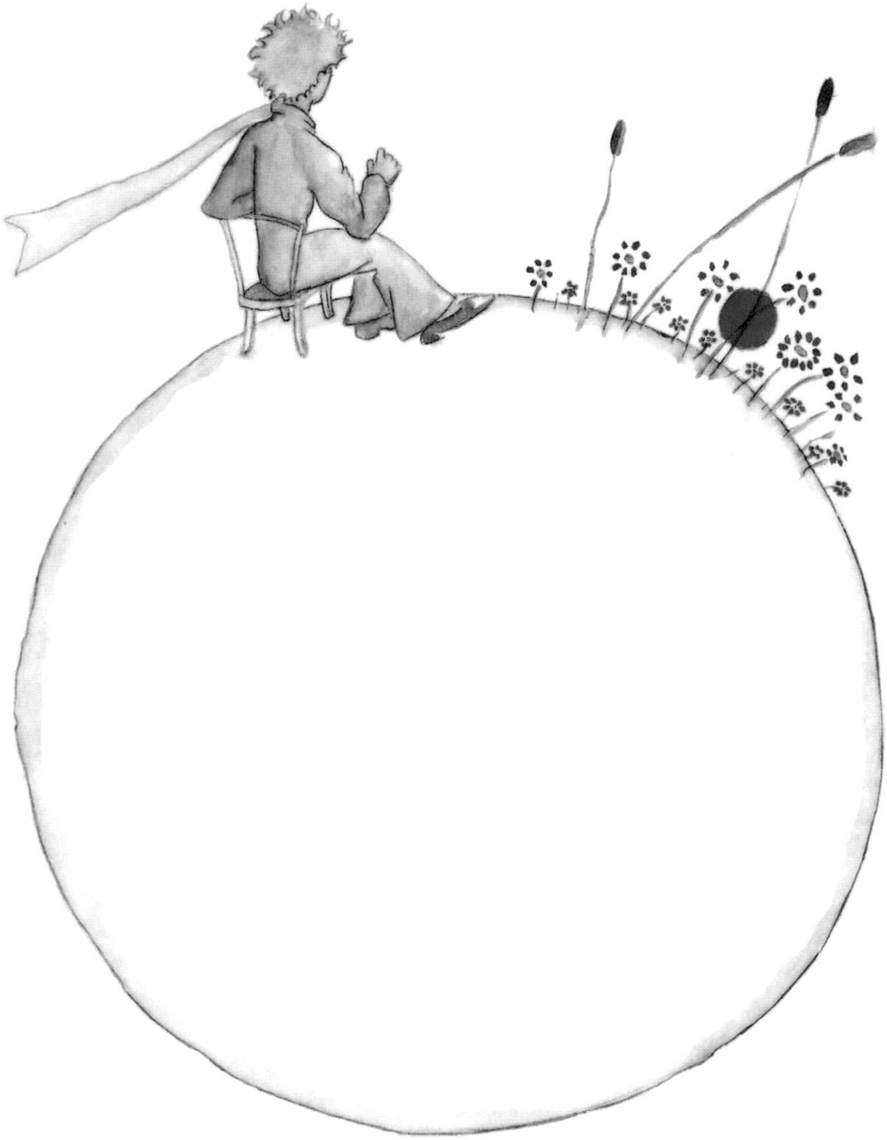

「有一天，我看了
四十四次日落。」，
〈小王子在他的星球上
看日落〉，《小王子》
定稿水彩畫，第六章，
紐約／阿沙羅肯（長島），
1942 年，墨水與水彩畫，
尚－馬克．普羅布斯特
（Jean-Marc Probst）收藏。

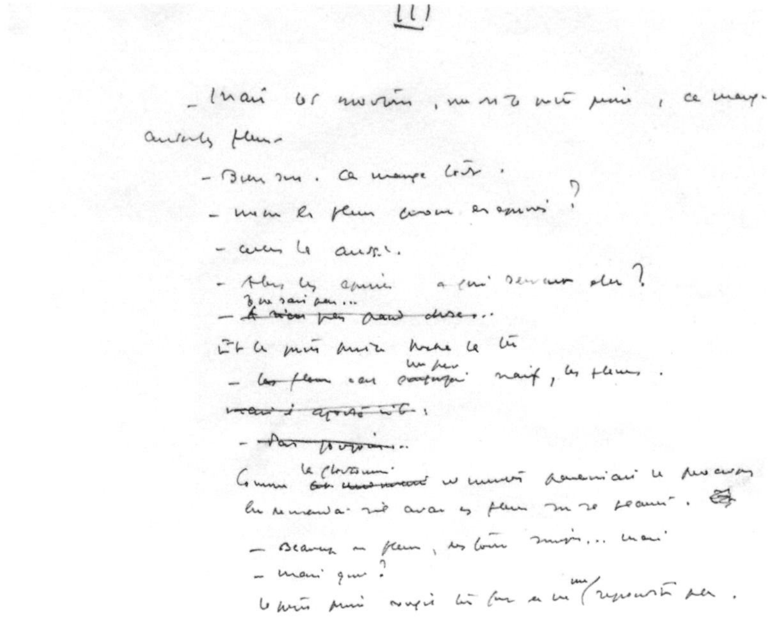

《小王子》的手稿，
第七章，紐約，
1942 年，親筆手稿，
私人收藏。

一但是那些綿羊，小王子對我說，也吃花。
一當然啊。牠們什麼都吃。
一連帶刺的花都吃？
一是啊。
一那個，那些刺的作用是什麼？
一我不知道……
然後小王子搖了搖頭
一花兒是有點天真呀。
羊兒的貪吃似乎讓他微微不安，［我］問他，他的星球上有沒有長花。
一有很多花，很單純的花……但是。
一但是什麼？
小王子臉色紅通通，沒有再回答我。

小王子臉色紅通通

Le petit prince rougit très fort

這個手稿的頁面可能比摩根圖書館的手稿更早出現。它與《小王子》的一個關鍵場景有關，在該場景中，飛行員開始明白，他的小訪客提出的問題並不只反映其天馬行空的表達方式。正好相反，如同半信半疑的模式，那些發問透露出一種內心的氛圍，以及沉浸在懷舊、悔恨與愧疚感中的個人歷史。這段情節呼應了小王子離開的場景，在那一幕當中，玫瑰花拒絕被她的玻璃罩保護；她有像爪子一樣鋒利的四根刺。小王子將在前往地球旅行時意識到自己犯的錯：「我應該根據她的行為、而非她的言語來判斷她。她對我散放香氣，她照亮了我的路。我不該逃跑！我應該要讀出她拙劣花招背後的溫柔。花兒讓人好生矛盾！但我當時年紀小，還不懂得如何愛她。」

那朵玫瑰花就這麼誕生了

Ainsi naquit la fleur

從半信半疑到半信半疑，飛行員領會了小王子的祕密。如果與他在沙漠中相處了五天的小夥伴對綿羊及玫瑰莖刺的作用如此好奇——「小王子從不放棄提問」——那是因為——有別於其他裝飾著單排花瓣的「一日黃花」——他留下了一朵獨一無二的玫瑰，美美地點綴著他的星球（初戀的形象⋯⋯）。

第八章描述了這朵花是如何出現在世界上的：「但這朵花有一天發了芽，從不知來自何方的種子中長出來，小王子細心觀察這根長得不像其他細枝的細枝［⋯⋯］小王子看著一個巨大無比的花蕾成形，預感從中將有什麼幻象顯靈，但這朵花在綠色花粉室的庇護下，一刻不休地醞釀著自身的美麗。［⋯⋯］然後就在某個早晨、太陽升起的那一刻，她登場了。」這個令人動容的奇蹟時刻轉眼間就因為花朵「略顯多疑的虛榮心」而急轉直下，以至於小王子「儘管全心愛著她，但很快就開始懷疑她了」。作者寫在這張手稿背面簡練精闢的兩句話，清楚地概括了這一點⋯⋯

〈小王子與他的玫瑰〉，用於《小王子》插圖的鉛筆素描，第八章，紐約，1942 年，墨水畫，私人收藏。

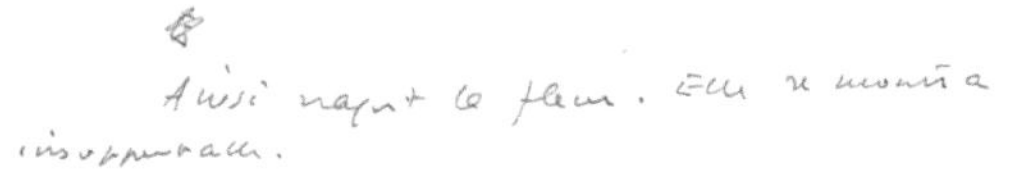

那朵花就這麼誕生了。她看起來真讓人受不了。

《小王子》手稿，第八章，紐約，1942 年，親筆手稿，私人收藏。

逃離

L'évasion

飛行員在書中第九章講述了小王子與玫瑰花的告別。這兩幅水彩原畫對應的便是憂鬱愁苦的這一幕，此段回憶將讓小王子痛苦不堪：他怎能拋下一座深受猴麵包樹種子威脅的星球及一朵缺乏玻璃罩保護的玫瑰，使之飽受天風吹襲、冒著野獸逼命之危？第二張水彩畫則用於該書的書名頁。

我們可以藉由摩根圖書館的手稿（手稿編號 34）得知，作者最初打算以野鴨的遷徙作為小王子逃跑的手段，因為野鴨有時會停下腳步「在小王子家休息片刻」！

「我認為他利用野鳥遷徙時趁機逃跑了」，〈小王子的起飛〉，《小王子》定稿水彩畫，書名頁，第九章，紐約／阿沙羅肯（長島），1942 年，墨水與水彩畫，襯紙，私人收藏。

右頁：「他仔細疏通他的活火山。」〈小王子在他的星球上，於遠行日的早晨〉，《小王子》定稿水彩畫，第九章，紐約／阿沙羅肯（長島），1942 年，墨水與水彩畫，襯紙、真跡，私人收藏。

〈點燈人與其他人物〉，為《小王子》所作草圖，紐約，1942年，墨水畫，親筆手稿，私人收藏。

各行各業的星球［刪掉：愚蠢］。
燈匠（美妙）。星球自轉速度很快，必須每五分鐘起床、睡覺一次，累死了。
［刪掉：捕鳥人（美妙）］
捕蝶人（美妙）。只有一位，我省著用。
舞者（美妙）
水手（美妙）
火車站長。不要
銀行家 不要。很妙的工作
某某製造商［……］。不要
劊子手與法官。沒有［……］我省著用。
我先用。
商人。

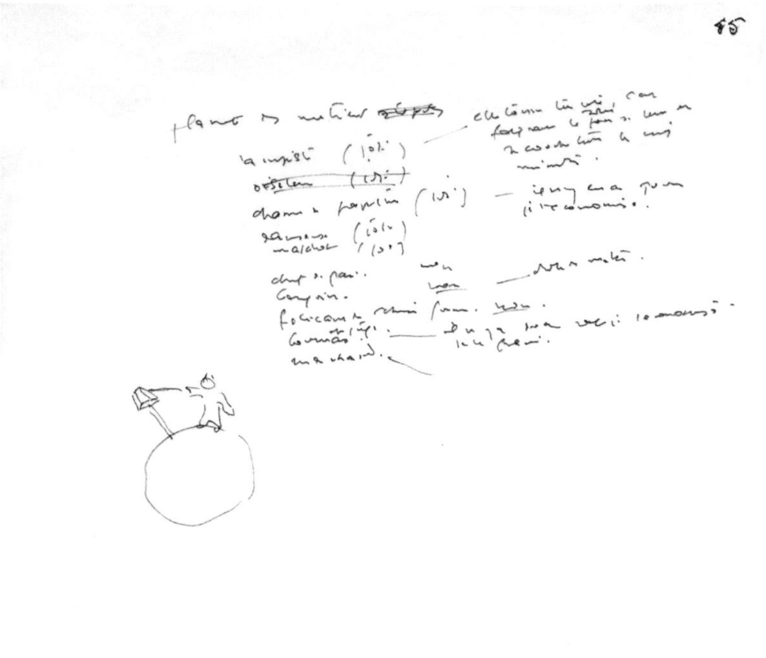

「各行各業的星球」，
《小王子》圖文筆記，
紐約，1942 年，
墨水畫，親筆手稿，
私人收藏。

各行各業的星球

La planète des métiers

這些《小王子》寫作過程的前置筆記迄今尚無同類堪比的資料傳世，它們展現了聖修伯里的工作狀態。根據各種可能推斷，這些筆記比保存在紐約的手稿還要更早出現。從第十章開始的對 325 至 330 號小行星上居民的訪問，此時尚未設定清楚細節。作者想像出一座各行各業雲集的星球，他將這些職業形容為「呆傻愚蠢」，接著又回心轉意，為我們留下希望：希望其中一些行業能夠避開嘲諷。在這個小型的統計歸類當中，燈匠居首位，到了最終的作品裡被改名為「點燈人」。儘管他千篇一律的工作內容類似一座瘋癲星球上自動人偶的重複手勢，但聖修伯里依然將該人物描述為「美麗漂亮」——在作者筆下就代表某種可愛宜人的特質，但也脆弱不堪、虛危易碎；點燈人就這麼被作者的責任感與慷慨舉動所拯救：即使在星球上隻身一人，我們皆有意為了某人照亮這世界……舞者、觀鳥人、水手與捕蝶人也都有權配得上這種救贖式的形容；但這四名人物最終都沒有被保留在故事中。另一方面，最開始孤零零的銀行家逐漸生出了商人的俗氣特質，與點燈人一樣，他也將有權占有一座屬於自己的星球。至於車站站員（鐵路調度員）與商人（解渴藥丸），他們正是在地球上得以接受小王子的快閃拜訪，兩人皆體現了對現代世界的嚮往的虛無空幻。最後，我們也不禁想到，在《小王子》第十六章中，聖修伯里將整個地球定位為一座承載各行各業的星球，算來共有二十億成年人——換言之，其中包含了國王、地理學家、商人、酒鬼，還有愛慕虛榮鬼。誰將拯救這個世界？誰又將拯救我們人類？

捕蝶人

Le chasseur de papillon

捕蝶人一角並未出現在《小王子》書中或摩根圖書館的手稿中。但聖修伯里曾打算在小王子的旅程中為該角色保留一席之地，正如這張未收錄書中的水彩畫所示。這張畫收納在作家於 1943 年 4 月 2 日動身離開之前交託給紐約友人希薇亞．漢彌爾頓的一捆資料中，它呼應了作家的前置筆記，當中，他讓這名「美麗漂亮」的人物對唯一的蝴蝶說道：「只有一隻，我省著點用」（這個概念也出現在拜訪國王的場景中）。但這張畫呈現了更多細節：捕蝶人的星球上也種了四朵花，其中三朵有活力無窮的毛毛蟲相伴。第四朵花則由一座既精巧又基礎的裝置所保護，理應幫助它避開一切外部侵擾，好比玫瑰花的玻璃罩。如此一來，這座星球便展現了小王子的星球自身獨具的屬性，正如故事第九章開頭小王子離開時的場景：「我總得忍受兩、三隻毛毛蟲，方能盼到蝴蝶。聽說蝴蝶生來美麗。否則，以後誰還會來看我呢？」於是，她的小王子走了，玫瑰下定決心不要倚賴玻璃罩，靠自己活著，任憑夜晚涼風吹拂、野獸擺布，但她有長滿了四根刺的「爪子」，而且「沒那麼容易感冒」……故事往前進，小王子將提醒那五千朵玫瑰，他的玫瑰是不可取代、獨一無二的，而那也是出於他為她滅除了毛毛蟲，「除了他也有幫兩三隻蝴蝶做同一件事」。我們因此可以理解，儘管捕蝶人的性格討喜，但聖修伯里卻沒有保留這個角色，而傾向於透過星球上獨一無二的玫瑰花與小王子的互動關係，讓主角性格更顯豐富飽滿。

最後，我們也該點出，對聖修伯里來說，蝴蝶採集人是一位正面積極的角色，也是真誠性的傳遞者。我們可以在《小王子》手稿的第十七頁讀到下列這個意味深長的段落，它最終並未收錄在第四章中：「大人們喜歡數字。當您跟他們聊到一個新朋友時，他們從來不會問您最重要的事情：『他說話的聲音是高還是低？[……] 他會採蝴蝶嗎？』大人們只會問您：『他幾歲？有幾個兄弟？體重是多少？他父親賺多少錢？』唯有這樣，他們才會覺得算是認識他了。如果您對大人說『我喜歡一座美麗的粉色磚房，窗邊種著天竺葵，屋頂上有鴿子』，他們會無法想像那座房子。必須告訴他們：『我見過一座價值兩萬元的房子。』然後他們才會興奮大叫：『真美呀！』」

〈捕蝶人〉，為《小王子》所畫，[紐約，1942 年]，鉛筆與水彩畫，紐約，摩根圖書館與博物館。

〈捕蝶人、點燈人及小王子〉，《小王子》前置草圖，紐約，1942年，墨水畫，私人收藏。

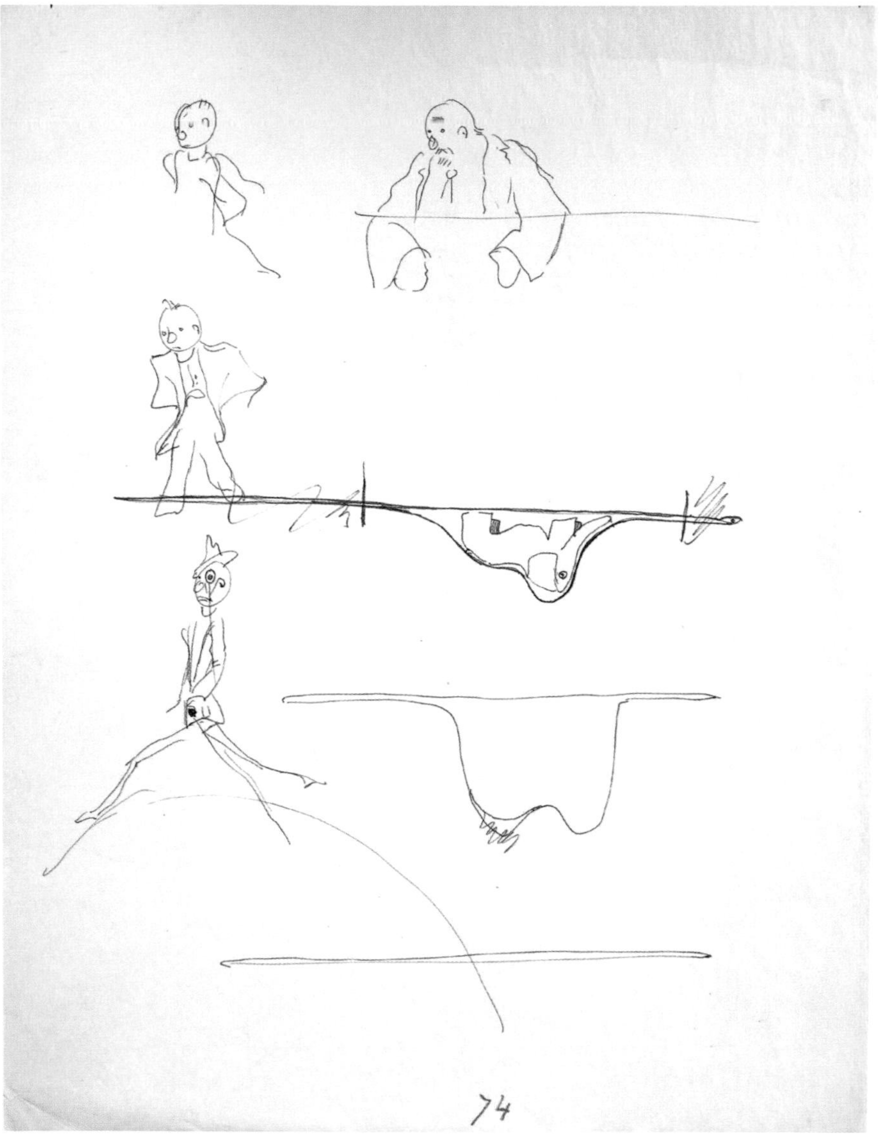

〈生意人、蟒蛇、
大象及其他人物〉，
《小王子》前置草圖，
［紐約，1942 年］，
前頁圖之背面，
墨水畫，私人收藏。

人物陳列室

Galerie de personnages

聖修伯里把三個人物素描集中畫在手稿紙的正面，他透過這些人物去感受深刻的溫柔，而對點燈人及捕蝶人則更加投注某種寬厚溫情。兩座星球、一座花朵盛開的山丘、兩朵花、一隻蝴蝶，故事的背景環境設定完成。我們並不知道，在作者心中，捕蝶人是否依然是一名與小王子界線分明的人物……在手稿紙背面，人物的陳列展間已經完工。在為蟒蛇消化大象的畫作定稿的同時，作者似乎順便畫下了生意人（在摩根圖書館的手稿中被稱為房東）的肖像草圖，以及——我們可以大膽假定——配戴單片眼鏡、持著手杖的愛慕虛榮者，帶著公子哥風格的最初版本草圖。

從這一座小行星　到另一座小行星

D'un astéroïde l'autre

小王子的旅程包含拜訪六座小行星（325 至 330 號），「並從中尋求消遣與進修學習」。而他將學到許多！他將見識到這些人自我封閉的荒謬處境，他們相互灌注權力、快樂、榮耀與占有的幻象——對真正的財富盲目無視，對小王子眼中看重之物視而不見。唯有點燈人——他的例行公事值得尊敬——在這趟令人氣餒的旅程中純正無損；這段旅途中，雜亂無章與連環驚奇接踵而來。

我們透過摩根圖書館的手稿可以得知，聖修伯里最初只預計安排小王子拜訪四座星球（325 至 328 號）：國王、愛慕虛榮者、酗酒者與房東的星球。正如右頁手稿所示，拜訪國王的段落設計起初非常短暫。在後期撰寫的版本中，這一段的戲分加長了。對話在這些場景中占據重要地位，就像在整個故事中發揮的作用一樣。小王子的歷險、與他人的相逢、乃至他所學之事，皆源自他與各類人物的交流；而敘事者則藉由一個又一個的對話，將小王子告訴他的事轉述給讀者聽。這種生動活潑、循序漸進建構故事的方式，限制了描述的空間；但水彩圖像有助於設定寓言故事的想像場景，卻不會放慢對話的步調。例如，在早於紐約時期手稿的一張手稿頁面上，作者不僅勾勒了他的小英雄與酗酒者之間的幾個對話片段，也設計了他與國王的對話片段。作者寫著寫著，小王子的世界便逐漸開展在他眼前……一座星球、一張桌子、一個箱子，一旦將這些事物勾畫下來，整個世界便如此開創。

〈國王〉，《小王子》
前置草圖，第十章，
紐約／阿沙羅肯
（長島），1942 年，
墨水與水彩畫，
巴黎，法國航空博物館。

—你在這裡做什麼？
—喝酒。
—你渴了嗎？
—不渴。
—那你為什麼要喝？
—為了忘記。
—忘記什麼？
—忘了我喝酒的事。
—你為什麼想忘記你會喝酒？
—因為我為喝酒感到羞恥。

—國王從來不走。
—為什麼？
—他很怕摔個四腳朝天。
—這不是真的吧，但到底為什麼？
—為什麼？
—在另一邊，有一隻老鼠。

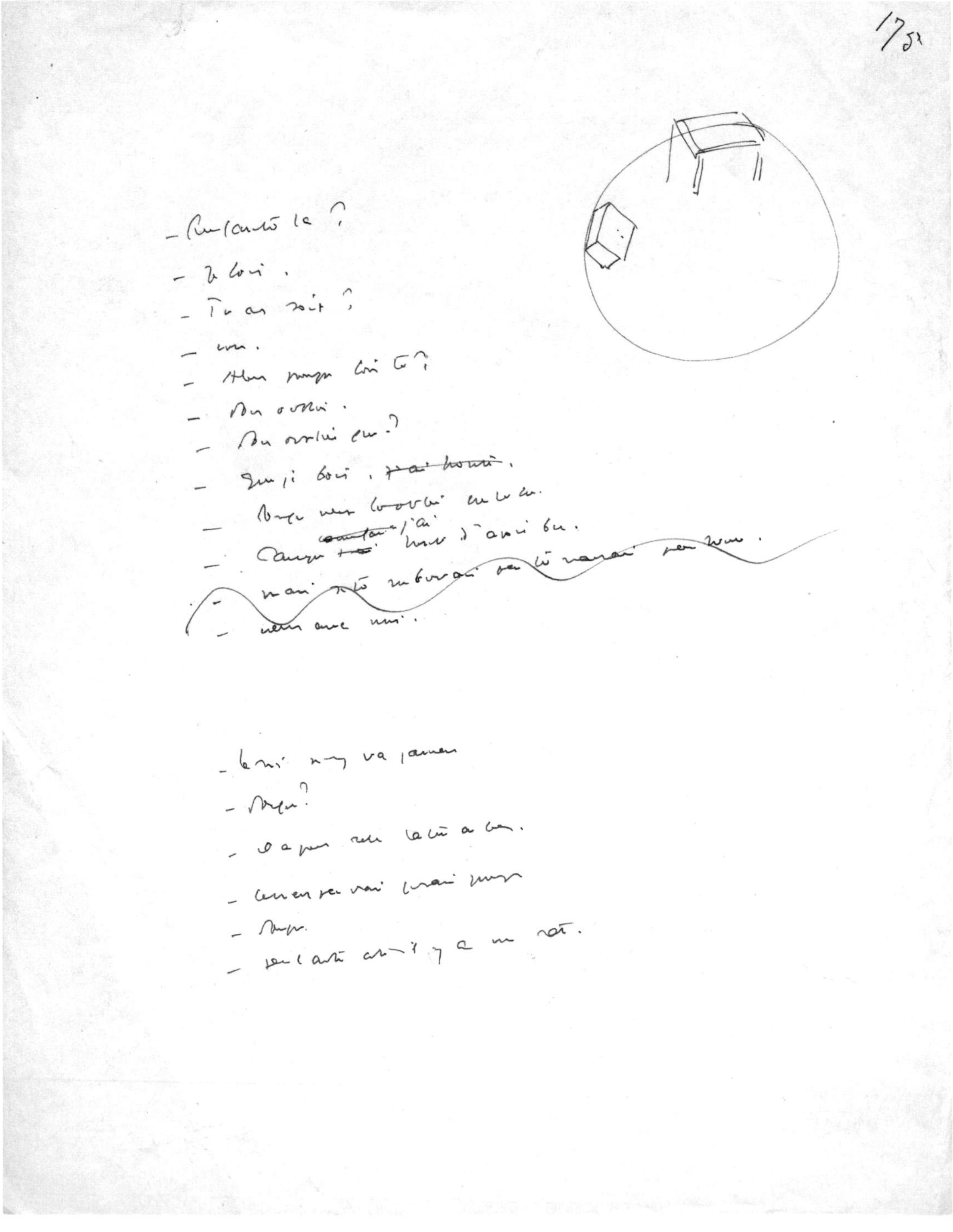

《小王子》手稿，
附圖，第十章
與第十二章，紐約，
1942 年，墨水畫，
親筆手稿，私人收藏。

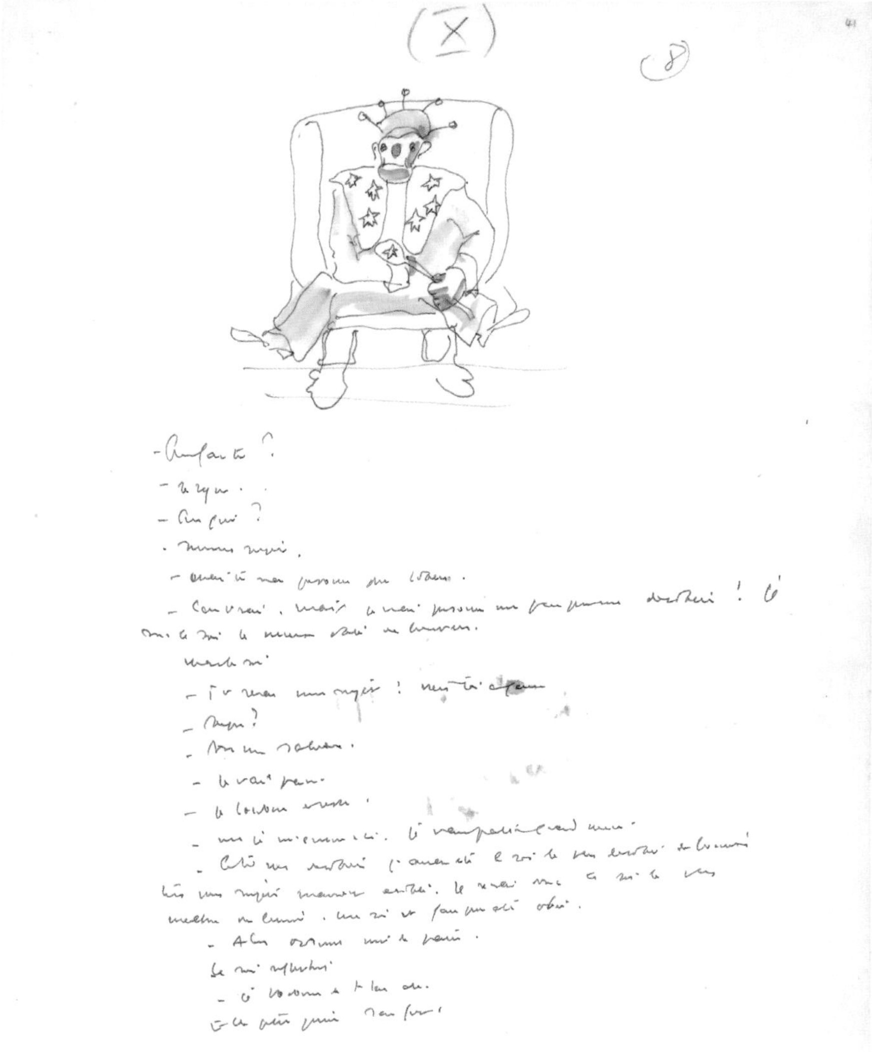

《小王子》手稿，
附圖（手稿編號 41），
第十章，紐約，
1942 年，墨水畫，
親筆手稿，紐約，
摩根圖書館與博物館。

[老國王坐在寶座上的圖]

一你在做什麼？
一我在統治。
一統治誰？
一我的臣民。
一但你找不到人服從你。
一這倒是。可我也找不到人來抗命！我是全宇宙最受服從的國王。
這就是國王。
一你將是我的臣子！孩子，你過來。
一為什麼？
一來向我致敬。
一我要走了。
一我命令你留下。
一我在這裡無聊死了。我還是要走。
一如果你不服從我，我將是全宇宙最不受服從的國王，我所有的臣民都會不聽我的話。
所以我將成為全宇宙最悲慘的國王。一個國王就是生來讓人服從的。
一那你就命令我離開吧。
國王想了一想
一我命令你現在走人。
於是小王子就離開了。

〈酒鬼〉，《小王子》
前置草圖，第十二章，
紐約／阿沙羅肯
（長島），1942 年，
墨水與水彩畫，紐約，
摩根圖書館與博物館。

〈生意人〉，《小王子》
前置草圖，第十三章，
紐約／阿沙羅肯（長
島），1942 年，墨水
與水彩畫，紐約，
摩根圖書館與博物館。

〈國王〉，《小王子》
前置草圖，第十章，
紐約／阿沙羅肯
（長島），1942 年，
墨水與水彩畫，巴黎，
法國航空博物館。

他們是誰？

Qui sont-ils ?

這兩幅插畫（右頁與第 271 頁）描繪了被小王子拜訪的人物，但我們無法明確看出他們的身分。聖修伯里在書中並未浪費力氣多加描述，只對主人公的穿搭、配飾及輪廓提出寥寥幾點指示。他的水彩畫取代了主要由對話所驅動的故事。

第一個人物優雅盛裝，卻也同樣地不甚討喜。這讓人不禁聯想到房東，在手稿中真實存在的人物——最後用了「生意人」這個名字。或者不如說這是愛慕虛榮者的第一次出場——還沒戴上帽子的版本。此人穿著他的赭色套裝，聳肩縮頸，看起來寬裕自在，只擔心他圓潤的線條是否維持完美；而且他在他的星球上似乎孤身一人，沒有任何同夥作陪或風景相伴。我們不妨利用這種相對的匿名性來點出，小王子遇到的人物的粗糙外貌（紅紅的大圓鼻子、尖尖的頭髮、深邃凹陷的五官、微微不成比例的臉孔）與小王子純潔、協調的五官特徵形成了鮮明對比。他們繼承了少年聖修伯里畫作中特有的諷刺、中二風格，以及他在紐約或其他地方有時對親近朋友的誇張描繪方式。

第二個人物（第 271 頁）可能是酗酒者，儘管他在《小王子》中的形象比在這幅素描中更加可悲。在第 271 頁的素描中，這個人物正在耍帥，似乎對自己非常滿意。但和書中的酒鬼一樣，他也是坐在桌前喝著東西，還戴著帽子。作者對這種「乍似輪廓」的視角似乎並不完全放心，這使得人物輪廓的處理更形複雜，尤其是他雙腿交叉的姿勢——在書中另一幅「小王子坐在牆上」的場景的插圖中，他也必須艱難地捕捉這一姿態。

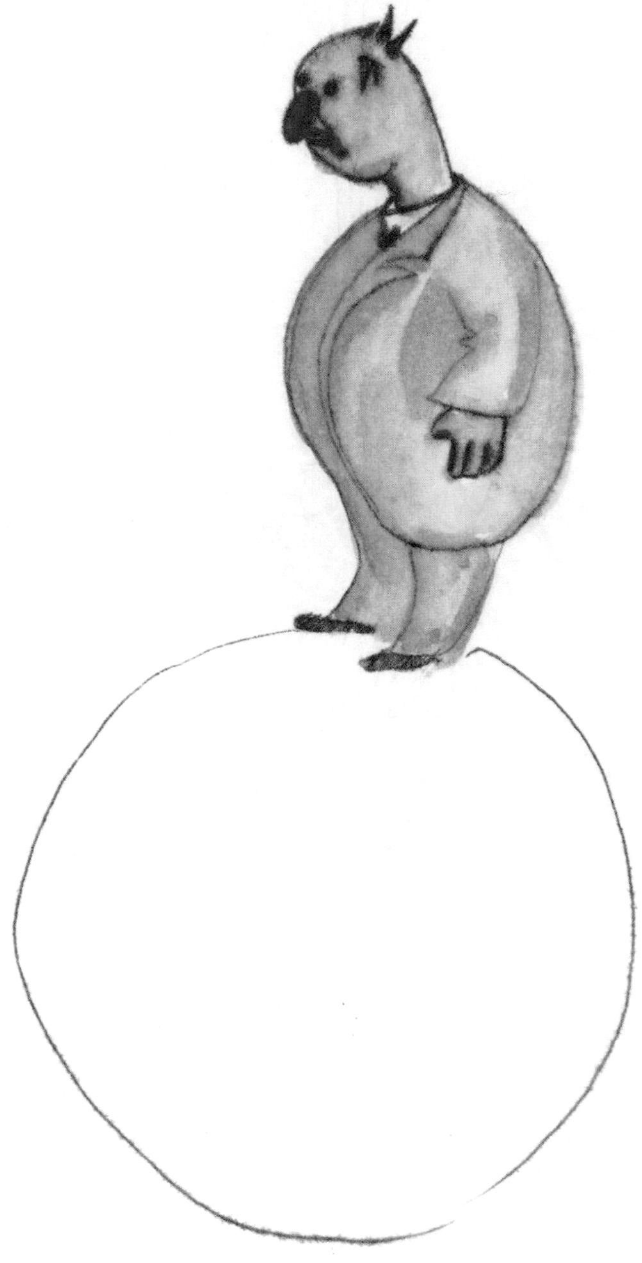

〈一個人物在他的
小行星上〉，《小王子》
前置水彩畫，紐約／
阿沙羅肯（長島），
1942年，墨水與水彩畫，
私人收藏。

〈小王子飛越地球〉，
《小王子》前置畫作，
第十二章，紐約／阿沙
羅肯（長島），1942 年，
墨水與水彩畫，紐約，
摩根圖書館與博物館。

〈帶翼小王子飛越地球〉，《小王子》前置畫作，第十章，紐約／阿沙羅肯（長島），1942 年，墨水與水彩畫，紐約，摩根圖書館與博物館。

第七座星球正是地球

La septième planète fut donc la Terre

「飛越地球」是聖修伯里二十世紀三〇年代以來的作畫主題，是其文學作品與飛行活動的延伸，它出現在附錄於摩根圖書館手稿的《小王子》前置水彩畫中。作家沒有將這些畫保留在其最終定稿作品中，使得小王子貼近或飛越地球的實際形態模糊不清。即使略有分歧，現有的形象呈現也印證了人物在發現與探索這座新星球時的最初印象：此地廣袤、乾燥，有如沙漠，人煙格外稀少。人都到哪兒去了？在那座炊煙裊裊的房子裡嗎？

小王子即便抵達地球（手稿中清楚指出，是降落在非洲的沙漠中），也沒機會遇見人類……此處不宜人居，遍地沙塵、仙人掌、碎石與骨骸，首先僅召來一名神祕莫測的對話者：蛇。不知聖修伯里是否曾有那麼一刻想像過與蝸牛交談（他1936年在沙漠中看過一隻蝸牛）？透過某些草圖，我們得以想像這個可能，但沒人說得準。

〈小王子遇見一隻
蝸牛〉，《小王子》
前置畫作，紐約／阿沙
羅肯（長島），1942 年，
墨水與水彩畫，紐約，
摩根圖書館與博物館。

〈小王子在沙漠裡〉，
《小王子》前置畫作，
第十六章，紐約／阿沙
羅肯（長島），1942 年，
墨水與水彩畫，紐約，
摩根圖書館與博物館。

「你真是個奇怪的生物，
他對牠說，瘦得像根
手指……」，〈小王子
與蛇〉，《小王子》定稿
水彩畫，第十七章，
紐約／阿沙羅肯（長島），
1942 年，墨水與水彩畫，
私人收藏。

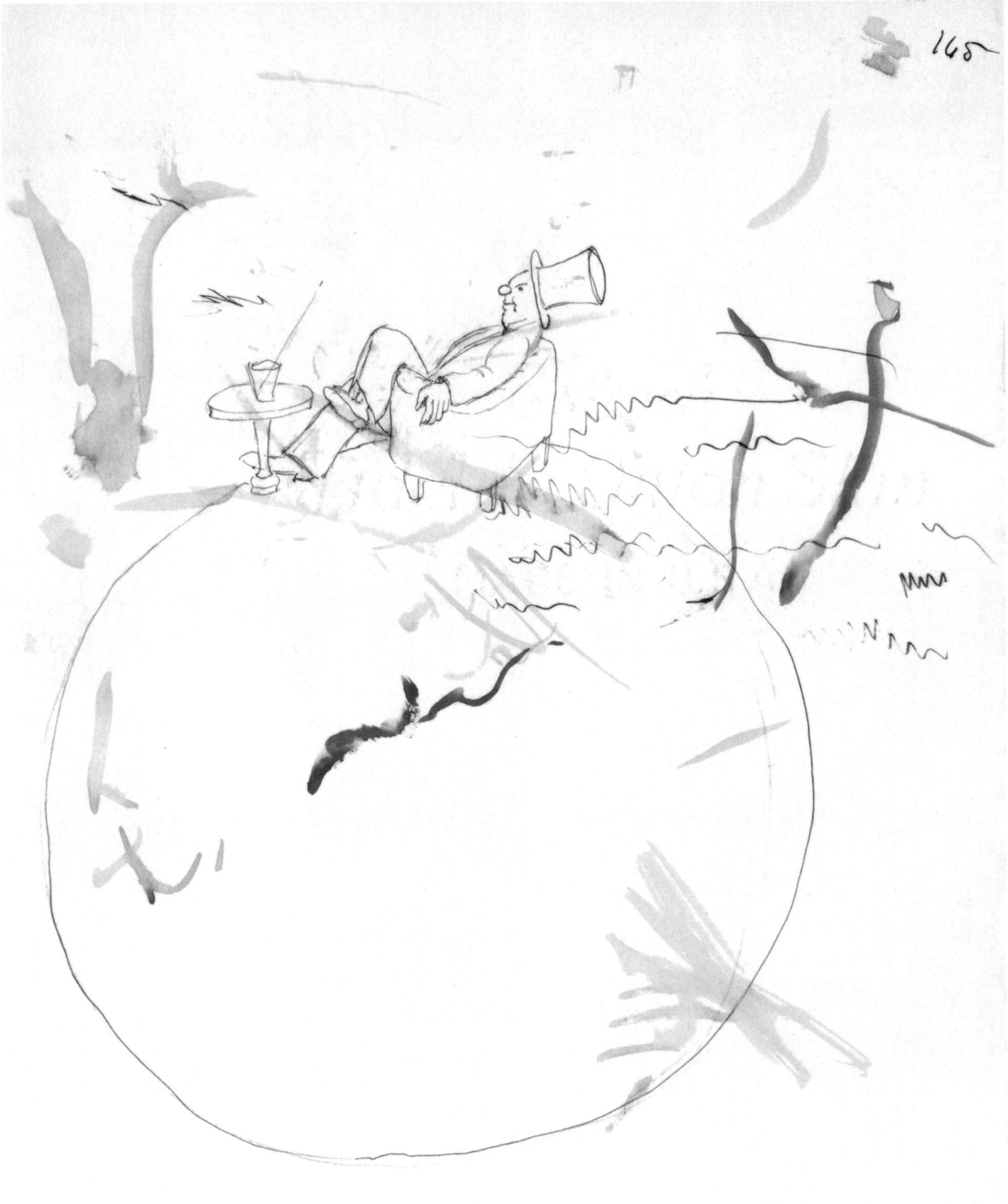

〈一個人物在他的
小行星上〉，《小王子》
前置草圖，[紐約，1942 年]，
墨水與水彩畫，溫特圖爾，
藝術、文化及歷史基金會。

登臨最高的那座山

L'ascension de la plus haute montagne

「當我爬上喜馬拉雅山時，我在雪地裡走了很久，長達好幾週、好幾週。」

《小王子》的手稿多次提及小王子穿越喜馬拉雅山的事蹟，儘管飛行員坦言，關於小王子的地球之旅，雖然這位小夥伴並沒有跟他特別說些什麼，但對此事「卻比對世界上任何其他事情都來得加倍慎重」。但是，當飛行員與小王子交談時，很快便意識到「距離對他來說根本不是問題」：「他跟我聊到喜馬拉雅山。然後是歐洲的一座城市。然後再說到太平洋，好似沒有什麼可以將它們分開。」但作家經驗老到：他深知，有時不能說得太多或表達得太滿，方能讓讀者的想像力自由奔馳。因此他在最終版的文本中，刪除了這些過於精確的細節。

但關於這次喜馬拉雅山之旅，也許還有這張從未公開的水彩畫，畫面中，小王子沿著一條小路向上爬，這條路俯臨一座令人雙腳發麻的峭壁，然後他爬到一半，停下來對著一顆星星沉思。這張畫令人想起「漢彌爾頓插圖組」（Suite Hamilton）中的兩幅畫（〈生命的年歲〉Les âges de la vie，見本書最開頭系列插畫，編號 V 和 V-bis 兩張圖），只差沒有從深淵中突然現身的巨大怪蛇，準備吞噬這個人物。

在隨附於摩根圖書館手稿上的另一張水彩畫中，小王子依然只出現背影，站在一座山坡上，他眼中所望，不再只是一顆星星，而是地球上黃昏時分被太陽所照亮的沙漠景觀。這處描寫與故事第十九章的插圖有更直接的關聯，小王子這回棲身在最高峰的尖頂上：「這整座星球都乾乾的、尖尖的、鹹鹹的。」身居高處，他比站在低處時更看不到人，唯一能與他對話的，是回音。

〈小王子在山坡上眺望眼前風景〉，《小王子》前置水彩畫，第十九章，紐約／阿沙羅肯（長島），1942 年，墨水與水彩畫，紐約，摩根圖書館與博物館。

〈小王子立身絕壁邊緣，望著天邊一顆星〉，《小王子》前置水彩畫，1942 年，私人收藏。

五千玫瑰紅，盡歸一王子

Cinq mille roses pour un seul prince

在穿度沙漠與喜馬拉雅山之後，小王子「偶然間」在歐洲某個地方發現了一座山丘：「山丘的背面美妙極了。它甚至是我們身邊最優美的事物。它總是充滿了看起來很像玩具的東西。開花的蘋果樹。綿羊。冷杉木，就是耶誕節會看到的那種」（摩根圖書館手稿）。但這座山丘——在與狐狸相遇的插圖中尚餘一絲痕跡——逐漸消逝無蹤，將空間騰讓給花園。在那座花園裡，五千朵玫瑰炫放自我、花枝招展，並用同一種嗓音說話。我們在此奉上作者簽名的玫瑰園水彩原畫（見次頁）。

這座背景舞臺在外觀上如此討喜，卻對小王子帶來了多麼痛的領悟。在人類意志或自然法則運作之下，可能存在無數彼此相似的事物，因此他的玫瑰怎麼可能是獨一無二的？真正令人發暈絕倒的是這件事，它關乎生命與呆惰事物間的模糊難辨，而非世界的荒漠：「他傷透了心。他的花兒曾告訴他，她是宇宙中唯一的一朵玫瑰。而在眼前這座花園裡，竟有五千朵長得跟她一模一樣的花！」

在手稿的最初一個版本中，作者將造訪花園之行設定為故事的關鍵時刻；小王子在經歷了一段巨大悲傷之後，重新振作，不假他人，終於明白了他的玫瑰為何獨一無二：「我坐在草地上，身邊圍繞著這些形色相仿的花朵，她們至少不會矯揉造作……我本來那麼失望……然後現在我終於懂了」（手稿編號 121）。

為了幫助小王子在心中深深植入上述真理，聖修伯里最終決定在他的故事中請出另一名角色——狐狸。

〈小王子在樹林一帶〉，
《小王子》前置水彩畫，
紐約／阿沙羅肯（長島），
1942 年，墨水與水彩畫，
私人收藏。

〈長了五千朵玫瑰的花園〉，《小王子》定稿水彩畫，第二十章，紐約／阿沙羅肯（長島），1942 年，墨水與水彩畫，襯紙、作者親簽真跡，溫特圖爾，藝術、文化及歷史基金會。

〈小王子坐著，
靠在樹幹上〉，
《小王子》前置畫作，
紐約／阿沙羅肯
（長島），1942 年，
墨水與水彩畫，
私人收藏。

142

「他躺在草地上哭泣」，《小王子》前置水彩畫，第二十章，紐約／阿沙羅肯（長島），1942 年，墨水與水彩畫，紐約，摩根圖書館與博物館。

「他躺在草地上哭泣」，《小王子》草圖，第二十章，紐約／阿沙羅肯（長島），1942 年，墨水與水彩畫，紐約，摩根圖書館與博物館。

－你在家鄉似乎有一些朋友。
－朋友是什麼？
－像你和我這樣的關係。
－我們可以當朋友嗎？
－不可以。
－為什麼？
－敵人有朋友嗎？
－有啊。
－ 那朋友有敵人嗎？
－有啊。
－敵人的朋友就是朋友的敵人？
－你這麼認為？
－噢，是的！

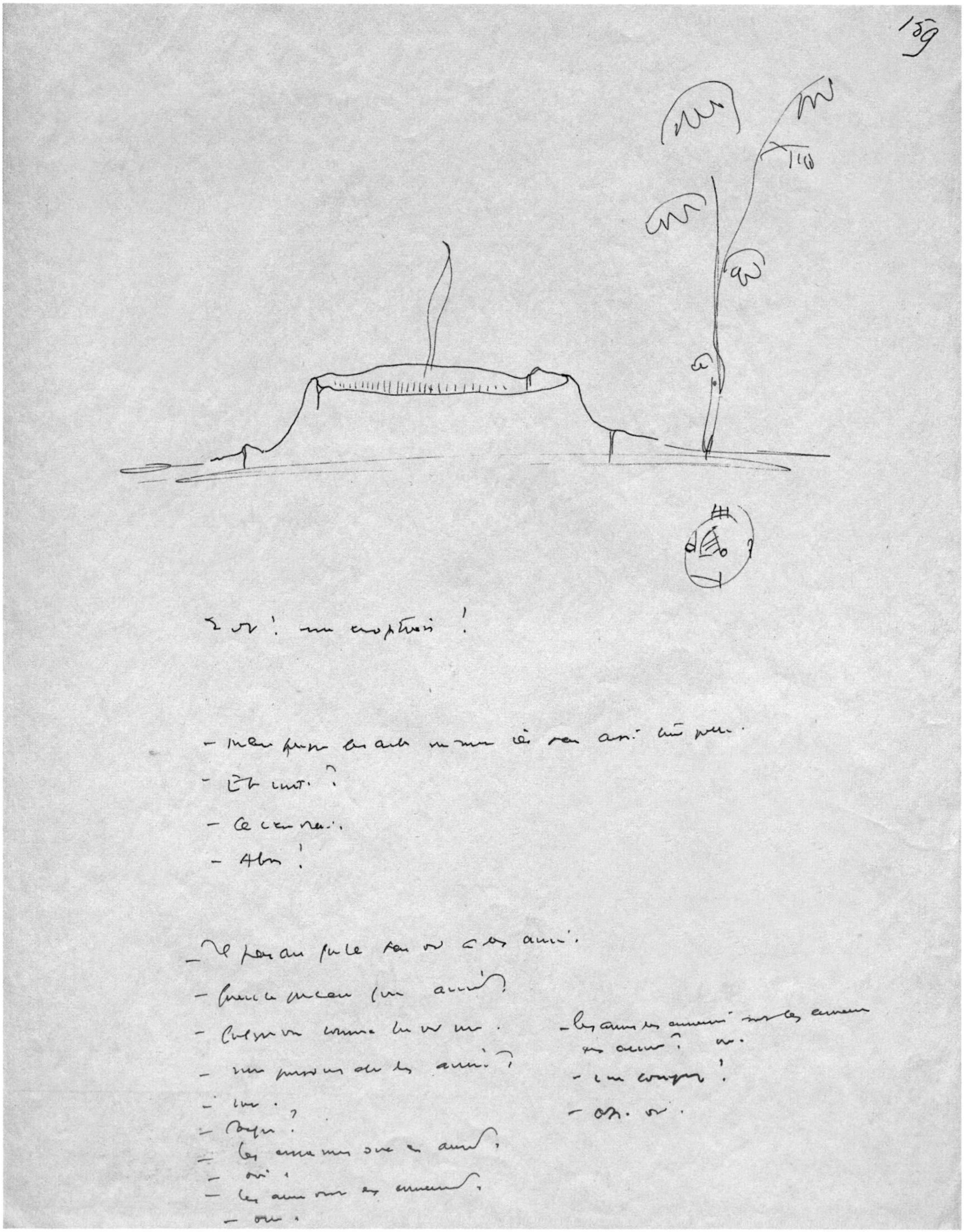

《小王子》手稿，
上頭畫了噴發的
火山和一棵樹，
第二十一章，紐約，
1942 年，親筆手稿，
私人收藏。

〈小王子牽著狐狸〉，
《小王子》前置畫作，
第二十一章，
紐約／阿沙羅肯
（長島），1942 年，
鉛筆畫，紐約，摩根
圖書館與博物館。

創造連結：狐狸的智慧

Créer des liens : la sagesse du renard

聖修伯里在他的童話故事中加入一隻狐狸的戲分，玩起了符號解密遊戲。他將傳統上較常與奉承、謊言及惡念聯想在一起的這種動物，變成了智慧的主人與真實性的使者。這隻充滿野性、調皮不羈的動物與獵雞人，變成了真實關係、耐心、儀式、豐盈時刻的推動者……這隻難馴的動物甘願讓自己被這名從天而降的新夥伴征服，他的精神與內心沒有被人類通常對穴居者會有的想法所玷汙：「例如，你會在晚上的時候來。會聽到一種不同於其他的聲響。這將是你的腳步聲。出現那麼多腳步聲，會讓我縮回地底。我很想聽到一個讓我心跳加速的腳步聲。你有滿頭金髮。當我被馴服之後，這對我來說將是美好的事。」

遇上這名同伴，小王子覺得很幸福。「『來走走吧』，小王子說，『我會保護你』。『我會跟獵人說，你是我的狗！』」：這句話書中並未收錄，但卻讓聖修伯里在他的幾張草圖中描繪的小王子繩牽狐狸的場景合理化（見前文與第 283 頁）。

透過這場幾乎飽含蘇格拉底風格的對話，真相漸漸浮現，狐狸教會了小王子許多關於人類的事：「『他們很奇怪』，狐狸說。你這個年紀的人——還有孩子們——多少還懂一些東西。但其他人已經忘了他們正在尋找的東西。[……] 他們什麼都不馴服，也沒有什麼能夠馴服他們。他們只會花錢買。」

〈小王子遇見狐狸〉，
《小王子》前置畫作，
第二十一章，
紐約／阿沙羅肯
（長島），1942 年，
鉛筆與炭筆畫，
私人收藏。

〈小王子牽著狐狸，
遇上另一隻動物〉，
《小王子》前置畫作，
第二十一章，
紐約／阿沙羅肯
（長島），1942 年，
鉛筆與炭筆畫，
私人收藏。

〈小王子在路上〉，
《小王子》前置畫作，
第二十一章，
紐約／阿沙羅肯
（長島），1942 年，
鉛筆與炭筆畫，
私人收藏。

〈小王子遇見狐狸〉，
《小王子》前置畫作，
第二十一章，
紐約／阿沙羅肯
（長島），1942 年，
溫特圖爾，藝術、
文化和歷史基金會。

《小王子》手稿，
第二十一章，紐約，
1942 年，親筆手稿，
紐約，摩根圖書館
與博物館。

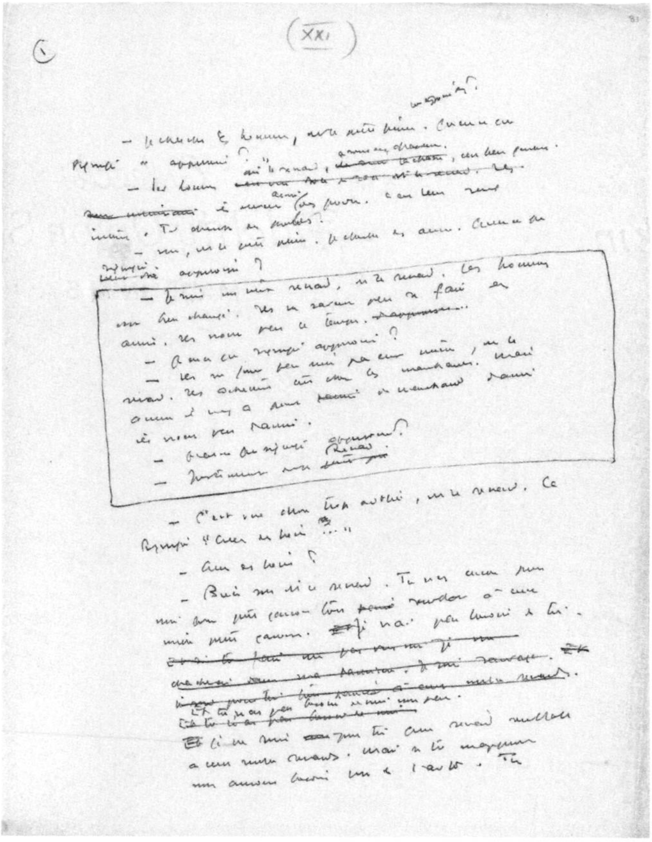

一我在找那些人，小王子說。他們在哪兒？「馴服」是什麼意思？

一人們，狐狸說，是獵人，那是他們的戰爭。他們也養雞。這是他們唯一的嗜好。你在找雞嗎？

一不，小王子說。我在找朋友。什麼是馴服？

一我是一隻老狐狸，狐狸說。人們改變很大。他們再也不知道如何交朋友。他們沒有時間。

一馴服是什麼意思？

一他們自己不再做任何事情，狐狸說。他們從商人那裡購買所有的東西。但因為沒有朋友是商人，所以他們沒有朋友。

一馴服是什麼意思？

一正是如此，狐狸說。

一馴服是一個太常被遺忘的事情，狐狸說。它意味著「創造連結……」

一創造連結？

一正是，狐狸說。你對我來說依然只是個小男孩，跟其他十萬個小男孩沒什麼差別。我不需要你。

而你也不需要我。

我對你來說只是一隻狐狸，跟其他十萬隻狐狸沒麼差別。但你若將我馴服，我們就會互相需要。你

朋友

一是的，我很想，小王子說，但你為什麼想被馴服？

一我有點覺得無聊，狐狸說。我連一個朋友也沒。我確實惹人嫌。我捕獵母雞，人們就捕獵我。但一切都是一樣的。

［手稿頁面下方］：完全無聲／大大得罪人／我很樂意，小王子說。／七十。

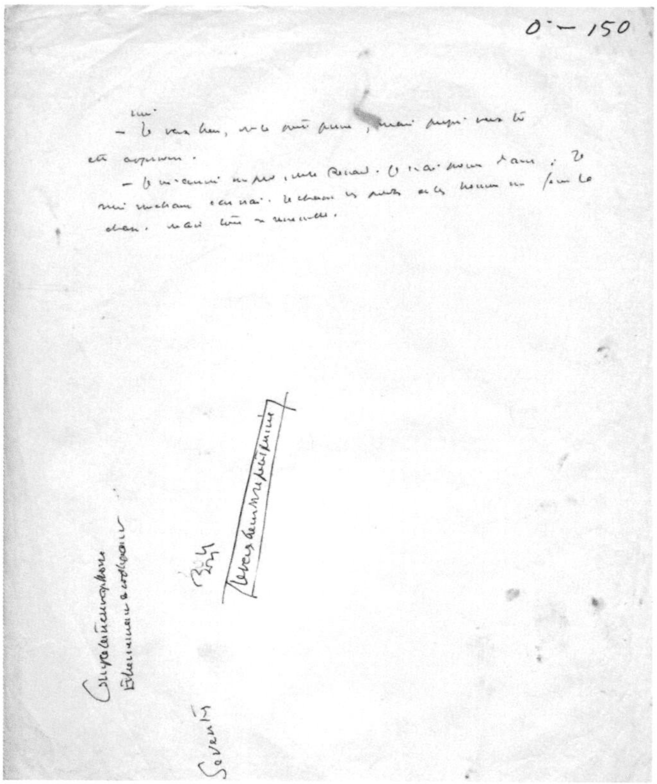

《小王子》手稿，
第二十一章，紐約，
1942 年，親筆手稿，
私人收藏。

「狐狸們永遠、
永遠不會再回來了」，
《小王子》手稿，
第二十一章，紐約，
1942 年，親筆手稿，
私人收藏。

重要的事物用眼睛
是看不見的

L'essentiel est invisible pour les yeux

對《小王子》手稿的研究顯示，在聖修伯里這本書中最富象徵意義的一句話是改寫的結果，而非自發的靈感。在文本最初的草稿上，仍然寫著：「最重要的事物，就是看不見的東西。」在其他手稿頁面上，我們可以讀到：「重要的事物是看不見的。」（手稿編號 78）；「核心的事物總是看不見的。」（手稿編號 81）；「重要的事物總是看不見的。」（手稿編號 87、116）；「最重要的事物依然看不見。」（手稿編號 102）；「要用心去看，才會看得清楚。」（手稿編號 108）。最終、完整的說法——「唯有用心，才能看得清。重要的事物用眼睛是看不見的。」——要到後期故事定稿時才會拍板定案。

他又回到狐狸身邊

—永別了，他說⋯⋯

—永別了，狐狸說。這是我的祕密。非常簡單。最重要的東西，就是看不到的東西。

—最重要的東西，就是看不到的東西，小王子重複念著，以便記住。

—是你為了你的玫瑰所花費的時間，讓你的玫瑰變得如此重要。

—我為我的玫瑰所花費的時間，小王子複述，以便記住。

—人們早已忘了這個真理，狐狸說。你最好還是回家去吧。

—我最好還是，小王子說，以便記住。

但你一定不能忘記。當你馴服了某些東西或某個人，你就要對其負責。

—我要負責，小王子說，為了記住。

—你馴服了一朵玫瑰，你就要對你的玫瑰負責。

—也許是她馴服了我，小王子說。

—這完完全全是同一件事。

—我要對我的玫瑰負責，小王子說，以便記住。

—那你最好還是回家去。

—我最好還是回家去，小王子說⋯⋯但我也要對你負責。

—哦！不，狐狸說，我有可怕的牙齒和爪子。

—我們永遠不知道是誰馴服誰，狐狸說。真正的關係適用於雙方⋯⋯

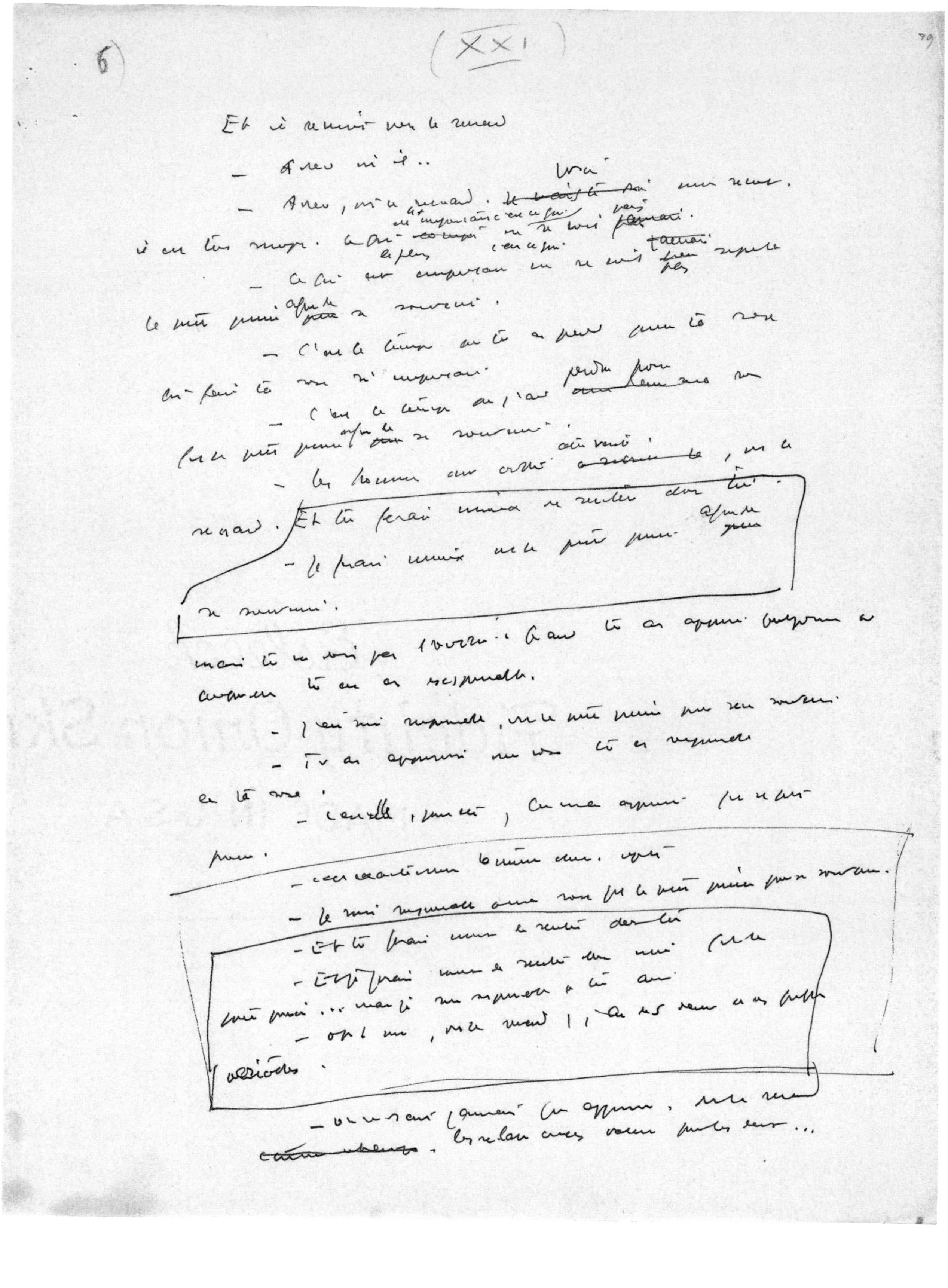

《小王子》手稿
（手稿編號 81），
第二十一章，紐約，
1942 年，親筆手稿，
紐約，摩根圖書館
與博物館。

〈麥田風情〉，
《小王子》前置畫作，
1942 年，墨水與
水彩畫，私人收藏。

「總之她覺得很無聊」，
〈沙漠中的女人〉，
時間不明，墨水畫，
聖修伯里．亞蓋遺產
管理委員會收藏。

人物匿跡的天地風景

Paysage avec figures absentes

「你有看到那邊的麥田嗎？我不吃麵包。小麥對我來說甚是無用。麥田不會讓我想起任何東西。這真的有點悲哀！但你有一頭金髮。所以，如果你能馴服我，那將是無比美妙的事！金黃色的麥子會讓我想起你。我還喜歡風吹麥浪的聲音……」（狐狸對小王子說，第二十一章）。

安東尼．聖修伯里在為小王子地球之旅考慮搭配的水彩插畫時，偏愛沙漠與山脈的背景。那是一個乾燥枯竭、荒煙不毛、人跡罕至的世界，甚至是個危機重重之地（有蛇）——除了他與狐狸相遇的綠色草地以及玫瑰花園之外。

雖然作者並未真正試圖描繪小王子在地球上的旅程（況且也沒有在他的故事中描述之），但他可能在早期階段曾經考慮過要這麼做，如同這張風景草圖所示。道路沿著丘陵起伏消逝於地平線上的主題，在他的鉛筆或鋼筆線條中經常反覆出現。但左頁再現的這幅從未發表的水彩畫，上頭沒有任何人物，展現了單純描摹麥田的特殊性。《小王子》的讀者將會敏銳察覺這一點。因為這座背景環境在寓言中至關重要：它對狐狸來說毫無意義，直到它化為小王子本身的形象，隨著他的記憶而光芒四射、窸窣作響，成為他滿頭金髮的象徵。而這就是地球——對人類來說可能堪稱荒涼、無趣的土地——如何重新填滿人口的故事（正如上方這張為內莉．德．孚古耶繪製的作品所示，包含了出現在《小王子》中的死亡象徵）。這正說明了「缺席」如何成為「在場」——在該詞的最強烈意義上。

在第一次離去的那刻，小王子會顧慮他馴養的狐狸所感受到的傷痛。除了眼淚與遺憾，他能從他們的相遇中獲得什麼？狐狸給出了這麼一個神祕且令人欣慰的答案：「我所收穫的，是小麥的顏色。」此即：天地韶景之必要，風吹麥浪之必要，星辰響鈴之必要。

— Bonjour, dit le petit prince

— Bonjour, dit ~~[illegible]~~ l'aiguilleur [illegible].

— Que fais-tu là, dit le petit prince.

— [illegible], dit l'aiguilleur. [illegible]

~~[illegible]~~ [illegible], ~~[illegible] dans le [illegible]~~. [illegible]

[illegible]. C'est [illegible]

~~[illegible]~~

~~— [illegible]~~ [illegible]

~~[illegible]~~ ~~— [illegible] dit l'aiguilleur.~~

— ~~[illegible]~~ [illegible]

[illegible]

— ~~[illegible]~~. [illegible]

[illegible]

~~[illegible]~~

on est bien, ~~[illegible]~~ [illegible].

— [illegible], ~~[illegible]~~ le petit prince ? [illegible]

[illegible]...

[illegible] ~~[illegible]~~ [illegible]

[illegible], [illegible]. [illegible]

[illegible]

[illegible].

[illegible]

關於旅行的那些事：首度披露的一個場景

Des voyages : une scène inédite

抵達地球後，小王子遇到兩個人物：火車調度員與商人。在故事第二十二章及第二十三章的幾行篇幅中，談到了這兩場快速短暫的會面。與調度員相遇的橋段，在摩根圖書館的手稿中出現了好幾種版本。這個從未公開的補充版本更直接地提及旅行及遠遊的虛榮問題（在我們西方人的想像當中，還有什麼比兩極更遙遠的呢），將真正的離鄉去國之思與真實的冒險——內在追求——互為對照。交通工具的演進——聖修伯里身為飛行員，當然也在其中盡了一份力——強化了這種時代共感，即：現今之世，異國情調庶幾無存。我們愈是將世界搬弄掌間，異地他方的景象就愈發遙不可及——這個他方，可以回應人們面對未知事物的人性渴求。因此，征服的精神與維繫喜悅的希望，都是以「無法到手」的事物為前提。面對此一矛盾，解答只有一個，撫慰也只有一種：回歸世界的本來面目，近取諸身，而非遠求諸物。

最後，我們應該提一下：在《小王子》的美國版手稿中，有一幕情節是關於小王子與一位發明家，後者打造了一臺機器，作用是：吹涼涼、玩保齡球、抽菸以及……前往極地（手稿編號 139）。

－你好，小王子說

－你好，站務員說。

－你在這裡做什麼？小王子說。

－我在賣票，站務員說。我在賣去極地參觀的車票。搭上特快車，車程三小時。票有點貴，但很好用。

－極地有什麼看點，這麼了不起？小王子說。

－藍天與白雪，站務員說，藍天與白雪像一座斜斜的牧場。但真的很遠。

－離哪裡很遠？小王子說，不是只要搭上你的火車就能到了嗎……

他們找不到任何他們想找的東西，這是他們的不幸，小王子自言自語道。他們要找的東西就在他們身邊。他們卻花錢跑去很遠的地方看。人們真奇怪，小王子自言自語道。

《小王子》手稿，
第二十二章，紐約，
1942 年，親筆手稿，
私人收藏。

萬物皆可賣，凡貨皆可買

Tout se vend, tout s'achète

在《小王子》第十八章中確實出現一名商人，但他住在地球上，出售可以節省時間的改良藥丸——在小王子眼中，這是一門愚蠢、乏味的生意；因為小王子發自內心地追尋純粹的時間享受，而人就在關係中構建自我。

這名商人的另一個形象，第一次出現在聖修伯里的畫作中，是在《小王子》的紐約手稿第 94 頁，而且他一個人就占據了一座星球。作為一名實用價值可疑的帶柄器材的販售員，他體現了對富裕社會的批判，這個社會透過腐蝕心性的廣告手法創造出各式產品及購買欲。商人相當厚顏敢言、毫無節制，大膽對他的年輕訪客強迫宣傳這句尚未成形的歐威爾式格言：「當你渴望擁有別人推薦給你的東西時，你才有了購買的自由。」

《小王子》手稿（手稿編號 94），第二十一章，紐約，1942 年，親筆手稿，紐約，摩根圖書館與博物館。

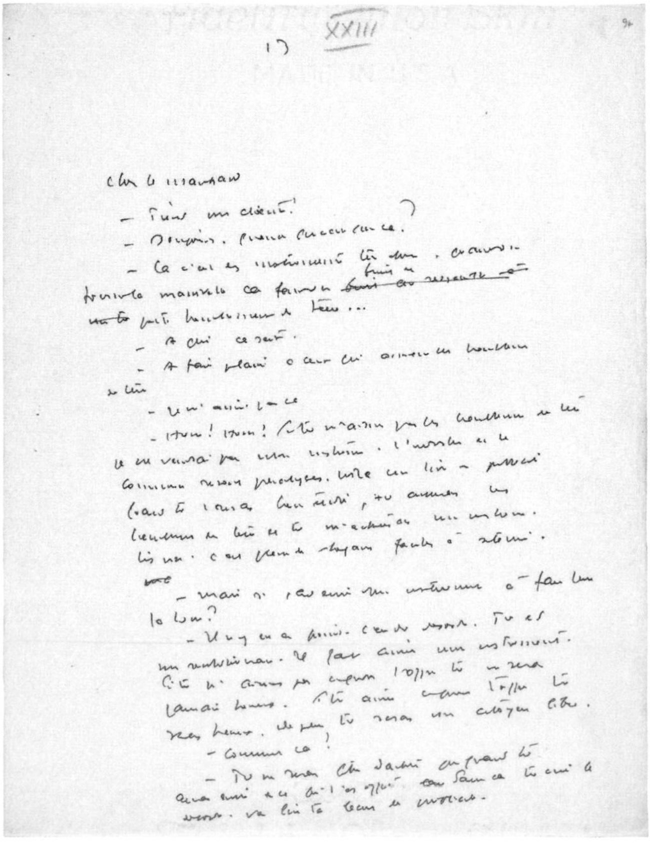

在商人的店裡

一嘿，客人上門！

一你好。這些是什麼？

一 這些都是價格高昂的樂器。當你轉動手柄，它就會發出像小地震一樣的鳴聲……

一有什麼作用。

一 取悅那些喜歡地震的人。

一我不喜歡。

一哼！哼！如果你不喜歡地震，我就不賣我的樂器。工商業將陷入癱瘓。這裡有一本廣告冊，等你好好研究之後，你就會喜歡上地震，然後很快會來跟我買樂器。冊子裡有很多口號，很好記。

一但是，如果我想要一個樂器可以把手冊裡的內容演奏出來呢？

一世上沒有這種東西，這樣會亂七八糟。你是一個革命家。你必須喜歡一種樂器。如果你不喜歡別人給你的東西，你永遠不會快樂。如果你喜歡別人給你的東西，你就會快樂。而且，你將成為一位自由的公民。

一此話怎說？

一當你渴望擁有別人推薦給你的東西時，你才有了購買的自由。沒了這些，你就只會製造混亂。快去研究你的廣告手冊吧！

〈商人〉，《小王子》
前置水彩畫，
紐約／阿沙羅肯
（長島），1942 年，
墨水與水彩畫，
私人收藏。

〈拜訪人們〉，《小王子》
水彩畫，紐約／阿沙
羅肯（長島），1942 年，
鉛筆與水彩畫，私人收藏。

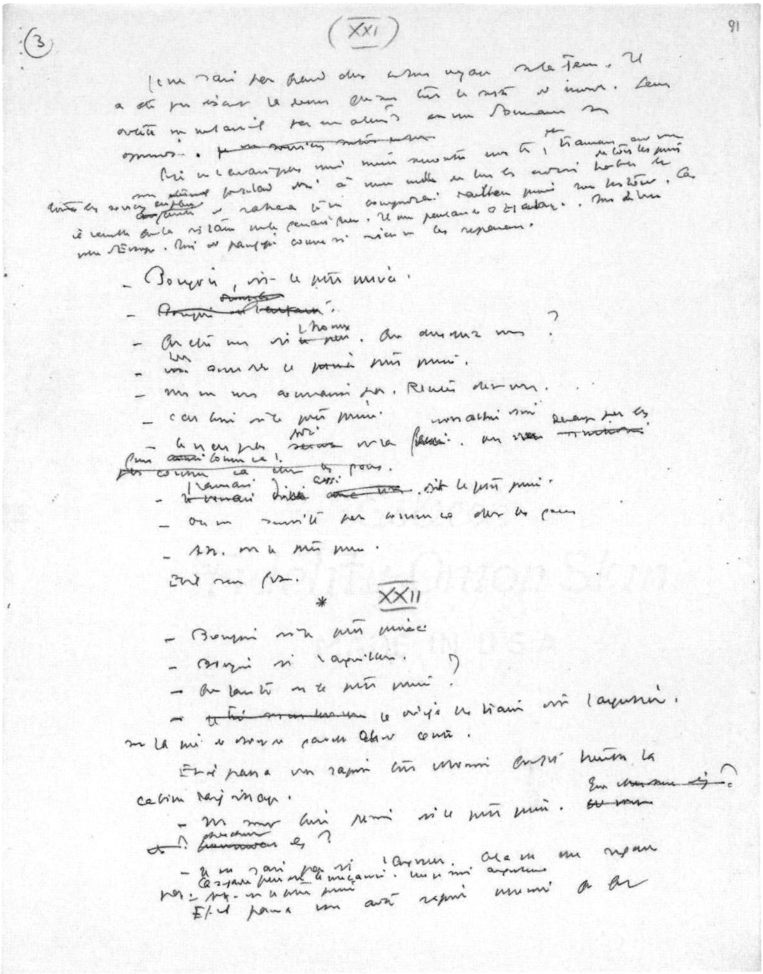

《小王子》手稿
（手稿編號 91），
第二十一章，紐約，
1942 年，親筆手稿，
紐約，摩根圖書館
與博物館。

他站在一棟房子的飯廳門口，面帶微笑。他選了一間和其他房子一模一樣的。男人和女人轉身朝向他。

—您好，小王子說。
—您是誰？那個男人說。您在找什麼？
— 我想坐下來，小王子說。
—我們彼此不認識。請回去吧。
—我家很遠，小王子說。
—您真沒禮貌，女人說。我們正準備吃晚餐，不該這樣打擾別人！
—我本來也要吃晚飯的，小王子說。
—沒有人會這樣跑去別人家邀請對方啦。
—喔，小王子說。

然後他就走了。

他們甚至不再明白，他自言自語，他們在尋找什麼。

去別人家裡

Chez les hommes

故事裡，小王子在畫面上從未與他人同框。飛行員沒有出現（這很正常，因為在作畫的人應該是他）；他旅程中遇見的人物在畫面裡都是單獨出現的，就像從小王子自己的視角看到的那樣。這張未能收錄書中的水彩畫因而成了例外，而且是一個真正的例外！小王子進到了與其他千家萬戶相仿的一戶人家裡。一對夫婦正在吃晚飯，沒有孩子。小王子的不請自來令他們不耐，並對他冷眼相待。他們拒迎來客：這間房子裡沒有陌生人的位置，對他來說毫不友善。他將不得不繼續他的旅程，尋找另一處容身的家，另一個朋友。這一幕出現在紐約手稿第 91 頁，對應故事的第二十二章：「關於你在地球的旅程，我所知不多。他對這個問題比對世界上任何其他事情都來得加倍慎重。」

到了第九天

Au neuvième jour

為了尋找一口井，飛行員與小王子四處晃了一整天——他們將一同讓滑輪發出聲響——他驚奇地發現他的小小朋友棲坐在一片古老的石牆頂，正在與「那種三十秒內就能害人送掉小命的黃蛇」交談。在摩根圖書館檔案中隨附的前置水彩畫顯示，小王子獨自坐在牆上，害怕在他的「抵達地球週年紀念日」前夕被蛇咬傷……他只好等到第二天：「我的星星就位在我去年掉下來的地點正上方。」

飛行員講述的這一幕令人動容：「我及時趕到牆下，接住我的王子小人兒抱在懷裡，他一臉蒼白如雪。我解下他那總是圍在頸間的金色圍巾。我沾濕了他的額際，讓他喝點水。我現在什麼都不敢問他。他神色凝重地看著我，雙手摟著我的脖子。我能感覺到他的心跳，就像一隻垂死的鳥兒。」當下，飛行員才意識到他對小夥伴的深情依戀；小王子為了撫慰他的哀傷，便將狐狸的智慧遺產傳給了他：「當你在夜晚仰望天空，既然我將住在其中一顆星星上，既然我將在其中一顆星星上大笑，那麼對你來說，就好像滿天的星星都在笑。你將擁有會笑的星星。[……] 你想，那該多好。我也會看星星。滿天星辰都像滑輪生了鏽的井。所有的星星都會倒水給我喝……」

「現在，走吧，
他說……我要下去了！」
《小王子》前置水彩畫，
第二十六章，紐約／阿沙
羅肯（長島），1942 年，
墨水、鉛筆與水彩畫，
紐約，摩根圖書館與博物館。

「現在，走吧，
他說……我要下去了！」
《小王子》定稿水彩畫，
第二十六章，紐約／阿沙
羅肯（長島），1942 年，
墨水、鉛筆與水彩畫，
私人收藏。

[……] 我有時會去一次長途旅行。我去到他消失的地方。因為他曾經從那兒經過，所以他也能從原路回來？我很少去那裡，因為那是一趟極其艱困的旅程。但當我到了那邊，我認出了那兒的風景。我看到了那幅畫。這和他被星星所殺的那張畫是一樣的。但上頭沒有他。您看得出來，這是世間最可怕的風景。而我的小王子，他是對的。重要的事物總是在別處。因為當我看著這幅畫，心口就會一緊。這是世上所有的畫當中我印象最深的一幅。請您好好看看吧。我這個不善繪畫的人，卻畫出了世間最美麗的畫……

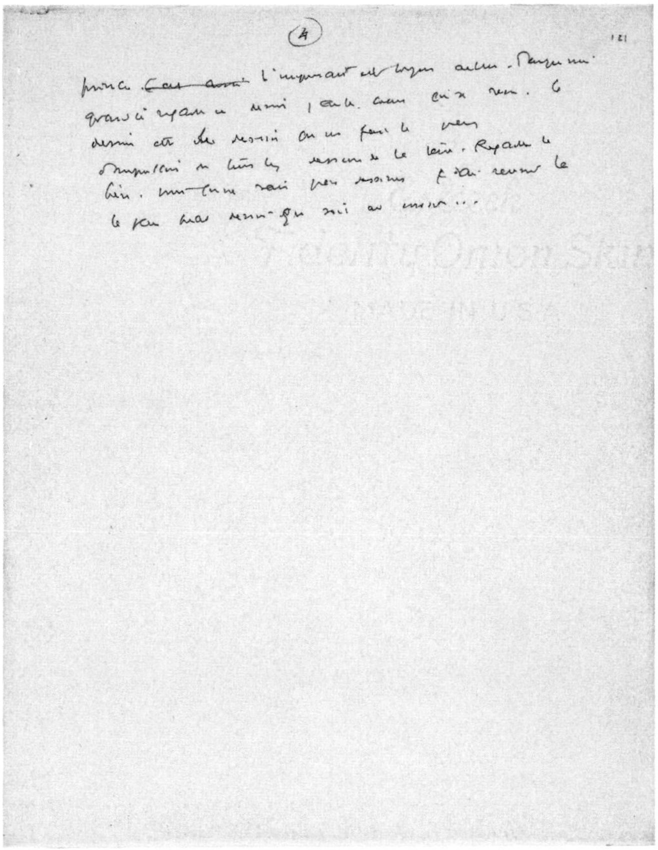

《小王子》手稿
（手稿編號 130、131），
第二十一章，紐約，
1942 年，親筆手稿，
摩根圖書館與博物館。

「他沉默不語，
因為他剛剛哭了。」
〈小王子，
在他離開地球的晚上〉，
《小王子》定稿水彩畫，
第二十六章，
紐約／阿沙羅肯（長島），
1942 年，墨水與水彩畫，
親筆手稿，襯紙、親簽，
私人收藏。

〈坐著的小王子〉，
《小王子》前置畫作，
第二十六章，
紐約／阿沙羅肯（長島），
1942 年，墨水與水彩畫，
私人收藏。

雷昂・魏爾特——聖修伯里將《小王子》獻給了這位朋友

Léon Werth,
l'ami dédicataire

「時間與空間表面上看起來分離了我們，卻讓我感覺如此貼近你。」

《小王子》一書獻給了雷昂・魏爾特。這句獻詞在《小王子》美國法語版的手稿及校樣上都沒有出現。它可能是作者在最後一刻交給了編輯——好比《夜間飛行》就曾獻給迪迪耶・多哈（Didier Daurat）。這個開場別具一格，表達了作者的某種窘迫，他為「兒童讀物」這種不太恰當的故事開篇設定感到厭煩（他本來寫的就是：「童書」，其實說漏了嘴！）……但我們必須留意此處的文學手法：藉由將此書獻給他的朋友，「當他還是個小男孩的時候」，聖修伯里找到了一種微妙的方式讓世人明白，這本童書實際上是寫給所有人的：「所有的大人都曾經是孩子。但很少有人記得這件事。」這句話足以警示成年讀者，他們接受了作者邀請、沉浸於這本並非以他們為對象的書，但又感到這故事與他們直接相關！因此，我們無法確定這篇獻詞是否僅僅針對兒童……它一下就把矛頭指向了故事中的一個重大關鍵：我們運用自身的人性做了什麼？

聖修伯里與雷昂・魏爾特交情甚篤，魏爾特是活躍於戰爭期的作家、散文家與評論家，因投身於極端自由主義的反殖民與反軍國主義運動以及藝術專欄撰寫而聞名。《小王子》的作者知道，他的猶太朋友撤遷到侏羅山區聖－阿穆爾（Saint-Amour）的房子裡，在法國占領時期飽受威脅。聖修伯里人在紐約，一心掛念魏爾特、他的妻子蘇珊及兒子克勞德，更承諾為紐約布倫塔諾出版社法語部門的魏爾特著作《三十三天》（Trente-trois jours）作序（內容是關於魏爾特 1940 年 6 月逃難出走的故事）；該書無法在法國出版。聖修伯里於 1943 年初開始撰寫〈致雷昂・魏爾特的一封信〉，隨後也將其手稿與樣張交付給海達・斯特恩。但《三十三天》也不會在美國出版；人們似乎擔心魏爾特在法國的人身安全。

不過，聖修伯里決定修潤他的序言，單獨成冊出版（與他朋友的文字分開印行），另名為《給人質的一封信》。他刪去了書中對他好友的任何明確指涉。該書於三月分在加拿大預先部分出版，1943 年 6 月在書店上架發行，那已經是聖修伯里前往阿爾及利亞之後的事。這是他最美麗的作品之一，為了完成此書，他經歷了巨大的苦痛辛勞：「一本關於友誼與文明的重要書籍［……］」（聖修伯里寫給康蘇艾蘿的信，1943 年初）。

將《小王子》獻給雷昂・魏爾特，當然是在放棄《三十三天》美國版的同一時間做出的決定，以作為某種形式的補償。一條無形的線串起了這兩本書，此二書是對人類博愛以及文明間人際關係寶藏的讚頌——一本著力於友誼及歸屬感，另一本則著眼於愛情——以及對情感生活之重要性的讚頌。聖修伯里特別指名道姓，將此書獻給了他的猶太朋友雷昂・魏爾特，將這則故事銘刻在我們這時代的苦難本身當中：這是一本屬於全球危機與文明危機時期的強力撫慰之書。

Dédicace à imprimer de préférence en hauteur dans un cadre étroit.

A LEON WERTH

Je demande pardon aux enfants d'avoir dédié ce livre à une grande personne. J'ai une excuse sérieuse : cette grande personne est le meilleur ami que j'aie au monde. J'ai une autre excuse : cette grande personne peut tout comprendre, même les livres ~~d'~~ pour enfants. J'ai une troisième excuse : cette grande personne habite la France où elle a faim et froid. Elle a bien besoin d'être consolée. Si toutes ces excuses ne suffisent pas, je veux bien dédier ce livre à l'enfant qu'a été autrefois cette grande personne. Toutes les grandes personnes ont d'abord été des enfants. Mais peu

d'entre elles s'en souviennent.
Je corrige donc ma dédicace :

A LEON WERTH QUAND IL ETAIT PETIT GARCON.

雷昂・魏爾特（Léon Werth）

《小王子》的獻詞，
獻給雷昂・魏爾特，
附修正的打字稿，
親筆手稿，私人收藏。

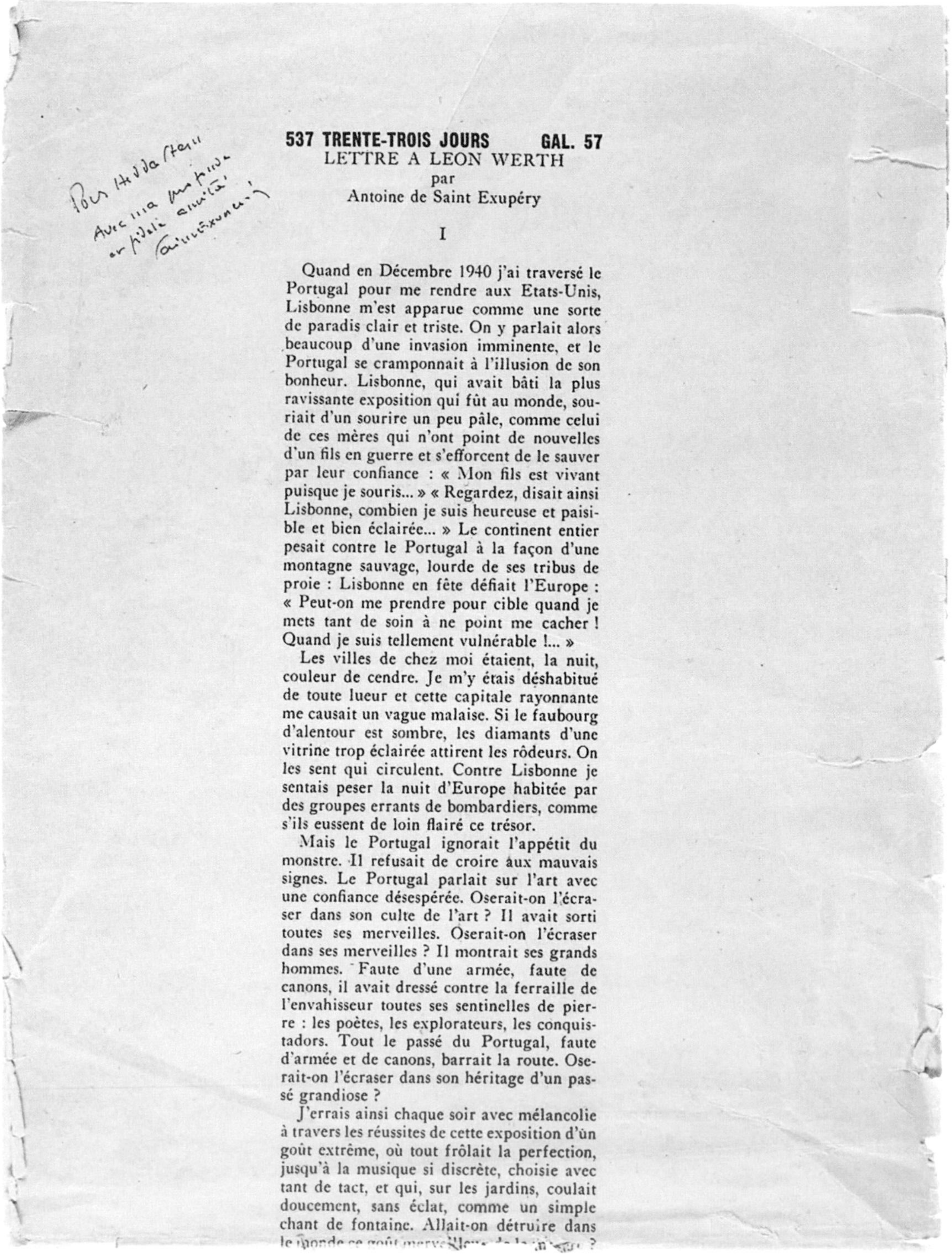

537 TRENTE-TROIS JOURS GAL. 57

LETTRE A LEON WERTH

par

Antoine de Saint Exupéry

I

Quand en Décembre 1940 j'ai traversé le Portugal pour me rendre aux Etats-Unis, Lisbonne m'est apparue comme une sorte de paradis clair et triste. On y parlait alors beaucoup d'une invasion imminente, et le Portugal se cramponnait à l'illusion de son bonheur. Lisbonne, qui avait bâti la plus ravissante exposition qui fût au monde, souriait d'un sourire un peu pâle, comme celui de ces mères qui n'ont point de nouvelles d'un fils en guerre et s'efforcent de le sauver par leur confiance : « Mon fils est vivant puisque je souris... » « Regardez, disait ainsi Lisbonne, combien je suis heureuse et paisible et bien éclairée... » Le continent entier pesait contre le Portugal à la façon d'une montagne sauvage, lourde de ses tribus de proie : Lisbonne en fête défiait l'Europe : « Peut-on me prendre pour cible quand je mets tant de soin à ne point me cacher ! Quand je suis tellement vulnérable !... »

Les villes de chez moi étaient, la nuit, couleur de cendre. Je m'y étais déshabitué de toute lueur et cette capitale rayonnante me causait un vague malaise. Si le faubourg d'alentour est sombre, les diamants d'une vitrine trop éclairée attirent les rôdeurs. On les sent qui circulent. Contre Lisbonne je sentais peser la nuit d'Europe habitée par des groupes errants de bombardiers, comme s'ils eussent de loin flairé ce trésor.

Mais le Portugal ignorait l'appétit du monstre. Il refusait de croire aux mauvais signes. Le Portugal parlait sur l'art avec une confiance désespérée. Oserait-on l'écraser dans son culte de l'art ? Il avait sorti toutes ses merveilles. Oserait-on l'écraser dans ses merveilles ? Il montrait ses grands hommes. Faute d'une armée, faute de canons, il avait dressé contre la ferraille de l'envahisseur toutes ses sentinelles de pierre : les poètes, les explorateurs, les conquistadors. Tout le passé du Portugal, faute d'armée et de canons, barrait la route. Oserait-on l'écraser dans son héritage d'un passé grandiose ?

J'errais ainsi chaque soir avec mélancolie à travers les réussites de cette exposition d'un goût extrême, où tout frôlait la perfection, jusqu'à la musique si discrète, choisie avec tant de tact, et qui, sur les jardins, coulait doucement, sans éclat, comme un simple chant de fontaine. Allait-on détruire dans le monde ce goût merveilleux de la mesure ?

〈致雷昂．魏爾特的一封信〉打樣，為雷昂．魏爾特《三十三天》放棄出版的美國版作序，附有獻給海達．斯特恩的題簽字樣，紐約，1943年，校樣與親筆評注，華盛頓，史密森尼學會，美國藝術檔案。

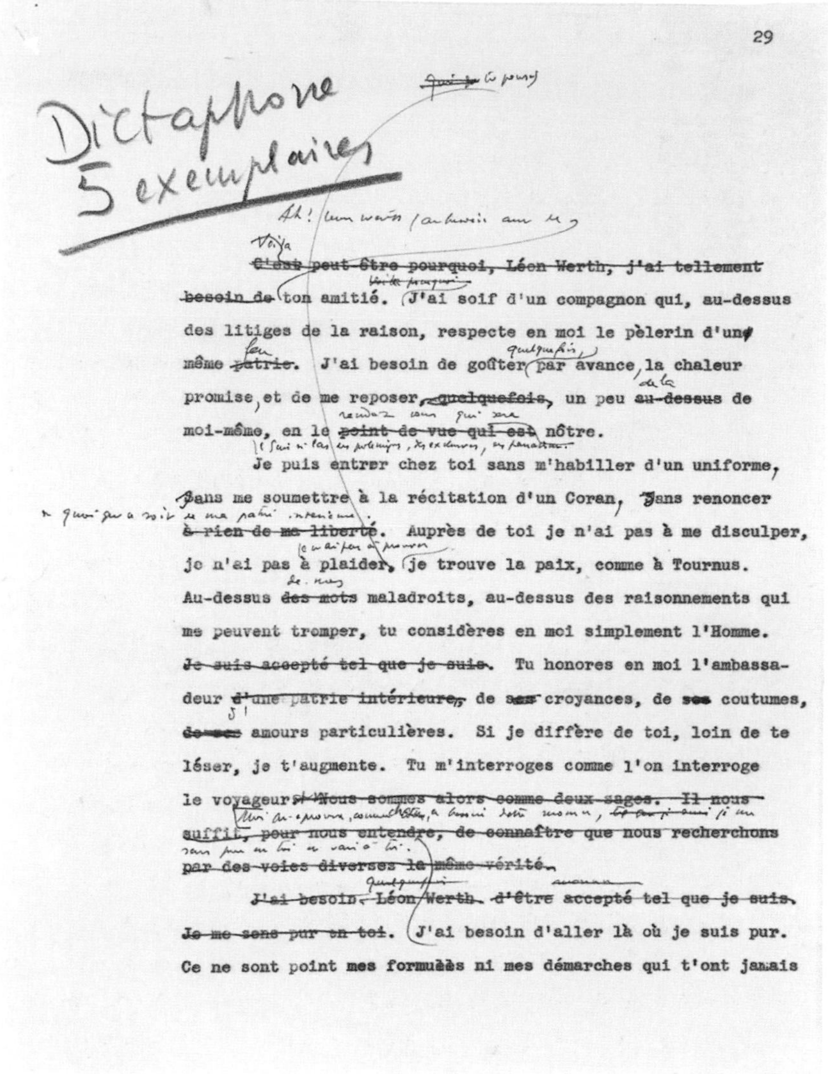

29

Dictaphone
5 exemplaires

~~C'est peut-être pourquoi, Léon Werth, j'ai tellement besoin de~~ ton amitié. J'ai soif d'un compagnon qui, au-dessus des litiges de la raison, respecte en moi le pèlerin d'une même ~~patrie~~. J'ai besoin de goûter par avance la chaleur promise, et de me reposer, ~~quelquefois~~, un peu ~~au-dessus~~ de moi-même, en le ~~point de vue qui est~~ nôtre.

Je puis entrer chez toi sans m'habiller d'un uniforme, sans me soumettre à la récitation d'un Coran, sans renoncer ~~à rien de ma liberté~~. Auprès de toi je n'ai pas à me disculper, je n'ai pas à plaider, je trouve la paix, comme à Tournus. Au-dessus ~~des mots~~ maladroits, au-dessus des raisonnements qui me peuvent tromper, tu considères en moi simplement l'Homme. ~~Je suis accepté tel que je suis.~~ Tu honores en moi l'ambassadeur ~~d'une patrie intérieure,~~ de ~~ses~~ croyances, de ~~ses~~ coutumes, ~~de ses~~ amours particulières. Si je diffère de toi, loin de te léser, je t'augmente. Tu m'interroges comme l'on interroge le voyageur. ~~Nous sommes alors comme deux sages. Il nous suffit, pour nous entendre, de connaître que nous recherchons par des voies diverses la même vérité.~~

~~J'ai besoin, Léon Werth, d'être accepté tel que je suis. Je me sens pur en toi.~~ J'ai besoin d'aller là où je suis pur. Ce ne sont point mes formules ni mes démarches qui t'ont jamais

〈致雷昂・魏爾特的一封信〉附修正的打字稿，為雷昂・魏爾特《三十三天》放棄出版的美國版作序，紐約，1943年，打字與親筆手稿，華盛頓，史密森尼學會，美國藝術檔案。

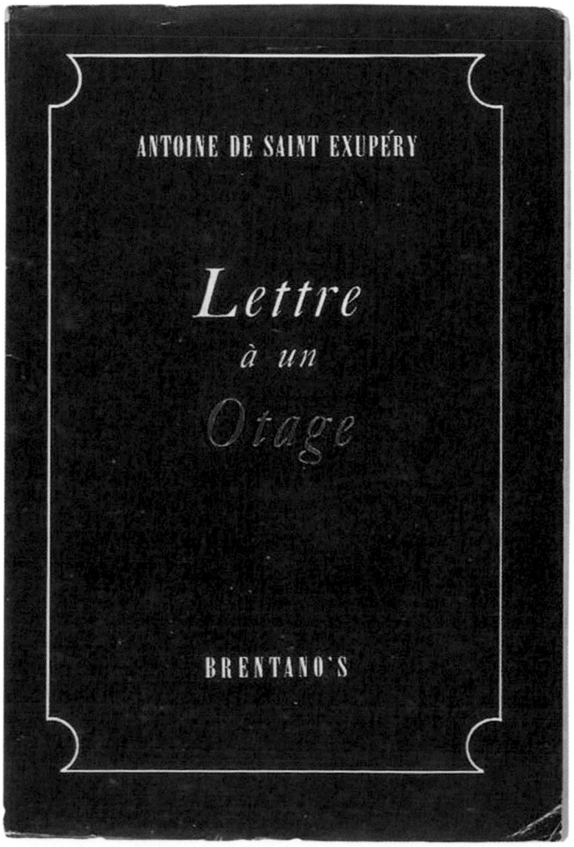

《給人質的一封信》，紐約，布倫塔諾出版社，1943年6月。

《小王子》出版過程小小時間軸

Petite chronologie éditoriale

根據雷昂妻子佩姬的說法，是聖修伯里的美國出版者柯提斯．希區考克建議作家將他畫個不停的那個亂髮小人物，設定成一個兒童故事的主人公。作家接受了提議並開始工作，而且似乎早在 1942 年夏天就開始了。他的友人希薇亞．漢彌爾頓表示，他在她位於公園大道的公寓裡寫下了這個故事，她也建議聖修伯里自己為故事配上插圖。

雷納爾與希區考克出版社與聖修伯里之間的最終合約於 1943 年 1 月 26 日簽署。合約中提到，作者在這一天提供了該作品的手稿及插圖。

在寫給編輯的一封信當中（很可惜該信未標示日期），聖修伯里感慨道，他把插圖交給他的經紀人馬克西米連．貝克已經三個月，對方仍未能對作品的整體編排提出所有的必要指示。「三個月」——這就表示，在聖修伯里夫婦於 1942 年 10 月底左右自長島返回時，就已經把《小王子》文字與插圖的完整檔案交給編輯；而直到 1943 年 1 月，出版商在版面設計方面尚未有任何動作。作者開始不耐，他似乎對自己作品的排版想要如何呈現，有非常精確的想法。

在該書的一套平裝樣書上（其中包含唯一幾頁彩色印刷的插圖），作者用鉛筆寫下了注解：「我之所以進度這麼落後，那是因為少了插畫我就送不出稿子，而出版商花了四個月的時間重製它們（它們真是精美……）。」這樁隱情自有其重要功能：它證明了故事內容是在繪製插圖之前寫成的；而且，假設樣書最遲在 1943 年 2 月或 3 月初才印製完成，這就表示手稿的交稿時間可上溯至前一年秋天。

將作品翻譯為英文當然需要幾週時間，這份工作交託給凱瑟琳．伍茲（Katherine Woods），因為聖修伯里的專屬譯者路易斯．加隆提埃被飛機事故拖累，無法完成這項工作。

法文版排版設計已告完成，尚未放上插圖，以便仔細校對重讀，並確定最終設計方案。如同早前提到的那套平裝樣書的處理方式，聖修伯里將它送給了他的好友安娜貝拉．鮑爾——本名蘇珊．夏禾蓬提耶（Suzanne Charpentier），法國女演員，在好萊塢投入演藝事業，並於 1939 年與蒂龍．鮑爾（Tyrone Power）結縭。1941 年夏天，她的朋友聖修伯里在加州調養期間，安娜貝拉與他走得很近。她透過通話追蹤故事進展，作家在半夜不分時段打電話給她，念出一些故事段落給她聽，墨水都還沒乾透！

這套校樣的文字相當忠於最終版本，它傳達了兩項珍貴的資訊：獻給雷昂．魏爾特的題詞尚未出現；而毫無疑問使該書享譽國際的書名字體淘氣排版風格，則尚未採用。它可能是後來由封面概念設計師溫德爾．羅斯（Wendel Roos）所設計，並使用於書名頁。該書於澤西市（Jersey City）（紐澤西州）膠裝印刷，於康沃爾（Cornwall）（紐約州）裝訂。

該書於 1943 年 4 月 6 日在美國各大書店上架，法語版及英語版同步發行。每個版本皆為附有作者親簽的手工編號首刷本（英語版印行五二五冊，法語版印行二六〇冊）。這些書都以淺棕色布面裝訂，封面燙上插圖，由夾帶折口的全彩印製書皮保護著。目前市面流通的版本也包含平裝版。《小王子》一書獲致巨大成功，遺憾的是，作者未能親身見證。出版於原版之後的現行版本，在版權頁上也特別被標示出來。

《小王子》一時洛陽紙貴。它在美國媒體上佳評如潮，尤可見於《瑪麗．波平斯》（Mary Poppins）作者潘蜜拉．L．崔佛斯（Pamela L. Travers）獻予該書的一篇精妙文章：「《小王子》無疑集合了童書應具備的三項基本特質：它在最深刻的意義上真實無欺；它不提供解釋；它具備一套道德觀。即便這套堪稱特殊的道德觀更關乎成人、而非孩童。欲掌握之，需要有一個傾向於透過痛苦與愛來超越自身的靈魂。」

《小王子》美國法語原版封面，紐約，雷納爾與希區考克出版，1943 年。

「我寫這本小書只是為了像安娜貝拉那樣能讀懂它的朋友，如果激不起她的興趣，我將比照片上的人更加傷心……／我以我所有深厚與久遠的情誼來擁抱她。St. Ex.（聖修伯里）。」

《小王子》美國英語原版部分樣書，附上作者給演員朋友安娜貝拉．鮑爾的親筆簽名，雷納爾與希區考克出版，紐約，1943年。

《小王子》美國法語版文宣打樣，紐約，1943年，附上作者獻給安娜貝拉．鮑爾的題簽，校樣附上作者親筆題簽與鉛筆素描，私人收藏。

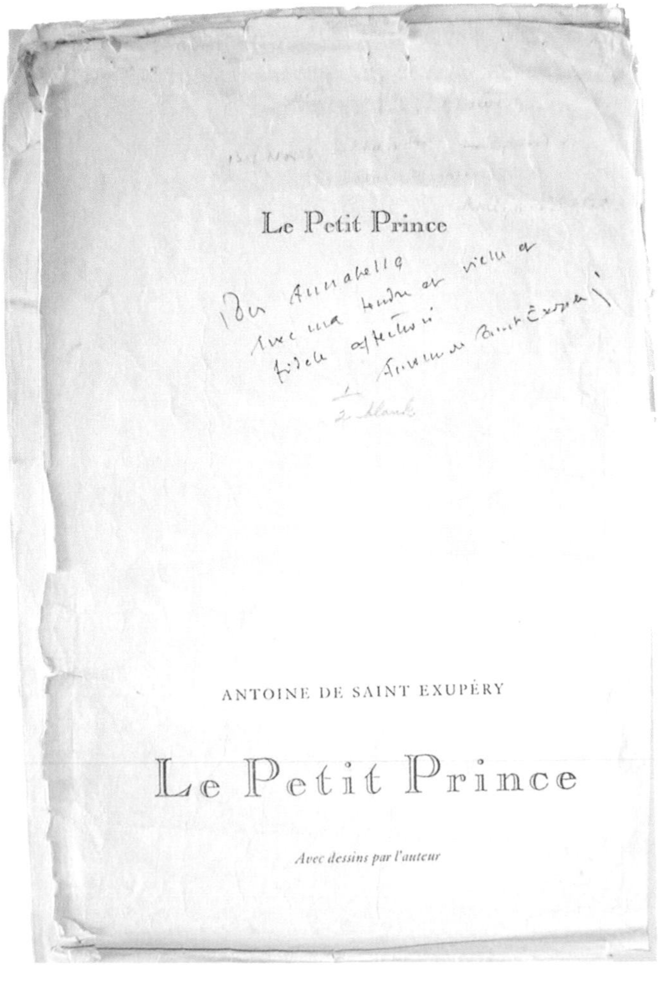

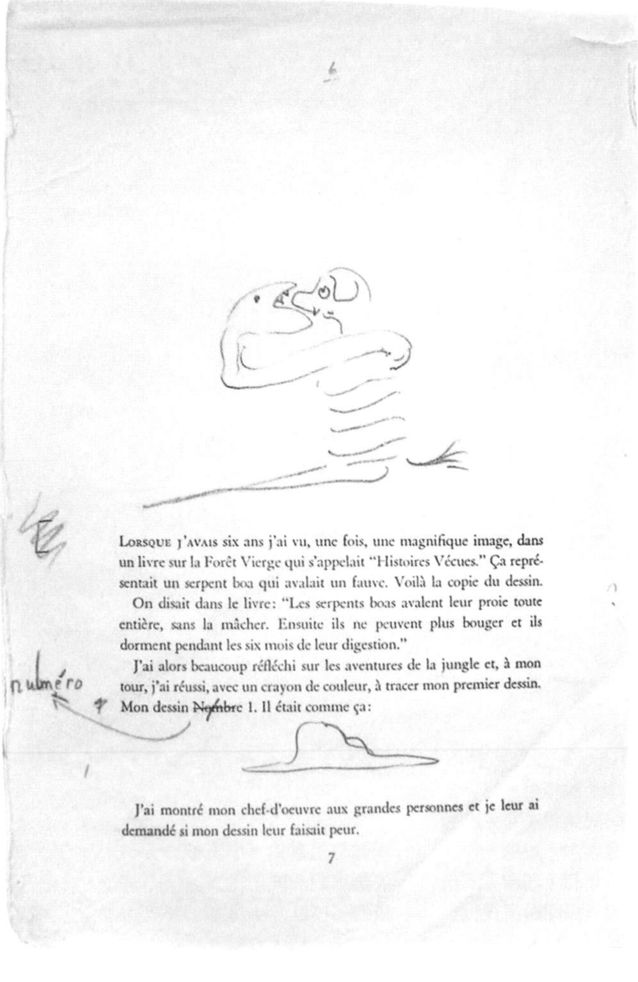

Lorsque j'avais six ans j'ai vu, une fois, une magnifique image, dans un livre sur la Forêt Vierge qui s'appelait "Histoires Vécues." Ça représentait un serpent boa qui avalait un fauve. Voilà la copie du dessin.

On disait dans le livre: "Les serpents boas avalent leur proie toute entière, sans la mâcher. Ensuite ils ne peuvent plus bouger et ils dorment pendant les six mois de leur digestion."

J'ai alors beaucoup réfléchi sur les aventures de la jungle et, à mon tour, j'ai réussi, avec un crayon de couleur, à tracer mon premier dessin. Mon dessin ~~Nombre~~ 1. Il était comme ça:

J'ai montré mon chef-d'oeuvre aux grandes personnes et je leur ai demandé si mon dessin leur faisait peur.

7

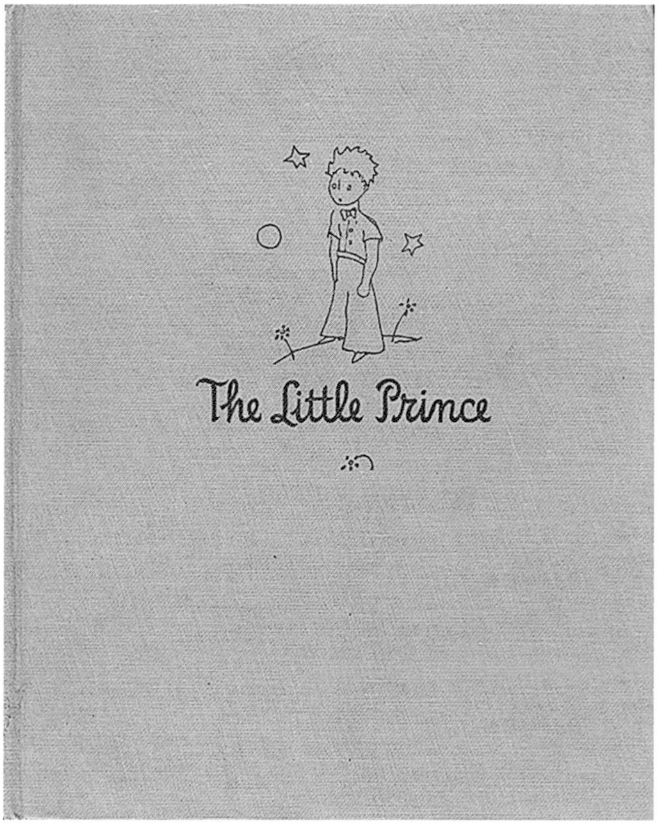

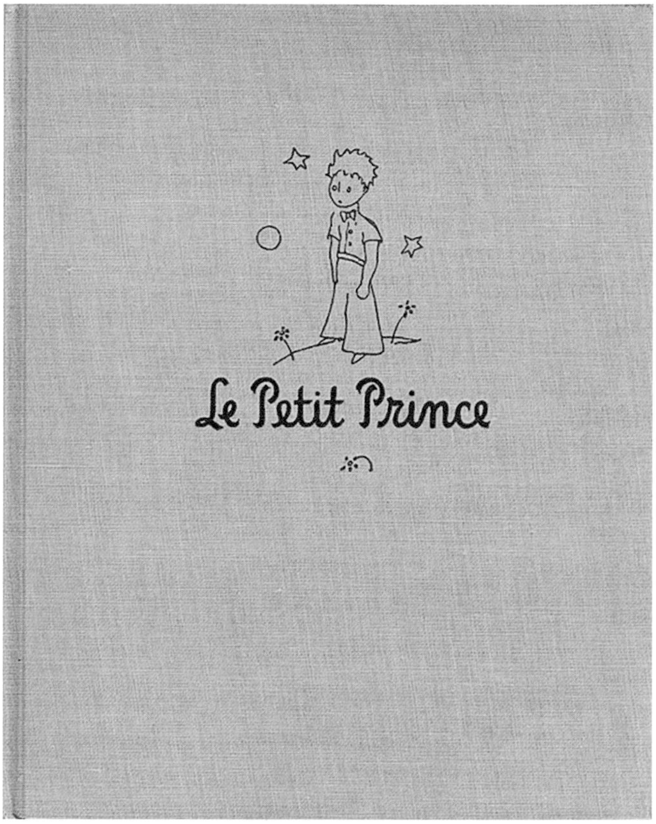

《小王子》的美國英語
及法語原版，紐約，
雷納爾與希區考克
出版，1943 年。

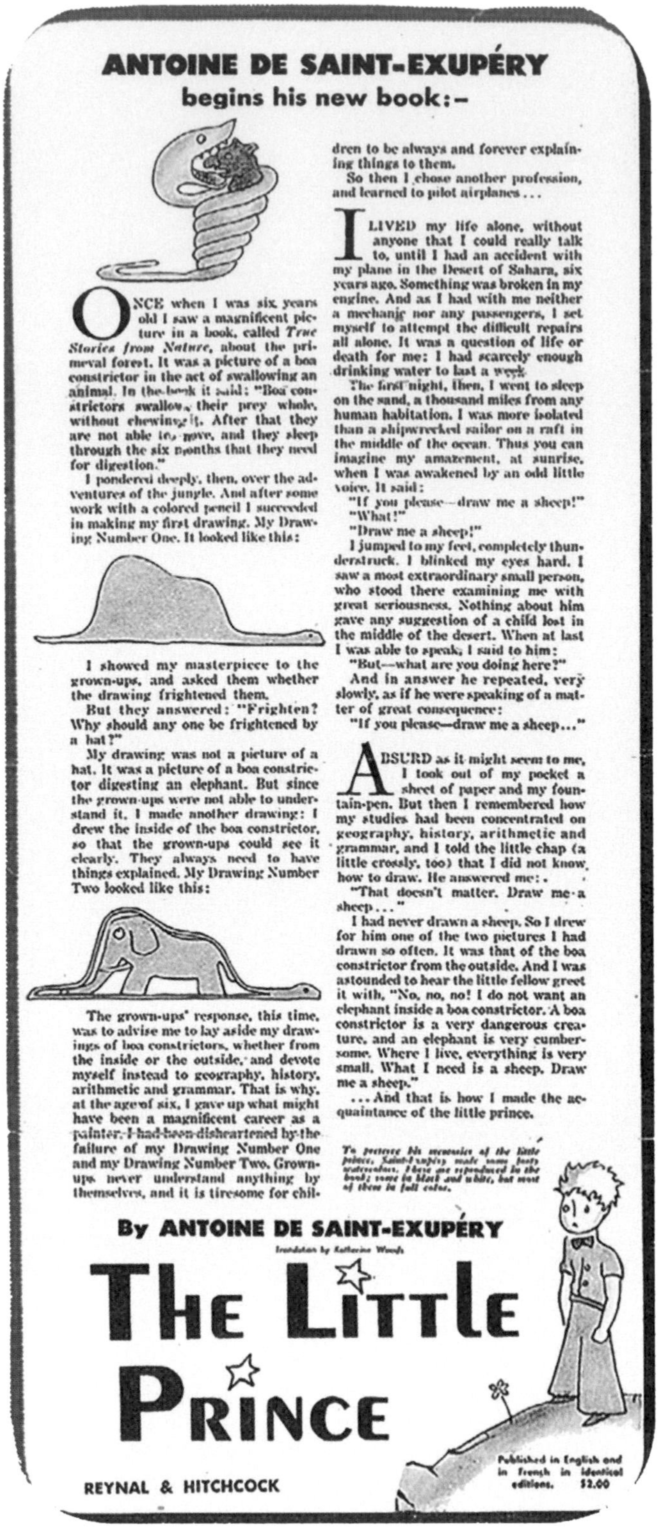

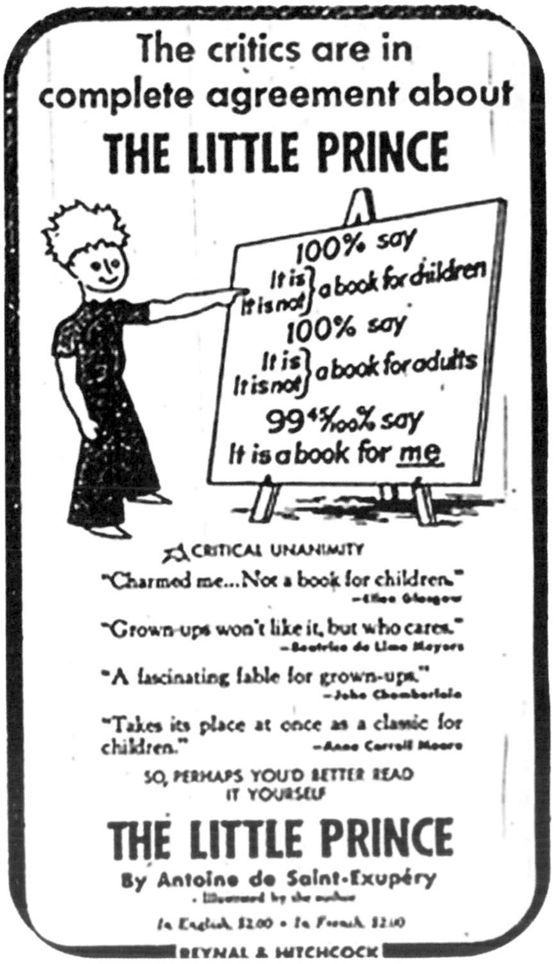

《小王子》美國版廣告，1943 年，私人收藏。

NEW YORK HERALD TRIBUNE WEEKLY BOOK REVIEW, APRIL 11, 1943 VIII 5

Across the Sand Dunes to the Prince's Star

The Author of "Wind, Sand and Stars" writes a Fairy Tale for Grown-Ups and Children

THE LITTLE PRINCE. By Antoine de Saint-Exupery. Translated by Katherine Woods. . . . *91 pp.* . . . *New York: Reynal and Hitchcock. . . . $2.*

Reviewed by
P. L. TRAVERS
Author of "Mary Poppins"

IN ALL fairy tales—and I mean fairy tales and not tarradiddles—the writer sooner or later gives away his secret. Sometimes he does it deliberately, sometimes unconsciously. But give it away he must, for that is a law of the fairy tale's being—you must provide the key. Antoine de St. Exupéry, in his new book "The Little Prince," has honorably obeyed the law. He makes us wait for the secret no longer than the second chapter.

"So I lived my life alone," he says, "without any one I could really talk to." There it is. A clear and unequivocal statement, a confession as bitter as aloes and familiar as the day. Most of us live our lives alone without anybody we can really talk to. We eat the indigestible stuff of our own hearts in silence, for we have not learnt to find the hidden companion within ourselves. Poets, and writers of fairy tales, are luckier. It may be that the substance of their minds is less dense than that of other men. Or perhaps they are more willing to slough its protective outer husk in order to get down to the essential bone. I don't know—I am only sure that you have to be bare and naked in some ultimate sense before you can hear the secret princely voice. Moreover, it is imperative that the prince should speak first. The etiquette of fairy tales and the court circles of the heart demand it. You may not command that voice. It will speak only to the ear that is humbly tuned to listen.

"Draw me a sheep!" cried St. Exupery's prince in the silence of the desert. And so the friendship began.

Yet for us, if not for the author, there had been earlier intimations of his coming acquaintance with that royal boy. Was there not "The Wild Garden" with its proud delicate princesses and the snakes beneath the dinner table? And the sleeping child in the last chapter of "Wind, Sand and Stars," that small Mozart indwelling in all men, whom all men consistently murder. Here, surely, were the first seeds of "The Little Prince." Indeed, it seems to me that each of his books has been a path leading across the sand dunes to the prince's citadel. Whatever happens hereafter in St. Euxpéry's external world will be clarified and sweetened for him by the memory of this desert meeting.

I cannot tell whether it is a book for children. Not that it matters, for children are like sponges. They soak into their pores the essence of any book they read, whether they understand it or not. "The Little Prince" certainly has the three essentials required by children's books. It is true in the most inward sense, it offers no explanations and it has a moral. But this particular moral attaches the book to the grown-up world rather than the nursery. To be understood it needs a heart stretched to the utmost by suffering and love, the kind of a heart that, luckily, is not often found in children. "Tame me," says the fox to the prince, "so that I may accept the ties of love and be, for one single person, unique in all the world." "Mine," says the fox, "is a very simple secret. It is only with the heart that one can see rightly; what is essential is invisible to the eye." Indeed, yes. But children quite naturally see with the heart, the essential is clearly visible to them. The little fox will move them simply by being a fox. They will not need his secret until they have forgotten it and have to find it again. I think, therefore, that "The Little Prince" will shine upon children with a sidewise gleam. It will strike them in some place that is not the mind and glow there until the time comes for them to comprehend it.

Yet even in saying this I am conscious of drawing a line between grown-ups and children, in the same way that St. Exupéry himself has done. And I do not believe that line exists. It is as imaginary as the equator. Yet separate camps are here declared and the author stands with the children. He leans upon the barricades, gently and ironically sniping at the grown-ups, confident that the children are standing by to pass the ammunition. Yet children themselves draw no such line. They are too wise. They do not feel any more derisive toward growns-ups than they do toward animals. The child very seldom sits in judgment. To him the grown-ups are objects of wonder, often, even, of pity. He sees them as creatures not deliberately guilty but trapped, rather, by fatal circumstance. "When I am older," he thinks to himself, "I shall be much wiser than they. It is astonishing to me and not a little sad that they have been through so much and yet know so little. I shall deal better with life."

We cannot go back to the world of childhood. We are too tall now and must stay with our own kind. But perhaps there is a way of going forward to it. Or better still, of bearing it along with us; carrying the lost child in our arms so that we may measure all things in terms of that innocence. Every-

thing St. Exupéry writes has that sense of heightened life that can be achieved only when the child is still held by the hand. In "The Little Prince" he has given the boy a habitation—Asteroid B-612—and a title. But the burning, freezing, golden face must have been with him as long as memory.

Delicately, with impish irony, the prince's journey is traced from star to star; his universe is mapped by St. Exupéry's own charming illustrations. He seeks his dream among the meteors but it is not until he arrives upon the planet, Earth, that his heart begins to glow. As he wanders in the empty desert there come to him the things he sought—the man, the fox and the serpent. Each of them out of his own nature brings him a gift—the man a drawing of a sheep, the fox a tamed and faithful heart, and the serpent the cruel loving stroke that frees him from mortality and returns him to his star. That is all. The gentle allegory is compressed into a few clear, colored pages. A short book, but long enough to remind us that we are all involved in its meaning. We, too, like the fox, have need to be tamed by love; we, too, must return to the desert to find our lonely princes. All fairy tales are portents, and life continually renews them in us. We have no need to mourn for the Brothers Grimm when fairy tales like "The Little Prince" may still be heard from the lips of airmen and all who steer by the stars.

Illustrations by Antoine de Saint-Exupery
From "The Little Prince"

潘蜜拉．L．崔佛斯，〈穿過沙丘，來到王子的星球〉，《紐約先驅論壇報每周書評》，1943 年 4 月 11 日，新聞剪報，私人收藏。

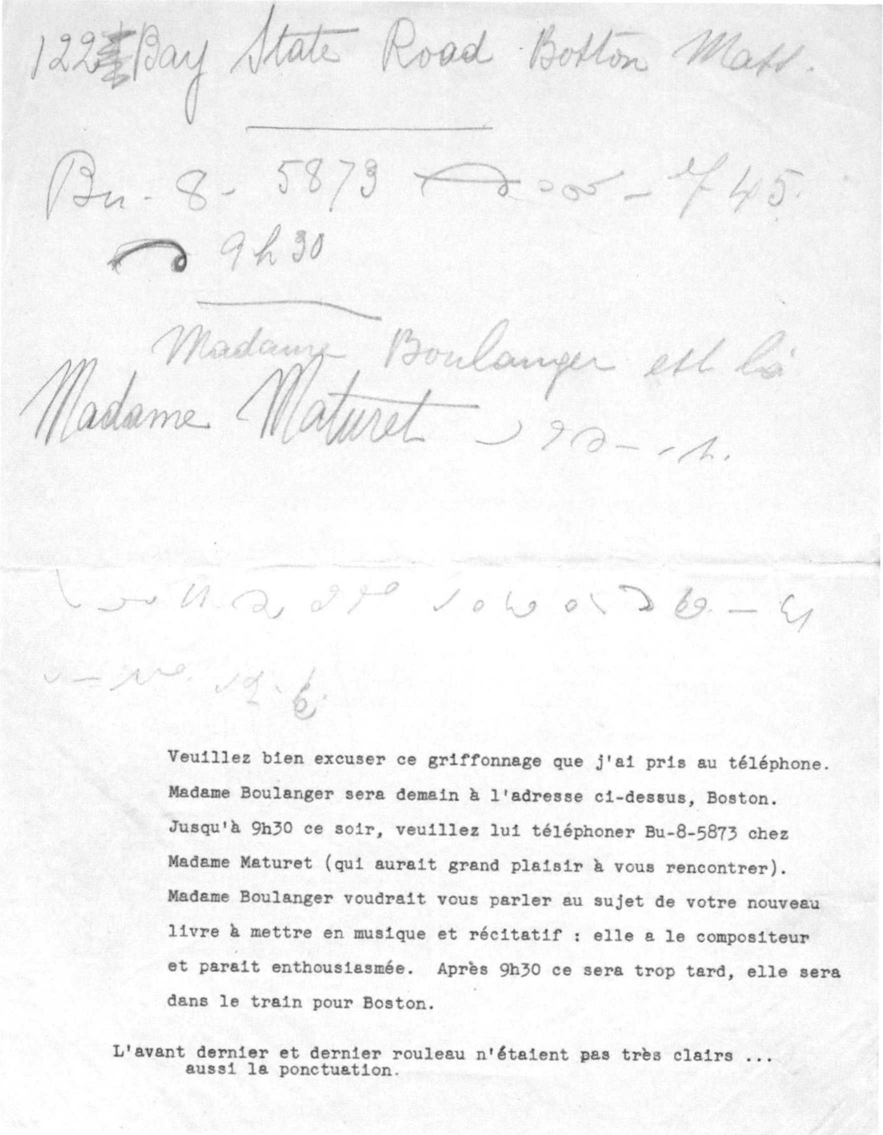
122 Bay State Road Boston Mass.

Bu-8-5873

9h30

Madame Boulanger est là

Madame Maturet

Veuillez bien excuser ce griffonnage que j'ai pris au téléphone.
Madame Boulanger sera demain à l'adresse ci-dessus, Boston.
Jusqu'à 9h30 ce soir, veuillez lui téléphoner Bu-8-5873 chez
Madame Maturet (qui aurait grand plaisir à vous rencontrer).
Madame Boulanger voudrait vous parler au sujet de votre nouveau
livre à mettre en musique et récitatif : elle a le compositeur
et parait enthousiasmée. Après 9h30 ce sera trop tard, elle sera
dans le train pour Boston.

L'avant dernier et dernier rouleau n'étaient pas très clairs ...
aussi la ponctuation.

聖修伯里的祕書
留給作家的訊息，
[紐約，1943 年]，
親筆、打字稿，
私人收藏。

第一個音樂計畫

Premier projet musical

音樂家納迪雅．布朗傑（1887-1979）三〇年代指揮過幾個美國管弦樂團，因此在美國算得上家喻戶曉，是聖修伯里在紐約的法國女性友人之一。她本人於 1940 年 11 月 6 日抵達美國，在當地從事樂團指揮與教學的傑出事業。聖修伯里曾將《小王子》的排版稿交給她——該文件現存於法國國家圖書館——她讀了之後的確非常觸動。她在聖修伯里出發前往阿爾及利亞之前，建議將《小王子》的故事譜成音樂。可惜的是，這項計畫從未實現。

聖修伯里
贈予納迪雅．
布朗傑的《小王子》
排版用原稿，[紐約，
1943 年]，排版稿
及親簽批注，巴黎，
法國國家圖書館。

Exemplaire à remettre à Madame Maria Boulanger qui vous téléphonera

聖修伯里於 1943 年 4 月 20 日前後抵達阿爾及爾，當時他幾乎可以確定，他將能夠歸隊服役於盟軍空軍部隊，但這座自由的都市並未讓他得以舒緩焦慮、平衡其日益增長的懷疑心態。一次意外事故，以及他的健康與年齡因素，使他很快失去了第一張飛行許可證。儘管他與戴高樂派關係不睦，但他還是竭盡一切辦法於 1944 年 5 月爭取到 II/33 大隊的新職位，並受命從薩丁尼亞島及科西嘉島出發，在即將解放的法國大陸上空執行最終的空中偵察任務。1944 年 7 月 31 日，航機在馬賽外海失蹤，聖修伯里就此告別人世。在長達十八個月精神與肉體的深

以小王子為形象的作者肖像

「這是本書作者
自己繪製的肖像。」

Portrait de l'auteur en petit prince

« Ça c'est le portrait
de l'auteur du livre peint
par lui-même. »

度憂苦中，小王子是作家珍貴的夥伴。當他隨著軍事船隊橫渡大西洋時，行李中就帶著一本《小王子》。剛抵達阿爾及爾，他就把這本私人讀物託付給他在盟軍俱樂部結識的一位法國外交官夫人伊馮娜．德．蘿絲（Yvonne de Rose）。「昨晚，我讀著聖修伯里的《小王子》童話故事，」她在私人日記中寫道，「我感動到流下了眼淚⋯⋯這篇童話可比清水，滿滿皆是金塊寶山與深刻人性。今早，我打電話給聖修伯里，告訴他我在閱讀時的激動之情。」她是否知道她是此書在美國本土之外的第一位讀者？這是否與幾週前知名飛行員林白的妻子安妮莫羅．林白（Anne Morrow Lindbergh）閱讀《小王子》時同樣激動的心

境不謀而合？《小王子》因此或多或少成了作者的文學替身。他在通信中讓小王子出場——讓他對妻子、女性友人與戰友同袍托出心中的一切。由於與美國文化生活分離隔絕，他擔心自己的書在紐約的銷售狀況，並為沒有收到任何可贈予朋友的樣書而發愁。他最後收到的少數幾本書都被他送給了親近友人，上頭均附題簽，充分說明了此書對他而言無比重要。

儘管聖修伯里真心希望有一天能在紐約再次見到康蘇艾蘿以及他的家人和法國朋友，但他心知肚明，自己「已經完成了他的畫卷」。最後一項任務很快就要到來。美妙的巧合——1943年4月，就在他不得不離開紐約的那一刻，《小王子》出版了，這樣一來，他就可以把他們的愛情故事留給妻子，也許還可藉由詩意手法，讓愛情超越歲月與淚水而延續無窮。很難視之為純粹的巧合。說這是「殷勤體貼」或許比較接近。

十八個月後，感受依舊如故。該作品的「遺囑式」價值遠遠超出了內在的範圍。作者感應到大限將至，他的餘命少到不足以說明此書對他有多麼重要、內容是多麼真誠、乘載了多少核心真理；而書中的主人公不多不少，正是他自己……作者本人對他的角色告假離場——就讓書中人物來演好這個角色，而且要長長久久地演下去。

［插畫：小王子在他的星球上］
獻給皮烏．夏桑

友好的問候
聖修伯里

為皮烏．夏桑
（Piou Chassin）
繪製的畫作，
［1943 年］，墨水
與水彩畫，私人收藏。

作者自繪肖像

Portrait de l'auteur par lui-même

這本於 2016 年重見天日（12 月 3 日卡索 Cazo 拍賣會）的美國法語版原版二刷本，在許多層面都相當特別。一方面，它又一次證實了聖修伯里人在北非時手邊已經擁有他的作品。我們不知道書是如何送到他手中的，但他確實在上頭留下了他本人的靈感印記！另一方面，本書還見證了作者與里歐奈勒－馬克斯・夏桑（Lionel-Max Chassin）上校（1902-1970）之間的深厚友誼；聖修伯里當時已是法國郵政航空公司的一名飛行員，而且即將成為《南方郵航》的作者，1929 年在布列斯特的航空飛行高階課程中，他接受了夏桑的指導。

這位對航空及跳傘滿懷熱情的前海軍官校畢業生於 1944 年被任命為上校；夏桑曾於 1935 年離開海軍、加入空軍，並在參謀部開展輝煌的軍人生涯。他於 1942 年底抵達北非；1943 年被任命為空軍人事主任。1944 年 4 月，他指揮第 31 轟炸機中隊，包括在義大利薩丁尼亞島維拉奇德羅（Villacidro）前線作戰的摩洛哥空軍大隊，並飛越敵方領地、執行多次作戰任務。因此，我們可以研判，本書中至少有一幅圖像明確提及了夏桑上校的某一次任務，而且是在 1944 年春天創作完成；寶貝（Doudou）夏桑與皮烏（Piou）・夏桑（馬克斯 Max 與皮耶 Pierre）的父親當時正在作戰。事實上，正是這位上校在聖修伯里被盟軍當局排除在所有軍事行動之外、並在阿爾及利亞苦苦等待之後，將他帶往薩丁尼亞島；他與眾人齊心協力，促成他的朋友聖修伯里最終能夠加入 II/33 部隊，並自 1944 年 5 月 16 日起重新開始執行空中偵察任務；而其中一次任務將使他失去生命。

此外，尤其重要的是，我們必須注意到作家在送給他朋友長子的題簽中所使用的語彙。在這段送給一個孩子的題簽當中，作者甚至藉著一股歡快的柔情，充分展現了對自身角色的認同。聖修伯里離開美洲大陸之後，這份認同將延續到他生命的最後幾個月；在紐約的一些文件檔案中，這一點顯而易見。小王子作為他靈魂的一面鏡子，不再只是他的旅伴，而是他詩意般的化身存在，也是想像與現實生活之間的紐帶。這段題簽甚至更進一步顯現了作家對其作品的罕見證言：他將其設定為一則「真實的故事」。因此，寓言成了真實性的領地。於是，就不單只是「小王子，就是我。」（Le petit prince, c'est moi.）；而是「是我，真正的我。」（C'est moi, pour de vrai.），超越了日常生活中的偶然性與誤解——它們只會產生虛假的真實性。我們不知道作者在此處指的是他在道德上的真實，抑或是實際性格上的真實；但有一點是肯定的，那就是這樣的真實性值得探討。

最後，我們也注意到，聖修伯里毫不猶豫地畫下他的小小人物，以展現他的上校朋友空中出任務的英姿。他將他置於雲端，替他添上翅膀——他總是比較喜歡以這種方式描繪他的飛行員朋友，而非描繪他們在座艙內操控真實的飛機。一架飛機，就是一個正在飛翔的人，而非一臺飛行機器。而小王子，他內心世界的搖籃、他最親密內在的自我，便是用來展現他人樣貌的方便法門。這是他的慷慨氣度。

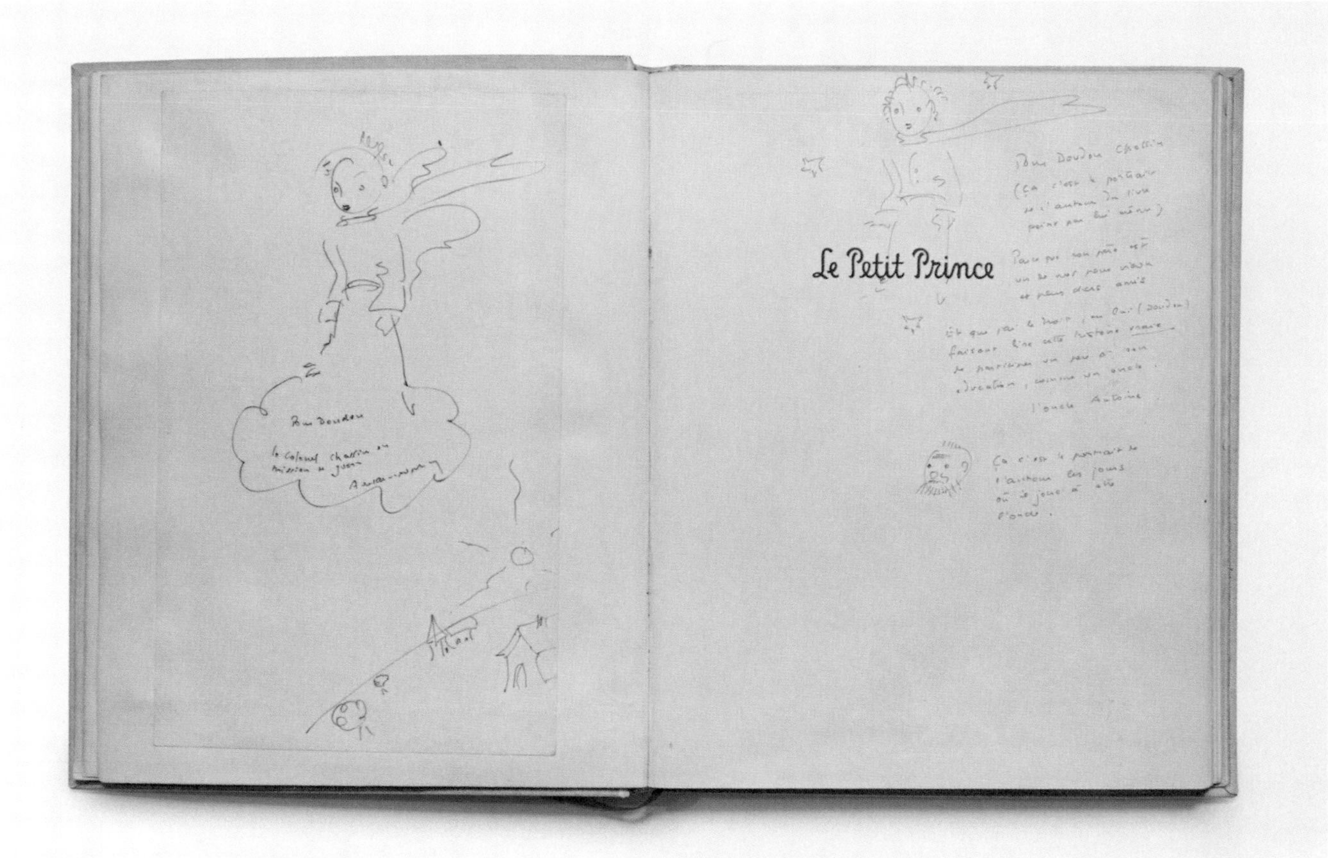

［插畫：長了翅膀的小王子在雲間］
給寶貝

正在執行戰爭任務的夏桑上校
安東尼．聖修伯里

獻給寶貝夏桑
（這是本書作者自畫像。）

因為其父親是我們最親密的老友之一。
我有權利讓他（寶貝夏桑）閱讀這則真實的故事
參與他的教育養成，這才像個叔叔。

安東尼叔叔
這是作者等著成為你叔叔時的肖像。

《小王子》，雷納爾與希區考克出版，紐約，1943 年 4 月，附上作者獻給寶貝夏桑的題簽，附有兩張作者親繪插圖的完整版（繪於書前扉頁與書名頁上），贈予皮烏與寶貝夏桑，［1943 年］，初版，二刷，私人收藏。

內莉・德・孚古耶
在巴黎聖修伯里公寓
的露臺上，沃邦廣場
(place Vauban) 15號，
1937 年前後。

《小王子》，雷納爾
與希區考克出版，
紐約，1943 年 4 月，
附上作者獻給內莉・
德・孚古耶的題簽
[阿爾及爾，1943 年；
或 1944 年]，初版，
三刷，私人收藏。

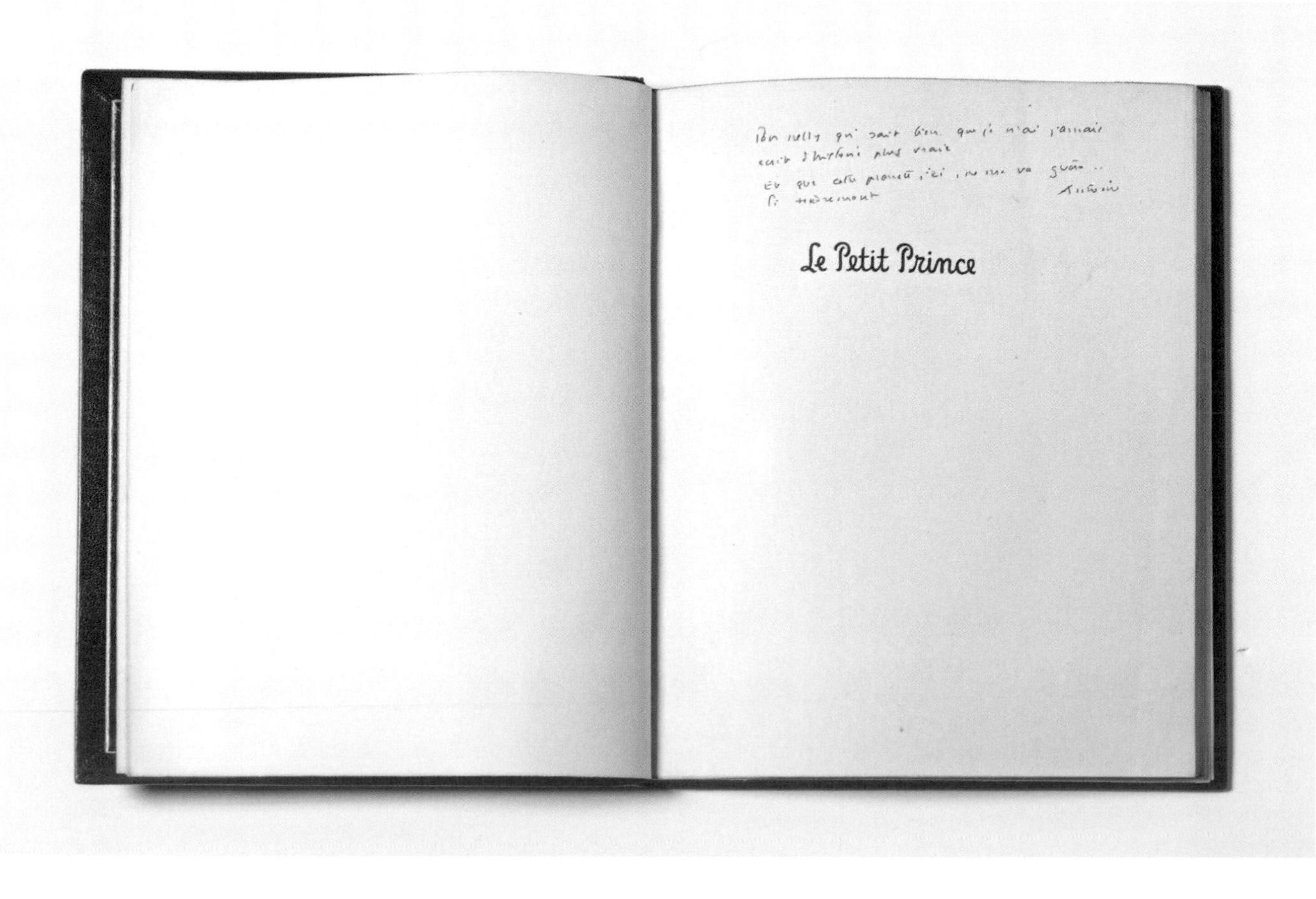

最真實的故事

L'histoire la plus vraie

這本《小王子》是美國法語版第三刷的罕見珍本，上頭有聖修伯里在北非時的親筆簽名。我們不知這一本是在何種情況下送達他手中的，也不知他是否將這本親手交給他的情婦兼贊助者內莉·德·孚古耶——她從 1943 年 8 月分到 11 月初都待在阿爾及爾。

這本書的重要性不只在於它的受贈者身分，也在於他贈予她的題簽。人們對聖修伯里寫給內莉·德·孚古耶的信的了解相當片面零碎，只能透過內莉在 1994 年為她朋友所出版的《戰地文集》（Écrits de guerre）的選文略窺一二（她用了筆名皮耶·舍福耶 Pierre Chevrier）。該文集披露了 1943 年 11 月以來的持續交流，並以描繪作家化身為小王子形象的插畫點綴其間。

作家的孤絕感似乎已經來到無以復加的臨界點。他與阿爾及爾的戴高樂派爭執不休，後者指責聖修伯里在紐約時沒有在美國當局面前守護他們的利益，導致他寫下了：「我在這座星球上還有何用？沒人想要理我？」（同前書，第二章，第 963 頁）。但他會沉浸於這種感覺，也是因為他無力在這世界上、在愛情裡乃至在所有的人類事物中，尋得一種平靜的情感氣氛——除非是那種「電光一閃」，即來即去。他處處碰壁，迎頭撞上溝通困難、誤解紛擾與忘恩負義的高牆。對於那些也許想要做得太好、不斷被某種人類偉大的想法所驅遣、並得出這項駭人結論的人來說，地球已變得不適合生存：「我只對看不見的將臨未來懷抱熱情。」（同前書，第二章，頁 977）。

這種持續的不滿足狀態，以及對同胞處境加倍的強烈焦慮（「重大打擊」，無論是他的同鄉還是他的妻子，「長著她的四根刺，其他什麼都沒有」），使他的社交生活成了一處地獄：「無法同時向所有的信號泅游過去。」他眼裡的唯一出路就是自我犧牲，這種特殊的方式乃是背負世間的苦痛，直至死亡。唯有如此他方能安歇，唯有如此他方能弭平所有的痛苦——包括康蘇艾蘿與他親愛摯友們的痛苦——唯有如此他方能使人類成為在漂泊星球上登陸的獨一船隊。

「就某種意義來說，婚姻就是死亡」，聖修伯里最後對朋友寫道，在書的最後一章闡明了小王子之死的意義。傷心欲絕的小王子在這種象徵性的死亡中尋得了救贖，象徵著另一種無法觸及的存在狀態：「沒有希望的愛」，他繼續寫道，「這不是絕望。這意味著我們只能重返無限。在旅程中，星星牢固耐看」（同前書，第二章，頁 959）。

獻給內莉·德·孚古耶的這個《小王子》題簽，呼應了他們通信的最後時刻。作者對她吐露自己從未寫過更真實的故事，並將他作品的存在意義與遺囑涵義提升至最高境地。這是一本「為將來而寫」的書，一本讓人理解他「世間行跡」的書。這是一本不必招引哀哭的書，因為，他說，我們只會與所愛之人在無限永恆中重聚，就像所有的男人和女人一樣。「我看起來很痛苦……我看起來有點快要死了……」

獻給內莉，她知道我從來沒寫過比這則更真實的故事。
而這座星球，這個地方，根本不適合我……
給妳溫柔的擁抱。

安東尼

聖修伯里的個人日誌，
附小王子插畫，
阿爾及利亞／摩洛哥，
1943 年 4 月至
1944 年 7 月，墨水畫，
親筆手稿，聖修伯里．
亞蓋遺產管理委員會收藏。

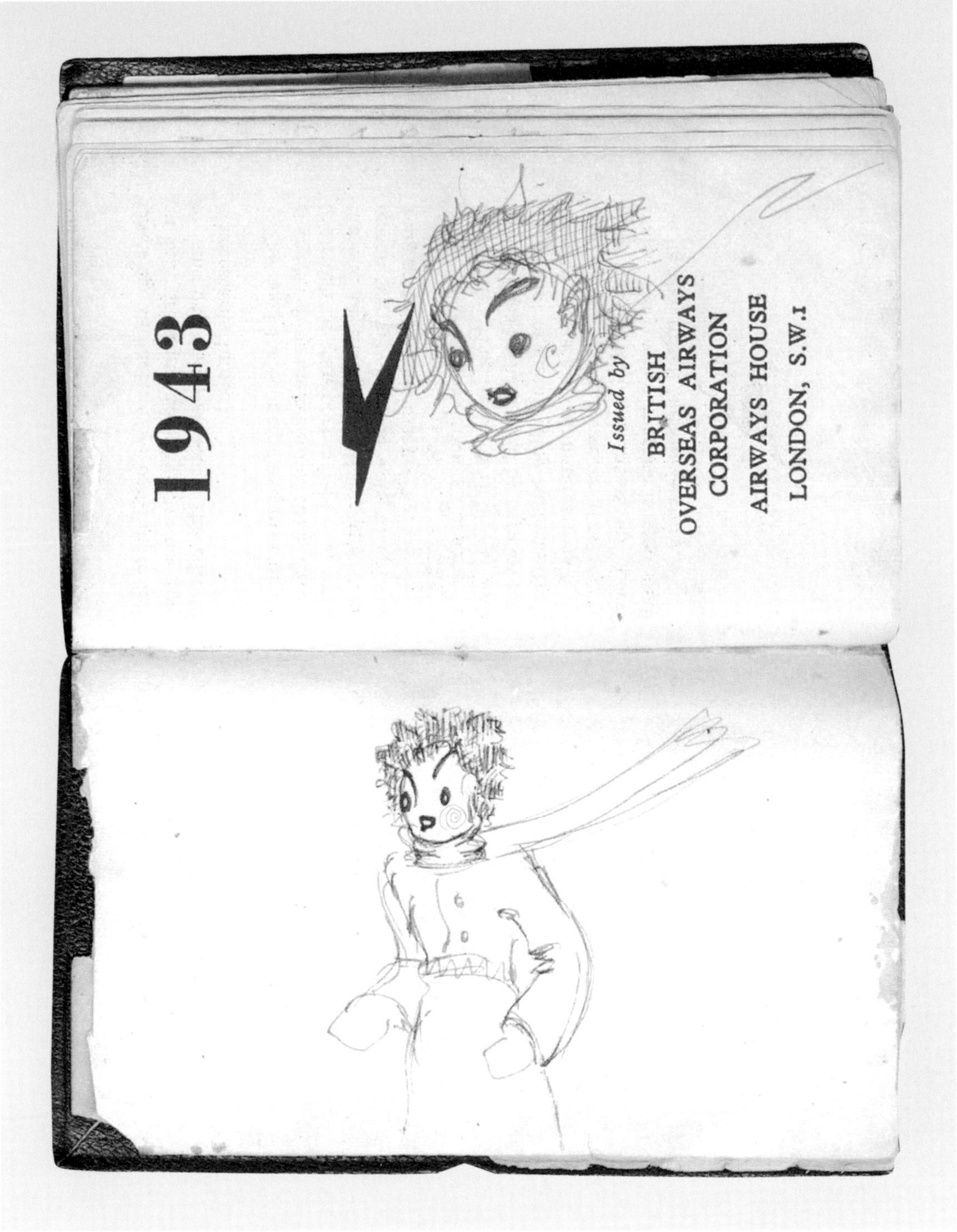

日誌

Agendas

這些日誌揭露了作者於1943年4月至1944年7月期間在北非的社交圈網絡（阿爾及利亞盟軍俱樂部、安德烈・紀德、安妮與賈克・俄爾龔Jacques Heurgon、尚・加賓Jean Gabin、喬瑟夫・凱瑟Joseph Kessel、儒勒・華、馬克斯－波爾・富薛Max-Pol Fouchet、阿貝爾・維莒宏Abel Verdurand、里歐奈勒－馬克斯・夏桑、亨利・貢特Henri Comte、荷內・黎曼René Lehmann、皮耶・馬桑・德・米哈瓦爾Pierre Massin de Miraval、迪歐麥德・加圖Diomède Catroux等），我們也可在其中發現四個用鉛筆速寫的小王子形象——他是作者離鄉背井時的忠心夥伴。

永別了，玫瑰花！

Adieu, rosier !

據說故事是這樣：聖修伯里與這位不知名的年輕女子（這些信件、短箋、插畫的收件對象）是在阿爾及爾到奧蘭城之間的火車上結識的。她是紅十字會的救護車司機，也是一名自由法國的軍官。她的身分依然完全是個謎。但重點不在於此。除了裝飾這些略顯絕望的信件的優美插畫以外（透過這些圖畫，我們可以觀察到作者病態的不耐，他無法忍受妻子或朋友不告而別，或對他的請求不理不睬），最令人驚訝的是小王子所占據的核心位置，他的臉孔甚至取代了作者的簽名。他（作家或小王子，任君挑選）毫不猶豫地為他的朋友想像出一個替代用的小公主，足以讓他在夢的疆域及現實生活中感到心滿意足——兩者在此合而為一。這個「虛構出來的小女孩」不禁令人想起寫給荷內．德．索辛信中的「假想朋友」，二〇年代年輕的聖修伯里在信中坦言，他完全無法確知自己是寫給一個真實存在的朋友，還是寫給他心中「為對方決定並想像對方應該成為的」那個朋友。

作家此刻拒絕去區分夢境與實際經驗。他完全在這個以自身形象、以如此接近自身的樣貌所創造出來的人物身上認出了自己。阿爾及爾的這位小王子，是他在深邃的時間之流中夢想的存有；是對世界溫情及生活喜悅的承諾和體驗：「我們想摘取所有的果實與所有的花朵。我們想吸聞所有的草地芳香。我們遊戲四方。這就是玩樂嗎？我們永遠不知道遊戲始於何處，終於何方。但我們深知自己非常溫柔。而且很幸福。」

但這份幸福實屬罕見！而且日漸稀少！日常生活的苦澀經驗就是，在這「空虛的時間」當中，「再無可依託的夢想了」……甚至再無來自朋友的回應或溫柔招呼。一個本質被剝奪的世界，因為人已經從其中抽身。因此，小王子除了自行想像出一位新朋友、走出這個冷漠的憂鬱迴圈之外，別無他法：「世間再無小王子。小王子已死。或者他早已成為一名徹頭徹尾的懷疑論者。心懷疑慮的小王子，便不再是小王子了。我很生氣您毀了他。」

作家在月臺上等著。刺傷了手指，他對花兒朋友說：「永別了，玫瑰花。」還會有其他的春天、其他的別離、其他的旅行承諾、其他的花園可供漫步其間嗎？是在日常的可見世界，還是在夢中的世界？其實歸根究柢，兩者之間並無差別，識者當識，正如他在給朋友的信中所寫，「童話是人生唯一的真理」。換言之，對聖修伯里來說，這是他行走人間、描繪這方世界的不二大道。

Il etait triste et donc injuste. J'ai barré tout ce qu'il disait...
Mais j'ai gardé le dessin parce qu'il est tellement ressemblant...

Il n'est pas si méchant que ça, mais il est tellement melancolique...

A.

VII

頁 330 至 335：
《給陌生女子的信》
（Lettres à l'inconnue），
阿爾及爾，1943-1944，
墨水與水彩畫，
親筆手稿，私人收藏。

Elle n'est jamais là quand on
l'appelle... Le soir elle n'est jamais
rentrée non plus... Elle ne telephone
pas...
Je me brouille avec elle !

C'est triste... on ne pense pas à me téléphoner...
IV

Pardon ! J'écris à une amie qui m'a tout à fait oublié...
Alors ta lettre, c'est fini ou non ! Il faut maintenant que j'... l'importe...

Petite fille j'ai essayé de
vous téléphoner (par
exemple hier soir, au
numéro indiqué, jusqu'à
9h30, mais vous n'étiez
pas rentrée. Ce n'est pas
sérieux... Et puis ce matin
à l'autre numéro vers
11h moins dix... et vous
étiez déjà partie! C'est
encore moins sérieux...)

Je vous ai aussi envoyé
un mot de quatre lignes
mais vous n'avez pas
accusé le coup. C'est
pourquoi, petite fille invisible, je
me suis inventé la petite fille
ci-jointe dont je vais me faire
une amie, comme du Petit Prince, et dont je vais raconter
l'histoire. Et elle a des tas de choses ravissantes à me raconter
elle aussi. Elle est toute mélancolique parce qu'elle ne sait pas
encore que je suis pour elle un grand ami, mais je crois que
sur un des prochains dessins elle va sourire. (Et elle est
bien plus gentille que vous!)

Dépêchez vous de me téléphoner si vous ne voulez pas que
je sois tout à fait infidèle...

參考文獻

Bibliographie sélective

Toutes les œuvres d'Antoine de Saint-Exupéry et plusieurs éditions du *Petit Prince* sont disponibles aux Éditions Gallimard et Gallimard Jeunesse. On consultera en particulier :

Œuvres complètes, dir. Michel Autrand et Michel Quesnel, avec la collaboration de Paule Bounin et Françoise Gerbod, Gallimard, « Bibliothèque de la Pléiade », 1994 (I) et 1999 (II).

Dessins, éd. Delphine Lacroix avec la collaboration d'Alban Cerisier, avant-propos d'Hayao Miyazaki, Gallimard, 2006.

Écrits de guerre (1939-1944), Gallimard, 1982 (repris en « Folio »).

Lettres à l'inconnue, Gallimard, 2008 (repris en « Folio »).

Le Manuscrit du Petit Prince. Fac-similé et transcription, éd. Alban Cerisier et Delphine Lacroix, Gallimard, 2013.

Du vent, du sable et des étoiles. Œuvres, édition établie et présentée par Alban Cerisier, Gallimard, « Quarto », 2018 (réédition sous coffret, 2021).

Antoine de Saint-Exupéry, Consuelo de Saint-Exupéry. *Correspondance (1930-1944)*, édition d'Alban Cerisier, Gallimard, 2021 (prix Sévigné).

Dessine-moi Le Petit Prince. Hommage au héros de Saint-Exupéry, Gallimard, 2021.

Album Antoine de Saint-Exupéry, iconographie choisie et commentée par Jean-Daniel Pariset et Frédéric d'Agay, Gallimard, 1994.

Antoine de Saint-Exupéry, catalogue de l'exposition, Archives nationales/Gallimard, 1984.

La Belle Histoire du Petit Prince, édition d'Alban Cerisier et Delphine Lacroix, Gallimard, 2013.

Il était une fois... Le Petit Prince d'Antoine de Saint-Exupéry, éd. Alban Cerisier, Gallimard, « Folio », 2006.

Cerisier (Alban) et Desse (Jacques), *De la jeunesse chez Gallimard. 90 ans de livres pour enfants*, Gallimard/Chez les Libraires associés, 2008.

Chevrier (Pierre) [Nelly de Vogüé], *Antoine de Saint-Exupéry*, Gallimard, 1949.

Des Vallières (Nathalie), *Saint-Exupéry. L'archange et l'écrivain*, Gallimard, « Découvertes », 1998.

—, *Les plus beaux manuscrits de Saint-Exupéry*, Éditions de La Martinière, 2003.

Forest (Philippe), « Peter Pan et le Petit Prince », dans *L'Enfance de la littérature*, *La Nouvelle Revue française*, n° 605, juin 2013.

Fort (Sylvain), *Saint-Exupéry Paraclet*, Pierre-Guillaume de Roux, 2017.

Heuré (Gilles), *Léon Werth. L'Insoumis 1878-1955*, Viviane Hamy, 2006.

Icare. Revue de l'aviation. Numéros spéciaux consacrés à Antoine de Saint-Exupéry (69, 71, 75, 78, 84 et 96), 1974-1984.

La Bruyère (Stacy de) [Stacy Schiff], *Saint-Exupéry, une vie à contre-courant*, Albin Michel, 1994.

Odaert (Olivier). *Saint-Exupéry écrivain*, Presses universitaires de Louvain, 2018.

Saint-Exupéry (Consuelo de), *Lettres du dimanche*, Plon, 2002.

—, *Mémoires de la rose*, Plon, 2000.

Saint-Exupéry (Simone), *Cinq enfants dans un parc*, éd. d'Alban Cerisier, Gallimard, « Les Cahiers de la NRF », 2000 (repris en « Folio »).

Tanase (Virgil), *Saint-Exupéry*, Gallimard, « Folio biographies », 2013.

Vircondelet, Alain. *Antoine de Saint-Exupéry, histoires d'une vie*. Avant-propos de Martine Martinez-Fructuoso, Flammarion, 2012.

Werth, Léon. *Saint-Exupéry tel que je l'ai connu*, Viviane Hamy, 1994.

書中照片出處

Crédits photographiques

Archives Éditions Gallimard : p. 47 (m), 63, 65, 66, 67 (g), 123 (h)

Archives nationales, Paris : p. 69, 70 (h), 77, 75, 82, 83, 94, 96 (d), 98, 99, 107

© Bernard Lamotte / Succession Saint Exupéry-d'Agay / Photo Éditions Gallimard : p. 44 (b)

Bibliothèque littéraire Jacques-Doucet, Paris : p. 22

Bibliothèque nationale de France, Paris : p. 47 (h), 123 (b), 176, 200, 201, 315

Collection Jean-Marc Probst / Photo Éditions Gallimard : p. 38, 249

Collection particulière / Photo Éditions Gallimard : p. 7-17, 21, 24 (b), 27, 28, 34, 36, 37, 48 (h), 61, 62, 68, 80, 86, 87, 95, 100-101, 108, 109, 115, 117, 118, 119, 120, 122, 124-127, 132, 133, 134, 147, 149, 150, 151, 153, 155, 156, 157, 158, 159, 160, 161, 170, 171, 173, 174, 178, 179, 180, 182, 183, 184, 185, 186, 187, 188, 189, 190, 191, 192, 193, 194, 195, 196, 197, 198, 202, 203, 204, 207, 208 (d), 221-227, 231, 236, 244, 250, 251, 252, 254, 255, 258, 259, 262, 267, 271, 273, 274, 277, 280, 283, 284, 286 (d), 287, 290, 292, 295, 296, 299, 300, 301 (b), 303, 307, 308, 309, 310, 311, 312, 313, 314, 319, 321, 322, 323, 330-335

Droits réservés : p. 48 (b), 102, 169, 344, 345

ETH-Bibliothek Zürich, Bildarchiv / Stiftung Luftbild Schweiz / Photo Walter Mittelholzer : p. 114

Fondation Martin Bodmer, Genève : p. 110, 113

Harry Ransom Humanities Research Center, Austin, Texas : p. 35, 50

© MAD, Paris / Christophe Dellière : p. 142 (h), 240, 242, 253

Musée Air France : p. 67 (d), 172, 261, 265

Neuchâtel, Bibliothèque publique et universitaire / Photo Éditions Gallimard : p. 210

Photo Francesca Mantovani (Éditions Gallimard) : p. 47 (b), 70 (b), 73, 74-75, 96 (g), 97, 96 (g), 324-327

Photo musée Charles-VII, Mehun-sur-Yèvre : p. 136, 138, 141

Photo Stiftung für Kunst, Kultur und Geschichte (SKKG), Winterthur : p. 175, 211, 276, 282, 285

Succession Saint Exupéry-d'Agay / Photo Éditions Gallimard : p. 57, 58, 60, 76, 78, 93, 103, 104, 105, 129, 130, 131, 139, 140, 148, 152, 154 (b), 161 (g), 195 (h), 205, 291, 305 (g), 328, 329, 336, 337

Succession Léon Werth / médiathèque Albert-Camus, Issoudun : p. 44 (h), 154 (h), 163, 193 (b)

The Morgan Library & Museum (New York) : p. 24 (h)[MA 8615.4], 33[MA8615.10], 71[MA 2592.30], 121[MA 8615.5], 142 (b)[MA 2592.32], 143[MA 2592], 212[MA 8615.1], 213[MA 8615.2], 219, 233[MA 2592.f. 2], 234 (g)[MA 2592, f. 3], 234 (d)[MA 2592, f. 4], 235 (g)[MA 2592, f. 5], 235 (d)[MA 2592, f. 4], 237[MA 2592, f. 141], 239[MA 2592.33], 243[MA 2592, f.19], 246 (h)[MA 2592.19], 246 (b)[MA 2592.20], 247[MA 2592], 257[MA 2592.9], 263[MA 2592, f. 41], 264[MA 2592.4], 265 (h)[MA 2592], 268[MA 2592.34], 269[MA 2592], 270[MA 2592.5], 272[MA 2592.31], 278[MA 2592.1], 279, 281[MA 8615.4], 286 (g)[MA 2592], 289[MA 2592.f. 81], 294[MA 2592.f. 94], 297[MA 2592.f. 91], 298, 301 (h) [MA 2592.f. 130 et 131]

The Smithsonian Institution, Archives of American Art, Washington : p. 208 (g), 214, 215, 304, 305

© Walter Limot / Photo Francesca Mantovani (Éditions Gallimard) : p. 43 (b)

catch 297
遇見小王子：《小王子》誕生 80 周年創作紀錄珍藏集
À la rencontre du petit prince

作者：安東尼・聖修伯里（Antoine de Saint-Exupéry）
編者：阿勒班・瑟理吉耶（Alban Cerisier）
安娜・莫尼葉・梵理布（Anne Monier Vanryb）
譯者：賴亭卉、江灝

第二編輯室
總編輯：林怡君
責任編輯：李瑄容
美術編輯：許慈力
校對：金文蕙

出版者：大塊文化出版股份有限公司
105022 台北市松山區南京東路四段 25 號 11 樓
www.locuspublishing.com
電子信箱：locus@locuspublishing.com
服務專線：0800-006689
TEL：02-87123898
FAX：02-87123897
郵撥帳號：18955675
戶名：大塊文化出版股份有限公司
法律顧問：董安丹律師、顧慕堯律師

總經銷：大和書報圖書股份有限公司
地址：新北市新莊區五工五路 2 號
TEL：02-89902588
FAX：02-22901658

初版一刷：2023 年 9 月
ISBN：978-626-7317-71-6
定價：新台幣 1000 元

Couverture :
Dessin pour
Piou Chassin, 1943,
encre et aquarelle,
collection particulière.
Photo Éditions
Gallimard

L'édition originale
de cet ouvrage
a été publiée par les
Éditions Gallimard
et le Musée des Arts
Décoratifs de Paris
à l'occasion
de l'exposition
« À la rencontre
du petit prince »
présentée au Musée
des Arts Décoratifs,
à Paris, du 17 février
au 26 juin 2022.